SOFIE
SARENBRANT

SCHULD

atb aufbau taschenbuch

SOFIE SARENBRANT, Jahrgang 1978, hat als Journalistin gearbeitet und lebt mit ihrem Mann und zwei Kindern in Bromma, einem Stadtteil von Stockholm. 2019 wurde Sofie Sarenbrant »Crime Writer of the Year« in Schweden.
Im Aufbau Taschenbuch erschienen von ihr bisher drei Spannungsromane um die Stockholmer Polizistin Emma Sköld: »Der Mörder und das Mädchen«, »Das Mädchen und die Fremde«, »Die Tote und der Polizist« sowie der Thriller »Hinter meinem Rücken«.
Mehr zur Autorin unter www.sofiesarenbrant.se

HANNA GRANZ, geboren 1977, hat in Bonn Skandinavistik, Romanistik und Vergleichende Literaturwissenschaften studiert. Sie lebt mit ihrer Familie im Werratal. Sie hat bisher alle Bücher von Sofie Sarenbrant ins Deutsche übersetzt.

Eine Welle von Einbrüchen erschüttert Bromma, ein wohlhabendes Stadtviertel von Stockholm. Als ein Junge von einem Einbrecher ermordet wird, erhält das Ganze eine völlig neue Dimension. Emma Sköld übernimmt den Fall; der Tatort liegt der Wohnung ihrer Schwester quasi gegenüber. Wieso wurden der oder die Eindringlinge zu Mördern? Und warum verstrickt sich die Frau, die den toten Jungen fand, in Widersprüche und wird wenig später auch tot aufgefunden? Bei ihren Ermittlungen gerät Emma in die Tiefen der schwedischen Gesellschaft – die Spuren führen zu Arbeitern aus dem Baltikum genauso wie in höchste Kreise Stockholms.

SOFIE
SARENBRANT

SCHULD

Emma Sköld und der tote Junge

THRILLER

Aus dem Schwedischen
von Hanna Granz

aufbau taschenbuch

Die Originalausgabe unter dem Titel
Syndabocken
erschien 2018 bei Bookmark Förlag, Stockholm.

MIX
Papier aus verantwortungsvollen Quellen
FSC® C083411

ISBN 978-3-7466-3909-3

Aufbau Taschenbuch ist eine Marke
der Aufbau Verlage GmbH & Co. KG

1. Auflage 2022
Vollständige Taschenbuchausgabe

Die deutsche Erstausgabe erschien 2020 bei Rütten & Loening,
einer Marke der Aufbau Verlage GmbH & Co. KG

Published by Arrangement with LENNART SANE AGENCY AB
and Thomas Schlück GmbH
Umschlaggestaltung www.buerosued.de, München
unter Verwendung von Motiven von © Getty Images/
Mariusz Kluzniak und © Getty Images/Pierre Aden/EyeEm
Satz Greiner & Reichel, Köln
Druck und Binden CPI books GmbH, Leck, Germany
Printed in Germany

www.aufbau-verlage.de

Für Asta und Sigge

Die Ampel in Alvik wechselt auf Rot, dennoch tritt er das Gaspedal durch, schlingert in die Kurve zur Tranebergsbrücke hinein. Die Reifen quietschen, das Auto zieht gefährlich nach links, doch es gelingt ihm, die Kontrolle zurückzugewinnen, bevor der Lack über die Leitplanke zwischen den Fahrbahnen schrammt. Durch den plötzlichen Schauer vorhin ist der Asphalt spiegelglatt. Ein kurzer Moment des Zweifels: Verdammt, was macht er da? Dann überwiegt wieder das Hochgefühl. Nichts kann ihn stoppen.

Erneut gibt er Gas. Hauptsache, vorwärts! Ein berauschendes Gefühl, Herr über ein Monster von mehr als tausend PS zu sein. Das ist Freiheit!

Vielleicht ist es dieses Extramanöver, das den Ausschlag gibt.

Er wird es nie erfahren.

Der Ferrari verliert den Kontakt zur Fahrbahn und wird nach rechts auf den Fußweg geschleudert. Alles, woran er denken kann, ist das dunkle Wasser weit unten.

Er hält den Atem an.

Für einen Moment ist es absolut still, dann kracht der Wagen mit einem ohrenbetäubenden Knall gegen das Brückengeländer. Glasscheiben splittern, und Stahl kratzt über den Asphalt. Ein Geruch nach verbranntem Gummi bohrt sich in seine Nase; wie ein Faustschlag landet der Airbag in seinem Gesicht. Jemand schreit, doch er könnte nicht sagen, ob er das selbst ist oder der Beifahrer neben ihm. Instinktiv spannt er alle Muskeln an und wartet auf den Sturz. Todesangst vor dem Schmerz und davor, nicht rechtzeitig herauszukommen, wenn das Auto auf der Wasseroberfläche aufschlägt.

Was werden seine Eltern sagen?

Es ist viel zu früh, um zu sterben.

Mittwoch, 8. August

1

Schon seit über einer Stunde sitzt Kriminalkommissarin Emma Sköld neben dem Bett ihrer Tochter. Ines kommt einfach nicht zur Ruhe. Emma legt eine Hand auf ihre Stirn, sie ist heiß. Dann ist es kein Wunder, dass sie mitten in der Nacht noch einmal aufgewacht ist.

Emma lässt den Blick über das Zimmer ihrer zehnjährigen Nichte Sofia schweifen. Es hat ein großes Fenster zum Garten, hellrosa Wände, ein Himmelbett und Schränke voll märchenhafter Kleider und Tüllröcke, glitzernder Schuhe und Haarreifen mit Krönchen.

Ein Traum für jede Zweijährige.

Eigentlich findet Emma es praktischer, wenn der Weg zur Arbeit nicht so weit ist, aber als Josefin sie gefragt hat, ob sie für ein halbes Jahr in ihrem Haus in Smedslätten wohnen wolle, hat sie ja gesagt. Vor einer Woche sind sie eingezogen. Sie haben sich darauf geeinigt, dass alles so eingerichtet bleibt, wie es ist. Emma braucht nicht viel Platz, um ihre eigenen Sachen unterzubringen. Sie hat sich nie für Kleider oder das Sammeln von Dingen interessiert und könnte auch in einem Wandschrank leben. Zweihundertsechsundzwanzig Quadratmeter plus Nutzflächen kommen ihr unsinnig viel vor; an regnerischen Tagen aber ist es natürlich schön, ein großes Haus mit viel Platz zu haben.

Endlich scheint Ines wieder eingeschlafen zu sein. Emma steht auf und schleicht sich mit angehaltenem Atem hinaus. Als sie den Flur erreicht, ohne dass ein verzweifeltes Rufen sie zurückhält, stößt sie erleichtert die Luft aus.

»Das ging aber schnell«, sagt Nyhlén und lächelt ironisch.

Emma nickt müde.

»Komm«, sagt er und greift nach ihrer Hand. »Du brauchst eine kleine Aufmunterung.«

Nein, ich will einfach nur schlafen.

Doch er scheint sich nicht abbringen zu lassen.

»Gut, dass Kerzen heutzutage so eine lange Brenndauer haben.«

Nyhlén lächelt geheimnisvoll und führt Emma die Treppe hinunter in das großzügige Wohnzimmer mit Originalstuck aus den zwanziger Jahren an der Decke.

Auf dem Tisch steht der größte Strauß roter Rosen, den Emma je gesehen hat, und ihr erster Gedanke ist: *Nein, bitte nicht jetzt!* Mitten in der Nacht, noch dazu an einem ganz gewöhnlichen Wochentag. Kerzen, eine exklusive Pralinenschachtel und eine Flasche Champagner runden das Bild ab. Die Folie und den Draht am Flaschenhals hat Nyhlén bereits gelöst. Emma schluckt. Als sie sich zu ihm umdreht, ist Nyhlén plötzlich von eins fünfundachtzig auf etwa einen Meter geschrumpft. Ihr Herz beginnt wie wild zu klopfen, er ist tatsächlich auf die Knie gegangen. *Nein!* Emma fühlt sich wie von einem Orkan erfasst, sie weiß nicht, wo sie Schutz suchen soll. Nirgends kann sie sich verstecken, nirgendwo verschwinden. Sie ist viel zu müde, um eine so grundlegende Entscheidung zu treffen.

»Geliebte Emma«, beginnt Nyhlén, dann gerät er ins Stocken.

Emma steht wie angewurzelt da, unfähig, auch nur irgendetwas zu erwidern. Sie ist sich nicht einmal sicher, ob sie überhaupt noch atmet.

»Jetzt guck doch nicht so, als wäre das hier das Jüngste Gericht, ich verlier sonst den Faden.« Nyhlén lacht und kratzt sich verlegen am Kopf.

Er hat so ein schönes Lachen, auch wenn es jetzt ängstlich klingt. Sie möchte ihn vom Boden hochziehen, das Band zurückspulen, bis sie wieder neben Ines' Bett sitzt, und dort bleiben, bis die ersten Sonnenstrahlen durch die Ritzen des Rollos dringen.

»… deshalb möchte ich dich fragen …«

Emma merkt, dass sie nur Bruchstücke von Nyhléns Rede aufschnappt, an der er wahrscheinlich die gesamten zwei Jahre, die sie in ihrer Wohnung zusammengewohnt haben, gefeilt hat.

Das macht alles nur noch schlimmer.

Er hält ihr eine kleine Schachtel hin, und es tut ihr in der Seele weh, zu sehen, wie seine Hand zittert. Erst beim dritten Versuch gelingt es ihm, den Deckel zu öffnen. Er schwitzt und ist rot im Gesicht.

»Willst du meine Frau werden … bis dass der Tod uns scheidet?«

Der Tod, immer dieser Tod.

Sekunden vergehen. Sie wissen beide, dass es kein Zögern gibt, wenn alles in Ordnung ist. Emma erträgt es nicht, auf den noch immer knienden Nyhlén herabzusehen, doch sie darf seinem Blick jetzt nicht ausweichen. Sie muss etwas sagen, alles andere wäre gemein.

»Hab ich da ein Ja gehört?«, flüstert er hoffnungsvoll, aber mit versagender Stimme. Er fasst sich an die Hüfte. »Ich glaube, ich habe mir was gezerrt …«

»Nyhlén«, sagt Emma. »Ich …«

Der Schmerz in seinem Gesicht, als er sich erhebt, ist unübersehbar. Er öffnet den Champagner, füllt die Gläser und trinkt einen großen Schluck.

»Prost«, murmelt er.

Sie setzen sich auf das große Sofa, das ihr noch nie so unbequem vorgekommen ist, und Emma sucht nach den richtigen Worten.

»Ich weiß nicht, wo ich anfangen soll«, sagt sie schließlich.

»Will ich das jetzt hören?« Nyhlén greift nach den Pralinen und isst, als wäre es seine Henkersmahlzeit. Dann stürzt er den Champagner hinunter.

Emma bemüht sich, nicht zu weinen. »Du bist ein wunderbarer Mensch.«

Nyhlén laufen die Tränen über die Wangen. »Aber?«

»Kein Aber«, sagt sie schnell und nimmt aus dem Augenwinkel das Sprudeln des Champagners in ihrem Glas wahr. Am liebsten würde sie es ebenfalls in einem Zug leeren, um ihre Panik hinunterzuspülen. Doch sie reißt sich zusammen. »Es liegt an mir.«

»Was habe ich denn falsch gemacht?«, fragt er zwischen zwei Pralinen. »Ich verstehe es einfach nicht.«

»Du hast nichts falsch gemacht«, sagt sie leise, nimmt

eine Serviette vom Tisch und reicht sie ihm. »Ich weiß nur nicht, was ich sagen soll.«

»Ich auch nicht.«

Ein unbequemes Schweigen breitet sich aus. Doch so sehr sie es sich auch wünscht, sie kann das Gefühl nicht ignorieren, das sie überkommen hat, als sie merkte, worauf es hinauslief. Sie hat nicht mit einem Heiratsantrag gerechnet und ebenso wenig mit ihrem Widerwillen. Solange ihre Beziehung einfach nur vor sich hin plätscherte, hat sie nicht weiter darüber nachgedacht, und es wäre ihr am liebsten gewesen, einfach so weiterzumachen. Ohne irgendwelche Ansprüche und ganz selbstverständlich. Oder ist das feige? Eine Flucht?

Nyhlén hält ihr die Schokolade hin, eine Praline ist noch übrig. »Möchtest du?«

»Nein, danke, nimm du sie.«

Er ist so freundlich und rücksichtsvoll, der Traum jeder Schwiegermutter. Trotzdem gibt sie ihm einen Korb. Was bin ich für eine Idiotin!, denkt sie.

Dennoch gibt es keine andere Möglichkeit.

»Es ist wahrscheinlich alles ein bisschen viel gewesen«, sagt Emma, ohne sich überlegt zu haben, was sie eigentlich sagen will. »Nach den Morden an den Bettlern ist alles so schnell gegangen, und ich bin nicht richtig zum Nachdenken gekommen. Du weißt selbst, wie chaotisch alles war, bevor Gunnar und die anderen verhaftet wurden. Der endlose Prozess und das riesige Medieninteresse. All die Talkshow-Sofas und Radiosendungen. Und du warst bei Ines und mir, wie ein rettender Engel. Dafür werde ich dir ewig dankbar sein.«

»Dann hast du das Ganze von Anfang an gar nicht so gewollt? Ist es das, was du mir sagen willst?«, fragt er und schnäuzt sich in die Serviette.

Was Nyhlén für sie getan hat, wird sie ihm nie vergelten können, und natürlich ist sie ihm dankbar und hat auch Gefühle für ihn.

Aber ist er wirklich der Richtige?

»Ich glaube, ich brauche eine Pause.«

»Antworte bitte auf meine Frage.«

Emma schüttelt den Kopf. »Nein. Ich bin müde und durcheinander, es ist besser, wenn wir später darüber reden, wenn ich das alles ein bisschen verdaut habe.«

»Wann ist ›später‹?« Er malt mit den Fingern Anführungszeichen in die Luft.

»Bitte, ich brauche Zeit. Kannst du mir die geben?«

»Was bedeutet das denn rein praktisch?«, fragt er. »Willst du, dass ich gehe? Jetzt sofort?«

»Ja, ich glaube, es ist besser, wenn du für eine Weile zu dir ziehst.«

Nyhlén verbirgt das Gesicht in der Serviette, und Emma unterdrückt den Impuls, die Hand nach ihm auszustrecken. Da sie ihm weh tut, ist es nicht an ihr, ihn zu trösten. Oh, wie sie sich wünscht, dass es zu all dem nicht gekommen wäre.

Warum musste er ihr diesen Heiratsantrag machen?

»Dann gehe ich mal«, sagt Nyhlén nach ein paar quälenden Minuten. »Ich muss nur meine Sachen packen.«

2

Eins, zwei, drei. Sobald der sechzehnjährige Gervase die Balkontür aufgebrochen hat, beginnt er zu zählen. Das hat sein Vater ihm beigebracht. Vier, fünf, sechs. Bei einem Einbruch hat man immer nur ein paar Minuten. Nicht, weil die Sicherheitsdienste oder die Polizei so schnell da wären, sondern weil Nachbarn und Passanten Verdacht schöpfen können, wenn sie bemerken, dass sich ein Schatten im Haus bewegt. Schlimmstenfalls sehen sie dann selbst nach dem Rechten. Er geht zu einer Tür, von der er annimmt, dass sie ins Bad führt, denn üblicherweise bewahren die Leute dort ihren Schmuck auf. Oder im Schlafzimmer.

Die Alarmanlage hat sich bisher noch nicht eingeschaltet. Vielleicht gibt es in diesem Haus gar keine?

Oder eine, die Vorfälle geräuschlos meldet.

Siebzehn, achtzehn, neunzehn.

Die Panik sitzt ihm im Nacken. Er öffnet den Spiegelschrank. Verschiedene Medikamente, für die er sich nicht interessiert. Unter dem Waschbecken entdeckt er dagegen ein Schmuckkästchen, das er, ohne genau nachzusehen, in den bereits frankierten Umschlag in seinem Rucksack leert. Dann fällt sein Blick auf einen Diamantring. Er sieht teuer aus. Gervase zögert kurz, dann steckt er ihn in die Innentasche seines Rucksacks.

Sechsunddreißig, siebenunddreißig, achtunddreißig. Er darf nicht aus dem Rhythmus kommen.

Plötzlich erstarrt er und lauscht. Hat da etwas geknarrt? Alte Häuser haben ihr Eigenleben, aber klang das nicht eher nach Schritten?

Dreiundvierzig, vierundvierzig, fünfundvierzig. Die Sekunden fliegen dahin, er muss raus hier. Leise schleicht er sich aus dem Badezimmer und entdeckt zu seinem Entsetzen, dass in dem langgestreckten Flur jemand steht. Eine dunkle Gestalt.

Gervase ist wie gelähmt und vergisst zu zählen.

War's das jetzt?

Eine drohende Männerstimme sagt etwas, das er jedoch nicht versteht.

Es spielt keine Rolle, er kann nur noch eins denken: Weg hier! Vor genau dieser Situation hat er sich immer gefürchtet. Genau das durfte nie passieren.

Was gibt es für Fluchtmöglichkeiten?

Der Balkon.

Doch die dunkle Gestalt versperrt ihm den Weg. Immer bedrohlicher klingt die Stimme, Gervase kann nicht mehr klar denken. Der volle Umschlag liegt sicher in seinem Rucksack, die Nacht muss also nicht vergebens gewesen sein. Wenn er jetzt allerdings nicht abhaut …

Die Zeit steht still.

Er sieht das enttäuschte Gesicht seines Vaters vor sich. Seine Verachtung. Nicht einmal einen einfachen Hauseinbruch kriegt der Bengel hin.

Gervase läuft los, trotz der Warnsignale in seinem Kopf. Nur nicht stehen bleiben. Erst jetzt bemerkt er, dass die Person vor ihm etwas in der Hand hält.

Egal. Er muss da vorbei.

Was auch immer passieren mag.

3

Emma stürzt den Champagner hinunter und löscht die Kerzen. Sie überlegt, Nyhlén ein *Sorry* zu schicken, lässt es aber sein. Es gibt nichts zu beschönigen.

Ihr lieber Thomas Nyhlén, der für sie immer Nyhlén geblieben ist, weil alle auf der Arbeit ihn so nennen und kaum noch jemand weiß, wie er mit Vornamen heißt.

Sie kann ihm nicht *Ja* sagen, wenn die Antwort *Vielleicht* ist. Das wäre ein noch viel größerer Verrat. Emma schenkt sich noch ein Glas ein, vor allem, weil sie nicht weiß, was sie jetzt tun soll. Als die Flasche so gut wie leer ist, erhebt sie sich auf unsicheren Beinen. Sie löscht die Lampen im Erdgeschoss.

Wie einsam es plötzlich ist. Gespenstisch. Leer. Zum ersten Mal ist sie als einzige Erwachsene in dem großen Haus. Rasch geht sie ins Schlafzimmer hinauf und schaltet unterwegs die Alarmanlage für das Erdgeschoss ein, wie Josefin es ihr aufgetragen hat.

Plötzlich steht Ines in der Tür.

»Ich will zu Papa«, sagt sie verschlafen, als Emma versucht, sie in ihr Bett zurückzubringen.

»Er musste noch mal los«, lügt sie.

Wie soll man einer Zweijährigen eine Trennung erklären?

Ines bricht in Tränen aus. »Er hat mir nicht tschüs gesagt.«

»Doch, aber du hast schon geschlafen«, sagt Emma. Sie weiß, dass sie jetzt nicht viele Worte machen darf, sonst ist Ines gleich wieder hellwach und kann nicht mehr einschlafen. »Komm, wir legen uns hin, es ist mitten in der Nacht.«

Ines schaut sie vorwurfsvoll an. »Ich will aber nicht.«

»Soll ich dich tragen?«, fragt Emma.

Ines weint nur noch lauter. »Ich will nicht dich, ich will zu Papa.«

Letzteres schreit sie geradezu. Emma hebt das verzweifelte Kind hoch und trägt es entschlossen ins Bett. Dann bleibt sie mit der Hand auf Ines' Rücken neben ihr sitzen, bis sie wieder eingeschlafen ist. Ihr Herz klopft. Vielleicht hat sie es ja nicht so gemeint. Vielleicht ist sie gar nicht richtig wach gewesen.

Dennoch verletzt es sie.

Denn natürlich möchte sie selbst der wichtigste Mensch für ihre Tochter sein, auch wenn sie froh ist, dass Ines sich auch auf andere Erwachsene einlässt. Nyhlén hat ein Händchen für kleine Kinder. Emma dagegen stellt sich als Mutter oft infrage. Nach fünf Monaten im Koma hat sie ihr eigenes Kind einen Monat lang alleingelassen.

Wer tut so etwas?

Niemand.

Sie redet sich ein, dass sie keine Wahl hatte.

Emma steht auf. Ist sie überhaupt dafür gemacht, Mutter zu sein? So wie ihre Schwester Josefin, die drei Kinder bekommen und diesen wirklich alles gegeben hat? Vielleicht vermisst Ines ihre Tante, die sich während ihrer Abwesenheit um sie gekümmert hat. Oder noch viel schlimmer: Hillevi, die sie als Kindermädchen betreut hat, während Emma im Krankenhaus lag. Wie viel Schaden kann ein Baby nehmen, wenn es in die Hände einer Irren gerät?

Emma versucht die unguten Gefühle abzuschütteln und geht ins Bad. Sie will gar nicht wissen, wie spät es ist, ohnehin wird sie morgen früh nicht ausgeschlafen sein. Die Zahnpasta ist so gut wie aufgebraucht, mit viel Anstrengung bekommt sie noch etwas aus der Tube. Als sie fertig ist, stellt sie die Zahnbürste in den Becher zurück. Jetzt stehen nur noch zwei darin.

Eine fehlt.

Emma kriecht in das leere Doppelbett.

Lange drehen sich ihre Gedanken im Kreis, irgendwann aber schläft sie ein.

Als sie erwacht, klopft ihr Herz wie verrückt, und sie hat keine Ahnung, ob sie nur Minuten oder Stunden geschlafen hat. Sie ist allein im Bett. Dennoch hat sie das Gefühl, als wäre noch kürzlich jemand im Zimmer gewesen.

Sie schaudert.

Nyhlén ist bestimmt nur auf Toilette, denkt sie und versucht, ihren Herzschlag zu beruhigen. Sie will sich gerade umdrehen und erneut die Augen schließen, da fällt es ihr wieder ein.

Nyhlén hat seine Tasche gepackt und ist gegangen.

4

Sobald Nyhlén den leeren Fahrstuhl zur Regionalen Einsatz- und Ermittlungseinheit im sechsten Stock betritt, werden ihm die Knie weich. Er hat keine Ahnung, wie er reagieren wird, wenn er Emma gleich begegnet. Er weiß nur, dass er sie unbedingt sehen muss.

Der Fahrstuhl hält, und er steigt aus.

Er biegt zu seinem Büro ab. Emmas Tür steht offen, er schaut hinein. Keiner da. Dann wird sie wohl mit einer Tasse Kaffee in der Küche sitzen, nach dieser schrecklichen Nacht ebenso müde wie er selbst. Er macht kehrt und gelangt durch den schmalen Flur in die Teeküche. Doch auch da ist sie nicht, sondern nur Lindberg.

»Hallo, Nyhlén, wo ist denn deine bessere Hälfte?«, fragt sein Chef.

»Keine Ahnung«, sagt Nyhlén und sucht in der Spülmaschine nach seiner Tasse.

»Ist etwas passiert?«, fragt Lindberg. »Du siehst aus wie sieben Tage Regenwetter.«

»Danke, gleichfalls«, erwidert Nyhlén mürrisch, nimmt die erstbeste Tasse und schenkt sich ein, ehe er schweren Schrittes in sein Büro trottet.

Lindberg ruft ihm etwas hinterher, das er nicht versteht. Er wird schon kommen, wenn es wichtig ist. Sie arbeiten lange genug zusammen, haben Freud und Leid geteilt. Lindberg ist ein guter Chef, der klare Anweisungen gibt und seine Mitarbeiter gerecht behandelt. Außerdem kann er delegieren und seine Leute zu Hochleistungen motivieren. Das bedeutet jedoch nicht, dass Nyhlén mit ihm über alles reden will. Nicht, wenn er selbst kaum begreift, was gerade geschieht.

Er zieht die Tür hinter sich zu, um zu signalisieren, dass er beschäftigt ist. Dann starrt er stumpf vor sich hin.

Am liebsten würde er Emma anrufen, doch das geht nicht, nicht, nachdem sie ihn hinausgeworfen, ihm einen Korb gegeben, ihn vor den Kopf gestoßen und fallengelassen hat. Er versucht nicht zu beschönigen, was passiert ist. Doch so verletzt er auch ist, nagt doch auch ein weiteres Gefühl an ihm.

Sorge.

Emma verschläft normalerweise nie.

Natürlich hatte Ines Fieber, aber Emma hätte auf jeden Fall angerufen, um zu sagen, dass sie bei ihrem kranken Kind bleiben muss. Das hätte wiederum Lindberg gewusst.

Ein Klopfen reißt ihn aus seinen Gedanken. Lindberg tritt ein.

»Du musst rausfahren, eine Person ist tot aufgefunden worden.«

»Jetzt?«, fragt Nyhlén dumm.

»Ja, Krille hat die Adresse.« Lindberg schildert kurz, was er weiß, es ist nicht vicl.

»Hast du irgendetwas von Emma gehört?«

»Nein, du auch nicht, nehme ich an?«

Nyhlén schüttelt den Kopf.

»Emma kann später dazustoßen, wenn es nötig ist«, sagt Lindberg, tritt ein Stück näher und macht die Tür hinter sich zu. »Habt ihr euch gestritten?«

»Ja und nein … Ich habe jedenfalls bei mir geschlafen«, gibt Nyhlén widerstrebend zu.

»Du weißt, dass du jederzeit mit mir reden kannst«, sagt Lindberg, statt ihn mit weiteren Fragen zu bedrängen.

»Danke.«

Krille kommt dazu, und Nyhlén folgt ihm auf den Flur.

»Hast du deine Frau verloren?«, witzelt der Kollege, als sie am Auto ankommen.

»Verdammt, konzentrier dich auf deine Arbeit«, faucht Nyhlén und setzt sich hinters Steuer.

Krille hebt entschuldigend die Hand. »Ich wusste nicht, dass du auch PMS hast«, murmelt er und lacht über seinen eigenen Witz. »Du weißt ja, was ich darüber denke, Job und Beziehung zu …«

»Habe ich dich nach deiner Meinung gefragt?«, unterbricht ihn Nyhlén und lässt den Motor an, bevor Krille die Beifahrertür zugezogen hat. Die jüngeren Kollegen haben überhaupt keinen Respekt mehr. Und gut aussehen tun sie noch dazu. »Gib lieber mal die Adresse ein, damit wir loskönnen.«

Gehorsam gibt Krille die Adresse ins Navi ein, und Nyhlén setzt zurück. Vom Beifahrersitz kommen keine weiteren Kommentare. Nyhlén hätte sie auch nicht ertragen. Seine Stimmung ist auf dem Tiefpunkt, Grabesstimmung.

Ihm fällt ein, dass sie auf dem Weg zu einem Toten sind. Jemand hat vielleicht einen geliebten Menschen verloren, und er versinkt in Selbstmitleid. Stumm verspricht er, sich zusammenzureißen. Als er vom Fridhelmsplan in Richtung Tranebergsbrücke abbiegt, rutscht ihm das Herz in die Hose. Wo müssen sie eigentlich hin?

»Was wissen wir bisher über die Person?«

»Im Grunde gar nichts, nur dass eine Putzfrau angerufen und den Fall gemeldet hat.«

»Wo?«

»In Bromma, Smedslätten.«

Nyhlén schnappt nach Luft.

»Wie ist die Adresse?«

Krille liest von seinem Zettel ab.

Josefins Straße.

5

Josefin schaltet gerade den Rasensprenger neben den Rosensträuchern ein, als ihr Handy klingelt. Nyhlén. Wie schön, denkt sie. Dann fällt ihr ein, dass etwas passiert sein könnte.

»Hallo, Nyhlén.«

»Josefin, ich hoffe, bei euch ist alles in Ordnung. Du, wie ist noch mal eure Hausnummer?«

Sie erkennt seine Stimme kaum wieder. Er klingt seltsam gepresst.

»Ist was passiert?«

»Nein, nein, ich brauche nur deine Hausnummer.«

»Aber du wohnst doch dort!« Im selben Moment schwenkt der Rasensprenger um, und ihre Beine werden nass.

»Bitte, Josefin.«

»Neunzehn.«

»Danke. Ach, und übrigens: Hast du heute schon was von Emma gehört?«

»Wie meinst du … nein. Warum?«

»Nichts. Ich muss Schluss machen.«

Er legt auf. Josefin starrt ihr Handy an. Was hat das zu

bedeuten? Sie ruft ihn zurück, doch er nimmt nicht ab. Und bei Emma springt nur der Anrufbeantworter an.

Muss sie sich schon wieder Sorgen machen?

Sobald sie an ihre Schwester denkt, die sich nicht zu blöd war, ihren eigenen Tod zu fingieren, noch dazu mithilfe ihres Vaters, beschleunigt sich Josefins Puls.

Es war Everts und Emmas Geheimnis, niemand sonst wusste Bescheid. Die beiden ahnen gar nicht, wie sehr Josefin das bis heute verletzt. Ein doppelter Verrat, über den sie noch immer nicht hinweg ist. Zwei Jahre Therapie haben rein gar nichts geholfen, sie jedoch ein halbes Vermögen gekostet. Natürlich war es gut, mit jemandem darüber reden zu können. Die Beziehung zu ihrer Schwester ist jedoch viel zu kompliziert, um sie in so kurzer Zeit aufzuarbeiten. Wenn es stimmt, dass eine Therapie genauso lange dauert, wie das Trauma gewährt hat, hat Josefin noch weitere achtunddreißig Jahre vor sich. Anschließend braucht sie ein paar weitere Jahre, um ihr Verhältnis zu Evert aufzuarbeiten. Mit anderen Worten: Familienbande kosten. Geduldig hat sie sich die Argumente ihres Vaters angehört, warum sie damals beschlossen hatten, weder sie noch ihre Mutter Marianne einzubeziehen. Was sie aber einfach nicht verzeihen kann, ist, dass sogar eine Trauerfeier für Emma abgehalten wurde.

Das war einfach zu viel.

Und so ist sie zwei Jahre später keinen Schritt weitergekommen. Sie brauchte einen Neuanfang. Das ist einer der Gründe, weshalb sie Schweden verlassen hat und nach Palma gezogen ist. Den Rest der Familie zu überreden war nicht weiter schwierig. Andreas sah darin gleich eine Möglichkeit, in Vollzeit für den Ironman zu trainieren, und für die mittlere Tochter, Sofia, war es ein aufregendes Abenteuer. Am schwersten ist es der Ältesten, Julia, gefallen, die bereits in die sechste Klasse geht und sich in ihrer Schule, der Äppelviksskola, sehr wohlgefühlt hat. Für Anton kam der Umgebungswechsel wiederum gerade rechtzeitig: Er war beim Klauen in ihrem kleinen ICA-Supermarkt erwischt worden, wo sie seit Jahren einkauften und das Personal gut kannten. Von sich aus hätte Anton so etwas nie getan, davon ist sie fest überzeugt. Aber man hat eben nicht immer Einfluss darauf, mit wem die Kinder Umgang haben.

Oder ist sie blind, weil er ihr Sohn ist?

Josefin würde gerne mit jemandem über Nyhléns Anruf sprechen, doch die Kinder sind bei einer Sportfreizeit, und Andreas ist mit ein paar Triathleten mit dem Rad nach Deià gefahren. Außerdem muss sie gleich eine Yogastunde geben, die erste, seit sie vor einer Woche auf der Insel gelandet sind. Sie müsste sich eigentlich sofort umziehen, um rechtzeitig fertig zu sein. Erst aber muss sie per App die Alarmanlage zu Hause überprüfen. Sie ist in der Hälfte des Hauses, also im Erdgeschoss, eingeschaltet, genau wie sie Emma gebeten hat. Josefin sieht die Zimmer vor sich, in deren Einrichtung sie ihr Herzblut gegeben hat. Das gelbe Holzhaus, in dem Andreas und sie als Paar gelebt, sich getrennt und wieder zusammengefunden haben. Emma ist wahrscheinlich noch dort, Nyhlén dagegen nicht, sonst hätte er sie nicht nach der Hausnummer gefragt.

Sie ist zweitausendvierhundertfünfzig Kilometer von zu Hause entfernt. Was auch immer los ist, sie kann sich gerade nicht darum kümmern.

Wieder klingelt ihr Handy, doch es ist weder Emma noch Nyhlén, sondern eine Freundin aus Bromma.

»Hast du's schon gehört?«, fragt sie aufgeregt.

»Nein?«

»In deiner Straße gibt es einen Polizeieinsatz.«

6

Nyhlén hält neben Josefins Haus. Sein Blick gleitet über die Fassade. Kein Lebenszeichen.

Ist Emma da drinnen?

Ihm fällt ihr Schweigen ein, nachdem er ihr die alles entscheidende Frage gestellt hat. Er, der immer nur ihr Bestes wollte und alles für sie getan hat. Bedeutet ihr das denn gar nichts? Sogar ihre Erklärung, warum sie damals einfach abgetaucht ist, um die korrupten Kollegen dranzukriegen, hat er akzeptiert.

Recht und Gerechtigkeit stehen bei ihr immer an erster Stelle, noch vor Familie, Freundschaft und Liebe.

Krille klopft gegen die Scheibe.

Nyhlén weiß, dass er sich eigentlich für seinen schroffen Ton vorhin entschuldigen müsste, aber er bringt es einfach nicht über sich. Und er hat das Gefühl, dass etwas in Josefins Haus nicht stimmt. Hat man ihnen doch die falsche Adresse genannt? Es ist einfach zu seltsam, dass Emma sich nicht bei Lindberg gemeldet hat. Dann entdeckt er das Absperrband und den Polizeiwagen bei den Nachbarn.

»Wollen wir reingehen?«, fragt Krille und ist schon auf dem Weg zum Eingang des gelben Holzhauses nebenan.

Nyhlén folgt ihm. Er nickt zwei Polizisten zu, die im Garten herumstehen. Auf der Treppe zur Haustür sitzt eine Frau mittleren Alters, sie sieht ziemlich mitgenommen aus. Als sie näher kommen, steht sie schnell auf und schiebt sich eine schwarze Locke aus dem Gesicht. Erst als er neben ihr auf dem Treppenabsatz steht, fällt ihm auf, wie klein sie ist. Etwa einen Meter fünfzig, größer kann sie nicht sein.

Krille und er stellen sich vor und fragen nach ihrem Ausweis.

»Ich habe nicht hier«, sagt sie in stark gebrochenem Schwedisch. »Svetlana Lipowska, mein Name.«

»Woher kommen Sie?«, fragt Nyhlén.

»Polen, aber ich lebe seit zehn Jahren in Schweden.«

Svetlana öffnet die Haustür und führt sie hinein. »Es ist schrecklich. Viel Blut.«

Ihre Jeans und ihr kariertes Hemd weisen keine Flecken auf. Gut, dann hat sie das Opfer wenigstens nicht angefasst.

»Sind Sie allein?«, fragt Nyhlén.

Die Frau wird blass. »Ja … oder wie meinen Sie das?«

»Ich wollte nur wissen, ob Sie hier zu mehreren putzen.«

»Nein, nur ich«, sagt sie und deutet auf die Treppe ins Obergeschoss. »Er liegt oben.«

Ein scharfer Reinigungsmittelgeruch schlägt ihnen entgegen. An Svetlana vorbei geht Nyhlén ins Wohnzimmer und schaut sich um. An der Decke ist eine Überwachungskamera angebracht. Das Haus hat einen etwas anderen Grundriss als Josefins, Wohnzimmer und Küche gehen hier ineinander über.

Der Raum ist klinisch rein, das Parkett glänzt.

Svetlana hat also alle eventuellen Spuren beseitigt. Falls es sich tatsächlich um ein Verbrechen handelt. Durch eins der Sprossenfenster sieht Nyhlén Josefins Haus und erliegt einem neuerlichen Flashback. Rasch schiebt er seine Gefühle beiseite und kehrt in den Flur zurück, wo Krille auf ihn wartet. Svetlana räumt einen Mopp und einen Scheuereimer aus dem Weg, die auf halber Treppe stehen.

»Wann waren Sie heute hier?«, fragt Nyhlén.

»Nach sieben, vielleicht Viertel nach. Ich putze hier jeden zweiten Mittwoch und fange immer im Keller an, dann arbeite ich mich nach oben vor. Im oberen Stock war ich etwa zwei Stunden später.«

Normalerweise kann Nyhlén die Umgebung lesen und sich einen möglichen Tathergang vorstellen, aber hier scheint nichts Außergewöhnliches vorgefallen zu sein.

Im Gegenteil, alles wirkt perfekt.

Aufgrund des erfolgten Putzens beinahe zu perfekt.

»Ist Ihnen irgendetwas aufgefallen, als Sie hier ankamen?«, fragt er. »War es zum Beispiel unaufgeräumter als sonst?«

»Nein.« Sie zeigt erneut auf die Treppe. »Er liegt oben, wie gesagt.«

Plötzlich scheint sie nervös, er ist sich jedoch nicht sicher, ob wegen des Schocks oder aus anderen Gründen.

»Wir schauen uns das mal an«, sagt er. »Warten Sie bitte auf uns, wir haben bestimmt noch weitere Fragen.«

Ihre Aufgabe als Mordermittler ist es, herauszufinden, ob ein Verbrechen stattgefunden hat. Nyhlén geht als Erster hoch, weil er die meiste Erfahrung hat. Noch bevor er oben angekommen ist, sieht er die Leiche und muss den Blick kurz abwenden. Egal wie oft er schon tote Menschen in schrecklichem Zustand gesehen hat, ist es jedes Mal wieder schlimm. Der Geruch des Todes bohrt sich ihm in die Nase.

Ein toter Jugendlicher liegt vor ihm im Flur, lediglich mit einer Unterhose bekleidet. Boden und Wände sind voller Blut.

Es ist absolut still.

Zu Beginn einer Ermittlung gibt es nur Fragezeichen. Seine Aufgabe ist es, eins nach dem anderen auszumerzen. Der Junge liegt auf der Seite, das Gesicht abgewandt. Das Blut aus der Wunde an seinem Kopf hat eine große Pfütze gebildet, eher schwarz als rot. Die Blutspritzer an den Wänden und an der Tür reichen bis auf einen Meter siebzig ungefähr, was darauf hindeutet, dass irgendeine Form von Auseinandersetzung stattgefunden hat, während das Opfer noch stand. Die Kopfverletzung scheint ihm durch einen Schlag mit einem Gegenstand beigebracht worden zu sein. Doch womit bleibt unklar, es liegt nichts Verdächtiges herum.

Das erste Fragezeichen kann Nyhlén also bereits streichen.

Es handelt sich zweifelsohne um Mord.

Aber wer erschlägt einen Jugendlichen?

7

Emma erwacht mit schwerem Kopf, der ganze gestrige Tag kommt ihr vor wie ein böser Traum. Sie starrt an die Decke und sieht wieder vor sich, wie Nyhlén mit gepacktem Koffer das Haus verlässt.

Hat sie völlig den Verstand verloren?

Vielleicht hat Josefins Gerede über den Mut zu Veränderungen sie mehr beeinflusst, als sie gedacht hat. In letzter Zeit ist ihr Leben in sehr eingefahrenen Bahnen verlaufen. Nyhlén hat das gefallen, während sie selbst sich immer öfter eingeengt gefühlt hat. Auch das Thema Kinder hat er immer wieder angeschnitten, wodurch sie sich sehr unter Druck gesetzt fühlte.

Wäre es nicht schön für Ines, wenn sie ein Geschwisterchen bekäme?

Doch, wenn du Schwangerschaft, Geburt und die ersten beiden Jahre übernimmst, hat sie stets geantwortet und damit die Diskussion beendet. Aus Liebe ist eher wieder Freundschaft geworden, und wenn Emma ganz ehrlich ist, hat sie es vielleicht nie anders empfunden: dass er ihr bester Freund ist, nicht mehr und nicht weniger.

Nyhlén trägt sie auf Händen. Aber was sie braucht,

ist Widerstand und nicht jemand, der vor ihr niederkniet. Diese Erkenntnis treibt sie schier zur Verzweiflung. Sie will Nyhlén nicht verletzen. Und noch weniger Ines, die ihn über alles liebt. Längst hat er die Vaterrolle bei ihr eingenommen. Dennoch ist Emma überzeugt, dass sie nicht anders hätte handeln können. Nyhléns Heiratsantrag hat ihr Beklemmungen verursacht.

Und dann ist es doch ehrlicher, die Beziehung zu beenden, bevor es zu spät ist, oder?

Plötzlich erinnert sie sich wieder an das Gefühl, jemand wäre im Schlafzimmer gewesen, irgendwann in den frühen Morgenstunden. Anschließend hat sie sehr unruhig geschlafen und seltsame Alpträume gehabt. Sie glaubt nicht, dass sie sich das nur eingebildet hat.

Jemand ist im Haus gewesen.

Jetzt ist Emma hellwach. Warum zieht es eigentlich durch die Schlafzimmertür?

Und was sind das für seltsame Geräusche?

Ein unregelmäßiges Klopfen.

Sie steht auf und geht nach nebenan. Die Balkontür schlägt im Wind. Emma benutzt sie oft zum Lüften, achtet normalerweise aber penibel darauf, abends aufgrund des Einbruchsrisikos alle Türen und Fenster zu schließen. Nach Nyhléns emotionalem Auftritt und dem Champagner muss sie es diesmal vergessen haben.

Ines!

Emma ruft ihren Namen und rennt auf den Balkon. Manchmal schlafwandelt ihre Tochter, außerdem ist sie in der Nacht wach gewesen und hat nach Nyhlén verlangt. Emma stürzt zum Geländer, während sie gleichzeitig versucht, die Bilder von ihrer leblosen Tochter unten auf der Terrasse zu verdrängen, die unmittelbar vor ihrem inneren Auge aufflackern.

Doch da ist nichts.

Die nächste Schreckensvision lässt nicht lange auf sich warten. Was, wenn Gunnar einen seiner Gefolgsleute geschickt hat? Emma weiß, dass sie jederzeit mit einer Racheaktion rechnen muss, nachdem sie den Polizeichef und seine Verbündeten überführt hat. Gunnar hat zwar lebenslänglich bekommen, aber natürlich hat er Kontakte außerhalb der Gefängnismauern. Auch aus diesem Grund war es für sie eine ideale Lösung gewesen, nach Bromma zu ziehen, an eine Adresse, unter der sie nicht gemeldet ist.

Niemand weiß, dass sie hier wohnt.

Außer der Familie.

8

Auf der Treppe ist von einem bestimmten Winkel aus ein Schuhabdruck zu sehen. Nyhlén tritt beiseite, um keine Spuren zu zerstören.

»Vorsicht, dort rechts«, sagt er zu Krille und deutet auf den Abdruck. »Vielleicht stammt der vom Täter.«

Kurz stutzt er, denn er meint von Weitem Emma rufen zu hören. Jetzt fange ich auch noch an zu halluzinieren, denkt er bei sich und überlegt, ob es Zeit wird, sich einliefern zu lassen.

Rasch versucht er sich wieder auf die Arbeit zu konzentrieren.

Der Arzt, der hinzugerufen worden ist, stellt den Totenschein aus. Deck den Jungen doch zu, denkt Nyhlén, weiß aber natürlich eigentlich, dass nichts verändert werden darf, ehe nicht die Spurensicherung da war. Er ruft Lindberg an und schildert die Lage.

»Ich schicke euch die Techniker«, verspricht sein Chef.

Krille sieht ein wenig mitgenommen aus. Nyhlén weiß noch genau, wie er selbst die erste Zeit bei der Mordkommission erlebt hat. Er hat sie als spannend, gleichzeitig aber auch oft genug erschütternd in Erinnerung. Er lässt den Kollegen deshalb erst mal in Ruhe, damit er die Eindrücke verarbeiten kann. Während sie auf die Techniker warten, versucht Nyhlén, sich einen besseren Eindruck darüber zu verschaffen, was genau geschehen sein könnte, und muss dabei über die Leiche steigen, um an ihr vorbeizukommen. Ein Junge, der noch das ganze Leben vor sich hatte. Wahrscheinlich achtzehn oder neunzehn Jahre alt. Es kommt ihm so unnötig vor, so überflüssig. Können das Einbrecher gewesen sein, die auf frischer Tat ertappt worden und dann zum Angriff übergegangen sind? Weil er sich ihnen entgegengestellt hat?

Er schaudert, denn er muss an Emma denken. Sie hätte genauso gehandelt. Statt sich zu verstecken und in Sicherheit zu bringen, hätte sie nachgeschaut, was los war. Es hätte ebenso gut sie treffen können, sie könnte jetzt leblos in Andreas' und Josefins Wohnung auf dem Boden liegen. Aber es ist nicht Emma. Und derjenige oder diejenigen, die das hier getan haben, werden nicht ungeschoren davonkommen, dafür wird er persönlich sorgen.

Zorn ist ein gutes Heilmittel, wenn sich das Leben gerade schwierig anfühlt. Es hält seine Sorge um Emma auf Abstand.

Im Bad sind die Schubladen herausgezogen, jemand hat ein großes Chaos veranstaltet. Nyhlén fasst nichts an, fühlt sich jedoch in seiner Einbruchstheorie bestätigt. Was ihn noch mehr überzeugt, ist die weit geöffnete Balkontür. Könnte das der Fluchtweg gewesen sein? Ist der Täter möglicherweise auch dort hereingekommen? Nyhlén stellt sich vor, dass es Männer waren, denn rein statistisch gesehen sind neun von zehn Einbrechern männlich. Er bewegt sich so behutsam wie möglich, dennoch werden sich die Techniker wohl beschweren, weil der Boden noch nicht mit Schutzfolie abgedeckt ist. Vom Balkon aus schaut er nach unten.

Bis zum Boden sind es höchstens drei Meter.

Eine Höhe, aus der man springen kann, ohne sich zu verletzen. Er späht zu Josefins Haus hinüber und stellt fest, dass auch bei ihr die Balkontür offen steht. Seine Kehle schnürt sich zusammen, er will hinüberlaufen und sich versichern, dass es ihnen gutgeht. Möchte die beiden Menschen beschützen, die er mehr als alles andere liebt. Doch er hält sich zurück. Weshalb sollte ihnen etwas zugestoßen sein? Energisch schüttelt er sein Unbehagen ab. Als er die Tür genauer untersucht, entdeckt er Einbruchsspuren.

Dann klingelt plötzlich ein Handy.

Die Tonfolge kommt ihm bekannt vor, dennoch fällt ihm nicht ein, was es für eine Melodie ist. Nyhlén geht ins Schlafzimmer. Das Handy liegt auf dem Nachttisch, es war die Weckfunktion, die er gehört hat. Jetzt also, um Viertel nach zehn, wollte der Junge aufstehen. Sich anziehen, frühstücken, wie an jedem beliebigen Morgen. Doch jemand hat dafür gesorgt, dass es nicht dazu kam. Ein oder mehrere Unbekannte.

Nyhlén überlegt, warum die Einbrecher das Handy nicht mitgenommen haben. Ist ein gebrauchtes iPhone heutzutage nichts mehr wert? Oder haben sie das Haus fluchtartig verlassen, nachdem ihnen klarwurde, was sie getan hatten?

Er hört, wie im Erdgeschoss die Haustür geöffnet und kurz darauf wieder geschlossen wird. Rasch läuft er hin.

»Wo ist Frau Lipowska?«, erkundigt er sich bei Krille.

»Sie wollte draußen eine rauchen«, erwidert der.

Als Nyhlén vor die Tür tritt, kann er sie jedoch nirgends entdecken.

Sofort braust er auf: »Wie schwer kann es sein, auf einen einzelnen Menschen aufzupassen?«

9

Svetlana eilt so schnell sie kann Richtung Smedslättstorget, vermag aufgrund ihrer schmerzenden Knie aber nicht zu rennen. Immer wieder schaut sie sich ängstlich um, davon überzeugt, dass jederzeit ein Polizeiwagen auftauchen könnte. Wenn sie die nächste Straßenbahn erwischt, ist alles gut. Sie steht schließlich nicht unter Verdacht. Zumindest noch nicht.

Svetlana ballt die Faust in der Tasche.

Die Straßenbahnschienen kreischen, und sie beeilt sich noch mehr, überquert den Bergviksvägen, ohne nach rechts und links zu schauen. Ein weinroter Lexus bremst wenige Zentimeter vor ihr scharf ab, sie spürt den Luftzug von der Motorhaube.

Das Fenster auf der Fahrerseite öffnet sich, und eine junge Frau schaut heraus. »Ich habe Sie nicht gesehen. Ist alles in Ordnung?«

Svetlana nickt und eilt weiter Richtung Straßenbahnstation. Die Bahn hält, und ein paar Personen steigen aus, dann schließen sich die Türen wieder. Svetlana ist nur noch wenige Meter entfernt, doch der Fahrer starrt stur geradeaus. Sie ist sich sicher, dass er sie absichtlich ignoriert. Warum sollte ich wegen einer alten Hexe warten, wird er sich sagen. Verzweifelt winkt sie, doch er fährt weiter, ohne sich umzublicken.

Ganz allein bleibt sie auf dem Bahnsteig zurück, den Tränen nahe.

Kein Blaulicht, keine Polizei. Sie muss sich zusammenreißen. Das ist allerdings schwierig, wenn man nur eines denken kann: Warum bin ich vom Tatort weggelaufen? Am besten wäre es, sie hätte die Polizei gar nicht erst gerufen, sondern jemand anderen den Toten entdecken lassen.

So viel Blut. Und dann die unnatürlich blasse Haut.

Svetlana kneift die Augen zusammen und hofft, die alptraumhaften Bilder wieder loszuwerden. Den übel zugerichteten Schädel. Der Polizei hat sie gesagt, sie habe sofort angerufen. Das ist aber nicht wahr. Zwei Stunden hat sie gebraucht, um mit zitternden Fingern die 112 zu wählen. Zwei Stunden der Angst – noch nie zuvor hat sie so gründlich geputzt. Sie wird alt, sie kann keine Rückschläge mehr verkraften. Zwar ist sie noch keine sechzig, dennoch ist sie erschöpft. Zehn Jahre lang war Schweden für sie ein guter Ort. Bis heute. Jetzt lassen nicht nur die Knie nach, auch der Rücken will nicht mehr so recht. Es ist kräftezehrend, acht Stunden täglich zu putzen. Sich zu bücken und wiederaufzurichten. Schwere Staubsauger und Eimer voll Wasser zu schleppen, treppauf, treppab, Zimmer für Zimmer.

Doch was hat sie für Alternativen?

Sie ist stolz auf ihren Betrieb, und dass es ihr gelungen ist, hier in Schweden eine eigene Reinigungsfirma aufzubauen. Dass sie genug verdient, um zurechtzukommen. Soll sie das alles verlieren? Sie hatte gar keine andere Wahl, als die Polizei zu verständigen. Viel verdächtiger wäre es gewesen, wenn sie es nicht getan hätte, denn die Familie hatte sie vor ihrer Heimkehr aus dem Urlaub zum Großputz bestellt.

Niemand sollte zu Hause sein.

So hatte man es ihr gesagt, doch das stimmte nicht.

Sie schluckt.

Die nächste Bahn fährt in elf Minuten.

Svetlana öffnet ihre Faust und starrt auf den scheinbar unbedeutenden kleinen Gegenstand, den sie auf der Treppe gefunden hat, als sie für die Polizei den Scheuereimer beiseitegeräumt hat. Was, wenn sie ihn vor ihr entdeckt hätten?

Dann wäre alles verloren gewesen.

10

Der Kick, den ihm der Einbruch verschafft hat, obwohl nicht alles nach Plan gelaufen ist, verflüchtigt sich allmählich. Wie immer ist Gervase morgens um sechs aufgestanden, um zur Arbeit zu gehen. Auf die Schürfwunde am Ellbogen hat er sich ein Pflaster geklebt, er ärgert sich, dass er am Tatort so viele Spuren hinterlassen hat. Seine Schuhe sicherheitshalber wegzuwerfen kann er sich ebenfalls nicht leisten, er wird sie behalten, so riskant es auch ist. Auch an den Blutflecken am Fallrohr kann er nichts ändern, doch solange sie ihn nicht festnehmen, können sie ihn ja auch nicht überführen.

Das redet er sich zumindest ein.

Der Umschlag ist nicht ganz so voll gewesen, wie er gehofft hatte, und dann die Panik, in der das Ganze endete … Nein, er will nicht daran zurückdenken. Gervase fasst sich ans Handgelenk, es ist geschwollen und blau angelaufen. Auch an der Wade hat er sich verletzt, es ist jedoch nur eine oberflächliche Wunde.

Jetzt heißt es, die Zähne zusammenbeißen und sich nichts anmerken zu lassen.

Seine Aufgabe besteht darin, auf dem weitläufigen

Grundstück das jeweils benötigte Baumaterial herbeizuschaffen und es den Zimmermännern zu bringen. Er ist hier nur der Handlanger. Niemand wechselt ein überflüssiges Wort mit ihm, deshalb kann er in Ruhe über die nächtlichen Ereignisse nachdenken.

Das Haus sah völlig verlassen aus und lag zudem geschützt, von der Straße nicht einsehbar. Ein guter Fluchtweg ist seinem Vater zufolge das A und O. Gervase hat sich das Objekt genau ausgesucht und den Einbruch sorgfältig geplant. Er ist bedachtsam vorgegangen, hat nichts übereilt, sondern alles richtig gemacht. Sogar das Zählen hat er nicht vergessen.

Dennoch ist es schiefgelaufen.

Wo, verdammt, kam der Typ plötzlich her? Er hat ihn fast zu Tode erschreckt. Gervase flucht innerlich und macht sich heftige Vorwürfe, um ein Haar hätte er alles vergeigt. Sein Vater wäre außer sich gewesen.

Eigentlich hat Gervase gar keine Lust, in seine kriminellen Fußstapfen zu treten. Doch was bleibt ihm anderes übrig?

Es wäre lächerlich, sich einzubilden, er hätte eine andere Chance, wie etwa Eishockeyprofi zu werden. Er besitzt ja nicht einmal Schlittschuhe. Oder Fußballer, wenn er keine Fußballschuhe hat. Ist doch klar, dass er in keine Mannschaft käme.

Alles begann mit kleinen Diebstählen von Autoteilen, und dann wurde es immer mehr. Am lukrativsten ist es, Gold zu stehlen, denn das kann man einschmelzen und weiterverkaufen, ohne irgendwelche Spuren zu hinterlassen. Schmuck und Bargeld sind jedoch auch nicht zu verachten.

Wirklich stolz ist er darauf allerdings nicht.

Und nach der letzten Nacht ist er sich auch nicht einmal mehr sicher, ob es das Risiko überhaupt wert ist. Er darf nicht erwischt werden, und genau das wäre beinahe passiert. Um Haaresbreite ist er der Katastrophe entronnen. Verdammt, was für ein Pech, dass dieser Typ auftauchen musste! Aber jetzt muss er das hinter sich lassen. Nach vorne schauen. Klar mag das hart und mitleidlos erscheinen, aber von außen hat man immer gut reden. Wenn er die Chance gehabt hätte, ein reiches und geborgenes Leben zu führen, hätte er sie ergriffen, das ist doch gar keine Frage.

Etwa ein Leben hier in Bromma. Wo die Familien eigene Paläste mit Privatpools, großen Gärten und Trampolins bewohnen. Ihre Häuser sind so groß, dass sie sich darin verlaufen können. Er selbst teilt sich in einem Wohnwagen mit undichter Toilette, bei der noch dazu nur jedes dritte Mal die Spülung funktioniert, die Matratze mit einem fremden Bauarbeiter, der wie er aus Litauen stammt.

»Das sind die falschen Nägel«, schimpft der Kollege, dem er gerade eine Schachtel gebracht hat, und wirft sie ihm wieder hinunter.

Gervase wird aus seinen Gedanken gerissen, aber zu spät. Die Nägel verteilen sich auf dem Boden, und er muss sie einzeln aufsammeln. Der Auftrag, an dem sie schon seit mehreren Wochen arbeiten, geht langsam auf sein Ende zu. Im Grunde hätten sie längst fertig sein können, wenn der Bauherr nicht an allem und jedem etwas auszusetzen gehabt hätte. Alle Bauarbeiter sind genervt und wollen nur noch nach Hause zu ihren Familien. Gervase ist wahrscheinlich der Einzige, der lieber in Bromma bleiben will, um zu versuchen, einen weiteren Auftrag zu finden. Schade nur, dass er nicht besser bezahlt wird. Dann blieben ihm die nächtlichen Ausflüge vielleicht erspart. Am liebsten würde er auf eigenen Beinen stehen.

Unabhängig sein von seinem Vater.

II

Panisch läuft Emma in Ines' Zimmer. Zum Glück liegt sie in ihrem Bett und schläft. Emma setzt sich neben sie und streichelt ihre Wange, doch es dauert, bis sie richtig wach ist.

»Hallo, mein Schatz«, sagt Emma und fühlt ihr die Stirn. Sie ist immer noch sehr warm.

Emma weiß nicht, was sie von der offenen Balkontür halten soll. Vielleicht interpretiert sie da ja auch viel zu viel hinein? Es muss eine natürliche Erklärung geben. Sie hat einfach vergessen, sie zu schließen, Punkt.

Weil sie zu viel Champagner getrunken hat.

Dennoch schaut sie sich die weiß gestrichene Balkontür genauer an. Sie scheint tatsächlich einmal aufgebrochen worden zu sein, möglicherweise sind die Spuren aber schon älter. Überhaupt ist die Tür bei näherer Betrachtung ziemlich ramponiert. An mehreren Stellen hat sich der Kitt gelöst, und eine Scheibe ist gesprungen. Bestimmt ist sie nachts vom Wind aufgegangen.

Mehr ist es vielleicht gar nicht gewesen.

Als Emma zurückgeht, bemerkt sie ein Taschenbuch auf dem Boden und bückt sich, um es aufzuheben. Unter dem Regal schaut etwas hervor. Der weiße Porzellanhund mit den silbernen Verzierungen. Er ist zerbrochen, dennoch erkennt sie ihn sofort. Auch erinnert sie sich genau, dass damals sie und nicht Josefin ihn auf dem Flohmarkt kaufen durfte. Die Frage ist, wie er hierherkommt. Josefin muss ihn mitgenommen haben, als sie geholfen hat, Emmas Wohnung aufzulösen. Als alle gedacht haben, sie wäre tot.

Emma hebt die Scherben auf, um den Hund zu kleben, gleichzeitig wird ihr bewusst, dass es sehr viel schwieriger werden wird, die Beziehung zu ihrer Schwester zu kitten.

Obendrein kehrt das ungute Gefühl zurück, dass möglicherweise doch etwas nicht stimmt. Natürlich kann der Hund schon eine Weile unter dem Regal liegen, aber das Buch ist ja nicht von selbst heruntergefallen.

Der Gedanke, jemand könnte in der Nacht im Haus gewesen sein, beunruhigt sie zutiefst. Es fühlte sich so real an, als sie mit einem Puls von hundertachtzig erwachte.

Sie schaut auf die Uhr und stellt erschrocken fest, dass es schon fast halb elf ist.

Die Kollegen werden sich fragen, wo sie bleibt.

Sie geht ins Schlafzimmer, um Lindberg anzurufen und sich für ihr Verschlafen zu entschuldigen. Oder soll sie vorher Nyhlén informieren, was passiert ist? Allerdings ist sie sich ja nicht einmal sicher, ob jemand im Haus war, und so beschließt sie, es nicht zu tun.

Josefin hat mehrfach versucht, sie zu erreichen, wie sie mit Blick auf ihr Handy sieht. Sie wählt ihre Nummer.

»Hallo, du hast versucht mich zu erreichen?«

»Nyhlén hat vorhin angerufen und mich nach unserer

Hausnummer gefragt – völlig verrückt. Und dann hat sich noch eine Freundin von mir aus Bromma gemeldet.«

»Ja?«

»Anscheinend ist ziemlich was los in unserer Straße, deshalb habe ich mir Sorgen gemacht. Kannst du mir sagen, was genau passiert ist?«

Nein, ich bin eben erst aufgewacht.

Das sagt Emma natürlich nicht. Auch erzählt sie nichts von den Ereignissen der Nacht. Sie will Josefin nicht beunruhigen. Und Nyhlén, ist er hier? Hat es in der Nachbarschaft einen Toten gegeben? Sonst hätten sie doch kaum die Mordkommission losgeschickt.

»Ich melde mich, sobald ich etwas weiß«, sagt sie und beendet das Gespräch.

Dann schaltet sie die Alarmanlage im Erdgeschoss aus und sieht durch das Fenster, wie nebenan ein Wagen hält. Ein Mann und eine Frau steigen aus.

Emma kennt sie.

Sie sind von der Spurensicherung.

12

Nyhlén ist erleichtert, als er sieht, dass es Emma ist, dennoch widerstrebt es ihm, das Gespräch anzunehmen. Das Herz tut ihm weh. Er kann ihren Anruf deshalb jedoch nicht einfach ignorieren.

»Ja?«, sagt er und nickt den Technikern in ihren weißen Schutzanzügen zu. Er deutet die Treppe hinauf.

»Sorry, ich habe verschlafen. Was ist passiert?« Emma klingt völlig neutral, sie hat sich also entschlossen, professionell zu sein.

Praktisch, dass sie das so hinbekommt, gleichzeitig aber auch irgendwie unheimlich. Er möchte ihre richtige Stimme hören, die wirklich ihn meint. Doch er steht an einem Tatort, ein junger Mensch ist auf brutale und abscheuliche Weise ums Leben gekommen. Das darf er über seinem eigenen Kummer nicht vergessen.

Er zeigt den Technikern den Schuhabdruck.

»Ein Toter, wahrscheinlich ermordet, gleich bei euch nebenan«, sagt er zu Emma und fasst kurz zusammen, was passiert ist. »Ich wusste nicht, dass jemand zu Hause ist.«

»Nein, die Familie war eigentlich verreist«, sagt Emma. »Bist du jetzt drüben?«

»Ja, die Techniker sind gerade gekommen.«

Mit Hilfe von Spurensicherungsfolie übertragen sie den Schuhabdruck auf ein schwarzes Blatt Papier, um ihn zur forensischen Untersuchung weiterleiten zu können.

»Ich habe es durchs Fenster gesehen«, sagt Emma. »Ich kenne die betroffene Familie nicht. Soll ich Josefin anrufen und mich nach ihnen erkundigen, bevor ich zu euch stoße?«

»Warte lieber noch ein bisschen.«

»Wer ist das Opfer?«

»Ein Jugendlicher.«

Plötzlich ist Ines im Hintergrund zu hören. Nyhléns Herz krampft sich vor Sehnsucht zusammen, als er hört, wie kläglich sie klingt.

»Hunger«, jammert sie.

»Warte, mein Schatz, ich kümmere mich gleich um dich«, sagt Emma liebevoll. Und dann mit veränderter Stimme zu ihm: »Sie hat Fieber, ich kann sie nicht in den Kindergarten bringen. Ich frage meine Eltern, ob sie sie nehmen können, dann komme ich zu euch.«

»Ich will zu Papa«, klagt Ines.

Und ich will zu dir, denkt Nyhlén traurig. Und zu Emma.

Zu gerne möchte er bei ihnen sein und Ines in den Arm nehmen, ihr sagen, dass alles wieder gut werden wird.

Sie trösten. Und sich auch.

Krille klopft ihm auf die Schulter. »Ich habe etwas gefunden. Wahrscheinlich die Mordwaffe.«

13

Während der gesamten Yogastunde ist Josefin in Gedanken in Bromma gewesen. Sie muss unbedingt herausfinden, was passiert ist, wird in der Lobby jedoch von einer Kursteilnehmerin aufgehalten, die mit ihr über ihre Inkontinenz sprechen will. Josefin wimmelt sie höflich ab, indem sie ihr ein paar Übungen nennt, dann verlässt sie das Sunprime. Ironischerweise lernt sie in Palma nur Schweden kennen, konnte es sich aber auch nicht leisten, das Angebot abzulehnen, ein paar Trainingseinheiten für die Teilnehmerinnen der Amelia-Leserreise zu geben.

Jetzt schaltet sie ihr Handy wieder ein. Als Trainerin ist sie Profi darin, alles zu geben und voll und ganz dabei zu sein, im nächsten Moment aber steckt sie doch wieder mit der Nase in ihrem Handy, genau wie alle anderen auch. Sie weiß, dass diese Abhängigkeit unwürdig ist, kann aber nicht anders. Vor allem nicht heute.

Alles, was sie über den Polizeieinsatz wissen muss, dürfte inzwischen bei den Bromma-Freunden zu lesen sein, einer geschlossenen Facebook-Gruppe mit fünftausendsiebenhundert Mitgliedern, die immer noch stetig wächst. Gegen ihren Willen wird sie immer wieder von diesem Forum angezogen, obwohl sie Bromma gerade deshalb verlassen hat: weil sie keine Lust mehr hatte, sich mit Fahrraddiebstählen, entlaufenen Katzen, Lärmbelästigung durch Feuerwerk und gefundenem Spielzeug auseinanderzusetzen. Der Tropfen, der das Fass zum Überlaufen brachte, war das Foto eines abgetrennten Fuchskopfes gewesen, das jemand gepostet hatte. Der letzte Beitrag ist jedoch etwas ganz anderes: das Foto eines gelben Hauses. Ihre nächsten Nachbarn. Josefin stockt der Atem, und sie muss sich zwingen zu lesen, was in dem Text dazu steht.

Blaulicht in Smetslätten.

Wilde Spekulationen darüber, was bei Familie Eklund passiert sein könnte, schießen ins Kraut. Keiner scheint etwas zu wissen, aber alle stellen Vermutungen an, und immer weitere Szenarien kommen dazu, die von den anderen bestärkt oder dementiert werden. Josefin kehrt im erstbesten Café auf der Strandpromenade ein und bestellt einen Cortado. Das hier muss sie erst einmal verdauen und versuchen sich zu beruhigen. Atmen. Vielleicht ist es gar nicht so schlimm, wie es aussieht, auch wenn die Villa mit blauweißem Polizeiband abgesperrt ist. Die Familie ist ja nicht einmal zu Hause, da sie den Sommer immer in Nizza verbringt. Sie braucht sich also keine Sorgen um Carolina, Mattias, Robin und Theo zu machen.

Jemand auf Facebook vermutet, dass es sich um eine ausländische Einbrecherbande handelt, die während eines Einbruchs erwischt worden ist, und dass deshalb das Polizeiaufgebot so groß ist. Vielleicht hat es Verletzte gegeben oder sogar einen Toten, schreibt dieselbe Person. Eine andere behauptet zu wissen, dass in ihrer Gegend Handwerker, Reinigungsfirmen, Reklameboten und Taxifahrer zusammenarbeiten, um Einbrüche zu verüben. Sie bekämen eine ordentliche Abfindung für Tipps darüber, in welchen Häusern Wertsachen zu holen seien und welche den Sommer über leer stehen würden.

Am schlimmsten sind die Reinigungsfirmen.

Diese Behauptung stellt die Mutter eines Mädchens aus Sofias Klasse auf, der prompt widersprochen wird. Eine andere Frau schreibt, sie besitze selbst eine Reinigungsfirma und es sei ausgeschlossen, dass ihre Angestellten Einbrechern Tipps geben würden. Taxifahrern dagegen könne man überhaupt nicht mehr trauen. Auch das bleibt nicht unwidersprochen, die Einbrecher würden viel mehr nach dem Taxeringskalender gehen, in dem Einkommen und Steuern aller Schweden genau aufgelistet sind. Josefin verlässt den Thread, als ein neuer Post auftaucht.

Im Haus wurde ein Toter gefunden. Diesmal ist es wohl aus dem Ruder gelaufen. Bin in Gedanken bei der Familie des Opfers.

Jetzt treffen die Kommentare in immer rascherer Folge ein.

Was habe ich immer gesagt?

Schweden geht den Bach runter.

Was muss noch passieren, damit die Polizei es begreift?

Wann werden wir gated community?

Josefin trinkt einen Schluck Kaffee und denkt angestrengt nach, kann sich aber nicht vorstellen, wer der Tote sein könnte. Sie hätte doch gewusst, wenn das Haus über den Sommer vermietet worden wäre. Oder ist die Familie früher aus dem Urlaub zurückgekehrt? Sie traut sich kaum weiterzulesen. Seit die Gruppe initiiert wurde, ist sie ihr gefolgt, wenn auch mit wachsendem Entsetzen. Am Beginn standen lauter gute Absichten, man wollte Einbrüche verhindern, doch dann ging es plötzlich um ganz andere Dinge. Die Leute schienen überhaupt kein Taktgefühl mehr zu haben. Immer häufiger fungierte die Seite wie ein nicht kontrolliertes Schwarzes Brett oder eher eine Deponie für die Wut der Menschen.

Da die Polizei unfähig ist, müssen wir selbst handeln.

Das war einer der ersten Posts in der Gruppe, und er löste reinstes Chaos aus, denn einige nahmen diese Aufforderung bitterernst. Jeder Kastenwagen, der durch die Straßen fuhr, wurde fotografiert, die Leute sprachen ausländische Gastarbeiter an, fragten, was sie dort zu suchen hätten, und wenn sie nicht rechtzeitig eine plausible Erklärung parat hatten, wurde die Polizei gerufen. Ständig wurden heimlich fotografierte Bilder von Männern mit Kapuzenpullover und Rucksack veröffentlicht.

Achtung! Verdächtiger Typ um die Mittagszeit gesichtet, scheint Häuser auszuspionieren.

Das ist mein Sohn beim Zeitungaustragen! Lösch sofort das Bild, sonst zeig ich dich an!

Jeder ist schuldig, bis das Gegenteil bewiesen ist.

Zumindest jeder, der aussieht, als gehöre er nicht nach Bromma.

Die Stimmung ist aufgeheizt, und die Leute versuchen, die Dinge selbst in die Hand zu nehmen. Eine Variante der ausartenden Bürgerwehren. Wenn sie so etwas liest, fragt sich Josefin, ob sie je wieder zurück will. Manche ihrer eigenen Bekannten sind allem Anschein nach völlig durchgedreht, und oft enttäuschen sie ausgerechnet Leute, von denen sie gedacht hatte, sie wären vernünftig, indem sie sich als die Schlimmsten outen.

Josefin sieht den Stadtteil Bromma vor sich, den Ålstensängen mit den weißen Per-Albin-Häusern, diesem modernen Wohnprojekt. Den belebten Marktplatz in Ålsten mit seinen Geschäften und dem prächtigen Schulgebäude auf der Anhöhe.

Wer würde freiwillig so ein Idyll verlassen?

Ich. Josefin schaut kurz auf die Palmen und das Meer, bevor sie weiterliest.

Der Mörder war bestimmt keiner von hier.

Wie kann man so etwas behaupten? Josefin begreift nicht, wie die Leute glauben können, auf alles eine Antwort zu haben. Sie zeigen ganz offen, wie rassistisch sie sind, und merken es nicht einmal. Oder sie pfeifen darauf, was andere über ihre Verachtung gegenüber Ausländern denken. Josefin kann einfach nicht fassen, wie gut ausgebildete, intelligente Menschen mit einflussreichen Stellungen in der Gesellschaft sich so aufführen können. Natürlich sieht auch sie, dass die Zahl der Einbrüche stark gestiegen ist. Das bedeutet in ihren Augen jedoch nicht, dass alle, die nicht in Bromma gemeldet sind, sich dort mit bösen Absichten herumtreiben. Schon oft war sie drauf und dran, etwas zu dem Menschenbild zu schreiben, das sich ihr hier bietet, hat aber stets genügend Selbsterhaltungstrieb aufgebracht, es zu unterlassen. Sie wäre gelyncht worden.

Auch hat sie überhaupt keine Lust, ihre Nachbarn zu erziehen. Vor allem nicht, solange sie als eine Art Luxusgattin auf Mallorca weilt. Man würde ihr nur vorwerfen, sie hätte sich mitten in der Krise aus dem Staub gemacht, wenn doch alle zusammenhalten müssten.

Ein weiterer Kommentar lässt es ihr kalt den Rücken hinunterlaufen.

Der Sohn war allein zu Hause.

Robin?

14

Svetlana schließt die Wohnungstür auf. Ihr Atem geht rasselnd, vor Anspannung meint sie, ohnmächtig werden zu müssen. Schon in der Bahn war die Luft so schlecht, man drohte fast zu ersticken.

Im Flur streift sie ihre Schuhe ab und geht direkt unter die Dusche. Ihrem zweiten Kunden für heute hat sie bereits während der quälenden Rückfahrt per SMS abgesagt, als sie wie auf Nadeln saß und nur darauf wartete, dass Leute in Uniform sie ergreifen und vor den Augen aller Mitfahrenden festnehmen würden.

In der Handtasche im Flur klingelt ihr Handy, sie kümmert sich nicht darum. Erst muss sie die Ereignisse des Morgens von sich abschrubben.

Den Geruch nach Tod.

Sie hat Robin nicht sonderlich gemocht, das gibt sie gern zu. Immer hat er sie mit Verachtung gestraft, als wäre es ihm lieber, sie wäre gar nicht da. Hat sie vor seinen Eltern schlecht gemacht, sich geweigert, sie sein Zimmer putzen zu lassen, wegen allem, was er dort verbarg. Sie kann durchaus eins und eins zusammenzählen. Wenn die Kunden ahnten, was sie alles über sie weiß.

Wissen ist Macht, denkt sie. Im Laufe der Jahre hat sie immer wieder Untreue oder andere schmutzige Affären entdeckt. Sei es durch einen Zahlungsbeleg, der unters Bett gerutscht war, oder ein Notizbuch mit eindeutigen Hinweisen. Es gab vieles, das Robin lieber vor seinen Eltern geheim hielt.

Energisch fährt sie sich mit dem harten Schwamm über den Körper, bis die Haut gerötet ist. Es tut weh, aber das ist nichts gegen den Schmerz in ihrem Innern. Sie schrubbt noch fester, wie um sich zu bestrafen. Unter dem heißen Wasser lässt die Anspannung ihrer Muskeln allmählich nach.

Anschließend geht es ihr besser.

Allerdings nur kurz. Es genügt, auf ihr Handy zu schauen, schon läuft es ihr wieder kalt über den Rücken. Sie kennt die 08er-Nummer nicht und befürchtet, es sei die Polizei. Wenn sie sich nicht bald bei ihnen meldet, werden sie bestimmt kommen und ihr die Tür eintreten.

Zuvor aber muss sie ihn erreichen. Er geht jedoch nicht ans Telefon. Klar, dass er ihr ausweicht. Svetlana schaut sich in der Wohnung um. Ein Zimmer mit Kochnische. Sie schließt die Augen. All das Zeug, all der Staub. Zu Hause bezahlt sie niemand dafür, dass sie saubermacht, was hätte es also für einen Sinn. Sie bekommt ja ohnehin nie Besuch.

Es sei denn, die Polizei schaut demnächst vorbei.

Sie hat nicht die Ruhe, sich in den Sessel zu setzen und auszuruhen, und läuft immer wieder im Kreis. Die Kleider … sie muss dringend ihre Kleider waschen.

Svetlana geht ins Bad, wirft alles ins Waschbecken und gibt Wasser und Waschpulver dazu. Es schäumt, und sie rührt mit der Hand um. Plötzlich fällt ihr der Messingknopf ein, den sie in ihre Hosentasche gesteckt hatte, bevor sie den Tatort verließ. Sie zieht die Hose wieder aus dem Wasser und nimmt ihn heraus. Das ist doch seiner?

O *Gott, was habe ich getan!*

15

Es dauert doppelt so lange wie sonst, Ines anzuziehen, sie ist träge und weinerlich. Außerdem jammert sie nach Nyhlén, sie muss spüren, dass etwas nicht in Ordnung ist. Der Stress sitzt Emma im Nacken. Sie hasst es, als Letzte an einen Tatort zu kommen, wenn die Kollegen schon überall herumgetrampelt sind und den wichtigen ersten Eindruck zerstört haben. Sie befindet sich gleich im Haus nebenan und kann doch nicht rübergehen und anfangen zu arbeiten. Erst muss sie nach Saltsjöbaden fahren, was eine Dreiviertelstunde dauert und dann ebenso lange zurück. Evert oder Marianne zu bitten, Ines abzuholen, hat sie sich nicht getraut, das wäre dann doch zu viel verlangt.

Sie seufzt. Endlich gehen sie hinaus.

Im Auto schläft Ines ein und wacht erst wieder auf, als Emma vor dem Haus ihrer Eltern in bester Saltsjöbaden-Lage hält. Ihrem Elternhaus.

»Komm, du darfst heute bei Oma und Opa bleiben«, sagt Emma und hebt Ines samt ihrem Lieblingsrucksack mit den Marienkäfern heraus, den sie auch im Autositz nicht abnehmen wollte.

Evert und Marianne öffnen die Tür, noch bevor Emma klopfen kann. Sie arbeiten beide nicht mehr und können deshalb problemlos einspringen. Ihnen ist das Haus viel zu leer geworden, seit drei ihrer vier Enkel ins Ausland gezogen sind.

»Hallo«, sagt Emma und umarmt sie. »Sie hat achtunddreißig Fieber, aber sonst keine Symptome.«

Marianne wirft ihr einen vorwurfsvollen Blick zu. Als wäre Emma eine Rabenmutter, weil sie sich nicht wegen ihres kranken Kindes freinehmen kann.

»Wir haben einen neuen Fall«, erklärt Emma. »In Josefins Straße.«

»Wie bitte?«, ruft Marianne erschrocken. »Mord?«

»Ein Todesfall bei den Nachbarn, ich muss mich beeilen. Hoffe, ihr versteht das.«

»Pass auf dich auf«, sagt Evert besorgt.

Evert, der sein ganzes Berufsleben bei der Polizei verbracht hat, weiß genau, wie gefährlich es zuweilen sein kann. Er gäbe viel darum, wenn Emma sich für einen weniger riskanten Beruf entscheiden würde. Das zu wissen spornt Emma jedoch nur noch mehr an.

Ines scheint nicht besonders traurig, dass sie den Tag bei den Großeltern verbringen soll, und läuft gleich zur Hollywoodschaukel. Das Fieberzäpfchen scheint gewirkt zu haben.

»Ist doch klar, dass ich keine unnötigen Risiken eingehe«, sagt Emma, geht zu Ines und umarmt sie fest. »Ich hol dich dann ab.«

»Mit Papa?« Ines sieht sie scharf an.

»Vielleicht«, antwortet Emma und fragt sich, warum

sie ihrem eigenen Kind gegenüber so feige ist. So uneindeutig. Warum macht sie ihr falsche Hoffnungen?

Emma weiß, dass sie noch etwas sagen müsste, bringt es aber nicht übers Herz. Sie umarmt Ines noch einmal ganz lange und flüstert ihr ins Ohr, dass sie sie am allermeisten auf der Welt liebt.

»Und Nyhlén«, ergänzt Ines. Emma erstarrt. Wieder bohrt das Kind in der offenen Wunde. Zwei Jahre alt und schlauer als mancher Erwachsene.

Auf dem Rückweg nach Bromma erhält sie einen Anruf von Josefin. »Ist es der ältere der beiden Söhne?«

»Noch ist die Leiche nicht identifiziert«, antwortet Emma.

»Ich habe auf Facebook gelesen, dass der Tote ein Jugendlicher ist. Du weißt also noch gar nichts?«

»Nein, nichts«, beteuert Emma und hält an einer roten Ampel. »Ich dachte, die Familie ist im Urlaub?«

»Robin ist anscheinend früher wieder aus Nizza zurückgekommen«, sagt Josefin. Ihre Stimme zittert leicht. »Er wollte sich Geld für seine Reise verdienen.«

»Welche Reise?«

»Er wollte nach London. Dort wollte er im Herbst anfangen zu studieren. Er hatte gerade Abi gemacht, super Noten. Seine Mutter war so stolz auf ihn.«

»Und du bist dir sicher, dass er zu Hause war und letzte Nacht nicht irgendwo anders geschlafen hat?«

Sonst wäre mit größter Wahrscheinlichkeit er der Tote. Und seine Eltern wüssten nichts davon.

»Ich habe es nur auf Facebook gelesen, ich weiß es nicht wirklich.«

Emma holt tief Luft. »Kannst du mir sagen, was du über die Familie weißt?«

»Der Vater ist Anwalt, die Mutter arbeitet bei einer Bank. Zwei Kinder, Robin und Theo, achtzehn und acht Jahre alt. Von Robin bekam man nie viel mit, ich habe ihn kaum mal gesehen. Andreas hatte mehr Kontakt, sie unterhielten sich oft über Fußball, und manchmal durfte er bei uns unten im Keller trainieren. Versprichst du mir, dich zu melden, sobald du etwas weißt? Es ist so furchtbar!«

»Ich rufe dich an, sobald ich Informationen habe, die ich weitergeben darf«, sagt Emma. »Ich muss jetzt Schluss machen.«

Sie parkt nachlässig in Josefins Einfahrt und geht zu den Nachbarn hinüber. Im Garten trifft sie auf ihr Team. Das Grundstück ist ein Sommertraum, nichts deutet auf einen Mord hin, zumindest nicht auf den ersten Blick. Nyhlén nickt ihr kurz zu und deutet dann auf einen Kuhfuß im Gras, den die Techniker gerade in eine Beweismitteltüte packen.

»Ist das die Mordwaffe?«, fragt sie.

»Sieht so aus«, erwidert Nyhlén. »Wir konnten außerdem ein paar Schuhabdrücke im Haus sicherstellen.«

Emma hat also schon das meiste verpasst, versucht sich aber nicht entmutigen zu lassen. Nyhlén fasst das Wichtigste zusammen: dass die Putzfrau sie alarmiert, die Polizei empfangen, dann aber den Tatort verlassen hat. Emma berichtet kurz von ihrem Telefonat mit Josefin.

»Gibt es irgendwo ein Familienfoto?«, fragt sie.

Bereits im Wohnzimmer werden sie fündig, ein Schwarz-Weiß-Bild der Familie.

Nyhlén deutet auf den älteren Sohn. »Kein Zweifel, der ist es, auch wenn das Foto ein paar Jahre alt sein muss.«

»Was glaubst du, was passiert ist?«, fragt Emma.

»Alles spricht für einen Einbruch, der aus dem Ruder gelaufen ist. Der Täter oder vielleicht eher die Täter sind wahrscheinlich durch die Balkontür ins Haus eingedrungen. Es gibt Einbruchsspuren an der Tür.«

Emma erstarrt. Vielleicht hätte sie die Macken an Josefins Balkontür doch nicht auf die leichte Schulter nehmen sollen. Was, wenn es sich nicht um einen gewöhnlichen Einbruch gehandelt hat?

Was, wenn eigentlich sie gemeint gewesen ist?

16

Die Arbeit auf dem Bau ist hart, und die einzige Pause am Tag ist eine halbe Stunde Mittagspause. Sein Handgelenk ist noch stärker geschwollen, doch ein Arztbesuch kommt nicht infrage. Gervase muss sich mit Schmerzmitteln begnügen. Heute muss er sperrige Bretter hin und her tragen und sie nach Anleitung zurechtsägen. Mit nur einer Hand dauert alles viel länger.

Wie viel kann ein einzelner Mensch eigentlich bauen?

Was will er nur mit dem Ganzen, er hat doch schon einen riesigen Palast mit dazugehörigen Nebengebäuden?

Wer viel hat, will mehr, denkt Gervase gerade, als jemand fragt, wo verdammt noch mal der Kuhfuß ist.

Niemand weiß es.

Gervase zuckt die Achseln.

Vielleicht ist es diese nachlässige Geste, die dazu führt, dass man plötzlich ihn verdächtigt, den Kuhfuß genommen zu haben.

»Ich habe ihn nicht angerührt«, verteidigt er sich gegen seine doppelt so alten Landsmänner, die sich offenbar auf ihn als Sündenbock geeinigt haben.

Auf den Jüngsten loszugehen ist einfach. Feige Idioten!

Dennoch schluckt Gervase seinen Ärger lieber hinunter. Als Handlanger hat er den niedrigsten Rang hier, und jeder hier kennt den Spitznamen seines Vaters. Einbrecherkönig. Sie werden nicht aufhören, ihn zu schikanieren.

»Ich habe den beschissenen Kuhfuß nicht genommen«, knurrt er und wirft zornig das Brett beiseite.

Dann geht er zum Steg am Wasser hinunter.

»Wo warst du denn heute Nacht?«, ruft ihm Darius hinterher, zum Glück auf Litauisch, so dass die Passanten, die auf der Straße vorbeigehen, ihn vermutlich nicht verstehen.

»Pissen«, antwortet er trotzig.

Es macht ihn wütend, dass Darius ihn vor den anderen so hart angeht und ihn als Dieb hinstellt. Ein Kuhfuß kostet ja wohl nicht die Welt, weshalb regt er sich also so auf?

Gervase hat wirklich andere Probleme. Den Umschlag mit dem Diebesgut hat er bereits heute Nacht an seinen Vater geschickt, der Diamantring liegt dagegen noch in seinem Rucksack.

Den darf Darius auf keinen Fall finden, sonst ist er geliefert.

Als Gervase außer Sichtweite ist, setzt er sich auf die Bank auf dem Steg und holt seine Zigaretten heraus. Er nimmt einen tiefen Zug und behält den Rauch in der Lunge, bis er einen Hustenanfall bekommt und versehentlich mit der Hand gegen die Bank stößt. Sein Gesicht verzerrt sich vor Schmerz.

Was, wenn Darius es ernst meint. Hat er einen Verdacht?

Er weigert sich, sein eigenes Grab zu schaufeln.

Dann lieber das Grab eines anderen.

17

Nach einem langen Arbeitstag macht Nyhlén sich auf den Heimweg. Den Kuhfuß und die sichergestellten Schuhabdrücke haben sie an das Nationale Forensische Zentrum, NFC, geschickt, um sie analysieren zu lassen, und er drückt die Daumen, dass sich eine Übereinstimmung mit ihren Registern ergibt. Wohnungseinbrüche sind allerdings schwierig, die Aufklärungsquote beträgt lediglich vier Prozent. So gut wie alle Einbrüche werden gemeldet, weil sonst die Versicherung nicht greift, doch nur selten kommt es zu einem Gerichtsverfahren. Die Behörden sind einfach überfordert. Wenn es um Mord geht, liegen die Dinge jedoch schon anders.

Es ärgert Nyhlén, dass es ihnen nicht gelungen ist, die flüchtige Putzfrau ausfindig zu machen. Immerhin konnte sie sich am Tatort nicht ausweisen. Nyhlén ist immer mehr davon überzeugt, dass sie etwas vor ihnen verbirgt, doch darüber müssen sie sich morgen den Kopf zerbrechen.

Morgen früh werden Robins Eltern sich ins Flugzeug setzen und von Nizza nach Hause fliegen.

Um ihren Sohn zu beerdigen.

Plötzlich wird er von Trauer übermannt. Allerdings ist

er sich nicht sicher, ob wirklich nur aus Sympathie für die Eltern. Er selbst hat schließlich ebenfalls einen Verlust zu beklagen.

Er betritt den Flur seiner tristen Zweizimmerwohnung in Södermalm.

Allein.

Staub hat sich wie eine Decke über sämtliche Möbel gelegt. Bevor sein Traum sich erfüllt hat und er mit Emma zusammengekommen ist, hat er sich über seine Wohnungseinrichtung keine Gedanken gemacht. Jetzt kommt ihm alles grundhässlich vor. Die Möbel sind abgestoßen, haben die falsche Farbe und das falsche Design. Die ganze Wohnung ist eine Erinnerung an sein Leben vor Emma. Farblos und leer.

Er holt sich ein Bier aus dem Kühlschrank und setzt sich an den Küchentisch. Der erste Schock hat sich zwar gelegt, nicht aber die Wut.

Ein elendes Weichei ist er gewesen, ein Schoßhund, der immer nur auf Emmas Kommando gewartet hat. Natürlich kommt sie gut ohne ihn klar. Sich als ergebenen Labrador zu sehen heitert ihn nicht auf, es ist kein sonderlich attraktives Bild. Muss er den Kühlen, Desinteressierten spielen, damit Emma begreift, dass sie ihn ebenso liebt wie er sie?

Was soll er tun?

Wenn er die Antwort wüsste, säße er nicht hier mit seinem Dosenbier, das zudem schon zur Neige geht.

Nyhlén trinkt den letzten Schluck und zerdrückt das dünne Blech mit einer Hand. Dann zielt er auf das Spülbecken, verfehlt es aber, so dass die Dose im Flur landet. Als er hingeht, um sie aufzuheben, entdeckt er erneut einen Brief auf der Fußmatte. Zurück in der Küche öffnet er den Umschlag.

Verlass die Polizistinnenfotze, bevor es zu spät ist.

Zu spät wofür?

Er starrt die Nachricht an. Dieselbe Handschrift wie beim letzten Mal und ebenso kurz und knapp. Soll er es diesmal ernst nehmen? Er weiß nicht, der wievielte Brief es ist, wahrscheinlich waren es bisher an die zehn. Vor ein paar Wochen hat es angefangen, inzwischen sind die Drohungen sehr konkret.

Sollte er Emma davon berichten?

Bisher wollte er sie nicht unnötig beunruhigen, aber wenn sie jetzt nicht mehr unter einem Dach leben, muss er ihr vielleicht doch etwas sagen. Jetzt kann er sie und Ines ja nicht mehr beschützen. Vergeblich versucht er, die Briefe mit einem bestimmten Ereignis zusammenzubringen. Vor zwei Jahren hätte er es verstanden, aber ausgerechnet jetzt?

Nyhlén schluckt, wenn er an das Schlangennest denkt, das Emma ausgehoben hat. Mit der Folge, dass mehrere Kollegen zu Gefängnisstrafen verurteilt und andere entlassen worden sind.

Sie hat sich nicht gerade beliebt gemacht, indem sie ihre Kollegen gestellt hat, auch wenn es nur recht und gerecht war: Immerhin hatten sie sich mehrerer Morde schuldig gemacht. Üblich war jedoch, dass man sich gegenseitig deckte und nicht verriet. Außerdem ist Emma eine Frau, die für sich einsteht und ihre Rechte einfordert. Das kommt nicht immer gut an, und das nicht nur bei den alten Säcken.

Als Nyhlén und sie ein Paar wurden, war das für viele Leute ein weiterer Schlag ins Gesicht. Er weiß, dass hinter ihrem Rücken geredet wird. Die werden sich freuen, wenn sie jetzt erfahren, dass ihre Beziehung zu Ende ist. »Na, was haben wir die ganze Zeit gesagt?«

Nyhlén hasst sie alle.

Er überlegt, was Emma wohl gerade tut. Es lässt ihm keine Ruhe, dass es ausgerechnet jetzt, da Emma in Josefins Haus wohnt, bei den Nachbarn zu einem Mord gekommen ist.

Kann das wirklich Zufall sein?

18

Ganz leise betritt Emma das Gästezimmer und wirft einen Blick auf ihre Tochter. Sie ist so süß, aber weiß Gott nicht so unschuldig, wie sie aussieht. Bestimmt wird sie mal Chefin irgendwo. Sie liebt es, andere herumzukommandieren. Emma deckt sie zu. Zum Glück schläft Ines schon, da braucht sie ihren Eltern nicht zu erklären, warum sie heute Nacht lieber bei ihnen übernachten. Nach dem Mord hat sie keine Lust mehr, in Smedslätten zu wohnen. Evert und Marianne würden es zwar bestimmt verstehen, zumal, wenn sie die ganze Wahrheit erführen: dass in der Mordnacht vielleicht auch in Josefins Haus eingebrochen wurde. Emma hat jedoch beschlossen, ihre Eltern nicht schon wieder zu beunruhigen.

Das Gleiche gilt für Nyhlén.

Er würde sofort wieder bei ihr einziehen, ob sie es will oder nicht. Alle behandeln sie so übervorsichtig, als wäre sie ein hilfloses kleines Mädchen. Das kriege ich selbst hin, denkt sie und geht zu ihren Eltern hinunter.

»Möchtest du Tee und Brote?«, fragt Marianne und nickt zu dem bereits angerichteten Tablett hin.

»Gerne«, sagt Emma und lächelt gezwungen. Sie hat

keinen großen Appetit, aber etwas muss sie ja zu sich nehmen.

Evert geht zu seinem Sessel im Wohnzimmer, man sieht ihm nicht an, dass er erst vor wenigen Wochen ein künstliches Hüftgelenk bekommen hat. Er humpelt überhaupt nicht mehr.

»Es war schön heute mit Ines«, sagt Marianne.

»Wie laufen die Ermittlungen?«, fragt Evert.

»Es war ein langer Tag.« Emma beißt in ihr Leberwurstbrot mit Gurke. Es schmeckt besser, als sie gedacht hat.

»Warum ist Nyhlén nicht hier?«, erkundigt sich Marianne.

Also doch.

»Wir nehmen uns gerade eine Auszeit«, sagt Emma ausweichend und wünschte, sie bräuchte keine Rechenschaft über ihr Liebesleben abzulegen.

»Dabei ist er so ein Guter. Den musst du dir unbedingt warmhalten«, mahnt Marianne.

»Jetzt lass sie doch«, protestiert Evert.

Emma wirft ihrer Mutter einen wütenden Blick zu und springt auf. »Das sagst ausgerechnet du? Du bist ja auch nicht gerade eine Beziehungsexpertin.«

Evert bedeutet Emma mit einer Geste, sich wieder hinzusetzen.

»Verurteile deine Mutter nicht«, bittet er sie. »Ich habe ihr längst verziehen.«

Emma nickt erst ihm zu, dann Marianne. »Ebenfalls ein Guter. Den solltest du dir diesmal unbedingt warmhalten.«

Marianne schenkt Tee nach, sagt aber nichts mehr. Was auch? Sie hat Evert betrogen, noch dazu mit dem schlimmsten Menschen, den man sich vorstellen kann: Gunnar, den Landespolizeichef. Emma ist noch nicht darüber hinweg.

»Entschuldigt mich«, sagt Marianne und geht hinaus. Ihre Teetasse bleibt unangerührt.

Evert nimmt Emmas Hand. »Vergiss nicht, dass wir die Verräter sind, wir haben sie glauben lassen, du wärest tot. Weißt du, wie schlimm das für sie gewesen ist?«

Emma nickt. »Ich kann es nur nicht leiden, wenn sie so mit mir redet. Sie hat doch keine Ahnung, was für mich das Beste ist.«

»Nein, das kannst du nur selber wissen.«

Tut sie das? Emma ist sich plötzlich nicht mehr sicher.

»Also, was genau ist in Smedslätten passiert?«, fragt Evert. Der pensionierte Landespolizeichef wird niemals ganz aufhören, Polizist zu sein.

»Unsere Theorie ist, dass es sich um einen Einbruch handelt, der aus dem Ruder lief. Der Junge muss dem Täter den Fluchtweg versperrt haben.«

Sie berichtet das wenige, das sie preisgeben darf. Immerhin ist er ihr Vater, sie vertraut ihm. Es gefällt ihm natürlich gar nicht, dass es ausgerechnet einen Nachbarn von Josefin getroffen hat.

»Versprich mir, dass du vorsichtig bist«, sagt er.

Jetzt nerv du nicht auch noch!

»Du kennst doch deine Tochter«, sagt Emma.

»Eben drum«, erwidert er säuerlich. »Versprich's mir.«

»Ja.« Auf keinen Fall nimmt sie weitere Ermahnungen entgegen. »Und jetzt muss ich schlafen. Gute Nacht!«

»Schlaf gut.«

In der Tür bleibt sie stehen. »Sag Mama, dass es mir leidtut.«

Emma putzt sich die Zähne und legt sich neben Ines ins Bett. Ihre Stirn kommt ihr nicht mehr ganz so heiß vor. Zum Glück. Emmas Gedanken wandern zum achtzehnjährigen Robin. Gut in der Schule, allem Anschein nach strebsam und ein verantwortungsbewusster großer Bruder. Drauf und dran, nach London zu gehen und sich vorher ein bisschen Geld dafür zu verdienen. Zielstrebig also.

Gab es jemanden, der ihm Böses wollte?

••••

Ich muss etwas Blödes erzählen. Aber erst schreibe ich, wie der Tag heute war. Mama ist traurig, weil ich in meiner Vorschulklasse keine Freunde habe. Brauche ich aber auch gar nicht, die wollen mir sowieso nur meine Sachen wegnehmen.

Mama findet, die anderen Kinder sind gemein.

An dir ist nichts verkehrt, sagt sie, an denen ist was verkehrt.

Ich mag Pfannkuchen.

Auf dem Spielplatz mit der Seilbahn war es heute nicht so schön. Mama wollte nicht mitspielen. Sie guckte immer nur auf ihr Handy. Picknick hatte sie auch nicht dabei. Ich musste alleine mit der Seilbahn hin und her fahren, nur manchmal schaute sie hoch und winkte.

Dann hörte sie auch damit auf.

Mama weiß alles über mich, aber nicht, dass ich Tagebuch schreibe.

Omas Fleischbällchen sind auch lecker.

Ein anderes Kind wollte auch auf die Seilbahn. Sie sagte nicht hallo. Ich auch nicht. Ihr Papa kümmerte sich nur um sein Kind, und da entdeckte ich was. Einen Schmetterling.

Er hatte so schöne Farben.

Ich schlich näher, und da flog er weg. Er sagte, ich sollte ihm folgen, und wir liefen in den Wald, der Schmetterling und ich. Wir unterhielten uns. Er mochte Versteckspielen, genau wie ich, und hatte fast keine Freunde. Erst flog er ganz niedrig, dann ganz hoch in den Himmel. Es machte Spaß, ihn zu jagen. Aber plötzlich war er fort.

Mein neuer Freund.

Mein einziger Freund.

Ich suchte überall. Kein Schmetterling.

Ich drehte mich ein paarmal im Kreis, und plötzlich war auch der Spielplatz fort. Ich rief Mama, aber sie kam nicht. Das war blöd. Ich hatte keine Angst, aber die Bäume waren jetzt sehr hoch, und der Boden war buckelig. Ich fiel fünfmal hin. Irgendwann sah ich endlich Häuser zwischen den Bäumen.

Auf der Straße wusste ich nicht, wo ich war. Ein Onkel fragte, ob ich Hilfe brauche. Mama sagt, ich darf nicht mit Fremden sprechen, das kann sehr gefährlich sein.

Also rannte ich los.

Plötzlich war da mein Haus.

Ich freute mich und ging zur Tür und gab die Ziffern ein. Neun, neun, fünf, fünf. Wir haben keinen Schlüssel, nur Knöpfe mit Zahlen drauf. Als ich die Tür aufmachte, piepte es. Ich gab dieselben Ziffern in der Box an der Wand von unserem Flur ein, aber da kam ein ganz lautes Geräusch. Ich musste mir die Ohren zuhalten.

Und fing an zu schreien.

Dann machte ich mir in die Hose.

Ich schrie, bis Mama da war. Das Geräusch hörte auf. Sie tröstete mich und sagte immer wieder »Entschuldigung«. Ich weiß nicht, warum. Später am Abend sagte sie, ich dürfe nie wieder alleine weglaufen, da könnten schlimme Dinge passieren.

Ja. Ich werde nie wieder von Mama weglaufen.

Denn dann geht der Alarm los.

Aber das ist nicht das, was ich erzählen wollte. Sondern das andere, was Mama vorhin gesagt hat.

Dass sie jemanden kennengelernt hat.

Ich verstehe das nicht.

Mama, was meinst du damit?

Es sollte doch immer so bleiben: du und ich, wir zwei.

Donnerstag, 9. August

19

Der weiße Kastenwagen gerät kurz ins Schleudern, als Darius mit hoher Geschwindigkeit über eine Bodenwelle fährt. Gervase begleitet ihn, sie müssen Schrauben und Farbe kaufen sowie einen neuen Kuhfuß. Die Stimmung ist gedrückt, weil die Arbeiten in Nockeby sich so lange hinziehen. Immerhin geht es Gervases Handgelenk besser, auch wenn es noch geschwollen ist. Auf dem Weg durch Bromma bemerkt er mehrere Polizeiwagen. Dann war es also die richtige Entscheidung, vergangene Nacht im Wohnwagen zu bleiben, auch wenn die Zeit knapp wird. Bald geht es nach Litauen zurück, und bis dahin braucht er einen Plan.

Er hat nämlich nicht vor, mit nach Hause zu fahren.

Darius' Frau ruft an, und Gervase beobachtet ihn von der Seite. Darius verbringt mehr Zeit auf schwedischen Baustellen als bei seiner Familie. Er tut es, um seine Frau und die beiden Kinder zu versorgen, von denen eins chronisch krank ist. Ihnen fehlt das Geld für Medikamente und Pflege. Gervase bekommt jedes Wort mit. Darius' Frau klingt vorwurfsvoll, wütend. Sie schimpft über seinen zu geringen Lohn, und Darius verteidigt sich, er wolle keine krummen Dinger drehen oder stehlen, das sei einfach nicht seine Art. Er gestikuliert wild, dann legt er plötzlich auf.

Einen Moment lang ist es unangenehm still.

Ohne darüber nachzudenken, fasst Gervase nach seinem Handgelenk.

»Was hast du gemacht? Das ist ja ganz blau«, sagt Darius.

»Mir ist ein Brett draufgefallen«, lügt Gervase.

Darius wirkt plötzlich müde. »Versprich mir nur eins, Gervase: Mach hier bitte kein dummes Zeug. Die Zukunft meiner Familie hängt von unseren Aufträgen in Schweden ab. Versau mir das nicht.«

Gervase schluckt. Er weiß nicht, was er sagen soll.

Plötzlich packt Darius seinen verletzten Arm und starrt ihn wütend an. »Ich weiß, dass du nachts unterwegs bist, also pass bloß auf! Glaubst du wirklich, ich lasse mir weismachen, dass der Kuhfuß von selbst verschwunden ist? Wenn erst die Polizei aufkreuzt und uns befragt, sind wir geliefert. Es spielt keine Rolle, wer von uns was gemacht hat, dann sind wir alle in Bromma unten durch und bekommen keine Arbeit mehr. In deren Augen sind wir alle gleich.«

Gervase weiß nicht, wo er hinschauen soll, und starrt auf die Straße. Darius lässt ihn los, sein Arm pocht vor Schmerzen. Den Rest der Fahrt schweigen sie. Als sie beim Baumarkt ankommen, wirft Darius einen kritischen Blick auf Gervases Arbeitshose, die dieser nicht gewechselt hat, seit er nach Schweden gekommen ist. Eingetrockneter Dreck und der Baustellenstaub mehrerer Wochen lassen sie nicht nur schmutzig aussehen, sie stinkt auch. Auch von innen, denkt Gervase und folgt Darius mit einem Klumpen im Magen zum Eingang. Darius' Ansage hängt wie eine Gewitterwolke über ihm. Er weiß, dass er es ernst meint.

Sobald sie den Baumarkt betreten, spüren sie den Röntgenblick des Personals auf sich. Eine Frau und ein Mann stecken die Köpfe zusammen und schauen zu ihnen herüber. Sieht man ihnen so sehr an, dass sie Ausländer sind?

»Kann ich Ihnen helfen?«, fragt der Mann in der roten Arbeitsuniform.

Darius schüttelt den Kopf. »Nein, danke, wir finden uns zurecht.«

Er kann sich auf Schwedisch verständigen, was Gervase sehr beeindruckt. Auf das Personal scheint es jedoch keine positive Wirkung zu haben. Er versucht sein Unbehagen abzuschütteln, was nicht so einfach ist, da der Mann ihnen in den Gang mit den Schrauben folgt. Gervase sieht sich um und stellt fest, dass er sie die ganze Zeit im Auge behält. Es dauert, bis sie alles beisammen haben, und als sie endlich zur Kasse gehen, werden sie immer noch beobachtet.

Was denkt er wohl von ihnen? Dass sie den erstbesten Kuhfuß stehlen oder eine Schachtel Schrauben? Darius bezahlt bar, und Gervase packt alles ein. Er hasst es, ständig infrage gestellt zu werden, bloß weil er Ausländer ist. Sie nehmen ihre Tüten und gehen raus an die frische Luft. Endlich werden sie nicht mehr von misstrauischen Blicken verfolgt.

»Die sind doch bescheuert«, sagt Gervase und schüttelt resigniert den Kopf.

»Haut ab, verdammtes Diebespack!«

Speichel fliegt durch die Luft und landet auf seinem Schuh.

Gervase hebt den Blick. Er weiß nicht, was er erwartet hat, aber bestimmt nicht das Gesicht einer weißhaarigen Frau mit Krückstock. Sie ballt die Faust und überschüttet ihn mit Beschimpfungen. Ihr Blick ist wahnsinnig.

»Kümmere dich nicht um sie«, murmelt Darius und geht weiter zum Auto.

Gervase kann seinen Ärger jedoch nicht unterdrücken.

Genauso wenig kann er auf eine alte Frau losgehen, wie sähe das denn aus? Er kann sich die Schlagzeilen schon vorstellen.

Gewalttätiger Gastarbeiter greift harmlose Seniorin an.

Darius hat recht, er sollte sich nicht darum kümmern. Schweigen ist ihre einzige Waffe.

Das bedeutet jedoch nicht, dass er es einfach schluckt. Er wird auf seine Weise reagieren. Das Verhalten der alten Frau macht es ihm nur leichter.

»Danke«, sagt er. Das einzige Wort, das er außer »Hallo« auf Schwedisch kann. Der alten Frau fällt die Kinnlade herunter.

Wenn sie ihn für einen Dieb halten, kann er auch als solcher handeln.

Und zwar schon nächste Nacht.

20

Außer Atem betritt Emma die Einsatz- und Ermittlungseinheit im Polizeirevier. Als Mutter eines Kleinkinds ändert sich das Leben schlagartig. Noch immer hat sie sich nicht daran gewöhnt, dass jemand anderes solche Macht über ihren Alltag hat. Und dabei hat sie es noch gut: Dank Evert und Marianne kann sie arbeiten, obwohl Ines kränklich ist. Ihre Eltern sind zusammengeblieben, obwohl ihre Beziehung mehrfach hart auf die Probe gestellt wurde. Emma ist sich allerdings nicht sicher, ob sie davon beeindruckt ist oder ob es sie eher abschreckt.

Bereits im Flur kommt ihr Nyhlén entgegen.

Weit entfernt von ihr bleibt er stehen, als hätte sie eine ansteckende Krankheit. Dabei wollte sie ihm vorschlagen, nach der Arbeit zu reden. Jetzt ist sie ganz aus dem Konzept.

»Wie geht es Ines?«, fragt er, statt sich nach ihrem Befinden zu erkundigen. Natürlich, als die große Verräterin hat sie solche Umsicht nicht verdient.

Er wirkt anders heute, eher auf der Hut als geknickt. Das fühlt sich nicht gut an.

»Ganz okay, mach dir keine Sorgen«, sagt sie. »Was habe ich hier verpasst?«

»Nichts. Mattias und Carolina Eklund warten auf uns. Robins Eltern.«

Nyhlén ist so kurz angebunden, dass sie ihn am liebsten schütteln und ihn bitten würde, doch wieder er selbst zu sein.

»Haben sie die Leiche schon gesehen?«

»Ja.«

Statt in Nizza in der Sonne zu sitzen, sind sie nach Schweden zurückgeflogen, um sich ihren ermordeten Sohn anzusehen. Emma unterdrückt einen Anflug von Panik und geht Richtung Teeküche. Die Angehörigen mit dem Anblick des Opfers zu konfrontieren zählt zu den härtesten Aufgaben als Kriminalkommissarin.

Eine hübsche, elegant gekleidete Frau und ein sonnengebräunter, ebenso gutaussehender Mann erwarten sie bereits. Sie haben Kaffee bekommen, scheinen ihn aber beide nicht angerührt zu haben. Erst als sie nähertritt, stellt Emma fest, dass ihre Kleidung vom hastigen Aufbruch und dem Rückflug ziemlich zerknittert ist. Sie wirken fehl am Platz, hier, wo normalerweise die schlimmsten Verbrecher dem Verhör zugeführt werden.

Emma schüttelt ihnen die Hand. »Mein Beileid.«

Carolina tupft sich die rot geäderten Augen, Mattias presst die Kiefer zusammen. Was kann man Eltern sagen, die gerade ein Kind verloren haben?

Es gibt keine Worte für so etwas.

Nyhlén bittet sie in einen Verhörraum, doch gerade als Emma ihnen folgen will, nimmt einer der Fallanalytiker sie beiseite. »Nur ganz kurz, bevor ihr anfangt«, sagt er und rückt seine Brille zurecht.

»Ist es so wichtig?«

»Vielleicht. Ich habe Robins Handy untersucht, er scheint eine Beziehung gehabt zu haben … Mit einem Typen.«

Emma nickt und bedankt sich. Wenn es sich um einen aus dem Ruder gelaufenen Einbruch handelt, ist es irrelevant, mit wem Robin zusammen war. Wenn es aber um etwas Persönliches ging, kann es durchaus entscheidend sein.

Sie wirft den Eltern einen Seitenblick zu und fragt sich, wie viel sie wohl über ihren ältesten Sohn wussten. Kinder sind gut darin, ihre Geheimnisse zu bewahren.

Viel zu gut, manchmal.

Emma setzt sich als Letzte. Carolina weint so heftig, dass man kaum versteht, was sie sagt. Sie wisse gar nicht, wie sie es ihrem jüngeren Sohn, Theo, beibringen solle.

»Robin wollte nach Hause, um zu jobben, wir hätten es ihm nicht erlauben sollen«, sagt Mattias. Emma würde ihm gern sagen, dass sie sich nicht die Schuld geben sollen, doch letztlich wären es nur leere Worte.

»War es ein Einbruch?«, fragt Mattias, an Nyhlén gerichtet.

»Die Ermittlungen dauern noch an, es ist zu früh, um irgendwelche Schlüsse zu ziehen, aber wir möchten Sie bitten, sich diese Bilder anzuschauen, um festzustellen, ob etwas fehlt.«

Nyhlén legt ihnen die Polizeifotos aus ihrem Badezimmer vor, das jemand komplett durchwühlt hat.

»Es ist alles so durcheinander«, flüstert Carolina. »Keine Ahnung, ich kann es nicht sagen.«

»Gibt es irgendetwas, von dem Sie auf den ersten Blick sagen könnten, dass es fehlt?«

Beide schütteln den Kopf. Dann bleibt Carolinas Blick an dem Foto eines geöffneten Schmuckkästchens hängen.

»Der Diamantring meiner Großmutter«, sagt sie. »Der ist weg.«

Sie bitten sie, den Ring genauer zu beschreiben. Dann gehen sie nochmals alle Bilder durch. Er ist tatsächlich auf keinem zu sehen.

»Wann können wir wieder ins Haus?«, fragt Mattias.

»Solange die Notwendigkeit besteht, bleibt es vorläufig abgesperrt«, antwortet Nyhlén etwas gestelzt. »Wir haben darauf leider keinen Einfluss. Oft wird zu früh wieder Zutritt gewährt, und dann können Proben, die genommen worden sind, nicht mehr mit dem Tatort abgeglichen werden. Ich hoffe, Sie verstehen, dass wir unseren Job so gut wie möglich machen wollen, damit der Täter möglichst schnell gefasst wird.«

Mattias nickt müde. Emma fällt auf, dass er sie nicht ein einziges Mal ansieht. Er scheint nur Nyhlén wirklich ernst zu nehmen.

»Erzählen Sie uns bitte so viel wie möglich über Robin«, sagt sie jetzt. »Gutes und weniger Gutes, was Ihnen einfällt. Was war er für ein Mensch? Je mehr wir über ihn erfahren, desto eher können wir uns ein Bild machen und verstehen, was eigentlich passiert ist.«

Carolina schaut auf und begegnet ihrem Blick. »Sagen Sie mir bitte, dass das nur ein Alptraum ist.«

»Ich wünschte, ich könnte es«, erwidert Emma aufrichtig. »Ich kann mir den Schmerz, den Sie empfinden, nicht einmal vorstellen, und wir sind jederzeit für Sie da. Wir tun, was in unserer Macht steht, um den Täter zu finden.«

»Danke.« Mattias nickt Nyhlén zu.

Emma tut, als bemerke sie es nicht. »Also, wie war Robin? Was hat er gerne gemacht?«

»Er war zielstrebig und wollte Chef eines großen Unternehmens werden«, beginnt Mattias. »Daneben hat er sich für Umweltschutz interessiert.«

»Und wurde deshalb gehänselt«, ergänzt Carolina. »Er hatte ein super Abi-Zeugnis.«

»Hat er Sport gemacht?«, fragt Nyhlén.

»Mit sechzehn hat er bei den Bromma-Jungs aufgehört, dafür aber mit Laufen angefangen«, sagt Mattias. »Manchmal haben wir zusammen trainiert, obwohl er um einiges schneller war als ich.«

»Und wie war es mit Freunden und so weiter?«

Die Eltern werfen sich einen verlegenen Blick zu.

»Er war etwas eigen und blieb meistens für sich, aber er hat nie gesagt, dass er es nicht selbst so wollte«, sagt Carolina und schnäuzt sich vorsichtig. »Vielleicht ging es ihm ja doch gar nicht so gut?«

»Mit wem hatte er denn Kontakt?«, fragt Emma.

»Das wissen wir, ehrlich gesagt, nicht so genau«, sagt Mattias und sieht dabei Carolina an.

Sie scheint zu überlegen, dann schüttelt sie den Kopf. »Seine Freunde wechselten ständig.«

Emma versucht, irgendwelche Familiengeheimnisse aus ihnen herauszukitzeln, ohne Erfolg, zumindest wollen die Eltern nichts sagen. Sie hat die Information des Fallanalytikers jedoch nicht vergessen.

»Hatten Sie ein gutes Verhältnis zu ihm?« Emma hört selbst, dass ihre Frage als Vorwurf verstanden werden kann.

»Wie meinen Sie das?«, fragt Mattias prompt und schaut sie zum ersten Mal, seit sie in dem Raum sitzen, wirklich an.

»Ich frage mich nur, wie viel er Ihnen über sein Leben erzählt hat«, erläutert sie.

Wie soll sie da wieder herauskommen, ohne die Stimmung noch weiter zu verschlechtern? Das Wichtigste – und Heikelste – hat sie ja noch nicht einmal erwähnt.

»Als er klein war, standen Robin und ich uns sehr nahe. Wir waren ein Team, sozusagen, immer wir zwei. In den letzten Jahren hat er sich dann zurückgezogen«, sagt Carolina. »Er hat sich mir nicht mehr anvertraut. Besonders deutlich wurde das im Sommer. Ich glaube, etwas hat ihn bedrückt, er wollte aber nicht mit mir darüber reden.«

Emma nickt. »Nein, man will nicht immer alles miteinander besprechen, nur weil man unter ein und demselben Dach lebt.«

Nyhlén räuspert sich, Carolina aber scheint ganz in ihren eigenen Gedanken versunken zu sein. Mattias schweigt verbissen.

»Es kam mir seltsam vor, dass Robin plötzlich nach Hause wollte«, sagt Carolina und kratzt sich am Kopf. »Ich hatte das Gefühl, der Job war nur ein Vorwand, und dass es eigentlich um etwas anderes ging.«

21

War das eine Spitze gegen ihn? Warum hat Emma gesagt, man wolle vielleicht nicht über alles reden, obwohl man unter einem Dach lebe?

Nyhlén findet, dass sie immer sehr offen zueinander gewesen sind. Er hat ihr alles erzählt. Oder doch fast alles. Bis auf das mit den Drohbriefen.

»Hatte Robin eine Beziehung?«, fragt Emma, und Nyhlén kehrt in die Realität zurück. Sie sitzen hier nicht in der Paartherapie, es geht um zwei am Boden zerstörte Menschen, die gerade ihren Sohn verloren haben.

Dennoch fällt es ihm schwer, nicht permanent über Emma nachzudenken, zumal sie so dicht neben ihm sitzt, dass er sie berühren könnte. Zum Glück muss er ihr wenigstens nicht ins Gesicht sehen, sonst würde er in ihren grünbraunen Augen ertrinken.

»Nein«, sagt Carolina entschieden und schaut Mattias Bestätigung heischend an. »Das hätte er uns doch erzählt, oder?«

Mattias zuckt die Achseln und starrt ins Leere. »Vielleicht. Ich weiß es nicht.«

»Könnte Robin ein Geheimnis gehabt haben?«, hakt

Emma behutsam nach. Carolina schüttelt den Kopf, vielleicht vor allem, um sich selbst zu überzeugen.

»Ich verstehe nicht, worauf Sie hinauswollen«, sagt Mattias beinahe gereizt.

»Es gibt Indizien, dass Robin möglicherweise einen Freund hatte«, sagt sie ruhig.

Nyhlén starrt Emma an. Die Eltern scheinen ebenfalls aus allen Wolken zu fallen. Carolina zupft hektisch an der zerknitterten Schleife ihrer Bluse herum, ihr Hals ist flammend rot geworden.

»Jetzt reicht's mir aber!« Mattias wird laut. »Wie können Sie es wagen, meinen toten Sohn zu verunglimpfen?«

»Schatz«, sagt Carolina und streicht ihm unbeholfen über den Arm.

Er schlägt ihre Hand fort. »Halt den Mund!«

Nyhlén stutzt, lässt aber das Schweigen sprechen, statt mit irgendwelchen Kommentaren zu kommen. Carolina schüttelt diskret den Kopf und trocknet sich die Tränen. Sie haben ein Kind verloren, da weiß man manchmal nicht, was man tut.

Natürlich ist Mattias nicht ganz bei sich.

»Sie werden einander jetzt mehr brauchen als je zuvor«, sagt Emma und macht eine Kunstpause. »Einer unserer Techniker hat Robins Handy untersucht und ist zu dem Schluss gekommen, dass er eine Beziehung hatte. Das stimmt also nicht?«

»Mit einem Typen?«, fragt Mattias. »Das glaube ich nicht.«

»Warum hätte er es uns dann nicht gesagt?«, fragt Carolina.

Vielleicht genau deswegen, denkt Nyhlén.

»Wir haben ihn geliebt, Theo und Robin sind unser ein und alles«, schluchzt Carolina. »Da ist mir doch egal, welche sexuelle Neigung sie haben.«

Nyhlén registriert Carolinas Wechsel von *Wir* zu *Ich*, und dass Mattias diesmal nicht nickt. In einer Mordermittlung kommt alles auf den Tisch, so sehr ein Geheimnis auch gehütet worden ist. Der Tote kann sich nicht verteidigen oder erklären, und die Angehörigen sehen sich oft mit Überraschungen konfrontiert. Zunächst ist alles wichtig, bis sich irgendwann ein Muster herauskristallisiert und man in einer bestimmten Richtung weiterarbeiten kann. Sie müssen Robins soziales Umfeld erkunden und herausfinden, wann er wo war, vor allem an seinem Todestag. Nyhlén fällt Svetlana ein.

»Seit wann putzt Svetlana Lipowska bei Ihnen?«

Carolina greift schon wieder nach der Schleife an ihrer Bluse. »Seit einem Jahr.«

»Wie sind Sie auf sie gekommen?«

»Durch eine Empfehlung in einer Nachbarschaftsgruppe bei Facebook.«

Wenn Svetlana schon so lange für sie arbeitet, sind sie wahrscheinlich zufrieden, sonst hätten sie doch längst gewechselt.

»Ist im Zusammenhang mit ihr irgendwann etwas vorgefallen, das für uns relevant sein könnte?«, fragt Nyhlén dennoch sicherheitshalber.

Carolina wirkt unangenehm berührt. »Das Einzige, was mir einfällt, ist, dass Robin ein Telefonat mitgehört hat, als sie bei uns putzte. Sie sagte irgendetwas im Sinne von

›Hier ist nichts zu holen‹, aber dann entdeckte sie ihn wohl und legte auf.«

»Wie sind Sie damit umgegangen?«

Mattias räuspert sich. »Ich habe sie zur Rede gestellt, aber sie wich aus und behauptete, so etwas nie gesagt zu haben. Robin müsse sich verhört haben.«

»Ist je etwas aus Ihrem Haus verschwunden?«

»Nein, nie.«

»Hatte Robin etwas gegen Svetlana?«

»Es passte ihm nicht, dass sie da war, sie durfte sein Zimmer nicht putzen«, sagte Carolina. »Weder vor noch nach diesem Telefonat.«

Mattias starrt aus dem Fenster, Nyhlén wüsste zu gern, was ihm gerade durch den Kopf geht. Er sieht aus, als würde er an etwas Bestimmtes denken.

»Warum war das so?«, fragt Nyhlén. Wieder antwortet Carolina.

»Er fand, es sei seine Privatsphäre, er wollte sich selbst um seine Sachen kümmern. Niemand durfte darin herumwühlen, wie er es nannte. Er legte viel Wert auf Integrität.«

Oder er verbarg etwas, das Svetlana entdeckte.

Kam es deshalb zum Streit und letztlich zum Mord?

Nur eine Person kann ihnen darauf Antwort geben.

22

Die Sonne wärmt ihr Gesicht, dennoch fröstelt Josefin auf der Veranda. Sie ist allein zu Hause, sie hat frei und müsste eigentlich weiter auspacken, um es ihnen in dem kleinen, weiß verputzten Haus, das sie für ein halbes Vermögen gemietet haben, noch gemütlicher zu machen. Sie kann sich jedoch auf nichts anderes konzentrieren als auf das Schreckliche, das in ihrer Straße passiert ist, wo kaum zwei Autos aneinander vorbeikommen, ohne dass eins auf den Gehweg ausweichen muss.

Ein Vorstadtidyll für Familien, in dem es von Kindern nur so wimmelt.

Und nur einen Steinwurf von ihrem Haus entfernt ist jetzt Robin von gewissenlosen Einbrechern ermordet worden.

Was hätte da nicht auch Emma und Ines passieren können? Haben sie einfach nur Glück gehabt, dass es die Nachbarn traf und nicht sie? Dass man so ausgeliefert sein kann, in seinen eigenen vier Wänden. Und was, wenn sie selbst zu Hause gewesen wären?

Josefin schließt die Augen und lehnt sich in ihrem Liegestuhl zurück.

Es geht alles den Bach runter. Sie muss noch mal ins Internet und bei den Bromma-Freunden weiterlesen. Vorsichtig dreht sie das Display so, dass die Sonne sich nicht darin spiegelt. Genau wie sie geahnt hat, läuft das Kommentarfeld förmlich über von genau solchen Sprüchen. Fremdenfeindlichkeit wird geschürt, immer ordentlich draufgesattelt. Die meisten scheinen sich sicher zu sein, dass eine Bande von Ausländern hinter der Tat steckt. Jemand hat einen verdächtigen Kastenwagen mitten in der Nacht aus der Straße kommen sehen, konnte aber leider kein Foto machen. Jemand anderes hat Jugendliche beobachtet, die »nicht aussahen, als wohnten sie in Bromma« und die am Tag vor Robins Tod durch die Wohngegend liefen.

Der gute Robin, so ein Ruhiger und Lieber.

Nie hat er irgendwelche Partys gegeben oder Ärger gemacht. Beinahe fand sie es schon beunruhigend, wie wenig man von ihm mitbekam, die eine oder andere ausufernde Feier hätte ihm vielleicht sogar ganz gutgetan. Wirkte er zu Beginn des Sommers nicht besonders blass und verschlossen? Geradezu deprimiert?

Josefin erinnert sich daran, was Emma immer sagt, dass nicht immer alles so ist, wie es auf den ersten Blick scheint. Vielleicht war Robin doch gar nicht so ein Unschuldslamm. Josefin schüttelt den Kopf. Sie ist hier nicht die Mordermittlerin.

Dann fällt es ihr plötzlich siedend heiß wieder ein.

Der Unfall.

Der Autounfall kurz vor dem Sommer, irgendwann Ende Mai. Kein Wunder, dass Robin sich anschließend erst mal sehr zurückgehalten hat mit allem. Sie scrollt bei den Bromma-Freunden zu dem früheren Eintrag zurück.

Dann beginnt sie zu lesen.

Aus einer Polizistenfamilie stammend weiß sie, dass jede Information über ein Opfer wichtig sein kann. Eine zunächst als Nebenspur bewertete kann sich plötzlich als die wichtigste erweisen. Robin ist in einen Ferrari gestiegen, wie ein Irrer durch Bromma gefahren und hätte sich selbst und seinen Beifahrer, den Sohn des Autobesitzers, beinahe ums Leben gebracht. Josefin findet das Datum der Wahnsinnstat: Samstag, den neunzehnten Mai. Viele Nachbarn fühlten sich im Anschluss bemüßigt, ihren Kommentar dazu abzugeben. Was wäre passiert, wenn jemand ihm in die Quere gekommen wäre? Die Wut auf die verantwortungslosen Eltern, die sich laut gewissen Leuten nicht um ihren jugendlichen Nachwuchs kümmerten, war groß, »so etwas hätte nie passieren dürfen«. In einem weiteren Thread wird darüber geklagt, dass immer mehr und immer jüngere Kinder schon zum Alkohol greifen.

Über Partys, die aus dem Ruder laufen.

Sogenannte Wodkaautos, die illegal von Jugendlichen bestellt werden und deren Fahrer ihnen Wodka und andere Alkoholika verkaufen, direkt vor der weiterführenden Schule.

Dealer, die nicht nur Alkohol, sondern auch andere, weit gefährlichere Drogen verkaufen.

Josefins Hals wird trocken, sie muss reingehen und etwas trinken. Gerade will sie ihr Handy weglegen, als sie die vielen Likes und zustimmenden Kommentare an den Vater des Beifahrers entdeckt – nur das Auto musste nach diesem zum Glück glimpflich verlaufenen Unfall verschrottet werden. Sie liest auch seinen Kommentar, der über tausend Likes bekommen hat:

Ein Auto lässt sich ersetzen, ein Menschenleben nicht.

23

Emma begleitet Robins Eltern nach draußen und nimmt anschließend wieder den Aufzug nach oben. Dort angekommen, hat sie heftige Kopfschmerzen, die anscheinend nur darauf gelauert haben, auszubrechen. Es zehrt ganz schön, vor Eltern zu sitzen, die gerade ihr Kind verloren haben, noch dazu auf so brutale Art und Weise.

Sie kann ihre Verzweiflung und Wut nachvollziehen.

Dass Nyhlén neben ihr saß, hat es nicht leichter gemacht. Sie sollte Lindberg bitten, für eine Weile mit jemand anderem zusammenarbeiten zu dürfen. Krille? Nein, Nyhlén würde es nicht verkraften, durch einen jüngeren Kollegen ersetzt zu werden. Das gäbe sofort Gerede, und das kann sie ihm nicht antun. Dennoch braucht sie eine Weile Abstand, um nachdenken zu können.

Der einzige Ort, wo sie ganz sicher ihre Ruhe hat, ist die Toilette. Emma schließt die Tür ab, setzt sich und holt ihr Handy heraus. Nicht einmal pinkeln kann sie ohne, sie fürchtet manchmal, versehentlich einen Toilettenbesuch live zu senden.

Anscheinend hat Josefin versucht, sie zu erreichen. Sobald sie fertig ist, geht sie in ihr Büro und ruft zurück.

»Mir ist noch etwas zu Robin eingefallen«, erklärt ihre Schwester und berichtet unzusammenhängend von einem schweren Autounfall, in den er nach seinem Schulabschluss im Frühjahr verwickelt gewesen ist.

»Robin war auf einer Party, wo er dann in einen Ferrari stieg und wie ein Wahnsinniger durch die Gegend raste. Das Auto geriet ins Schleudern, und die Fahrt endete am Geländer der Tranebergsbrücke.«

Das klingt so gar nicht nach dem Robin, den die Eltern ihnen eben beschrieben haben.

»War er betrunken, oder hatte er irgendetwas genommen?«, fragt Emma.

»Soweit ich weiß nicht, und wenn, müsste es in euren Berichten stehen.«

Emma macht sich Notizen. Typisch, dass die Eltern schon gegangen sind. Warum haben sie den Unfall nicht erwähnt? So etwas ist schließlich keine Kleinigkeit, die man einfach vergisst. Sie müssen es bewusst verschwiegen haben.

»Fällt dir sonst noch etwas ein?«, fragt Emma. »Weißt du, mit wem er zu tun hatte?«

»Mit Sven, einem Klassenkameraden«, sagt Josefin. »Der war oft bei Robin zu Hause.«

»Komisch, davon haben die Eltern gar nichts erzählt.«

»Vielleicht passte er nicht in ihr Bild von Leuten, mit denen ihr Sohn sich abgeben sollte.«

»Inwiefern?«

»Das würdest du verstehen, wenn du ihn siehst, er ist ein bisschen eigen.«

Carolina hatte Robin ebenfalls als eigen bezeichnet.

»Gut, danke«, sagt Emma und schreibt sich Svens Namen auf. »Ruf mich gerne an, wenn dir noch etwas einfällt. Du hilfst uns sehr.«

Als sie gerade das Gespräch beenden will, fällt ihr der zerbrochene Porzellanhund ein. Sie weiß, dass es absurd ist, jetzt davon anzufangen, kann es aber dennoch nicht lassen.

»Was hatte eigentlich mein Porzellanhund bei dir im Wohnzimmer zu suchen?«

»Ich habe ihn mir als Erinnerung an dich mitgenommen und dann vergessen, ihn dir zurückzugeben.«

Josefin klingt patzig, als fühle sie sich bei einer unrechten Tat ertappt.

Natürlich kann es sein, dass der Hund schon lange in Scherben unter dem Regal gelegen hat, Emma gefällt nur nicht der Zeitpunkt und auf welche Weise sie ihn entdeckt hat. Als wäre es ein böses Omen.

»Hast du ihn vermisst?«, fragt Josefin sarkastisch. Emma lacht.

Sie benehmen sich plötzlich wie Kinder. Es geht gar nicht um den Hund, sondern um sie selbst, um den eigenen Stellenwert. Ein Machtkampf, um zu sehen, wen die Eltern lieber haben.

»Es tut mir wirklich leid, was passiert ist«, sagt Emma und denkt dabei nicht in erster Linie an den Hund, sondern an die Geschehnisse vor zwei Jahren, als sie untertauchte und ihren eigenen Tod suggerierte.

»Tatsächlich?« Josefins Stimme zittert.

»Ja, das habe ich dir auch schon tausendmal gesagt. Wir hatten keine andere Wahl, als es vor dir und Mama geheim zu halten«, sagt Emma. »Wir mussten euch und die

Kinder schützen. Kannst du dich wirklich nicht damit abfinden?«

Nein, natürlich kann sie das nicht. Nicht, nachdem sie zusammen aufgewachsen sind und vieles so unterschiedlich wahrgenommen haben. Aber sie muss doch wohl in der Lage sein, den Unterschied zwischen damals und jetzt zu begreifen. Zwischen irgendwelchen dummen Aktionen in der Kindheit und dem Handeln aus Verantwortungsgefühl jetzt.

»Ich weiß, dass es viel verlangt ist«, sagt Emma. »Aber kannst du mir bitte verzeihen?«

»Das mit dem Hund oder dass du vorgegeben hast, tot zu sein?«

Emma seufzt. »Denk wenigstens darüber nach.«

»Das ist ziemlich viel verlangt.«

Die Zeit läuft, Emma kann sich jetzt nicht damit auseinandersetzen, nicht in ihrer Arbeitszeit. Sie hätte gar nicht erst davon anfangen sollen. »Ich muss Schluss machen.«

»Ja, so kenne ich dich, das sagst du immer«, murrt Josefin und legt auf.

Emma starrt ihr Handy an. Warum geht es bloß immer so schief? Warum muss sie sich und andere ständig in Schwierigkeiten bringen?

Ihr Blick fällt auf den Zettel mit den Notizen. Sven. Robins bester Freund? Sein heimlicher Geliebter?

24

Josefin hätte ihrer Schwester noch viel zu sagen gehabt, aber das muss anscheinend warten. Wie immer. Sie umklammert das Handy, so dass ihre Knöchel weiß hervortreten, und atmet ein paarmal tief durch. Versucht, die Sonne zu genießen, statt sich noch mehr aufzuregen. Niemand vermag es, sie so zur Weißglut zu bringen wie Emma.

Josefin kann ihr nicht verzeihen, wenn auch aus anderen Gründen, als ihre Schwester vermutet. Was Josefin vor allem empört, hat sie nie erwähnt, denn es ist zu heikel.

Es ist die Frage, wie man freiwillig sein eigenes Kind verlassen kann.

Ziellos streift Josefin durch den Garten, der nur ein Viertel so groß ist wie ihr Grundstück zu Hause. Weniger zu pflegen, aber schwieriger am Leben zu erhalten. Der Rasen wird schon wieder trocken, sie muss ihn nachher unbedingt sprengen. Jetzt würde es ohnehin noch nichts bringen.

Josefin rollt ihre Yogamatte aus, die Terrasse hat Südlage, und beginnt mit ihrem Trainingsprogramm. Dennoch kann sie nicht aufhören, an Emma zu denken. Ihre Entscheidung damals, Ines zurückzulassen, hat Josefins Blick auf ihre Schwester grundlegend verändert. Etwas ist damals kaputtgegangen, und sie ist sich nicht sicher, ob es sich je wieder reparieren lässt. Gleichzeitig kann sie nicht die Verantwortung für Emmas Tun und Lassen übernehmen. Emma ist Emma, und nur weil sie Schwestern sind, bedeutet das nicht, dass sie sich ähneln. Zum Glück. Es verletzt sie, dass Emma sich nach dem, was damals geschehen ist, nie die Zeit für eine Aussprache genommen hat. Josefin hat das Bedürfnis, die Ereignisse wieder und wieder durchzugehen, sie aus unterschiedlichen Winkeln zu betrachten, zu analysieren und zu diskutieren, erst dann könnte sie damit abschließen.

»Ist jemand da?« Andreas klopft ihr an die Stirn.

»Hast du mich erschreckt!« Josefin zuckt zurück.

Er ist verschwitzt und immer noch in Radlerhosen.

»Wie war's?«, fragt Josefin. Wenn sie ehrlich ist, ist sie eifersüchtig, weil er mit einer Gruppe trainiert. Sie hat Angst, ihn ganz an sein neues Hobby zu verlieren und allein im herabschauenden Hund zurückzubleiben.

»Es war eine super Strecke, auch wenn ich in den Bergen beinahe krepiert wäre. Pulszone fünf, ich schwöre es dir! Hast du schon Kaffee gemacht?«

Er wirft einen Blick auf Josefins leere Tasse.

»Ich glaube, es ist noch welcher da.«

»Super, ich gehe nur noch schnell duschen.«

Als er wieder herauskommt, unterbricht sie ihr Training. Es gibt zu viel zu besprechen. Sie setzen sich nebeneinander auf die Liegestühle.

»Ich habe Emma den Tipp gegeben, mit Sven zu reden.«

»Ach, die Transe«, sagt Andreas und stellt angewidert die Tasse beiseite. »Pippiwarm und total bitter. Kriegt man in diesem Land keinen vernünftigen Kaffee?«

»Du sollst ihn nicht Transe nennen«, sagt Josefin und wechselt das Thema. »Erinnerst du dich, was nach dem Autounfall los war? Robin war danach irgendwie anders, oder?«

»Ja«, gibt Andreas zu. »Wir haben uns sonst oft über Fußball unterhalten, aber nachdem das passiert war, hatte er sich völlig zurückgezogen. Und dann ist die ganze Familie nach Nizza geflogen.«

»Auf Facebook wurde er als der Schuldige dargestellt«, sagt Josefin. »Fast schade, dass das Ganze nicht vor Gericht gekommen ist, denn so bleibt das Urteil in den sozialen Medien einfach stehen, ohne wirklich geprüft worden zu sein.«

»Stimmt. Und was da geschrieben wurde, war zynisch und voller Drohungen. Dass es jetzt Selbstmord war, ist aber wohl ausgeschlossen?«

»Ja«, sagt Josefin. Dann fällt ihr etwas ein.

Vielleicht war es doch kein Zufall, dass er ermordet wurde. Schließlich hatten viele Nachbarn sich mächtig über sein verantwortungsloses Handeln aufgeregt. Einer der Bromma-Freunde hatte sogar geschrieben, dafür gebe es nur eine Strafe, die angemessen wäre.

Den Tod.

25

Der Schreibtischstuhl ächzt, als Nyhlén sich zurücklehnt. Endlich ist es ihm gelungen, den richtigen Ansprechpartner bei der Sicherheitsfirma zu erreichen, der ihm den genauen Zeitpunkt nennen kann, wann der Alarm bei Familie Eklund ausgelöst wurde.

»Am achten August wurde um null Uhr zweiundzwanzig von der Treppe zum ersten Stock aus die Alarmanlage für die Hälfte des Hauses eingeschaltet. Mit dem privaten Code der Familie.«

Ungefähr um diese Zeit hat er Emma den Heiratsantrag gemacht.

Da muss Robin noch am Leben gewesen sein.

»Morgens um halb sieben wurde mittels der Box im Erdgeschoss der Alarm wieder ausgeschaltet, allerdings mit einem anderen Code«, fährt der Mitarbeiter der Sicherheitsfirma fort.

»Moment – um halb sieben, sagen Sie?«

»Entschuldigung, fünf vor halb sieben. Plus/minus fünfzig Minuten.«

Svetlana hat behauptet, sie wäre um Viertel nach sieben dort gewesen. Plus/minus fünfzig Minuten.

»Wie funktioniert die Überwachungskamera im Wohnzimmer?«, fragt Nyhlén. »Nimmt sie permanent auf?«

»Sie wird automatisch gestartet, sobald der Alarm ausgelöst wird.«

Das war ja klar.

»Vielen Dank für Ihre Hilfe.«

Warum hat Svetlana gelogen? Er versucht, sie zu erreichen. »Der gewünschte Gesprächsteilnehmer ist zurzeit leider nicht erreichbar«, erklärt eine Stimme vom Band. Nyhlén legt auf.

Ist sie untergetaucht?

Warum? Hat sie Angst, oder ist sie womöglich in die Tat verstrickt?

Nyhlén fährt sich mit der Hand übers Kinn, es kratzt. Er hat vergessen, sich zu rasieren; alle guten Gewohnheiten sind über Bord gegangen, seit Emma ihn rausgeworfen hat. Er fühlt sich wie unter Eis, zerrissen und rastlos, auch kann er sich nicht konzentrieren. Soll er Lindberg sagen, dass er nicht uneingeschränkt arbeitstauglich ist und ihn aus privaten Gründen um Freistellung bitten? Nein, auf dem Bett zu liegen und die Decke anzustarren bringt ihm Emma auch nicht zurück. Arbeit ist immer noch das beste Mittel, um alles zu vergessen.

Falls es überhaupt ein Heilmittel gegen unglückliche Liebe gibt.

Er muss sich auf das Hier und Jetzt konzentrieren, statt sich vor einer Zukunft ohne Emma zu fürchten. Ein Jugendlicher ist ermordet worden, und es ist an ihm und den Kollegen, dafür zu sorgen, dass dieser Fall nicht auf dem Cold-Case-Stapel landet, von Verbrechen, die niemals aufgeklärt werden. Bei denen die Täter nach wie vor frei herumlaufen und möglicherweise weitere Morde begehen. Die Angehörigen brauchen Antworten, das ist das Mindeste, was sie verdient haben.

Emma klopft an die Tür. »Wir fahren nach Solna raus und unterhalten uns mit dem Teamchef der Lokalen Untersuchungseinheit.«

Wozu soll das denn schon wieder gut sein?

Nyhlén braucht die Frage nicht zu stellen, es genügt, dass er das Gesicht verzieht, um Emma sein Missfallen auszudrücken.

»Per Andersson weiß alles über die aktuelle Einbruchswelle in Bromma«, erklärt Emma. »Wir müssen die Vorgehensweise mit früheren Fällen vergleichen, dann entdecken wir vielleicht etwas, das heraussticht. Komm!«

Widerwillig steht er auf, sein Körper fühlt sich taub an, es rauscht in seinen Ohren. Emma besteht darauf zu fahren, und er widerspricht nicht. Viele Frauen setzen sich ganz selbstverständlich auf den Beifahrersitz, oder ihr männlicher Kollege ist einfach schneller hinterm Steuer. Emma macht das wahnsinnig. Immer wieder hat sie ihm eingebläut, dass zwischen den Geschlechtern kein Unterschied bestehen darf.

Nyhlén ist einfach nur froh, dass er sich dadurch nicht über die ganzen Idioten im Straßenverkehr aufzuregen braucht. Heute aber fährt Emma unkonzentriert und viel zu schnell. Das bedeutet, dass sie unzufrieden ist.

»Alles okay?«, fragt er.

Emma seufzt. »Beschwer dich bitte nicht über meinen Fahrstil.«

Sie kennt ihn viel zu gut, nichts kann er vor ihr verbergen.

»Kannst du mir bitte antworten?«

»Ich bin durcheinander«, sagt sie, ohne den Blick von der Straße zu nehmen.

»Dann sind wir ja schon zwei.«

Endlich ist sie bereit zu reden, auf diesen Moment hat er gewartet. Ein Stein fällt ihm vom Herzen, sie müssen besprechen, was eigentlich passiert ist, warum sie ihn lieber rausgeworfen hat, als sich einen hübschen Ring anstecken zu lassen. Seinen Liebesbeweis.

»Wir haben so wenig in der Hand«, sagt sie und überfährt eine Ampel, die gerade auf Rot umschaltet. »Es macht mich wahnsinnig, dass wir keinen Schimmer haben, um was für einen Täter es sich handelt.«

Nyhlén dreht das Gesicht zur Windschutzscheibe. Die Sonne verschwindet hinter den Wolken, draußen, aber auch in ihm drinnen. Er hatte gedacht, sie rede von ihrer Beziehung und nicht von dem Fall, an dem sie gerade arbeiten.

Und wieder ist er an dem Punkt, die Nase in den eigenen Dreck zu stecken.

Verdammt. Entschuldige, Robin.

Den Rest der Fahrt rollen sie noch einmal auf, was sie bisher über den Fall wissen. Der Rechtsmediziner hat sich noch nicht zur mutmaßlichen Todesursache und zum Zeitpunkt geäußert, Nyhlén weiß aber jetzt immerhin, dass Robin nach Mitternacht noch gelebt haben muss. Auch auf die Nachricht des NFC zu den Finger- und Schuhabdrücken warten sie noch. Nyhlén hat den Kollegen Dampf gemacht, dennoch kann es ein paar weitere Tage dauern. Nichts darf in einer Mordermittlung übersehen werden, und bald sind die wichtigen ersten achtundvierzig Stunden vorbei. Alles braucht Sorgfalt und Zeit.

Zeit, die sie nicht haben.

26

Per Andersson, Teamchef der Lokalen Untersuchungseinheit Lokus, empfängt sie in seinem Büro. Emma ist überrascht, wie groß und kräftig er ist. Wie kann er sich an Tatorten überhaupt bewegen, ohne die halbe Einrichtung herunterzureißen?

»Willkommen«, sagt Per Andersson und deutet auf zwei Besucherstühle.

Seinem Alter nach müsste er kurz vor der Pensionierung stehen.

»Danke«, sagt Emma.

»Diesen Sommer ist die Zahl der Einbrüche in Bromma extrem gestiegen«, sagt Per Andersson und setzt sich ihnen gegenüber. Er rückt seine Brille zurecht und mustert ein Blatt mit Datum und Adressen. »Vor allem an den Wochenenden.«

»Wie viele Täter sind es denn im Durchschnitt pro Einbruch?«, fragt Emma.

»Zwei bis drei, einer davon steht für gewöhnlich Schmiere«, antwortet Per Andersson. »Sie sind immer nur ein paar Minuten drinnen, Alarmanlagen und Kameras sind ihnen völlig egal. Sie sind längst weg, bevor die Männer vom

Sicherheitsdienst überhaupt den Autoschlüssel gezückt haben.«

»Und wie alt sind die Einbrecher ungefähr?«

»Es sind meist Typen zwischen sechzehn und zwanzig.«

»So jung?«, fragt Emma überrascht. »Ich dachte, es wären eher Männer mittleren Alters. Wo kommen sie her?«

»Meist handelt es sich um eingereiste Banden aus den Oststaaten oder aus Chile. Das Forensische Untersuchungsteam meint, es handle sich zu gut siebzig Prozent um Ausländer, nur dreißig Prozent sind Schweden.«

»Nach welchen Kriterien suchen sie die Häuser aus?«, fragt Nyhlén.

»Ausschlaggebend ist vor allem die Lage, ob das Grundstück einsehbar ist oder nicht und ob es Fluchtwege gibt. Bei Wohnungseinbrüchen wiederum gehen sie oft nach dem Nachnamen und entscheiden sich für Nationalitäten, von denen sie sich versprechen, dass sie Gold zu Hause haben.«

»Und wenn wir uns jetzt ein Haus vorstellen, denn der Mord fand ja in einem Einfamilienhaus statt?«, fragt Emma und hofft, Per Andersson möge bei der Sache bleiben und nicht immer wieder abschweifen.

Andersson lehnt sich zurück und reibt sich das Kinn.

»Die Verwüstungen hinterher sind jedenfalls meist weniger groß, als man es sich vorstellt oder aus Filmen kennt. Ich habe mehr Tatorte untersucht, als ich zählen kann, und meiner Erfahrung nach nehmen sie sich immer erst Bad und Schlafzimmer vor. So gut wie nie dringen sie durch die Haustür ein, weil die oft als Einzige alarmgesichert ist.«

Bis hierher hat es ganz den Anschein, als hätte es sich bei den Eklunds um einen normalen Einbruch gehandelt.

»In unserem Fall sind sie durch die Balkontür«, sagt Emma.

»Balkon und Terrasse sind das Übliche«, bestätigt Per Andersson. »Beliebt ist auch das obere Stockwerk, weil es bei vielen Häusern nicht alarmgesichert ist. Oft reicht es schon, dass die Familie kurz zur Müllkippe fährt, schon schlagen die Täter zu. Wenn noch dazu eine Leiter auf dem Grundstück liegt, haben sie alles, was sie brauchen.«

»Sind sie häufig bewaffnet?«

»Wenn, dann mit Messer oder Schraubenzieher, nicht mit Schusswaffen.«

»Und was ist mit dem Goldschmied in Nockeby, wo sie die Wachleute gefesselt und auch ihr Auto mitgenommen haben?«, wendet Nyhlén ein. »Da waren doch bestimmt Waffen im Spiel?«

Per Andersson nickt. »Wobei das tatsächlich ein geplanter Überfall und kein typischer Einbruch war.«

»Okay, aber gehen die Täter üblicherweise zum Angriff über? So wie in unserem Fall?«

»Natürlich kommt es vor, dass sie jemanden mit dem Kuhfuß schlagen oder einem Messer bedrohen. Aber im Grunde sind Einbrecher wie Hunde, nämlich ungefährlich, bis sie sich in die Ecke gedrängt fühlen und nicht fliehen können.«

»Kuhfuß, sagten Sie.« Emma nickt Nyhlén vielsagend zu und schaut dann wieder Per Andersson an. »Hat es in Zusammenhang mit den zunehmenden Einbrüchen auch schon mal einen Mord gegeben?«

»Nicht in Bromma, zumindest nicht in den zwanzig Jahren, die ich inzwischen hier arbeite.«

Warum sollte es dann jetzt so sein? Ihre Einbruchtheorie scheint doch zu hinken.

»Arbeiten die Täter oft mit Zustelldiensten zusammen oder mit Reinigungsfirmen?«, fragt Emma.

Sie schaut zum Fenster und sehnt sich plötzlich nach frischer Luft. Es ist so stickig hier drinnen, sie spürt einen Druck auf der Brust.

»Eher mit Taxifahrern«, entgegnet Per Andersson, und Emma versucht, sich wieder zu konzentrieren. »Wir hatten mehrere Fälle, in denen Familien kaum am Flughafen in Arlanda ausgestiegen waren, da ging schon zu Hause der Alarm.«

»Also halten Sie nichts von der Theorie einer Zusammenarbeit zwischen Reinigungsfirmen und Einbrecherbanden?«

Per Andersson schüttelt entschieden den Kopf. »Nein, soweit ich weiß, ist das bisher nicht vorgekommen.«

»Die Aufklärungsquote scheint sehr niedrig zu sein, um die vier Prozent, wenn ich das richtig sehe«, sagt Nyhlén. »Mit anderen Worten: Das Ganze ist kaum ein Risiko für die Täter.«

»Ja, und das bringt mich auch wirklich zur Weißglut. Es ist vor allem eine Frage des Personals. Uns fehlen schlicht und einfach die Ressourcen, um alle Einbrüche zur Anklage zu bringen. Hatte die Familie eine Überwachungskamera?«

»Ja, aber da der Alarm nicht ausgelöst wurde, wurde auch nichts aufgenommen«, antwortet Nyhlén.

»Schade, wahrscheinlich hätte es aber ohnehin nichts

genützt«, seufzt Per Andersson und legt die Hände auf der Tischplatte übereinander. »Ich verstehe einfach nicht, warum die Sicherheitsfirmen darauf bestehen, die Kameras an der Decke anzubringen. Es genügt eine Kapuze, schon kann der Dieb nicht mehr identifiziert werden. Die Kameras müssten vielmehr auf Hüfthöhe installiert werden und die Gesichter von unten filmen. Nur dann kann man überhaupt etwas erkennen.«

Darüber hat Emma noch nie nachgedacht, es erscheint ihr jedoch plausibel.

»Ich glaube, das wär's von unserer Seite«, sagt sie. »Sind seit dem Mord weitere Einbrüche in Bromma gemeldet worden?«

»Ganz vereinzelt«, antwortet er. »Das könnte aber natürlich auch an der erhöhten Polizeipräsenz liegen. Wir haben sogar berittene Beamte auf den Straßen. Die haben immer den besten Überblick und schrecken viele Täter durch ihr Erscheinungsbild ab. Hat die Spurensicherung schon irgendetwas gefunden?«

»Ja, das eine oder andere«, sagt Emma ausweichend.

Nyhlén schüttelt Per Andersson die Hand. »Vielen Dank für Ihre Hilfe.«

Als sie hinausgehen, schwirrt Emma der Kopf.

»Vieles deutet ja schon nach wie vor auf einen ganz normalen Einbruch hin. Gleichzeitig gibt es keinen triftigen Grund, warum sie Robin hätten töten sollen.« Tief atmet sie die frische Luft ein. »Glaubst du, Svetlana hat jemandem den Tipp mit Eklunds Haus gegeben?«

Nyhlén nickt zögernd. »Zumindest ist sie davon ausgegangen, dass niemand zu Hause sein würde und man einfach hineinspazieren könnte. Niemand brauchte sie zu verdächtigen, und sie hätte sich ein bisschen was dazuverdient.«

»Vielleicht hat sie die Täter sogar reingelassen, immerhin hat sie die Schlüssel und kann die Alarmanlage ein- und ausschalten. Dann war die aufgebrochene Balkontür vielleicht nur ein Versuch, uns abzulenken. Laut Per Andersson brauchen die Täter meist nur wenige Minuten. Und Svetlana beseitigt anschließend die Spuren.«

»Das würde auch erklären, warum sie uns über die Uhrzeit belogen hat.«

Emma fühlt sich der Lösung plötzlich sehr nahe. Manchmal geht es doch schneller als erwartet. Eine Putzfrau mit gutem Ruf in einer Gegend wie dieser ist für Einbrecher sicherlich Gold wert. Ein regelrechter Türöffner.

»Wir sollten jedenfalls so bald wie möglich ihr Kundenverzeichnis mit den Adressen abgleichen, an denen eingebrochen worden ist.«

»Dazu müssten wir Svetlana allerdings erst finden«, sagt Nyhlén und wählt ihre Nummer.

»Svetlana? Hallo, hier ist Thomas Nyhlén von der Mord …«

Emma sieht ihn an. »Was?«

»Das Gespräch wurde abgebrochen.«

27

Gervase ist auf der Hut. Jeden Moment kann Darius auftauchen und ihn zur Rede stellen, weil er sich in der Arbeitszeit mit etwas anderem beschäftigt. Er schaut sich verstohlen auf dem Grundstück um, fast achthundert Kilometer von zu Hause entfernt. Der geografische Abstand hilft ihm, einigermaßen die Nerven zu behalten, obwohl sein Vater stinkwütend klingt.

»Ich habe mit Darius gesprochen.«

Gervase sieht ihn förmlich vor sich, seinen krummen Rücken und das verletzte Bein, das seit einem Sprung aus dem zweiten Stock während eines Einbruchs vor sieben Jahren nie wieder heil geworden ist.

»Ein Mord in Bromma, während eines Einbruchs? Ist dir klar, was das für eine Katastrophe ist?«, schimpft sein Vater ins Telefon.

Es folgt eine Gardinenpredigt, die sich gewaschen hat.

Mord?

Ist er etwa gestorben?

Der Kies unter Gervases Füßen gibt plötzlich nach. Er versucht sich zu erinnern, was genau während des Einbruchs passiert ist. Mord … Deshalb also war Darius so nervös, als sie neulich zum Baumarkt gefahren sind. Aber warum hat er ihm nichts davon gesagt?

»Hallo? Hörst du mir überhaupt zu?«

»Äh, ja«, bringt Gervase mühsam heraus. Er wechselt vom Kies auf den Rasen, doch auch der scheint plötzlich nachzugeben. Hauptsache, niemand bemerkt, dass er außer der Reihe Pause macht. Er zündet sich eine Zigarette an.

»Du hast doch wohl nichts damit zu tun?«

Gervase betrachtet sein verletztes Handgelenk und vermag nicht zu antworten. Das braucht er auch nicht, sein Vater bestreitet das Gespräch ganz allein, wie immer.

»Halt dich im Schatten, verdammt«, ist sein Befehl. »Die Bromma-Bewohner und die Polizei werden jetzt erst recht die Augen offenhalten.«

Sein Vater würde es nicht verstehen, wenn er versuchen würde, ihm die Situation zu erklären. Sie konnten noch nie miteinander reden.

»Wie viel hast du zusammengekratzt?«, fragt sein Vater, der wegen seiner Behinderung kein Geld mehr für sie beide beschaffen kann. Am Telefon Sprüche machen kann er dagegen gut, und das wird er wohl auch tun, bis er einst auf dem Totenbett liegt.

»Ich habe einen Umschlag abgeschickt«, sagt Gervase und schaut sich nervös nach ungebetenen Zuhörern um.

Sein Vater hustet hysterisch, es klingt, als müsse er sterben, aber so viel Glück hat Gervase nicht.

Darius kommt mit ausgestrecktem Finger auf ihn zu. »Was machst du da?«

»Ich muss Schluss machen«, sagt Gervase schnell zu seinem Vater und legt auf.

Wie immer hat sich dieser mit keinem Wort nach seiner eigentlichen Arbeit erkundigt. Ein normaler Job ist jedoch das Einzige gewesen, womit Gervase, ohne etwas zu bezahlen, nach Schweden gelangt ist und Zutritt zu dieser Wohngegend bekommen hat. Er arbeitet tagsüber so hart er kann und schafft es deshalb nachts kaum, wachzubleiben, worauf sein Vater aber keine Rücksicht nimmt. *Wie geht es dir? Wie läuft es? Hast du Heimweh?* Solche Fragen hat er ihm noch nie gestellt. Es ist ihm gleichgültig. Das Einzige, was sie verbindet, ist wahrscheinlich die Trauer um Gervases Mutter. Darüber haben sie jedoch nie geredet. Als sie starb, ist alles zusammengebrochen.

»Muss ich jetzt auch noch rumlaufen und nach dir suchen?«, zischt Darius wütend.

Ihr könnt mich alle mal, hätte Gervase am liebsten gesagt. Doch er schweigt natürlich, wie immer. Er braucht diesen Job.

Gehorsam folgt er Darius zur Baustelle zurück, hat dabei aber ganz andere Dinge im Kopf. Er hat noch keine Idee, wo er diese Nacht einbrechen soll. Er hat keine Zeit gehabt, sich damit zu beschäftigen, und versucht jetzt, die aufkommende Panik zu unterdrücken.

Jemand ist gestorben.

Darüber darf er auf keinen Fall nachdenken, wenn er weitermachen will. Denn ohne Geld kommt er niemals raus aus dem Ganzen. Er hat nicht vor, mit den anderen nach Litauen zurückzukehren, zu seinem Vater.

Nie im Leben.

Diesmal darf ihm niemand in die Quere kommen.

Niemand.

28

Emma hat überhaupt keine Lust auf dieses Telefonat. Weil Nyhlén aber vollauf damit beschäftigt ist, herauszufinden, wo Svetlana und dieser Sven sich aufhalten, fällt es ihr zu, Robins Vater anzurufen. Obwohl der doch ohnehin lieber mit Nyhlén redet. Statt gleich zur Sache zu kommen, wählt sie einen anderen Gesprächseinstieg.

»Haben Sie bereits Kontakt mit dem Kriseninterventionsteam gehabt?« Sie sitzt vor ihrem Laptop im Büro.

»Carolina hat heute einen Termin beim Psychologen.«

Er selber nicht? Emma spart sich die Frage. »Sind Sie noch im Hotel?«

»Wieso?«

Allem Anschein nach hat Mattias auch heute keine Lust, sich mit ihr zu unterhalten.

»Wie geht es Ihnen?«, fragt sie dennoch.

»Ich komme zurecht. Wollten Sie irgendetwas Bestimmtes?«

Typisch Mann, zu denken, dass es ein Zeichen von Schwäche wäre, Hilfe zu suchen. Auch das sagt Emma natürlich nicht laut, obwohl sie ihm gerne ein paar gutgemeinte Tipps geben würde. Er gehört offensichtlich nicht zu den Leuten, die Ratschläge annehmen können. Vor allem nicht von ihr.

»Es gibt ein paar Dinge, über die ich mit Ihnen reden muss«, sagt Emma. »Uns ist zu Ohren gekommen, dass Robin am neunzehnten Mai dieses Jahres in einen Autounfall verwickelt war.«

»Was hat das denn jetzt damit zu tun?« Mattias klingt genervt.

»Eine ziemlich ernste Angelegenheit«, fährt Emma unbeirrt fort. »Warum haben Sie uns nichts davon erzählt, als Sie hier waren?«

»Sie meinen, als Sie behauptet haben, mein Sohn wäre schwul?«

Emma verliert den Faden. Warum ist er ihr gegenüber so feindselig eingestellt? Aus Scham? Vielleicht. Wie soll sie ihm klarmachen, dass sie auf seiner Seite ist?

»Jetzt hören Sie mir mal zu, Mattias«, sagt sie. »Es wird Zeit, mit uns zusammenzuarbeiten. Wir wollen doch im Grunde beide dasselbe: dass Robins Mörder gefasst wird. Und im Augenblick machen Sie uns die Arbeit unnötig schwer.«

Schweigen. Hat er aufgelegt?

»Ich bin nicht darauf gekommen, dass der Autounfall wichtig sein könnte, deshalb habe ich ihn nicht erwähnt.«

Anschließend berichtet Mattias alles über die Horrorfahrt und welch ein Schock es für ihn und seine Frau gewesen sei, als der Rettungsdienst bei ihnen anrief. Emma ist sich nicht ganz sicher, aber etwas scheint sich in Mattias' Ton verändert zu haben.

»Erst hatten wir wahnsinnige Angst, Robin könnte lebensgefährlich verletzt sein. Als wir ihn so gut wie unversehrt in der Notfallaufnahme abholten, kam gleich der nächste Schock. Er sollte der Anstifter gewesen sein. Das hätte ich nie von ihm gedacht, in meinen wildesten Phantasien nicht. Im Grunde begreife ich es bis heute nicht.«

»Ihr Sohn hat es also zugegeben?«

»Robin saß definitiv am Steuer, daran lässt sich nicht rütteln.«

»Warum hat Sie das so überrascht?«.

»Weil er so etwas niemals getan hätte, er hätte niemals andere Menschenleben gefährdet.«

»War er betrunken?«

»Zum Glück nicht, andererseits bedeutet das natürlich, dass er genau wusste, was er tat«, sagt Mattias. »Ich kann gar nicht sagen, was schlimmer ist.«

»Könnte es sein, dass er zu der Fahrt gezwungen wurde?«, fragt Emma und streckt sich. Ein stechender Schmerz fährt ihr durchs Kreuzbein.

»Das wäre dann aber doch herausgekommen?«

Die Frage bleibt in der Luft hängen.

Anscheinend kannte Mattias seinen Sohn doch nicht so gut, wie er gedacht hat. Über seine Rolle bei dem Unfall wusste er zwar immerhin Bescheid, nicht aber darüber, dass er eine Beziehung zu einem anderen Jungen hatte. Emma kann nur ahnen, wie schwer es für die Eltern ist, dass immer neue Dinge über ihren toten Sohn ans Licht kommen, über die sie nicht mehr mit ihm reden können.

»Wie hat er Ihnen gegenüber erklärt, dass er das Auto genommen hat?«, fragt Emma.

Mattias seufzt. »Er hatte dafür keine Begründung.«

Jugendliche können ihren Eltern gegenüber sehr verschlossen sein. Emma merkt, dass Mattias ihr derzeit wahrscheinlich wirklich nicht mehr sagen kann.

»Gibt es irgendetwas, das wir noch wissen sollten«, fragt sie dennoch, »was beim letzten Mal vielleicht nicht zur Sprache gekommen ist?«

»Ich glaube nicht«, erwidert Mattias schnell.

Emma fällt Sven ein, von dem Josefin ihr berichtet hat.

»Kennen Sie Sven?«

Zu Emmas Überraschung lacht Mattias. »O ja, den kenne ich.«

»Waren er und Robin eng befreundet?«

»Ach, darauf wollen Sie hinaus«, sagt Mattias. »Sie glauben wohl, er war sein Lover.«

»Nein, aber ich frage mich natürlich, warum Sie ihn ebenfalls nicht erwähnt haben, als Sie neulich bei uns waren.«

Mattias schnaubt. »Vielleicht standen wir ja einfach unter Schock?«

Und da haben sie den Autounfall wie auch den besten Freund zu erwähnen vergessen? Emma weiß nicht, was sie davon halten soll.

»Haben Sie inzwischen eine Idee, warum Robin es plötzlich so eilig hatte, wieder nach Hause zu fliegen?«, fragt sie, statt weiter bei Sven zu bleiben.

»Nein«, sagt Mattias. »Sonst hätten wir uns selbstverständlich bei Ihnen gemeldet.«

Tatsächlich?

Emma schaut auf die Uhr. Die Teambesprechung hat bereits begonnen.

»Dann bedanke ich mich erst mal soweit«, sagt sie und beendet das Gespräch.

Sie schafft es noch, sich unterwegs einen Kaffee zu holen, bevor sie als Letzte in den Konferenzraum schlüpft. Mittlerweile ist sie eigentlich immer die Letzte. Erst als sie sich setzt, stellt sie fest, dass »Jörgen« auf ihrer Tasse steht.

Nyhlén nickt ihr zu. »Ich habe Sven erreicht. Er kommt morgen aus Amsterdam zurück, da müssen wir zusehen, dass wir ihn erwischen. Er hat einiges zu erklären, unter anderem, warum er ausgerechnet am Morgen nach dem Mord abgereist ist.«

Beinahe hätte Emma den Kaffee verschüttet.

»Was hat der Vater denn gesagt?«, fragt Nyhlén unbeeindruckt.

»Er behauptet, er wäre gar nicht auf die Idee gekommen, dass der Unfall für uns wichtig sein könnte«, sagt sie. »Ich werde mich noch mal genauer damit beschäftigen, je nachdem, wie wir jetzt die Prioritäten setzen.«

»Im Moment ist Svetlana Lipowska unsere heißeste Spur«, unterbricht sie Lindberg. »Einem anonymen Tipp zufolge hat sie Verbindungen zu einer ausländischen Diebesbande. Das ist gerade eben reingekommen. Ein Zeuge hat sie in einen Kastenwagen mit gefälschten Nummernschildern einsteigen sehen, in dem mehrere Bauarbeiter saßen.«

»Das würde zumindest erklären, warum sie sofort aufgelegt hat, als ich versucht habe, sie zu erreichen«, sagt Nyhlén.

»Dann fahrt hin und schnappt sie euch.«

29

Auf dem Weg zu Svetlanas Adresse in Västberg, als kein anderer zuhört, kann Nyhlén nicht länger an sich halten und erkundigt sich nach Ines.

»Vermisst sie mich?«

»Ja, natürlich«, sagt Emma mit weicherer Stimme als sonst. »Sie fragt ständig nach ihrem Papa.«

Ihm wird warm ums Herz. »Geht es ihr besser?«

»Ja.«

Mehr hat Emma dazu offenbar nicht zu sagen. Nyhlén betrachtet die grauen Wolken am Himmel. Wut kocht in ihm hoch. Muss sie ihm so deutlich zeigen, dass sie keine Lust hat, ein Privatgespräch mit ihm zu führen? Bevor sie ein Paar wurden, konnten sie über alles reden, doch diese Tür ist jetzt anscheinend verschlossen. Außerdem hat sie ihm Ines weggenommen, und er kann nichts dagegen tun. Emma will, dass sie sich ganz auf ihre Arbeit konzentrieren. Er dagegen wünscht sich nichts sehnlicher, als seine Hand auf ihren Oberschenkel zu legen. Sie zu küssen, in den Arm zu nehmen, ihr nah zu sein. Nicht wie ein beliebiger Kollege neben ihr zu sitzen und über Verdächtige in ihrem aktuellen Fall zu diskutieren. Wie kann sie nur so kaltblütig sein?

»Wie schätzt du Svetlanas Rolle ein?«, fragt Emma. »Hat sie nur einen Tipp weitergegeben oder Schlimmeres?«

Nyhlén überlegt kurz, Emma zur Rede zu stellen, eine Antwort darauf zu fordern, was eigentlich los ist.

»Ich verstehe nicht, wieso sie ihren Ruf riskiert, ihre Arbeit, ja, im Grunde ihr ganzes Leben«, redet Emma ungerührt weiter. »Oder etwas ist gründlich schiefgegangen. Vielleicht hat sie auch über einen längeren Zeitraum systematisch als Informantin gedient.«

Nyhlén schluckt. »Oder jemand hat sie ausgenutzt.«

Emma nickt. »Wie auch immer. Wir brauchen ihr Kundenverzeichnis, um es mit den Adressen derer zu vergleichen, bei denen eingebrochen worden ist.«

Bevor er sich zu Ende überlegt hat, ob er auf eine Aussprache pochen will oder nicht, sind sie bei Svetlanas Wohnkomplex angelangt. Emma parkt ein und geht zielstrebig auf die Haustür zu. Ebenso entschlossen läuft sie die Treppen hinauf und klingelt an Svetlanas Tür.

Svetlana trägt dasselbe karierte Hemd wie bei ihrer ersten Begegnung.

»Warum haben Sie aufgelegt, als ich Sie neulich angerufen habe?«, fragt Nyhlén statt einer Begrüßung.

Svetlana schüttelt den Kopf. »Das Handy ist wahrscheinlich etwas kaputt.«.

Nyhlén glaubt ihr kein Wort und kann seinen Zorn nicht verbergen: »Verdammt, Svetlana! Erzählen Sie uns endlich, was Sie mit Robins Tod zu tun haben.«

Svetlana starrt ihn erschrocken an. Wenn sie wüsste, was es den Steuerzahler jedes Mal kostet, wenn die Leute sich verstecken und dadurch die Polizeiarbeit behindern.

Emma schaltet sich in das Gespräch ein. »Sie begleiten uns jetzt auf die Dienststelle und erzählen uns dort alles. Haben Sie Ihr Kundenverzeichnis auf dem Handy gespeichert?«

»Ja, aber …«

»… und das funktioniert jetzt auch wieder?«, mischt Nyhlén sich ein.

Svetlana nickt verängstigt.

»Dann mal los!«

Die Stimmung ist gedrückt, während der Fahrt nach Kungsholmen sagt keiner ein Wort. Doch sobald sie im Verhörraum sitzen, beginnt Svetlana zu reden. Obwohl sie seit zehn Jahren in Schweden lebt, fällt es ihr oft schwer, die richtigen Worte zu finden. Oder sie ist einfach nervös und bringt deshalb alles durcheinander.

»Nichts ich weiß von Einbrüchen in Häuser. Alle Kunden sind zufrieden«, sagt sie.

»Haben Sie im Laufe der Jahre Kunden verloren?«

»Nein, nein, nein.«

Nyhlén verdreht die Augen. »Sind Sie in einen weißen Kastenwagen mit Bauarbeitern gestiegen?«

»Wie bitte?«, Svetlana wirkt überrascht. »Wer behauptet so etwas?«

»Wie fahren Sie zur Arbeit?«, fragt er weiter.

»U-Bahn und Straßenbahn. Manchmal mit Bus.«

»Sie haben keine regelmäßige Mitfahrgelegenheit?«

»Nein, nein.«

Svetlana macht einen nervösen Eindruck und behauptet, Geld zu verlieren, wenn sie hier sitzt. Sie habe Termine, die sie wahrnehmen müsse. Nyhlén verkneift sich den Hinweis, dass sie zu Hause und nicht auf der Arbeit war, als sie sie abgeholt haben.

»Inzwischen sind anderthalb Tage vergangen, seit Sie Robin gefunden haben«, sagt Emma. »In welchem Verhältnis standen Sie zu ihm?«

»In gar keinem.«

»Warum durften Sie sein Zimmer nicht putzen?«

Svetlana zuckt die Achseln. »Weiß nicht.«

»Es war nicht etwa so, dass Sie dort etwas gefunden haben?«

»Was denn?«

»Das frage ich Sie«, sagt Emma.

»Nein, nein.«

»War irgendetwas anders als sonst, als sie am Mittwochmorgen bei Familie Eklunds Haus ankamen?«

Svetlana weicht ihrem Blick aus. »Nein, nein.«

Ein beschissenes Nein genügt, denkt Nyhlén irritiert und übernimmt wieder das Gespräch.

»Warum haben Sie uns darüber belogen, um welche Uhrzeit Sie am Morgen des achten August am Haus der Familie Eklund ankamen?«

»Jetzt ich nicht verstehe?«

»Sie haben behauptet, dass Sie um Viertel nach sieben am Haus ankamen, aber Sie haben um fünf vor halb sieben die Alarmanlage ausgeschaltet«, sagt Nyhlén. »Können Sie uns das erklären?«

»Nein, ich muss einfach früher da sein gewesen«, sagt Svetlana. »Ich nicht darauf geachtet.«

»Wussten Sie, dass jemand zu Hause war?«

»Nein, nein, keine Ahnung, Alarm war an.«

»Haben Sie jemand anderen ins Haus gelassen?«

»Nein, nein.«

»Welche Schuhgröße tragen Sie?«

Svetlana hebt die Augenbrauen. »Wie bitte? Sechsunddreißig.«

Nyhlén seufzt und steht auf. »Bitte entschuldigen Sie mich einen Moment.«

Er muss raus und seinen Ärger irgendwie loswerden.

Als er die Staatsanwältin anruft, teilt diese ihm mit, dass sie nicht genug in der Hand haben, um Svetlana festzuhalten. Genau, wie er es sich gedacht hat.

»Damit kommen wir nicht durch«, sagt sie entschieden. »Sie hatte einen Grund, dort zu sein, und sie hat von sich aus angerufen und den Vorfall gemeldet.«

Nyhlén ist dennoch überzeugt, dass Svetlana ihnen nicht die ganze Wahrheit sagt. Irgendetwas verbirgt sie vor ihnen, die Frage ist nur, was. Unzufrieden kehrt er in den Verhörraum zurück und teilt Svetlana mit, dass sie gehen kann.

»Sie müssen sich aber zu unserer Verfügung halten, verstanden? Und gehen Sie ans Telefon, wenn wir anrufen.«

»Verstanden«, wiederholt Svetlana und wirkt sehr erleichtert.

Nachdem sie fort ist, begibt Nyhlén sich in sein Büro, das auf die Kungsholmsgatan hinausgeht. Durchs Fenster beobachtet er Svetlana, die unbeholfen davonhumpelt. Manchmal versucht sie ein Stück zu laufen, hinkt aber nur umso stärker. Wovor läuft sie davon?

Das Telefon klingelt und reißt Nyhlén aus seinen Gedanken.

»Wir haben die Todesursache«, sagt der Rechtsmediziner. »Robin starb an einer Hirnverletzung infolge von Gewaltanwendung gegen seinen Kopf. Kräftige Schläge mit einem stumpfen Gegenstand.«

»Einem Kuhfuß, zum Beispiel?«, fragt Nyhlén.

»Könnte hinkommen. Er ist irgendwann in der Nacht zu Mittwoch gestorben, den genauen Zeitpunkt können wir nicht ermitteln. Wahrscheinlich zwischen ein und vier Uhr morgens.«

Dann kann Svetlana nicht den Mörder hereingelassen haben.

»Irgendwelche Abwehrspuren?«

»Nein«, erwidert der Rechtsmediziner. »Was übrigens auf einen raschen Tatverlauf hindeutet. Ich schicke dir den vollständigen Bericht.«

»Danke.«

Nyhlén fühlt sich plötzlich voll neuer Energie. Rasch ruft er seinen Kontakt beim NFC an, um zu hören, was sie ihm zu dem Kuhfuß sagen können, den sie zur Untersuchung eingeschickt haben, sowie zu den Schuhabdrücken.

»Wir sind gerade fertig. Auf der Mordwaffe konnten Fingerabdrücke von drei Personen sichergestellt werden. Allerdings gab es keine Übereinstimmung mit unseren Registern.«

Also ist der Täter kein Vorbestrafter.

»Und was ist mit den Schuhabdrücken?«

»Laut der Referenzdatenbasis handelt es sich um die Marke Converse.«

Nyhlén macht sich Notizen. »Welche Größe?«

»Wie du weißt, ist das immer schwer zu sagen, aber ich schätze vierundvierzig, fünfundvierzig.«

Deutlich größer also als Svetlanas sechsunddreißig, doch weder das noch Robins Todeszeitpunkt schließen aus, dass sie auf irgendeine Weise in die Sache verstrickt ist.

Nyhlén bedankt sich und legt auf. Dann vergleicht er den Ausdruck von Svetlanas Kundenverzeichnis mit der Liste der Adressen, an denen in Bromma eingebrochen wurde. Zwei ihrer Kunden waren tatsächlich betroffen, beide im Juni. Doch das sind nicht die Daten, die ihn stutzen lassen. Er holt tief Luft und fährt sich über die Bartstoppeln.

Hat Svetlana auch für Josefin gearbeitet?

30

Josefin liegt neben Andreas auf dem beigefarbenen Wohnzimmersofa, ausnahmsweise einmal mit einem Roman in der Hand. Ironischerweise spielt dieser ausgerechnet in Bromma, was ihr nicht aufgefallen ist, als sie ihn am Flughafen gekauft hat. Bromma verfolgt sie, es gelingt ihr einfach nicht, Abstand von diesem Ort zu finden, von dem sie doch extra weggezogen ist. Noch bevor sie die erste Seite zu Ende gelesen hat, klingelt ihr Handy. Nyhlén.

»Hallo. Störe ich gerade?«, fragt er.

»Nein, gar nicht«, sagt sie und flüstert Andreas zu, wer dran ist. »Wie geht es euch?«

»Ein Schritt vor, zwei zurück«, erwidert Nyhlén. »Ich habe ein paar Fragen zu eurer Putzfrau, Svetlana Lipowska. Sie war es, die Robin gefunden hat.«

Josefin setzt sich auf. Sie klopft sich das Kissen im Rücken zurecht. »Okay, und was genau möchtest du wissen?«

»Alles. Zum Beispiel, wie lange sie für euch gearbeitet hat.«

Josefin muss Andreas fragen. Dann antwortet sie: »Ungefähr ein Jahr. Ist es okay, wenn ich die Lautsprechfunktion einschalte? Andreas sitzt neben mir.«

»Ja, natürlich.«

»Hallo, Nyhlén.«

»Hallo, Andreas. Was hattet ihr für einen Eindruck von Svetlana? Ist sie zuverlässig?«, fragt Nyhlén.

»Ja«, antwortet Andreas. »Wir haben sie aufgrund einer Empfehlung in einer Nachbarschaftsgruppe bei Facebook eingestellt.«

Die Bromma-Freunde, denkt Josefin. Immer wieder kehrt sie zu ihnen zurück, ob sie will oder nicht.

»Keine besonderen Vorfälle?«

Josefin war diejenige, die meist zu Hause war, wenn Svetlana bei ihnen geputzt hat, denn als Personal Trainer hat sie flexible Arbeitszeiten.

»Der Staubsauger ist kaputtgegangen, sie kann etwas ruppig sein«, sagt sie jetzt und erinnert sich, wie sie eines Tages mitbekam, wie die kleine Frau, die offenbar deutlich stärker war, als sie aussah, einen unglaublichen Lärm veranstaltete. Sie schleuderte den Staubsauger gegen die Heizkörper und über die Schwellen, als führe sie Krieg.

»Sonst nichts?«, fragt Nyhlén. »Es hat nie etwas gefehlt, nachdem sie da war?«

Andreas schüttelt den Kopf. »Soweit ich weiß, nicht.«

»Hat einer von euch mal beobachtet, dass sie in einem weißen Kastenwagen mitgefahren ist?«, fragt Nyhlén weiter.

»Nein«, antwortet Josefin.

Nyhlén scheint Svetlana zu misstrauen, das beunruhigt sie. Schließlich kennt Svetlana die Codes ihrer Alarmanlage. Andererseits haben sie keine Wertgegenstände im Haus. Zumindest nicht mehr als andere.

»Bist du gerade in Bromma?«, fragt Josefin.

Nyhlén seufzt. »Ich bin noch auf der Arbeit. Emma und ich nehmen uns eine Auszeit.«

»Machst du Witze?«

Josefin kann ihre Schwester nicht verstehen. Warum wirft sie ihr Glück einfach so fort? Sie muss es laut gesagt haben, denn Andreas sieht sie vorwurfsvoll an und Nyhlén verstummt. Warum ist Emma bloß so ein hoffnungsloser Fall? Das Leben kann doch nicht immer aufregend sein, wann wird sie das endlich kapieren?

»Ich weiß nicht, was ich sagen soll.« Nyhléns Stimme zittert.

Josefin schaltet die Lautsprechfunktion aus und geht auf den Balkon hinaus. Es ist ein lauer Sommerabend, und sie setzt sich auf einen der Liegestühle. »Jetzt bin nur noch ich dran. Hast du jemanden zum Reden?«

Nyhlén schnäuzt sich. »Ja oder nein …«

»Ich höre dir zu«, sagt sie und versucht, ihre Wut über Emmas Unberechenbarkeit zu unterdrücken.

»Gestern war ich vor allem verzweifelt, heute bin ich eigentlich nur noch wütend.«

»Es liegt ganz bestimmt nicht an dir«, versucht Josefin, ihn zu trösten.

»Danke, du bist wirklich sehr nett«, sagt er. »Das fand ich schon immer. Was soll ich denn jetzt machen?«

Wahrscheinlich sollte sie so etwas nicht sagen, aber es nützt nichts. »Ignorier sie. Zeig ihr, dass du ohne sie zurechtkommst.«

»Aber das tue ich nicht.«

»Oh, doch! Es ist sinnlos, Emma mit dem Strich zu

bürsten. Das Schlimmste, was du tun kannst, ist, ihr das Gefühl zu geben, eingesperrt zu sein.«

Sie merkt, dass er ihr zuhört, dass er sie ernst nimmt. Nach dem Gespräch fühlt sie sich dennoch schuldig, als hätte sie ihre Schwester hintergangen. Vielleicht hat sie das ja auch nur gesagt, weil sie selbst so sauer auf sie ist?

Andreas sitzt noch immer auf dem Sofa, als sie ins Wohnzimmer zurückkehrt. Sie setzt sich neben ihn, aber die entspannte Stimmung ist verflogen.

»Emma und Ines sind allein im Haus«, sagt Josefin. »Das fühlt sich nicht gut an, solange der Mörder frei herumläuft und unsere Putzfrau irgendwie mit dem Ganzen zu tun hat.«

Andreas versucht, sie zu beruhigen. »Emma kommt immer irgendwie zurecht.«

Josefin kann dennoch nicht abschalten.

»Was denkst du über Svetlana? Könnte sie etwas damit zu tun haben, oder war sie nur zufällig vor Ort?«

»Mich überrascht, glaube ich, gar nichts mehr. Immerhin hat sie Zugang zu den Häusern und weiß, was sich darin befindet. Also ja, natürlich kann sie etwas damit zu tun haben, so traurig das auch wäre.«

»Genau das wollte ich nicht hören«, sagt Josefin und greift nach ihrem Handy.

Bei den Bromma-Freunden wird ausgiebig über die eventuelle Rolle der Putzfrau spekuliert. Einigen Mitgliedern der Gruppe zufolge steht bereits fest, dass sie die Mörderin ist. Josefin wird eiskalt bei dem Gedanken, was aus der sogenannten Nachbarschaftswache im Internet noch alles werden kann. Ein Lynchmob? Noch scheint niemand den

Namen der Putzfrau zu kennen, doch auch das ist nur eine Frage der Zeit. Die sozialen Medien sind viel schneller als die herkömmlichen. Und nicht nur schneller, sondern auch unbarmherziger, es fehlt jegliche redaktionelle Kontrolle. Die Leute ziehen vorschnelle Schlüsse, ohne zu begreifen, wie hart sie damit Unschuldige treffen. Also, falls Svetlana unschuldig ist, natürlich. Sobald herauskommt, wer sie ist, wird sie in ganz Bromma auf der schwarzen Liste stehen.

Die Information, dass Nyhlén und Emma sich kurzzeitig getrennt haben, hat sie abgelenkt. Jetzt fällt ihr wieder ein, wie Svetlana sich im Sommer mit einem Typen gestritten hat. Josefin hat sie gesehen, als sie mit der Straßenbahn an der Äppelvik-Schule vorbeigefahren ist. Eher zufällig entdeckte sie auf dem Fußweg auf der anderen Seite der Schienen Svetlanas schwarzes Haar und ihr kariertes Flanellhemd. Ein Mann überreichte ihr ein Bündel Geldscheine, das Svetlana zu Boden schleuderte. Mehr hat Josefin nicht mitbekommen, und sie hat auch hinterher Svetlana nie darauf angesprochen. Wenn sie jedoch heute darüber nachdenkt, kommt es ihr doch seltsam vor.

Warum wollte Svetlana das Geld nicht nehmen?

31

Svetlana ist immer noch aufgewühlt vom Verhör. Sie kann es sich jedoch nicht leisten, dem letzten Kunden für heute abzusagen. Dabei fühlt sie sich bereits völlig entkräftet, als sie die Villa in Nockeby betritt. Immerhin putzt sie hier häufig, so dass sie nicht jedes Mal alles von Grund auf machen muss. Sie schaut auf ihren Zettel. Diesmal soll sie das Wohnzimmer putzen und die Wäsche machen. Die Alarmanlage ist ausgeschaltet.

»Hallo, ist jemand zu Hause?«, ruft sie.

Keine Antwort.

Sie zieht sich ihre Drinnenschuhe an und geht geradewegs zum Putzschrank. Es ist eins der schönsten Häuser, die sie kennt. Die Möbel, die Aussicht, die hohen Decken. Von den Bewohnern lässt sich nie jemand blicken, wenn sie da ist, und sie fühlt sich völlig frei in den großen Räumen. Die Leute hier vertrauen ihr. Svetlana setzt Kopfhörer auf und startet ihre Liste klassischer Musik. Bach und Mozart mag sie am liebsten. Es hat etwas Meditatives, beim Arbeiten Musik zu hören. Sie schaltet den Staubsauger ein und schafft das ganze Wohnzimmer innerhalb von einer halben Stunde und ohne auch nur einmal an das Verhör zu denken.

Es ist kein bisschen schmutzig hier, also im Grunde hinausgeworfene Zeit. Für die sie aber bezahlt wird, wie sie sich ermahnt. Sauberes Geld.

Nie würde sie schwarzarbeiten, das würde sie nicht riskieren.

Oder gar stehlen.

Sie muss an den Bauarbeiter denken.

Im Sommer hatten sie eine flüchtige Affäre. Zu Beginn war er sehr zuvorkommend, doch am Ende stellte sich heraus, dass er sie nur ausgenutzt hatte. Er bot ihr an, sie in seinem weißen Kastenwagen zu den verschiedenen Adressen mitzunehmen, wo sie putzte, und sie war ihm dankbar für seine Hilfe. Es war sehr angenehm, nicht ständig auf den öffentlichen Nahverkehr angewiesen zu sein. Dann aber tauchte er immer öfter zu früh auf und nutzte die Gelegenheit, sich in den Häusern umzusehen. Als sie von dem ersten Einbruch bei einem ihrer Kunden erfuhr, wusste sie sofort Bescheid. Noch heute schämt sie sich zutiefst. Was, wenn die Leute es herausbekämen? Wie er durch ihre Häuser spaziert ist und alles ausgekundschaftet hat. Wie konnte er es wagen, sie einem solchen Risiko auszusetzen? An dem Tag, an dem er seinen Sohn schickte, um ihr Geld als Schadenersatz anzubieten, war es aus und vorbei.

Dachten sie wirklich, sie würde ihr schmutziges Geld annehmen?

Nie im Leben.

Und jetzt ist ein junger Mann gestorben. Ihretwegen.

Die Leute gewähren ihr Zutritt in ihr Allerheiligstes, ihr Zuhause. Es ist eine große Verantwortung, die sie trägt. In Svetlanas Beruf geht es vor allem um Vertrauen. Sie muss rücksichtsvoll und stets auf der Hut sein. Ohne Kunden kein Auftrag. Sie würde nie auf die Idee kommen, ihre Arbeit als Putzfrau für etwas anderes auszunutzen.

Aber wie soll sie ihn stoppen?

Svetlana ist fertig mit dem Wohnzimmer. Bleibt nur noch die Wäsche.

Rasch geht sie in die Waschküche hinunter und sortiert die Sachen auf verschiedene Stapel, dabei hört sie weiter Musik. Eigentlich ist es Verschwendung, Kleidungsstücke zu waschen, die kaum getragen worden sind. Manche Blusen sind nicht einmal zerknittert. Vorsichtig hebt sie die Bügel mit den Hemden herunter, die bereits getrocknet sind und die sie bügeln soll. Sie muss sich auf einen Hocker stellen, um hinaufzureichen. Es ist ihr Lebenstrauma, so klein zu sein. Die Leute haben gar keine Ahnung, wie erniedrigend es ist, um Hilfe bitten zu müssen, wenn man eine Cornflakes-Packung aus dem ICA-Regal haben möchte.

Ganz hinten in der Waschküche hängt ein Cordjackett; sie erinnert sich nicht, es beim letzten Mal gewaschen zu haben. Jemand aus der Familie muss es selbst getan haben, was sie wundert. Vielleicht ist der Sohn auf einer Party gewesen? Sie streckt die Hand nach dem Bügel aus. Ihr Blick fällt auf einen der Ärmel, an dem zwei runde Knöpfe sitzen. Darunter schaut ein dunkelblauer Faden heraus, als würde etwas fehlen. Am anderen Ärmel sind drei Knöpfe. Messingfarben. Ihr Herz klopft plötzlich schneller. Svetlana greift in ihre Tasche. Er ist noch da.

Vorsichtig nimmt sie den Knopf heraus. Es ist tatsächlich genau der gleiche. Sind der Bauarbeiter und sein Sohn also doch nicht in die Sache verwickelt? Sie spürt Erleichterung bei diesem Gedanken. Die jedoch weicht, als sie hinter sich eine Stimme hört.

»Hallo?«

Sie schaltet die Musik aus und dreht sich rasch um. Der Knopf fällt ihr aus der Hand und hüpft über den Fliesenboden, ehe er anhält und liegen bleibt. Beide starren erst den Knopf, dann das Jackett an.

»Hallo«, sagt er. »Haben Sie mich nicht rufen hören?«

»Nein.«

Ob er begreift, was da gerade passiert ist? Svetlana bekommt keine Luft mehr.

»Prima – genau das habe ich gesucht«, sagt der Mann und streckt die Hand nach dem Cordjackett aus.

Sein kühler Blick bohrt sich in ihren.

Dann lächelt er. »Danke.«

32

Gervase liegt reglos auf seiner Matratze. Sobald es still geworden ist, will er sich aus dem Wohnwagen schleichen. An Darius' Hin- und Herwälzen merkt er, dass sein Chef noch nicht schläft. Nach den Rückschlägen des Tages kommt er wahrscheinlich schwer zur Ruhe. Noch immer hinken sie dem Zeitplan hinterher, und ihr Auftraggeber ist stinkwütend. Er droht mit Geldstrafen und damit, sie nicht weiterzuempfehlen, wenn sie die Deadline nicht halten können. Schuld ist dabei allein diese verdammte schallisolierte Tür. Die soll man von innen nicht öffnen können, was aber leider möglich ist, und Darius weiß nicht, wie er dieses Problem lösen soll. Im Zuge eines Bauauftrags treten immer wieder solche Dinge auf, damit muss man im Grunde rechnen. Darius hat geflucht und seine fünf Mitarbeiter beschimpft und sie erst irrsinnig spät Schluss machen lassen.

Es ist beinahe Mitternacht, und Gervase fürchtet einzuschlafen und vor lauter Müdigkeit den nächtlichen Ausflug zu verpassen. Dann würde er am nächsten Morgen mit leeren Händen aufwachen.

Ebenso fürchtet er, mit dem verletzten Handgelenk

nicht klettern zu können, er will es aber wenigstens versuchen. Die Zeit wird knapp.

Als er glaubt, alle im Wohnwagen wären eingeschlafen, steht er auf, so leise er kann.

»Was machst du?«, zischt jemand hinter ihm.

Verdammt.

»Ich muss pissen«, flüstert er wütend zurück.

Er dreht sich um und sieht, dass der andere schon wieder eingeschlafen ist, zumindest hat er die Augen geschlossen. Erst als Gervase draußen ist, atmet er auf. Der Rucksack liegt dort, wo er ihn deponiert hat, unter einer Plane. Das Werkzeug darin klappert, als er ihn anhebt, aber das macht nichts. Er ist allein, und es ist mitten in der Nacht. Ein Kellerfenster in dem großen Haus ist erleuchtet, er kann jedoch niemanden sehen. Rasch läuft er aus dem Garten. Die Luft ist frisch und kühl. Und endlich wird die Sommernacht dunkler.

Es herrschen einbruchfreundlichere Lichtverhältnisse.

Um diese Zeit ist selten jemand draußen. Ganz Bromma gehört ihm.

Er denkt an all die Male, die er von den Leuten schief angesehen worden ist, manche haben ihn sogar heimlich fotografiert. Wahrscheinlich fragen sie sich, was er hier zu suchen hat, und bringen ihn dadurch am helllichten Tag dazu, sich schuldig zu fühlen. Unerwünscht. Er kommt an einem Haus mit einem schwarzen Lamborghini in der Einfahrt vorbei. Der Gedanke ist verlockend, Luxuswagen sind jedoch viel zu riskant. Sie sind schwer zu verstecken und leicht wieder ausfindig zu machen. Da ist es besser, das

Fallrohr hinaufzuklettern, ins Haus einzusteigen und Geld und Schmuck mitzunehmen. Die meisten lassen im Sommer nachts die Balkontür oder ein Fenster offen. Dann ist es für ihn sehr einfach. Allerdings werden solche Häuser inzwischen rar.

Und auf keinen Fall will er wieder jemandem Auge in Auge gegenüberstehen.

Gervase schleicht sich um das Haus herum und wird von einem gigantischen Scheinwerfer geblendet. Die Nacht wird zum Tage. Einen Moment hält er die Luft an, dann besinnt er sich und verlässt den Garten so schnell, wie er hineingekommen ist.

Anschließend irrt er durch die Gegend, bis sein Puls sich beruhigt hat.

Er muss ein Haus finden, dessen Bewohner verreist sind, um ungestört arbeiten zu können. Gerne eins, das geschützt liegt, ohne unangenehme Überraschungen wie überdimensionierte Scheinwerfer. Gervase ist der Verzweiflung nahe, möchte aber auch um jeden Preis vermeiden, dass noch einmal jemand zu Schaden kommt. Er will nicht noch mehr Probleme, als er ohnehin schon hat.

Endlich findet er ein geeignetes Objekt, ein Haus, in dem kein Licht brennt und kein Auto in der Einfahrt steht. Die Mülltonnen sind geleert, der Briefkasten voll, was darauf hindeutet, dass die Familie im Urlaub ist. Er begibt sich auf die Rückseite, um zum Balkon hinaufzuklettern.

Hundertdreißig Sekunden, mehr braucht er nicht.

Eins, zwei, drei.

••••

Entschuldige, dass ich ein paar Monate nicht geschrieben habe, ich war immer so müde. Jetzt muss ich erzählen. Erst von ihm und dann das andere. Ich nehme jeden Tag Tabletten. Sie machen mich schläfrig. Er sagt, ich muss Medikamente nehmen, um so zu werden wie alle anderen. Normal.

Mama hat immer gesagt: Du und ich, wir beide.

Das war aber nur gelogen.

Du denkst vielleicht, ich bin eifersüchtig? Ja, ich liebe Mama. Sie ist die Beste auf der ganzen Welt. Jedenfalls war sie das früher.

Jetzt mag Mama mich nicht mehr. Sie spricht nicht mehr mit derselben Stimme. Und sie will nicht mehr mit mir kuscheln. Das ist das Schlimmste.

Ich vermisse ihre Küsse und Umarmungen.

Als ich ihn zum ersten Mal gesehen habe, habe ich geschrien, bis mir schwarz vor Augen wurde.

Ich weiß nicht, was passiert ist, manchmal ist es einfach so. Ich kann es nicht kontrollieren, das hat auch die Frau in der Kinderpsychiatrie gesagt. Das einzig Gute an den Medikamenten ist, dass es jetzt nicht mehr so oft vorkommt. Ich habe gleich gesehen, dass Mamas neuer Freund mich nicht mag, auch wenn er mir zum siebten Geburtstag ein Laufrad geschenkt hat. Mama hat sich riesig gefreut, aber ich wollte es nicht mal anfassen. Sie hat gesagt, ich bin undankbar. Wenn Mama es nicht mitbekommt, sagt er lauter böse Sachen zu mir.

Dass ich eine Missgeburt bin.

Sie haben sich wegen mir gestritten. Heute beim Abendessen hat er gebrüllt, es würde keine Rolle spielen, was sie über mich reden, auch wenn ich zuhöre, ich würde es ohnehin nicht verstehen.

Er sagt, ich sei zurückgeblieben.

Er hat mich angeschaut, als er das gesagt hat. Ich habe nicht einmal geblinzelt.

Siehst du, das Kind begreift überhaupt nichts, hat er gesagt. Mama stand auf und ging hinaus. Ich habe mir die Haut am Knäckebrot aufgeritzt.

Er hat gesagt, dass ich sein Leben zerstöre.

Dann ging er ebenfalls hinaus, obwohl er noch nicht aufgegessen hatte.

Hinterher hat Mama lange geweint. Ich habe sie getröstet. Es ist so traurig, wenn Mama weint. Ich kann ihr nicht die Wahrheit sagen. Die kann ich nur aufschreiben.

Er ist es, der mein Leben zerstört hat. Ich hasse sein furchtbares Haus. Ich wünsche mir jeden Tag, dass es abbrennt.

Jetzt brauchen wir uns nie wieder Geldsorgen zu machen, sagt Mama.

Ich will aber kein Geld, ich will meine Mama zurück.

Gestern kam sie zu mir, als ich schlafen sollte. Ich gehe seit Wochen nicht mehr zur Schule, und sie wollte mit mir darüber reden. Du musst dich zusammenreißen. Du kannst hier nicht den ganzen Tag herumliegen. Ich habe gesagt, dass ich nach Hause möchte. Da wurde Mama böse. Ich mag Mama nicht mehr, sie wird allmählich genau wie er.

Er ist auch zu Mama nicht besonders nett.

Was macht er sonst noch für blöde Sachen?

Ich schreibe auf, wann er kommt und geht. Dann weiß ich, wann ich bis runter in den Bauch atmen kann. Wenn er da ist, bleibt mir die Luft oft im Hals stecken. Ich höre, wenn er aus dem Haus geht, denn er knallt die Tür immer zu. Sobald er fort ist, werde ich ruhig.

Ich möchte einen Hund, aber das geht nicht.
Er ist allergisch.
Stattdessen werde ich ein Geschwisterchen bekommen.
Ich will es nicht.

Freitag, 10. August

33

Emma vermeidet es, hinzusehen, als sie an Josefins Haus vorbeifahren. Zu stark ist es mit der Erinnerung daran verknüpft, was hätte sein können und nicht geworden ist. Nyhlén sagt ebenfalls kein Wort. Bei den Nachbarn wird die Ansammlung von Blumen und Grablichtern vor der Absperrung immer größer.

Es ist sehr still an diesem Freitagmorgen.

Sie parken vor Svens Elternhaus, das nur wenige hundert Meter entfernt liegt. Er öffnet ihnen, noch bevor sie klingeln können.

»Ich habe Sie kommen sehen«, erklärt er. »Kein Polizeiwagen?«

»Nein, wir nutzen zivile Fahrzeuge.«

Emma begreift sofort, was Josefin mit »eigen« gemeint hat. Sven ist einen Meter neunzig groß, die Augen sind mit Kajal umrandet, und sein Haar ist blau gefärbt. Er trägt schwarze Tights und ein graues T-Shirt, ist barfuß und hat sich die Zehennägel schwarz lackiert.

Emma und Nyhlén nennen ihre Namen, und Sven bittet sie herein. Er hat bereits Kaffee gekocht und zwei Tassen auf den Küchentisch gestellt.

»Setzen Sie sich doch«, sagt er höflich und holt noch eine weitere Tasse dazu. »Ich wusste nicht, dass Sie zu zweit sind.«

»Wir arbeiten immer paarweise«, sagt Emma.

Sie bewundert Sven für seinen Mut, sich so zu kleiden. Wahrscheinlich ist es nicht ganz leicht, sich zu so einem Stil zu bekennen, zumal in einer Gegend wie dieser.

»Nehmen Sie Milch?«, fragt er und nimmt ihnen gegenüber Platz. Im Sitzen sieht er deutlich jünger aus.

»Nein, danke.« Nyhlén hebt abwehrend die Hand.

»Wie war es in Amsterdam?«, fragt Emma, darum bemüht, ein Gespräch in Gang zu bringen.

»Danke, gut, aber Sie sind wahrscheinlich nicht gekommen, um sich mit mir über meine Reise zu unterhalten.«

»Es tut uns sehr leid, das mit Ihrem Freund. Anscheinend haben Sie sich ja sehr nahegestanden«, sagt Emma.

Nyhlén ist anzumerken, dass er sich unwohl fühlt. Er starrt Sven an, als wäre er ein Außerirdischer. Emma muss beinahe schmunzeln, doch dann fällt ihr wieder ein, warum sie hier sind.

»Jetzt nicht mehr«, erwidert Sven.

»Nein, natürlich nicht«, sagt Emma.

Sven ist die Trauer deutlich anzusehen, in seinen Augen glitzert es verdächtig. Er wedelt mit der Hand. »Am Dienstag hat Robin mit mir Schluss gemacht. Deshalb bin ich auch nach Amsterdam geflogen.«

Dann ist Sven also doch mehr gewesen als nur ein Freund, genau, wie sie es sich gedacht hat. Seinen Eltern gegenüber hat Robin nie über seine Liebesbeziehung gesprochen. Warum nicht? Wollte er ihnen die Wahrheit nicht zumuten? Oder ist es auch eine Art Selbstschutz gewesen? Weil er Angst hatte, nicht mit den Reaktionen seines Umfelds zurechtzukommen, wenn er sich geoutet hätte? Vielleicht hatte er auch Angst vor seinem Vater. Es ist 2018, doch das bedeutet nicht, dass es leicht ist, homosexuell zu sein.

»Robin hat also am Tag, bevor er starb, mit Ihnen Schluss gemacht«, fasst Emma laut zusammen und überlegt, was das eventuell bedeuten könnte. Ist Sven außer Landes geflohen? »Hat er gesagt, warum?«

Sven rutscht auf seinem Stuhl herum. »Robin hat sich nie getraut, zu unserer Beziehung zu stehen, für ihn war es schon heikel, nur mit mir befreundet zu sein. Die Leute redeten hinter seinem Rücken. Und sein Vater mochte mich nicht.«

Also doch. Deshalb hat Mattias ihn bei ihrem Treffen nicht erwähnt.

»Wer wusste alles von Ihrer Beziehung?«, fragt Nyhlén, der endlich aus seiner Erstarrung zu erwachen scheint.

»Eigentlich niemand, es sei denn, jemand ist von selbst darauf gekommen.«

»Was ist mit Ihren jeweiligen Eltern?«

»Nein, die durften es auf keinen Fall wissen«, sagt Sven und schüttelt heftig den Kopf. »Robin hatte Angst, meine Mutter könnte es seiner erzählen. Sie treffen sich immer im Fitnessstudio in Solvik. Bromma ist klein.«

»Wie lange waren Sie zusammen?«

»Wir gingen in dieselbe Klasse, fingen aber erst im März oder April an, uns auch außerhalb der Schulzeit heimlich zu treffen«, sagt Sven und lächelt schief. »Wenn man aussieht wie ich, ist es schwierig, nicht aufzufallen.«

Nyhlén nickt.

»Und haben Sie Ihren Eltern jetzt etwas erzählt, nachdem Robin tot ist?«, fragt Emma.

Sven trinkt einen Schluck Kaffee. »Ich habe ihm versprochen, niemandem etwas zu sagen, nicht über meine Leiche.«

»Aber wenn ein Mord geschieht, liegen die Dinge etwas anders«, erklärt Emma. »Da kommt vieles ans Licht, ob man will oder nicht.«

Sven scheint kurz darüber nachzudenken, dann schüttelt er den Kopf. »Ich stehe zu meinem Wort. Dass ich es Ihnen erzählt habe, ist eine Ausnahme.«

»Wie fühlte es sich an, als er Schluss gemacht hat?«, fragt Nyhlén. »Waren Sie verletzt, wütend, traurig?«

»Alles ein bisschen.« Sven klingt angestrengt. »Wie würden Sie denn selbst reagieren?«

Emma schenkt Kaffee nach, um Nyhlén nicht ansehen zu müssen.

»Kommt drauf an, wie viel mir die Person bedeutet hat.«

»Ich habe Robin geliebt.«

»Ist er deshalb tot?«, fragt Nyhlén.

Robin starrt ihn entsetzt an. »Wie meinen Sie das?«

»Ich muss Ihnen diese Frage stellen, das ist mein Beruf.«

»Robin hat mich verlassen.« Sven wird rot im Gesicht und hebt die Stimme. »Ich war verletzt und wütend. Ist das so merkwürdig?«

»Haben Sie ein Alibi für die Nacht zu Mittwoch?«

»Ein Alibi? Glauben Sie, ich würde jemanden töten, den ich liebe?«, fragt Sven und rauft sich die Haare. Dabei stößt er gegen seine Kaffeetasse. Mit dem Finger fährt er durch die braune Pfütze. »Ich habe doch schon gesagt, dass ich nach Amsterdam geflogen bin.«

»Am selben Morgen, an dem Robin tot aufgefunden wurde«, stellt Emma fest. »Was wollten Sie dort?«

»Alles vergessen.«

»Und wie?«, fragt Nyhlén. »Mittels Drogen?«

Sven erstarrt. »Das habe ich nicht gesagt. Warum glauben Sie das?«

»Um wie viel Uhr ging Ihr Flug?«, fragt Emma weiter.

»Sehr früh, um sieben oder so.«

»Und wann haben Sie gebucht?«

»Noch am selben Abend, nachdem Robin Schluss gemacht hatte«, sagt Sven leise. »Was spielt das überhaupt für eine Rolle?«

Es ist absolut entscheidend. Denn es bedeutet, dass Sven Robin getötet haben und dann zum Flughafen gefahren sein könnte. Eiskalt.

»Jetzt hören Sie mir mal zu«, sagt Nyhlén streng. »Wenn Sie Robin wirklich so geliebt haben, wie Sie behaupten, dann müssen Sie auf unsere Fragen antworten, so schwer es Ihnen auch fällt. Die Zeit läuft uns davon, und wir können es uns nicht leisten, eine falsche Spur zu verfolgen. Verstehen Sie, was ich meine?«

»Ich hätte ihm niemals wehtun können.« Sven wirkt niedergeschlagen.

»Wo waren Sie in der Nacht zu Mittwoch, bevor Sie losgefahren sind?«

»Zu Hause.«

»Allein?«

»Nein, meine Eltern waren auch da, wir schlafen Wand an Wand«, sagt er und deutet nach oben. »Und mein älterer Bruder schläft direkt neben der Treppe.«

Dennoch könnten sie wahrscheinlich nicht mit Sicherheit bestätigen, dass Robin sein Zimmer nicht verlassen hat.

»Wo sind Ihre Eltern jetzt?«, fragt Nyhlén.

»Im Karolinska-Krankenhaus«, antwortet Sven. »Sie sind beide Ärzte.«

»Wie hat Robin denn Schluss gemacht, per Handy oder haben Sie sich am Dienstag noch gesehen?«, fragt Emma.

»Ich war bei ihm.«

»Sie waren an dem Tag, an dem er ermordet wurde, bei Robin?«, fragt Nyhlén. »Um wie viel Uhr?«

»Keine Ahnung, irgendwann nachmittags oder am frühen Abend.«

»Und anschließend sind Sie direkt nach Hause gegangen?«

»Ich bin gefahren. Ich war mit dem Moped dort.«

»Welche Farbe?«

»Schwarz.«

Sven wird immer einsilbiger, es ist schwer auszumachen, ob es am Verlust seiner großen Liebe liegt oder ob ihn etwas anderes bedrückt. Emma hat den Eindruck, er würde etwas vor ihnen verbergen. Doch natürlich könnte es ihn auch einfach nur aufwühlen, dass sie so in seiner Wunde bohren und ihn noch dazu als Verdächtigen behandeln.

Für den Moment scheinen sie jedenfalls nichts weiter ausrichten zu können, deshalb beenden sie die Befragung.

»Wir werden bestimmt noch einmal auf Sie zurückkommen«, sagt Emma und erhebt sich.

»Danke für den Kaffee«, sagt Nyhlén und starrt auf Svens nackte Füße. »Welche Schuhgröße haben Sie?«

»Fünfundvierzig. Ist das wichtig?«

»Es könnte wichtig sein«, erwidert Nyhlén kryptisch und öffnet die Tür.

Im Flur hält Emma nach einem Paar Converse Ausschau, kann jedoch keins entdecken. So nah wie Robin wohnt, hätte Sven nicht mehr als eine Viertelstunde benötigt, um hinzufahren, Robin zu töten und sich anschließend wieder nach Hause zu begeben. Wie sollen seine Eltern bestätigen können, dass er die ganze Nacht in seinem Zimmer war?

Sven bleibt in der Tür stehen und schaut ihnen hinterher. Nyhlén sagt kein Wort, bis sie im Auto sitzen.

»Seine DNA wird überall bei den Eklunds zu finden sein, es hilft uns also nicht weiter, danach zu suchen«, stellt er fest und legt den Sicherheitsgurt an.

»Ich hatte den Eindruck, er war aufrichtig«, sagt Emma. »Er ist keiner, der anderen etwas vormacht.«

»Echt jetzt?« Nyhlén verdreht die Augen.

Emma reagiert scharf. »Hallo? Du bist wohl im neunzehnten Jahrhundert steckengeblieben.«

»Was meinst du denn damit schon wieder?«

»Dass die Zeiten sich geändert haben. Wach endlich

auf und kapier, dass nicht alle Männer kurze Haare haben und langweilige Jeans und Piké-Pullover tragen.«

Nyhlén blickt an sich herab. »Das bedeutet aber noch lange nicht, dass alle mit Nagellack und Kajal durch die Gegend rennen müssen.«

»Du bist also misstrauisch, weil er optisch heraussticht?«, fragt sie und startet den Motor. »Ich hätte nie gedacht, dass du so engstirnig bist.«

»Er *könnte* der Täter sein, ein klassisches Eifersuchtsdrama«, sagt Nyhlén. »Aber das würde ich eher damit begründen, dass sein Alibi noch nicht bestätigt ist und dass er kurz vor dem Mord verlassen wurde. Außerdem stimmt seine Schuhgröße mit den Abdrücken überein, die wir am Tatort sichergestellt haben. Wir können ihn nicht aus reiner Sympathie als Verdächtigen ausschließen. Er hat immerhin ein Motiv und könnte in der Nacht kurz weggewesen sein, ohne dass es zu Hause jemandem aufgefallen ist.«

»Hör auf jetzt«, sagt Emma und fährt los.

Unerwiderte Liebe, Eifersucht und Rache sind die häufigsten Mordmotive. Vielleicht hatte Robin nicht am Telefon Schluss machen wollen. Hatte er es deshalb so eilig, aus Nizza zurückzukommen? Emma möchte einfach nicht, dass es Sven gewesen ist. Vielleicht ist sie deshalb so störrisch und lässt sich in ihrem Urteil beeinflussen.

Was, wenn Nyhlén recht hat?

Vor einer Ampel in Alvik bremst Emma scharf ab. »Du bist doch in der Nacht von Josefins Haus weggefahren. Stand da ein schwarzes Moped vor dem Nachbarhaus?«

»Keine Ahnung. Wie du dir denken kannst, hatte ich andere Dinge im Kopf«, sagt er säuerlich.

»Kannst du dich erinnern, ob drüben Licht brannte?«, fragt sie weiter und tritt das Gaspedal durch, sobald die Ampel wieder grün wird.

»Ich erinnere mich nicht, das habe ich doch gesagt.«

Emma bebt. »Dann streng dich an!«

»Glaubst du, das tue ich nicht?« Nyhlén hält sich am Türgriff fest. »Aber noch mal: Ich hatte einfach anderes im Kopf.«

»So wie du das sagst, klingt es, als wäre alles meine Schuld.«

»Ich habe dir einen Heiratsantrag gemacht, du hast nein gesagt. Das war ein Schock.«

»Vielen Dank auch.«

»Was meinst du denn damit schon wieder? Du hast mich von einem Tag auf den anderen rausgeschmissen. Und warum? Weil ich versucht habe, dir zu zeigen, dass es mir ernst mit uns ist. Dir zu sagen, dass ich dich liebe … vielleicht ja zu sehr?«

Seine Worte treffen sie wie Faustschläge in den Magen.

»Aber das kann doch kein Grund sein«, fährt Nyhlén fort. »Jetzt kann ich allerdings nur danke sagen.«

»Danke? Wofür?« Es fällt Emma schwer, sich aufs Fahren zu konzentrieren.

»Danke dafür, dass ich nicht mehr versuchen muss, deinen Ansprüchen zu genügen«, sagt Nyhlén und wendet das Gesicht dem Fenster zu. »Ich komme besser ohne dich klar.«

34

Ein Fertigsandwich und ein Becher Kaffee müssen als Frühstück genügen, anschließend muss Gervase ein besseres Versteck für seinen Rucksack mit dem Diebesgut finden. Er kann ihn schlecht im Wohnwagen liegenlassen, das wäre ja, als würde er um Entlarvung bitten.

Darius ist längst misstrauisch, und wenn er den Rucksack findet, kann Gervase Lohn und Schlafplatz vergessen. Und sein Vater würde noch wütender werden.

Darius nickt ihm zu. »Fit?«

Gervase ignoriert seine Frage. Es kommt ihm vor, als würden Darius' Augen sich zu Schlitzen verengen. Oder bildet er sich das nur ein? Hat Darius gemerkt, dass er in der Nacht nicht da war? Bei seiner Rückkehr hat er jedenfalls geschlafen. Er selbst hat kein Auge zugetan, es wäre sinnlos gewesen, es zu versuchen. Noch immer ist er voll auf Adrenalin. Sein Vater wäre stolz, wenn er wüsste, was sein unfähiger Sprössling zustande gebracht hat. Ganz allein.

Gervase geht zur Tür.

»Was hast du vor?«, fragt Darius.

»Nichts«, erwidert er und wirft sich den Rucksack über die Schulter. Es klimpert. »Nur kurz raus.«

»Mit dem Rucksack.«

Gervase drängt sich an ihm vorbei. »Ja.«

»In fünf Minuten geht es los«, ruft Darius ihm warnend hinterher.

Doch das Einzige, was Gervase im Kopf hat, ist das Ticken. Der Countdown. Nicht bis zum Beginn des Arbeitstags, sondern bis zum Beginn seines neuen Lebens. Er muss ein Versteck finden, auf das niemand kommt.

Das neue Gebäude.

Rasch läuft er hinüber, durch den dunklen Gang bis in den Raum, der so gut wie fertiggestellt ist. Dort, ganz hinten zwischen dem Müll, von dem er weiß, dass er selbst ihn wird wegschaffen müssen, deponiert er den Rucksack. Einen sichereren Platz kann er sich nicht vorstellen. Der Raum ist stockdunkel, die Baulampe haben sie bereits weggebracht. Niemand wird hier suchen, denn hier geht niemand freiwillig rein.

Auf dem Rückweg zur Tür schaudert er.

Dieses Loch ist ein unheimliches Bauprojekt.

Reiche Menschen können echt schräg drauf sein, er nimmt an, es ist ein Statussymbol für sie, einen eigenen Bunker zu haben.

Sobald er wieder an der frischen Luft ist, atmet er auf. Bis er Darius' fragenden Blick sieht.

»Was machst du nur?«, fragt Darius und drückt seine Zigarette auf dem frischgetrimmten Rasen aus, den ein Mähroboter kurzhält. Gervase wäre schon mehrfach beinahe über ihn gestolpert.

»Nichts.« Das wird noch zu seiner Standardantwort.

»Hast du deinen Rucksack verloren?«

Gervase erstarrt mitten in der Bewegung.

»Mach dich nützlich«, sagt Darius barsch.

Es provoziert Gervase wahnsinnig, Darius so reden zu hören, zumal er sich tagsüber fast zu Tode schuftet. Wenn der wüsste, mit wem er es zu tun hat. Dann würde er ihn nicht wie ein Kleinkind behandeln. Er würde ihn fürchten. Doch Gervase kann es sich nicht leisten, jetzt einen Streit mit ihm anzufangen. Ein anderer Kollege zischt ihn an, er solle nicht dastehen und glotzen.

»Hol die richtigen Schrauben für das Loch«, sagt der Mann und wedelt ihn fort wie eine lästige Fliege.

Gervase läuft zum Schuppen und rafft zur Sicherheit drei verschiedene Schachteln Schrauben zusammen, dann geht er zu dem Bauprojekt zurück, durch die Luke hinunter in den Gang.

Unter die Erde.

Er betritt den Raum, den sie gebaut haben, stellt aber fest, dass niemand dort ist. Merkwürdig. Ist das eine Falle? Noch während er sich umdreht, fällt die Tür krachend ins Schloss. Es wird stockdunkel. Dann erkennt er den schwachen Schein einer roten Glühbirne an der Decke. Ihm läuft der Schweiß, es rauscht in seinen Ohren. Es gelingt ihm nicht, die Tür wieder zu öffnen.

»Ihr Schweine, lasst mich raus!«, brüllt Gervase und donnert gegen die Tür, merkt aber schnell, dass es keinen Sinn hat.

Genau das ist ja der Sinn dieses Raums.

Dass einen von draußen niemand hören kann.

35

Svetlana wirft nervöse Blicke zur Tür. Nach dem, was gestern in der Waschküche vorgefallen ist, kann sie sich überhaupt nicht mehr aufs Putzen konzentrieren. Der Knopf, den sie nach Robins Tod auf der Treppe aufgelesen hat, gehört also nicht dem Bauarbeiter, wie sie gedacht hatte. Als sie einmal zusammen essen waren, hatte er ein ähnliches Cordjackett mit ebenso glänzenden Knöpfen getragen. Eigentlich müsste sie erleichtert sein, weil nun keine Verbindung mehr zwischen ihr und dem Mord hergestellt werden kann. Stattdessen muss sie um ihr Leben fürchten. Denn so sehr sie auch versucht, sich die Dinge schönzureden, kommt sie doch an einer Sache nicht vorbei.

Dass sie möglicherweise dem Mörder Auge in Auge gegenüberstand.

Sie sollte zur Polizei gehen, doch sie hat Beweismaterial vom Tatort entwendet.

Welche Strafe wohl darauf steht?

Diese Frage hat sie die ganze Nacht umgetrieben. Was wird die Polizei von ihr denken, wenn sie jetzt mit neuen Informationen ankommt? Dieser Nyhlén ist jetzt schon sauer und der Meinung, sie habe die Ermittlungen massiv behindert. Sie kann sich nicht so gut ausdrücken und hat Angst, missverstanden zu werden. Wieder einmal. Svetlana seufzt und geht zur Treppe ins Obergeschoss. Sie wünschte, sie hätte an diesem Mittwoch nie einen Fuß in das Haus der Eklunds gesetzt.

Dann hätte das alles nicht passieren müssen.

Sie wischt den Staub von dem Porträt oben an der Treppe und überlegt, ob der süßen, sommersprossigen Mira eigentlich bewusst ist, was für ein Glück sie hat, in einem Haus wie diesem aufwachsen zu dürfen.

Dann stutzt sie.

Hat da der Kies in der Einfahrt geknirscht?

Svetlana lauscht nervös. Alles still. Musik hat sie heute nicht dabei, vielleicht ist das der Grund, warum sie nicht entspannen kann. Die Gewissheit, dass der Mörder ganz in der Nähe lebt, macht ihr die Knie weich. Dabei tragen die Beine sie ohnehin kaum. Ihr Rücken schmerzt, und sie geht ans Fenster, um in den Garten hinunterzuschauen.

Keiner da.

Dann hat sie es sich also nur eingebildet.

Rasch fasst sie einen Entschluss. Sobald sie hier fertig ist, wird sie die Polizei anrufen. Um ein Treffen bitten, damit sie in Ruhe erklären kann, warum sie den Knopf an sich genommen hat. Um Entschuldigung bitten und hoffen, dass die Strafe weniger hart ausfällt, wenn sie sich als Zeugin zur Verfügung stellt.

Von unten ist diskretes Klopfen zu hören. Svetlana erstarrt.

Sie legt den Staubwedel beiseite.

Ihr Handy liegt in der Handtasche unten im Flur.

Sie will es lieber griffbereit haben und geht hinunter.

Über der Haustür hat die Familie eine Kamera angebracht, und sie schleicht sich hin, um zu sehen, wer draußen steht. Keiner da. Ist sie schon so mit den Nerven am Ende, dass sie Dinge hört, die gar nicht existieren? Sie muss an die vielen Einbrüche in der Gegend denken. Nie wieder sollen ihre Kunden ihretwegen betroffen sein.

Nein, es war seine Schuld, korrigiert sie sich.

Sie muss sich zusammenreißen.

Da ist niemand. Sie hat jetzt schon zweimal nachgeschaut.

Svetlana nimmt ihre Handtasche und geht wieder nach oben. Jetzt hat sie das Handy in Reichweite. Sie schaltet den Staubsauger ein. Die unangenehme Stille wird von seinem Lärmen übertönt. Als sie mit dem gesamten Flur fertig ist, zieht sie den Stecker, um im nächsten Zimmer weiterzumachen. Sie bückt sich, um den Staubsauger aufzuheben. Lächelt über sich selbst, weil sie so schreckhaft geworden ist. Sie, die doch ständig allein in großen Häusern arbeitet. Doch ihr Lächeln erlischt, als sie in dem antiken Wandspiegel einen Schatten vorbeihuschen sieht. Eilig richtet sie sich auf.

Da steht er.

»Sie?«, fragt sie überrascht.

Wie ist er hier hereingekommen? Ihr Gehirn konzentriert sich auf das Praktische, um die Panik in den Griff zu bekommen. Tief im Innern ist ihr bewusst, dass sie sich in Lebensgefahr befindet, doch sie schiebt es beiseite. Sie muss raus, sofort. Rasch eilt sie zur Treppe, aber er ist schneller. Dieser Schmerz, als er sie an den Haaren zurückreißt. Tränen schießen ihr in die Augen, und für einen Moment bleibt ihr das Herz stehen. Vielleicht schreit sie auch, sie ist sich nicht sicher. Sie bekommt keine Luft. Sie sieht das Gesicht des toten Robin vor sich. Das Blut. So will Svetlana nicht enden. Sie wehrt sich, kann aber nichts gegen ihn ausrichten. Er hebt sie hoch, so dass ihre Füße den Boden nicht mehr berühren. Verzweifelt versucht sie, sich zu befreien, und stößt ihm einen Ellbogen in die Brust. Ein heftiger Schmerz durchfährt sie, vielleicht hat sie eine Rippe getroffen. Er lässt sie auf das Parkett fallen und packt ihr Haar noch fester.

Jetzt begreift sie, was er vorhat.

Er zerrt sie zur Treppe.

Mit aller Kraft stemmt sie die Füße in den Boden, findet jedoch keinen Halt. Entschlossen zieht er sie weiter. Nur noch Zentimeter trennen sie von der Treppe. Er hält inne.

Dann stößt er sie hinab.

Haltlos fällt sie und denkt noch im Fallen, dass sie mit dem Putzen nicht fertig geworden ist.

Und die Polizei noch nicht angerufen hat.

Dann prallt sie mit der linken Wange hart auf den Treppenabsatz und versucht vergeblich, sich irgendwo festzuhalten. Blitze schießen durch ihren Kopf, es knackt Unheil verkündend im Nacken. Unkontrolliert poltert ihr Körper die Treppe hinunter, Stufe für Stufe. Der Schmerz lässt immer mehr nach.

Die Geräusche verschwinden. Und nicht nur ihre Sinne schwinden, sondern auch ihre Angst. Die Gewissheit schenkt ihr Trost: Sie braucht sich keine Sorgen mehr zu machen. Nie wieder.

Bald ist es vorbei.

36

Nach ihrem Besuch bei Sven geht Emma sofort in ihr Büro und schließt die Tür hinter sich ab, um nicht gestört zu werden.

Ich komme besser ohne dich klar.

Warum hat Nyhlén das gesagt? Sie versucht krampfhaft, ihre Tränen zurückzuhalten, und flucht innerlich, weil sie sich so wenig im Griff hat. Schließlich schnäuzt sie sich und ruft Svens Vater Claes an, um sein Alibi für die Mordnacht zu prüfen.

»Ich kann bezeugen, dass Sven in seinem Zimmer war, als ich am Dienstag, den siebten August, abends um zehn nach Hause kam«, sagt Claes. »Und am nächsten Morgen habe ich ihn zum Flughafen gefahren. Dazwischen hat er geschlafen.«

»Haben Sie ihn am späteren Dienstabend noch einmal gesehen?«, fragt Emma, während sie sich gleichzeitig Notizen macht.

»Ja, ich bin gegen elf noch mal zu ihm rein, da hat er am Computer gespielt«, sagt der Vater. »Er war nicht besonders gesprächig.«

»Ist er das sonst?«

»Das wechselt, er schien jedenfalls deprimierter als sonst, wollte aber nicht mit mir darüber reden. Ich muss Sie das jetzt einfach fragen: Was hat mein Sohn bitte mit dem Mord an Robin zu tun? Ich weiß, dass sie gute Freunde waren, aber …«

»Darauf kann ich aus ermittlungstechnischen Gründen nicht eingehen.«

»Dann verhören Sie wohl alle aus Robins Klasse?«, fragt Claes.

»Ich fürchte, auch dazu kann ich Ihnen nichts sagen. Gibt es denn etwas, das wir Ihrer Meinung nach wissen sollten?«

»Es spielt vielleicht keine Rolle, aber ich muss immer wieder an den Unfall denken, den Robin verursacht hat. Haben Sie schon mit Sebastian Adelhielm gesprochen?«

»Über den Unfall wissen wir Bescheid«, erwidert Emma. Ob Claes sie damit wohl von seinem Sohn ablenken will? »Warum glauben Sie denn, dass ein Autounfall im Mai etwas mit einem Mord drei Monate später zu tun haben könnte?«

Claes räuspert sich. »Robin hatte es anschließend nicht leicht. Sven hat versucht, ihm zur Seite zu stehen. Er hatte plötzlich viele Feinde. In den sozialen Medien gab es sogar Morddrohungen gegen Robin.«

»Hat jemand sich dabei besonders hervorgetan?«

»Nein, zumindest ist mir niemand aufgefallen. Ich erinnere mich nur, dass es viele wütende Posts in der Nachbarschaftsgruppe bei Facebook gab, die ich inzwischen allerdings verlassen habe. Es wurde einfach immer extremer, die Leute da drehen regelmäßig durch. Am Ende haben sie sich nur noch mit Dreck beworfen, und der Administrator hat die schlimmsten Einträge gelöscht.«

Die Bromma-Freunde.

Josefin hat ihr von der Gruppe erzählt.

Es ist schon das zweite Mal, dass jemand auf den Unfall hinweist. Emma muss dringend mit dem Jungen reden, der dabei war.

»Ich habe jetzt gleich eine OP«, sagt Claes nach kurzem Schweigen. »Wenn Sie keine weiteren Fragen haben, würde ich mich gerne entschuldigen, ich muss arbeiten.«

»Haben Sie vielen Dank«, sagt Emma und beendet das Gespräch.

Mit ein paar Minuten Verspätung stößt sie zur Teambesprechung hinzu. Diesmal hat sie wenigstens einen guten Grund. Lindberg ist gerade dabei, die neuesten Entwicklungen in dem Fall darzulegen. Emma setzt sich so weit wie möglich von Nyhlén entfernt. Er schaut nicht einmal in ihre Richtung.

»Wir sollten uns weiterhin auf Sven konzentrieren«, sagt er jetzt. »Ich hatte den Eindruck, er verbirgt etwas vor uns.«

Er berichtet kurz von ihrem Besuch und dass er das Polizeiregister nach Einträgen über ihn durchsucht hat, ohne allerdings fündig zu werden. Lindberg setzt am Whiteboard ein Fragezeichen hinter Svens Namen. Auch Svetlana steht noch mit Fragezeichen da. Mehr haben sie bisher nicht.

Das ist viel zu wenig.

»Der Vater hat Sven ein Alibi für die Mordnacht gegeben«, mischt Emma sich ein. »Ich habe gerade mit ihm telefoniert, und dabei hat er auf etwas Interessantes hingewiesen.«

Sie fasst das Wenige, was sie über den Unfall weiß, zusammen.

»Ich schaue mir das genauer an, sobald wir hier fertig sind, und spreche mit dem Jungen, der bei dem Unfall dabei war. Habe ich sonst irgendetwas verpasst?«

»Svetlana hat in insgesamt drei Häusern geputzt, in denen im Laufe des Sommers eingebrochen wurde, inklusive dem der Familie Eklund«, sagt Lindberg und nickt zu Nyhlén hinüber, der die Adresslisten verglichen hat.

»Wenn es nur drei sind, kann es durchaus Zufall sein«, wendet Emma ein.

»Zu dem Ergebnis bin ich selbst schon gekommen«, entgegnet Nyhlén sichtlich genervt.

Emma tut, als bemerke sie seine schlechte Laune nicht. Wenn er so froh über ihre Trennung ist, braucht sie sich gar nicht weiter mit ihm zu beschäftigen.

»Der Hinweis, dass Svetlana in einen weißen Kastenwagen gestiegen sein soll, hat übrigens nirgendwo hingeführt«, meldet sich Lindberg wieder zu Wort. »Und es ist ja auch nicht verboten, eine Mitfahrgelegenheit zu nutzen.«

Nyhlén räuspert sich. »Was das angeht, habe ich ebenfalls noch ein interessantes Gespräch gehabt. Eine Zeugin hat gesehen, wie ein junger Mann ausländischer Herkunft in Bauarbeiterkleidung Svetlana ein Bündel Scheine überreicht hat. Und wisst ihr, was sie gemacht hat? Sie hat es zu Boden geschleudert.«

»Handelt es sich um eine glaubwürdige Zeugin?«, fragt Lindberg.

»Ja, absolut.«

Emma begreift nicht, warum er so triumphierend klingt. »Emmas Schwester, Josefin, hat es mir erzählt.«

Als Emma nach der Besprechung wieder in ihrem Büro ist, überprüft sie ihr Handy. Josefin hat nicht versucht, sie anzurufen. Was soll das heißen? Spricht sie jetzt lieber mit Nyhlén als mit ihr? Emma knallt die Tür zu und setzt sich an ihren Computer. Es ärgert sie maßlos, dass es in ihrem Büro so chaotisch aussieht, so kann sie doch nicht arbeiten! Wie gerne sie Josefin auch anrufen und sie zur Rede stellen will, lässt sie es doch lieber bleiben.

Sie hat auch so schon genügend Konflikte.

Stattdessen recherchiert sie zu dem Datum der irren Autofahrt, die damals als Unfallereignis abgetan wurde. Die Polizeipatrouille, die als Erste vor Ort war, hat einen sehr knappen Bericht verfasst. Robin hat anscheinend sofort zugegeben, dass er das Auto gefahren hat, und die entsprechenden Tests ergaben, dass er weder Alkohol noch andere Drogen im Blut hatte, also gab es keinerlei Veranlassung, ihn wegen Fahrens unter Drogen vor Gericht zu stellen. Laut dem Bericht war die Fahrbahn sehr glatt. Robin hatte gerade erst seinen Führerschein gemacht. Wie schnell das Auto gewesen war, ließ sich nicht mehr feststellen, und weder Robin noch Sebastian wollten sagen, was der Tacho angezeigt hatte. Wäre das Brückengeländer nicht so stabil gewesen, hätte es böse enden können.

Auf wundersame Weise kamen beide ohne schwerwiegende Verletzungen davon.

Der Sohn des Autobesitzers, Sebastian, saß auf dem Beifahrersitz und wurde leicht verletzt, während Robin nur ein paar Schürfwunden davontrug. Beide Airbags wurden ausgelöst. Vom Auto dagegen war nicht mehr viel übrig. Emma findet ein Foto von dem beschädigten Wagen und stellt fest, dass die Fahrerseite stärker beschädigt ist als die Beifahrerseite. Manchmal ist es wohl einfach nur Glück, wie man in dem Augenblick sitzt, in dem es kracht.

Vielleicht war Robin besser auf den Aufprall vorbereitet und konnte sein Gesicht deshalb vor den Glassplittern schützen?

Sie ruft Sebastian Adelhielm in Bromma an.

Es tutet, dann schaltet sich der Anrufbeantworter ein. Sie hinterlässt eine Nachricht, dass er sie so bald wie möglich zurückrufen solle.

37

Sebastian Adelhielm starrt auf sein Handy. Er wusste, dass ihn die Polizei früher oder später anrufen würde und dass es ihn stressen würde.

Wenn es doch möglich wäre, die Zeit um ein paar Monate zurückzudrehen. Bis vor den Schulabschluss, als alles anfing, langsam den Bach runterzugehen.

»Kommst du, oder was ist los?«, rufen die anderen Jungen vom Steg.

Lustlos geht er zum Boot hinunter, in dem seine Kumpel bereits beim Bier auf ihn warten. Am liebsten würde er den Ausflug sausenlassen und stattdessen ins Fitnessstudio gehen, doch er kann jetzt schlecht einen Rückzieher machen. Also steigt er ein, jemand haut ihm auf den Rücken, eher aggressiv als freundschaftlich.

»Hat der Sensenmann angerufen?«, fragt sein bester Freund und lacht dreckig. »Du siehst aus, als wäre jemand gestorben.«

»Halt die Klappe!«

Die anderen brechen ebenfalls in albernes Gelächter aus und prosten ihm zu, statt zu fragen, was eigentlich los ist.

Wenn die wüssten.

»Prost, Sebbe, auf Brommas *sexiest boy*. Gefährlich schön und allzeit bereit!«

Müssen sie so laut schreien? Sebastian setzt sich ans Steuer.

»Los, mach den Motor an, wir haben nicht den ganzen Tag Zeit. Schneller!«

Als ihre Stimmen vom Motorlärm übertönt werden, entspannt Sebastian sich ein wenig. Seine Kumpel grölen ein schweinisches Lied, er selbst aber hat kein Interesse mehr an Baden, Bier oder Bikinimädchen. Plötzlich verschwindet die Sonne hinter den Wolken, und ein Regentropfen landet auf seiner Wange. Am Horizont ist der Himmel bleigrau. Dass in letzter Zeit ständig Bedrohliches vor ihm auftauchen muss! Der Anruf der Polizei ist da nur ein Beispiel. Natürlich wird er nicht ungeschoren davonkommen.

Hat er das je wirklich geglaubt?

Vielleicht, vielleicht auch nicht. Bisher hat er es ja ganz gut geschafft.

Er lenkt das Boot auf den See hinaus und denkt unfreiwillig an den schicksalhaften Abend zurück, an die Party zum Schulabschluss, die so dermaßen ausgeartet ist.

Hätte er irgendetwas anders machen können?

Es war ja wohl kaum seine Schuld, dass sich die Nachricht, bei ihm werde gefeiert, wie ein Lauffeuer über Snapchat verbreitete. Irgendwann waren alle da, und er verlor vollständig die Kontrolle. Überall Betrunkene, in den Büschen und in jedem Winkel des Hauses. Bestimmt über hundert Leute, und er kannte kaum die Hälfte von ihnen.

Wäre bloß Robin nicht einer von ihnen gewesen.

Sebastian hätte nicht so viel trinken dürfen, und vor allem nicht noch zusätzlich rauchen. Und erst recht hätte er sich niemals in dieses verdammte Auto setzen dürfen. Der Regen. Wenn es an dem Abend nicht plötzlich in Strömen gegossen hätte, wäre es dann vielleicht glimpflicher ausgegangen? Er redet sich ein, dass es nicht seine Schuld war, wieder und immer wieder. Wie ein Mantra. Aber er ist so verdammt schlecht darin, sich zu belügen. Und bald wird auch die Polizei dahinterkommen.

»Du kriegst ja wohl keine Depressionen wegen dem Schwuli«, ruft Karl, und Sebastian kehrt in die Gegenwart zurück.

Das Boot. Der Mälaren-See. Die Kumpel.

»Nein, Quatsch«, sagt er und lacht trocken. »Aber woher wusstest du, dass Robin vom anderen Ufer war? Hattet ihr was miteinander, oder was?«

Die anderen lachen hysterisch, bis auf Karl.

»Der war gut«, ruft einer Sebastian zu.

Sebastian sieht sein verzerrtes Spiegelbild im Wasser. Die dunkelbraunen Augen, das wilde Haar.

Gefährlich schön. Oder?

Er könnte kotzen.

38

Lindberg klopft an Nyhléns Bürotür. »Du musst alles stehen und liegen lassen. Wir haben eine Meldung aus Bromma, es gibt eine neue Leiche. Emma wartet schon.«

Nyhlén spürt, wie ihm das Blut in den Kopf schießt.

Im Flur trifft er auf Emma. Sie bleibt in einigem Abstand stehen und folgt ihm stumm zum Auto. Ausnahmsweise steigt sie auf der Beifahrerseite ein, wie ein zurechtgewiesener Hund. Funktioniert Josefins Rat also? Nyhlén hasst es, mit Emma über Kreuz zu sein.

»Willst du darüber reden?«, fragt er, als ihm das Schweigen zu anstrengend wird.

»Nein«, antwortet sie kurz.

»Das habe ich mir gedacht.« Rasch wechselt er das Thema. »Hast du den Typen erreicht, der an dem Unfall beteiligt war?«

»Sebastian Adelhielm? Nein, er ist nicht an sein Handy gegangen.«

»Svetlana ist ebenfalls nicht erreichbar.« Nyhlén hält kurz inne. »Meistens gibt es einen Grund, wenn die Leute nicht mit der Polizei reden wollen.«

»Du meinst, sie haben etwas zu verbergen.«

»Genau.«

Nyhlén überlegt ernsthaft, Emma um Entschuldigung zu bitten. *Timing,* wie oft hat sie es ihm nicht gesagt: Wie frustrierend es ist, dass er immer zur falschen Zeit über die falschen Dinge reden will. Er hat noch immer nicht verstanden, wann eigentlich der richtige Zeitpunkt ist, aber etwas sagt ihm, dass es gerade jetzt ebenfalls nicht passt. Für Dinge, die er ansprechen wollte und die sie als Kritik auffassen konnte, ist allerdings noch nie der richtige Moment gewesen. Nyhlén seufzt.

»Ein Toter in Nockeby«, sagt Emma und schaut auf das Navi. »Was wissen wir bisher?«

»Nur, dass ein Kind eine Frau tot aufgefunden hat, unten an einer Treppe«, sagt Nyhlén.

Zwölf Minuten später hält er hinter einem Krankenwagen auf der Straße. Die Streife hat die Einfahrt bereits abgesperrt, blau-weißes Polizeiband flattert im Wind. Das Haus liegt am Hang, das Grundstück fällt zum Mälaren-See hin sanft ab. Eine traumhafte Lage gleich gegenüber der Insel Kärsö. Von der Drottningbrücke dringt Verkehrslärm herüber. Nyhlén entdeckt eine Frau, die sich aufgelöst mit den Sanitätern unterhält. Sie hält ein Mädchen an der Hand. Emma und er steigen aus und stellen sich ihnen vor.

»Das ist meine Tochter, Mira. Sie hat sie gefunden, als sie vom Basketball nach Hause kam. Ich weiß gar nicht, was ich jetzt machen soll«, klagt die Frau und zieht Mira fest an sich. Das Mädchen hat rötliches Haar und Sommersprossen.

Nyhlén legt der Frau seine Hand auf die Schulter und sagt ein paar tröstende Worte. Er bittet sie, auf einem der Gartenstühle auf der Terrasse Platz zu nehmen.

Dann wendet er sich an Mira.

»Wie geht es dir?«

»Okay«, sagt Mira. »Ich mache mir eher Sorgen wegen Mama.«

»Wie heißt sie?«

»Eva.«

»Und deine Mutter macht sich natürlich Sorgen um dich«, sagt Emma. »Wartest du kurz bei ihr draußen? Dann gehen wir rein und schauen uns das mal an. Anschließend müssen wir mit euch beiden reden.«

Mira nickt. »Okay.«

Schon von der Tür aus sieht Nyhlén das Bündel am Fuß der Treppe. Eine Person mit langem schwarzem Haar. Neben der Leiche ist ein Scheuereimer umgefallen, das Wasser hat sich mit dem Blut um den Kopf herum vermischt und eine große Pfütze gebildet. Ein schrecklicher Anblick, doch Nyhlén tritt vorsichtig näher, um sich ein besseres Bild machen zu können. Ist die Frau einfach nur unglücklich gestürzt, oder gibt es Hinweise, dass ein Verbrechen stattgefunden hat? Sein Mund wird trocken. Die Kleidung kommt ihm bekannt vor, dieses karierte Hemd hat er schon einmal gesehen. Das viele Blut um den Kopf des Opfers verschlägt ihm den Atem.

Dann starrt er der Toten direkt in die Augen.

Svetlana.

39

Dass ausgerechnet Svetlana tot vor ihnen liegt, lässt Emma das Blut in den Adern gefrieren. Im Verhör hatte sie einen sehr nervösen Eindruck auf sie gemacht und immer wieder betont, sie verliere Geld, wenn sie nicht arbeiten gehe. Dennoch hat Josefin im Sommer beobachtet, wie sie ein Bündel Scheine auf den Boden warf.

Und jetzt ist sie tot. Ermordet?

Oder gestürzt?

Eins ihrer Beine steht in einem unmöglichen Winkel vom Körper ab; sie muss sich den Kopf angeschlagen haben, denn dort ist das meiste Blut. Das übel zugerichtete Gesicht ist zur Treppe gewandt, doch Emma hat sie am Flanellhemd erkannt.

Was für ein Mist!

Svetlana muss von ganz oben gestürzt sein, bereits auf der vierten Stufe von oben sind Blutflecken zu erkennen.

»Was glaubst du, was passiert ist?«, fragt Nyhlén.

»Keine Ahnung.«

Überall Fußspuren, große und kleine. Mira und die Sanitäter sind drinnen herumgelaufen. Falls es weitere Spuren gibt, möglicherweise vom Täter, wird es schwierig werden, sie zu identifizieren.

Emma kann sich nichts anderes vorstellen, als dass es sich um ein Verbrechen handelt. Die Verbindungen zum Fall Robin sind zu stark. Wurde Svetlana bedroht? Hätten sie ihren Tod verhindern können, wenn sie besser gearbeitet hätten? Hat Svetlana versucht, zwischen den Zeilen etwas zu sagen, das sie nur nicht verstanden haben? Dass Svetlana einfach so die Treppe hinuntergefallen und so böse gestürzt ist, kommt ihr absolut unwahrscheinlich vor. Diese Frau hat zehn Jahre als Reinigungskraft gearbeitet und weiß, wie man sich im Haus bewegt, ohne sich zu Tode zu stürzen.

Hat jemand also versucht, es wie einen Unfall aussehen zu lassen? Täter, denen dies gelingt, kommen häufig davon, denn es ist schwierig, technische Beweise zu finden, die vor Gericht standhalten würden. Alles kommt jetzt auf eine penible Tatortuntersuchung sowie eine sorgfältige rechtsmedizinische Untersuchung an. Auf Können und Glück der Zuständigen. Am besten warten sie also auf die Spurensicherung und versuchen anschließend, Klarheit darüber zu gewinnen, wie lange Svetlana sich allein im Haus befunden hat. Wann genau der Sturz erfolgt sein könnte.

»Ich schaue mich noch kurz oben um«, sagt Emma zu Nyhlén. »Vielleicht kannst du schon mal nachsehen, ob Eva sich beruhigt hat?«

»Klar.«

Nyhlén verschwindet in Richtung Terrasse, und Emma geht die Treppe hinauf. Sie will prüfen, ob es Kampfspuren gibt. Auf welchen Stufen Svetlana gelandet ist, ist ohne weiteres zu erkennen, denn sie sind deutlich stärker von Blut befleckt als die anderen. Der Flur oben scheint frisch gereinigt zu sein. Auf einem Sessel liegt eine Handtasche. Svetlanas? Emma weiß, dass sie nichts anfassen darf. Sie dreht sich um, um wieder hinunterzugehen. Dabei entdeckt sie schwarze Haare auf dem Boden. Sie bückt sich, um besser sehen zu können. Es sind viele, und man erkennt auch die Wurzeln.

Hat jemand sie an den Haaren gerissen?

Emma geht zu Mira in den Garten hinunter. Das Mädchen steht ein wenig abseits und schaltet jetzt rasch ihr Handy aus.

»Hast du drinnen Fotos gemacht?«, fragt Emma.

Mira schüttelt den Kopf, wird aber rot im Gesicht.

»Sie ist erst zwölf«, ruft Eva mit schriller Stimme. Sie und Nyhlén treten zu ihnen. »Was kann ich tun, damit sie vergisst, was sie gesehen hat? Sagen Sie's mir!«

Sie ist also im Alter von Josefins Tochter Julia, viel zu jung, um mit einer so übel zugerichteten Toten konfrontiert zu werden. Das viele Blut, das Bein, die aufgerissenen Augen. Schrecklich.

»Wann … wann werden Sie sie wegbringen?«, fragt Eva.

»Ich fürchte, das wird noch dauern«, sagt Emma. »Es ist wichtig, dass wir sorgfältig vorgehen, um alle Spuren sicherzustellen.«

»Spuren? Was meinen Sie damit? Sie ist doch bestimmt gefallen?«

»Ja, die Frage ist nur, wie es passiert ist«, sagt Emma. Sie würde gern alleine mit Mira reden. »Ob einfach so oder ob sich noch jemand im Haus befand.«

Eva reißt entsetzt die Augen auf. »Wie, was … Wer sollte das gewesen sein?«

»Wann haben Sie heute früh das Haus verlassen?«, fragt Emma und hofft, ihre Ruhe möge sich auf die panische Frau übertragen.

»Ungefähr um neun«, sagt Eva.

»War Svetlana da schon da?«, fragt Nyhlén.

Eva nickt. »Ja, sie kommt immer gegen acht.«

»Und wann bist du aus der Schule gekommen, Mira?«

»Um eins war das Training zu Ende, also um Viertel nach ungefähr.«

Irgendwann zwischen neun und Viertel nach eins ist Svetlana die Treppe hinuntergestürzt und gestorben.

»War irgendetwas anders als sonst, als du nach Hause kamst? Stand das Gartentor offen oder eine Tür, gibt es irgendetwas, das dir aufgefallen ist?«

»Ein großer Typ in dunklen Klamotten ist durch das Tor gerannt. Er … er ist dorthin gelaufen.« Miras Finger zittert.

Richtung Ålsten also.

40

Im Nachhinein hat Josefin doch ein schlechtes Gewissen, weil sie Nyhlén angerufen hat und nicht ihre Schwester, um zu berichten, was sie in Zusammenhang mit Svetlana beobachtet hat. Sie hatte einfach das Bedürfnis, ein Zeichen zu setzen, damit Emma begreift, dass sie nicht immer nur nehmen kann, ohne je etwas zu geben. Seufzend lehnt sie sich auf der Veranda neben Andreas zurück, öffnet Facebook und klickt sich zum Chat der Bromma-Freunde durch.

Offensichtlich ist Svetlanas Name bekanntgeworden.

Viele Mitglieder zeigen sich empört über ihre Verbindung zum Mord an Robin und bezeichnen sie als üble Verräterin. Die Leute sind überzeugt, dass sie schuldig ist, und überschütten sie mit Hass und Verdächtigungen.

Und wir haben sie in unsere Häuser gelassen! Damit ist jetzt Schluss.

Sie wollen keine Mörderin in ihrer schönen heilen Welt, das ist nachvollziehbar. Die Frage ist jedoch, wie sie herausgefunden haben wollen, dass Svetlana schuld ist – noch vor der Polizei. Denn sonst wäre sie doch längst festgenommen worden? Ungläubig liest Josefin, wie auch die

Polizei immer wüster beschimpft wird, weil sie in ihren Ermittlungen nicht weiterkommt. Ein ehemaliger Polizist ätzt, bei so unfähigen Idioten könne einem ja nur schlecht werden.

Zu meiner Zeit war das anders. Da haben wir nicht auf dem Arsch gesessen und Löcher in die Luft gestarrt. Da haben wir Fälle gelöst.

Der Vater eines Jungen aus Antons Klasse. Josefin kennt ihn als Besserwisser, der gerne andere die Arbeit machen lässt und sich hinterher über alles beschwert. So ein Dreckskerl! Es juckt sie in den Fingern. Sie hat sich geschworen, auf dieser Seite niemals etwas zu kommentieren, sich auf keinen Fall in einen Kampf zu begeben, den sie nur verlieren kann. Doch jetzt ist die Versuchung einfach zu groß, vielleicht auch wegen ihrer Schuldgefühle gegenüber Emma.

Hast du Einblick in die Ermittlungen, oder wie kommst du darauf, dass nichts passiert? Du wirst ja sicherlich keine voreiligen Schlüsse ziehen, ohne Belege dafür zu haben. Immerhin bist du ja selbst Polizist gewesen.

Zu gerne würde sie ihn obendrein daran erinnern, dass er wegen eines Dienstvergehens gefeuert wurde, belässt es jedoch dabei und drückt auf *senden*, bevor sie es sich anders überlegen kann. Dann meldet sie seinen Post als unpassend und verstörend.

»Manche Leute in Bromma gehen mir so auf die Nerven«, sagt sie laut und zitiert den ehemaligen Polizisten.

Andreas schüttelt den Kopf. »Lies es einfach nicht, das ist das Einzige, was ich dir dazu raten kann. Und vor allem: Antworte niemals auf diesen Scheiß.«

Josefin schluckt. Andreas ist nicht Mitglied der Gruppe, er bewegt sich lieber in irgendwelchen Sportforen. Deshalb braucht er nicht zu wissen, dass sie genau das gerade getan hat. Sie legt das Handy weg, um die Antwort des Mannes nicht gleich sehen zu müssen.

»Gut, dass Emma jetzt bei unseren Eltern in Saltsjöbaden ist«, sagt sie und denkt an ihr vorhergegangenes Telefonat mit Marianne. Sie haben sich über Ines unterhalten, die derzeit bei ihnen ist, während Emma ermittelt.

Also alles wie immer.

»Es genügt ja auch völlig, wenn Emma einmal die Woche zu uns fährt, um zu gießen und den Rasen zu mähen, damit es nicht so unbewohnt aussieht«, sagt Andreas. »Sie sollten ja vor allem dort wohnen, um mögliche Einbrecher abzuhalten.«

Und nicht, um ihre Beziehung zu beenden und einen Mord im Nachbarhaus aufzuklären.

Es lässt Josefin keine Ruhe. Noch einmal schaut sie bei den Bromma-Freunden vorbei. Es gibt mehrere Kommentare zu ihrem Post, sie wagt jedoch nicht, sie zu lesen.

Ein neues Foto ist veröffentlicht worden.

Ein Krankenwagen sowie Polizeiautos vor einem weißen Haus in Nockeby. Josefin erkennt es sofort. Was ist bei Julias Klassenkameradin Mira passiert? Sofort ruft sie Nyhlén an, doch der geht nicht an sein Handy. Was soll das heißen?

Es gibt wieder einen Toten.

Josefin liest es immer wieder und bekommt kaum noch Luft. Vielleicht hat sie sich verguckt, die Häuser in Nockeby sehen alle so gleich aus.

»Kennst du das Haus?«, fragt sie Andreas und zeigt ihm das Foto.

»Ja, sieht aus wie das von Mira und Familie.«

Josefin weiß nicht mehr, wo ihr der Kopf steht. Ist da ein Irrer hinter Kindern und Jugendlichen her? Sie muss Miras Mutter anrufen und fragen, was passiert ist, so sehr es ihr auch widerstrebt. Josefin erwartet gar nicht, sie zu erreichen, und ist umso überraschter, als jemand abnimmt.

»Hallo, Eva, hier ist Julias Mutter, Josefin«, sagt sie. »Ich habe gerade ein Foto von eurem Haus auf Facebook gesehen und mache mir Sorgen.«

»Von unserem Haus?«

»Ja, bei den Bromma-Freunden.«

Einen Moment bleibt es still, dann schluchzt Eva. »Unsere Putzfrau … Sie ist bei uns im Haus zu Tode gekommen.«

»Gott, wie furchtbar!«, sagt Josefin, ist aber doch froh, dass es wenigstens nicht Mira ist. »Wie heißt sie?«

»Svetlana Lipowska.«

Sobald Eva den Namen gesagt hat, ist es mit Josefins Erleichterung wieder vorbei.

Erst die Nachbarn, jetzt ihre Putzfrau.

Bedeutet das, Emma ist wieder in Gefahr?

41

Sebastian wird vom Heulen des Martinshorns förmlich angezogen, es ist wie ein Gift. Er muss hin und das Spektakel mit eigenen Augen sehen. Die Polizei hat ihn noch nicht wieder angerufen, immerhin. Anscheinend haben sie zu tun, und er landet hoffentlich wieder außerhalb ihres Radars.

Das bedeutet jedoch nicht, dass er sich zurücklehnen kann.

Der Bootsausflug mit den Freunden war ein Reinfall, er hat behauptet, er habe Migräne, und ist wieder nach Hause gefahren, ohne mehr als einen Schluck Bier getrunken zu haben. Weil es zu regnen begann, protestierten die anderen auch nicht weiter. Seit der Abschlussparty hat Sebastian noch keine Lust auf Alkohol gehabt. Vielleicht wird er überhaupt nie wieder trinken.

Schon von weitem sieht er das Blaulicht und bleibt stehen. Es wäre unklug, näher ranzugehen. Niemand darf ihn hier sehen. Das blaue Flackern erinnert ihn unwillkürlich an den Unfall, sein Nahtoderlebnis. Er atmet flach. Nur nichts anmerken lassen, denkt er und geht heimwärts. So tun, als wäre alles normal.

In seine eigenen Gedanken versunken, wäre er beinahe mit jemandem zusammengestoßen. Mattias Eklund. Sebastian erstarrt. Der Gesichtsausdruck des anderen jagt ihm Angst ein. Das Haar steht ihm wirr vom Kopf ab, und er hat den Blick eines Wahnsinnigen. Ist er betrunken?

»Was machst du hier?«, fragt Mattias heiser.

»Nichts. Und du?«

»Ich laufe vor meinem Kummer davon.«

Mattias tritt gegen einen Stein.

»Mein Beileid«, sagt Sebastian.

Mattias' Augen werden schmal. »Ernsthaft? Du gehörtest ja nicht gerade zu denen, die Robin nach dem Unfall verteidigt haben.«

Sebastian schluckt heftig. Er wünschte, er könnte sich auf der Stelle woandershin zaubern.

»Ich muss gehen«, sagt er stattdessen gepresst. »Tschüs.«

Als er weitergeht, folgt ihm Mattias. Sebastian überlegt, wie er ihn abschütteln kann. Ihn und die Angst. Sie sitzt ihm im Nacken, krallt sich in seine Haut.

»Hast es wohl nicht nötig, etwas dazu zu sagen«, schnaubt Mattias.

»Es ist schrecklich, was passiert ist«, sagt Sebastian. »Aber wieso hätte ich bitte schön jemanden verteidigen sollen, der mich beinahe totgefahren hätte? Steht alles im Polizeibericht.«

Blitzschnell packt Mattias ihn an der Schulter und nagelt ihn förmlich mit dem Blick fest. Der Alkoholdunst verschlägt Sebastian fast den Atem. Robin hatte recht, Mattias spinnt.

»Robin hätte niemals so etwas getan. Leider bist du jetzt der Einzige, der die Wahrheit kennt.«

Sebastian versucht sich loszureißen.

»Du bist ja verrückt«, sagt er und geht schneller, um ihm zu entkommen. »Lass mich in Ruhe, ich habe nichts getan.«

»Wer ist hier verrückt?«, brüllt Mattias ihm hinterher. »Traust du dich, das zu beantworten? Ich kenne Robin. Ich *kannte* ihn.«

Sebastian bleibt stehen und dreht sich langsam um.

»Tatsächlich? Er war ja noch nicht mal dein eigener Sohn.«

Mattias sieht aus, als würde er ihn am liebsten erwürgen.

Lauf, denkt Sebastian. Lauf, was du kannst.

42

Als die Idioten Gervase endlich aus dem Bunker herauslassen, ist er völlig aufgelöst. Es sind nur ein paar Stunden gewesen, ihm kam es jedoch vor wie mehrere Tage. Schweiß strömt ihm über das Gesicht, und er zittert am ganzen Körper. Als er sieht, wie die anderen sich über ihn lustig machen, schlägt seine Panik in Wut um.

»Super, Gervase, die Tür funktioniert«, gluckst Darius. »Und ausnahmsweise einmal wusste ich, wo du bist.«

Gervase stößt ihn beiseite und rennt an ihm vorbei nach draußen, den Rucksack auf dem Rücken. Nichts kann ihn aufhalten, die ganze angestaute Wut muss heraus.

Als er im Freien ist, wird es schon dunkel. Zum letzten Mal blickt er sich auf dem wunderschönen Grundstück um. Nie wieder wird er seinen Fuß hierhersetzen. Sie haben ihn einfach so eingesperrt!

Im Rucksack hat er alles, was er braucht. Nur der Pass fehlt, da kann er nichts machen. Darius bewahrt ihn irgendwo im Wohnwagen auf. Wenn Gervase jetzt hingeht und danach sucht, bleibt er vielleicht doch. Wozu braucht er außerdem einen Pass? Er hat nicht vor, Schweden je wieder zu verlassen. Schon stellt er sich das Gesicht seines

Vaters vor, wenn die anderen ohne ihn in Litauen ankommen.

Und Darius wollte keine Probleme bekommen. Das hätte er sich vorher überlegen sollen, bevor er ihn eingesperrt hat.

Allmählich legt sich seine Panik, und er folgt dem Uferweg. Es ist ein ganzes Stück, er kennt sich hier nicht aus. Irgendwann gelangt er an eine große Wiese, und er beschließt, dort zur Straße hinaufzugehen.

Smedslätten, steht auf dem weißen Schild am Hügel.

Da ist er schon mal gewesen.

Ihm geht auf, dass er jetzt ganz auf sich gestellt ist. Er kann nirgendwohin. Weiß nicht, wo er die Nacht verbringen soll. Vielleicht war es doch voreilig, einfach abzuhauen. Schließlich kann er jetzt auch seinen Arbeitslohn vergessen. Und das tut richtig weh.

Er geht eine steinerne Treppe hinauf Richtung Wald.

Kein einziger Mensch weit und breit.

Nach ein paar hundert Metern befindet er sich auf der Rückseite eines großen Grundstücks. Seine Hoffnungslosigkeit ist wie weggeblasen. Lange betrachtet er das dunkle Haus. Es scheint niemand da zu sein. Alles ist still. Sein Blick fällt auf das Fallrohr neben dem Balkon. Vorsichtig nähert er sich über den Garten. Kurz überlegt er, ein Fenster im Erker aufzubrechen, entscheidet sich dann aber doch, wie immer die Balkontür zu nehmen. Leise und behände klettert er das Fallrohr hinauf, sein Handgelenk tut kaum noch weh. Dann hebelt er die Tür auf. Schön, dass sein Vater ihm auch etwas beigebracht hat, was Spaß macht. Gervase holt tief Luft.

Eins, zwei, drei.

Sobald er drinnen ist, heult die Alarmanlage ohrenbetäubend. Vier, fünf, sechs. Er versucht, den Lärm zu ignorieren, geht in das große Schlafzimmer mit dem Doppelbett und öffnet rasch die Kommodenschubladen. Sofort wird er fündig. Schmuck und eine Luxusuhr. Siebzehn, achtzehn, neunzehn. Sein Herz rast, er läuft in ein zweites Zimmer hinüber. Das Erste, was er entdeckt, sind Poster des Eishockeyspielers, den er selbst verehrt. Dann fällt sein Blick auf eine Vitrine mit Pokalen. Er versucht, seine Empathie zu unterdrücken. Auf dem Schreibtisch steht ein Sparschwein, darauf der Name Lea und ein Datum. Gervase hat es schon in der Hand, dann besinnt er sich anders.

Das ginge dann doch zu weit.

Fünfunddreißig, sechsunddreißig, er vergisst zu zählen. Was war das für ein Geräusch? Als er gerade aufatmen will, hört er jemanden rufen, »Polizei«, und was das bedeutet, weiß er, denn es ist fast das gleiche Wort wie auf Litauisch. Er muss weg. Rasch wirft er sich den Rucksack über den Rücken und rennt zum Balkon. Dabei schnappt er sich die Schere, die auf dem Schreibtisch liegt. Zum Klettern reicht die Zeit nicht, deshalb springt er, ohne zu zögern, auf die Terrasse hinunter. Bei der Landung klappert das Diebesgut im Rucksack, seine Knie geben nach, als er auf dem harten Untergrund aufkommt. In einem Fuß knackt es verdächtig, er spürt jedoch keinen Schmerz.

Das Einzige, was er im Kopf hat, ist Rennen.

Er läuft zum Gartenzaun und stößt beinahe mit einem Wachmann zusammen, der irgendetwas auf Schwedisch brüllt.

Wo kommt der plötzlich her?

Gervase kann nicht mehr klar sehen, alles dreht sich. Wo soll er hin, wo ist der Waldrand geblieben? Hektisch sieht er sich um, er hat die Orientierung verloren. Wie viele sind es? Sind es Polizisten und Wachleute? Ein weiterer Mann setzt über eine Hecke, er ist nur noch wenige Meter entfernt. Gervase rennt noch schneller und wirft sich zur Seite, um aus dem Garten herauszukommen. Er ist schnell, es geht nur darum, an sich zu glauben. Er muss das hinkriegen, es gibt keine Alternative.

Der schwere Rucksack bremst, aber wenn er ihn opfert, war alles vergebens.

Vielleicht gibt das den Ausschlag. Plötzlich ist er umzingelt. Eine Männerstimme schreit ihn auf Englisch an, Gervase ist jedoch vor Angst wie betäubt und versteht kein einziges Wort. Nicht aufgeben! Zwischen zwei Männern entdeckt er eine Lücke. Vielleicht kann er da durch. Plötzlich fällt ihm die Schere ein, die er mitgenommen hat, falls er sich verteidigen muss.

Er erhebt sie gegen den Wachmann und holt aus. Dann stürzt er sich auf ihn.

Zu spät sieht er seinen Fehler ein.

Ein Schuss fällt. Es brennt in seinem Körper. Ihm wird schwarz vor Augen, und er geht zu Boden.

••••

Mein kleiner Bruder sieht aus wie eine Puppe, aber er stinkt nach Kacka und schreit so laut, dass mir die Ohren wehtun. Mama ist den ganzen Tag zu Hause und tröstet ihn.

Ich habe die Schule gewechselt, habe ich das schon erzählt?

Vor einem Jungen in der neuen Klasse habe ich richtig Angst. Er fängt an zu prügeln, wenn man in seiner Gegenwart etwas sagt. Ich muss Umwege machen, um nicht getreten oder geschlagen zu werden. Selber schuld, wenn man ihm in die Quere kommt, sagt die Lehrerin. Sie hat eine Stupsnase und wütende Stirnfalten. Und eine hässliche Brille.

Ich mag sie nicht.

Deshalb gehe ich fast gar nicht mehr hin.

Nach meinem achten Geburtstag durfte ich nicht mehr in meiner alten Klasse bleiben. Mama hat mich nie gefragt, ob ich wechseln will, aber mein Lehrer schien sich zu freuen, als ich gesagt habe, ich gehe. Da wird es dir bestimmt gut gehen, hat er gesagt und komisch gelächelt.

Ich habe keinen Hund zum Geburtstag bekommen.

Mamas Freund ist ja allergisch.

Wenn ich groß bin, will ich trotzdem einen Hund.

Einen Wachhund.

Ich bin in den Keller gezogen. Das ist fast wie zu Hause ausziehen, und ich tue so, als würde ich demnächst einen Welpen einschmuggeln. Unter meinem Bett habe ich ihm ein Lager eingerichtet. Er wird Ludde heißen. Ich habe ihm schon mal mein schönstes Kissen und eine Decke mit Blumen hingelegt.

Ludde wird mich mögen und ich ihn.

Aus meiner alten Klasse hat niemand gefragt, wie es mir in der neuen Schule geht. Vielleicht schämen sie sich, denn meine Geburtstagsfeier war ziemlich peinlich. Meine Mutter hatte die ganze Klasse in die Bowlinghalle eingeladen, obwohl ich nicht wollte. Ich war nervös und wusste nicht, was ich anziehen sollte. Dann entschied ich mich für eine schwarze Hose und einen ganz normalen Pullover. Ich kämmte mir die Haare und machte immer neue Frisuren. Aber keine gefiel mir, und ich wollte ja auch gar nicht hin. Da wurde Mama wütend und sagte mir, ich soll meine Schuhe anziehen und mich ins Auto setzen. Sofort. Dann fuhren wir los, Mama und das Baby und ich. Der Parkplatz vor der Bowlinghalle war leer, aber wir waren ja auch früh dran, um die anderen in Empfang nehmen zu können.

Keiner kam.

Mama telefonierte herum, und die Eltern kamen mit lauter lahmen Entschuldigungen. Ach, war das heute? Hat Benjamin nicht gesagt, dass er zum Fußball muss? Lisa hat nichts von einer Feier gesagt. *Und so weiter. Mama war untröstlich. Ich wusste ja, dass niemand zu meiner Feier kommen würde. Deshalb wollte ich ja auch keine haben. Mama bezahlte für das Bowlen, dann gingen wir wieder. Ich traute mich nicht zu sagen, dass ich gerne mit ihr gespielt hätte. Das Baby weinte den ganzen Weg nach Hause.*

Mama auch.

Nur ich war still.

Egal, ich will nicht mehr daran denken.

Ich will ein Schloss an meiner Tür. Es ist schlimm, nicht zu wissen, wann er kommt. Ich werde Mama nichts sagen. Es würde sie nur traurig machen.

Er sagt, ohne mich wäre Mamas Leben viel schöner.

Und das meint er ernst, ich sehe es ihm an.

Dass er sich erst zufriedengibt, wenn ich nicht mehr da bin.

Samstag, 11. August

43

Es ist die dritte Nacht ohne Emma. Nyhlén kann sich nicht daran gewöhnen. Er ist wütend, dass sie sich herausnimmt, einfach so über ihrer beider Leben zu bestimmen. Dass er nichts dazu zu sagen haben soll.

Frühmorgens macht er sich zur Dienststelle auf, um nicht allein am Frühstückstisch sitzen und sich als Verlierer fühlen zu müssen. Es ist erst halb acht, deshalb wundert er sich, als Per Andersson von der Lokalen Untersuchungseinheit ihn anruft.

»Manchmal fügt es sich einfach«, sagt er aufgeräumt. »Zwei Wachmänner waren gestern Abend zu einem Einsatz in Bromma, als ein paar Häuser weiter ebenfalls Alarm ausgelöst wurde. Die Streife, die schon unterwegs war, wurde zum letzten Haus vor dem Ålstensskogen umgeleitet und traf just in dem Moment ein, als eine schwarz gekleidete Person buchstäblich vom Balkon herunterflog. Ein einzelner Täter wurde festgenommen.«

»Gute Arbeit«, sagt Nyhlén. »Hatte er Diebesgut bei sich?«

»Ja, durchaus, aber er war nicht zum Plaudern aufgelegt. Wahrscheinlich hatte er ziemliche Schmerzen.«

»Warum?«

»Er hat versucht zu fliehen, dabei wurde ihm ins Bein geschossen. Die Wunde wurde versorgt, und jetzt sitzt er also bei uns«, berichtet Per Andersson. »Die jüngeren Kollegen hier sind wirklich fit, sie haben bereits seine Fingerabdrücke genommen und eine DNA-Probe gemacht, und die Schuhe sind auf dem Weg zum NFC.«

Nyhlén blickt noch nicht so ganz durch. »Warum genau wurde auf ihn geschossen?«

»Ach, darum müssen sich die Internen kümmern. Laut meinen Leuten vor Ort war es Notwehr. Ziemliches Chaos, können Sie sich ja vorstellen. Er wedelte mit irgendetwas herum, das sie für eine Waffe hielten, aber raten Sie mal, was es war?« Per Andersson lacht.

»Keine Ahnung«, sagt Nyhlén und denkt: Bitte komm zur Sache, bevor ich in Pension gehe.

»Eine ganz normale Haushaltsschere.«

Per Andersson klingt engagiert, er scheint wirklich für seine Arbeit zu brennen. Nyhlén hofft, dass es ihm in seinem Alter auch noch so geht.

»Und Sie glauben, er könnte für uns interessant sein?«

»Möglich«, sagt Per Andersson nachdenklich. »Der Lunkentusvägen, wo er geschnappt wurde, liegt ganz in der Nähe vom Haus der Eklunds.«

»Wissen Sie, was er für Schuhe anhatte?«

»Sogenannte Converse.«

Nyhlén richtet sich kerzengerade auf. »Converse?«

»Ja, die Marke ist anscheinend bei Einbrechern beliebt …«

»Welche Schuhgröße?«, unterbricht ihn Nyhlén.

»Dreiundvierzig.«

Das könnte mit dem Schuhabdruck im Haus der Eklunds übereinstimmen. Der NFC wird es ihnen genauer sagen können, sobald er sie abgeglichen hat.

»Was haben Sie bisher über ihn herausgefunden?«

»Wie gesagt, er ist nicht sehr gesprächig. Er weigert sich, seinen Namen zu nennen und wie alt er ist. Zwischen fünfzehn und neunzehn, schätze ich. Sein Rucksack ist jedenfalls von einer litauischen Marke, deshalb arbeiten wir mit der Balten-These weiter.«

Das hieße, er wäre ungefähr in Robins Alter.

»Wollen Sie mal versuchen, mit ihm zu sprechen?«, fragt Per Andersson. »Vielleicht haben Sie ja mehr Glück als wir. Wir könnten ihn rüberschicken.«

»Sehr gerne, am liebsten sofort«, sagt Nyhlén, freudig überrascht, dass sich die interne Zusammenarbeit ausnahmsweise einmal so einfach gestaltet. Hätten sie sich nicht vorher schon mal getroffen, wäre er wohl auch kaum auf sie zugekommen. Nyhlén versucht zu verdrängen, wie wenig aufgeschlossen er Emmas Initiative gegenüber war, die Lokale Untersuchungseinheit in Solna aufzusuchen.

»Wir haben ja schließlich alle dasselbe Ziel«, beendet Per Andersson das Gespräch. »Wir wollen den Mistkerlen endlich das Handwerk legen.«

Sobald Nyhlén aufgelegt hat, klingelt sein Handy erneut. Hier kann man ja nicht mal mehr auf Toilette gehen, denkt er und meldet sich recht kurz angebunden.

»Nyhlén, Einsatz- und Ermittlungseinheit.«

»Ich habe die ganze Nacht wach gelegen und gegrübelt«, sagt eine unsichere Stimme.

»Mit wem spreche ich?«, fragt Nyhlén verwirrt.

»Entschuldigung, Sven hier. Sie waren gestern bei mir zu Hause. Ihre Kollegin Emma ist nicht ans Telefon gegangen, deshalb wurde ich zu Ihnen durchgestellt. Sie haben gesagt, ich soll mich melden, wenn mir noch was einfällt. Ich weiß nicht, ob es wichtig ist. Vielleicht hätte ich es Ihnen auch gestern schon sagen sollen.«

»Was haben Sie denn auf dem Herzen?«, fragt Nyhlén, nun schon etwas freundlicher.

»Robin hatte einen anderen. Deshalb hat er Schluss gemacht. Wahrscheinlich wollte ich es einfach immer noch nicht wahrhaben.«

»Wer war dieser andere?«

»Keine Ahnung«, erwidert Sven. »Das ist ja das Problem. Robin hat sich geweigert, es mir zu sagen, es war anscheinend ein heikles Thema. Sie waren wohl auch länger zusammen, als er zunächst zugeben wollte. Robin hat mich also betrogen.«

»Okay.«

»Aber ich habe ihn nicht getötet.«

44

Sobald Emma die Teeküche betritt, wendet Nyhlén sich ab. So kann es nicht weitergehen, denkt sie. Das ist doch kein Zustand.

»Hallo«, sagt sie, um seine Aufmerksamkeit auf sich zu lenken.

»Ich hatte gerade zwei interessante Telefonate«, sagt Nyhlén statt einer Begrüßung und statt zu fragen, wie es ihr und Ines geht. Dann berichtet er von Per Andersson und Sven.

Nicht genug damit, dass Josefin sich mit ihrem Tipp direkt an ihn gewendet hat; auch alle anderen scheinen lieber mit ihm zu kommunizieren statt mit ihr. Was soll das?

»Wenn der Einbrecher nicht in Verbindung mit dem Mord an Robin steht, dann könnte doch vielleicht der unbekannte Lover darin verwickelt sein?«, spekuliert Nyhlén.

»Warum wissen wir bisher nichts über ihn?«, fragt Emma.

»Es scheint eine heikle Angelegenheit zu sein.«

Emma weiß nicht, was sie sagen soll. Ihr erschüttertes Selbstvertrauen macht sie unkonzentriert.

»Robin und sein heimlicher Freund sind vielleicht

ganz alltäglich und kameradschaftlich miteinander verkehrt, um nicht aufzufallen«, schlägt Nyhlén jetzt vor. »Mit wem hat Robin gechattet? Was haben die Fallanalytiker dazu herausgefunden?«

»Ich frag mal nach«, sagt Emma und geht hinaus. Sie erträgt es nicht länger, mit ihm in einem Raum zu sein.

Sven hat ihnen also angeblich deshalb nicht gesagt, dass er betrogen worden ist, weil er sich nicht verdächtig machen wollte. Oder will er, dass sie ihn vorladen? Ist es ein Hilferuf gewesen? Wenn die Tat zu schwer auf ihnen lastet, bitten manche Täter geradezu darum, entdeckt zu werden.

Sven hat ein Motiv.

Allerdings können Menschen sich auch trennen, ohne sich anschließend zu töten. Und er hat ein Alibi für die Mordnacht, wenn auch ein zweifelhaftes, immerhin hat sein Vater es ihm gegeben.

Emma wagt nicht, allzu viel Hoffnung in den gefassten Einbrecher zu setzen.

Sebastian Adelhielm dagegen – warum ruft der eigentlich nicht zurück?

Es hat sie gestern schon geärgert, dass er sich nicht gemeldet hat, aber dann ist Svetlanas Tod dazwischengekommen, und sie hat es nicht geschafft, die Sache weiterzuverfolgen. Emma versucht erneut, ihn zu erreichen. Als er nicht ans Handy geht, ruft sie stattdessen seinen Vater an, Jan-Erik Adelhielm. Immerhin war es sein Auto, das bei dem Unfall zu Schrott gefahren wurde. Der Name kommt ihr bekannt vor, sie kann ihn jedoch nicht zuordnen.

Er nimmt ab, und sie schildert ihr Anliegen. »Ich habe vergeblich versucht, Ihren Sohn zu erreichen.«

»Hat er etwas angestellt?«, fragt Jan-Erik alarmiert.

»Ich muss ihn wegen eines Falls, an dem wir gerade arbeiten, etwas fragen«, antwortet sie vage. »Ist er in der Nähe?«

»Er ist wahrscheinlich bei seiner Freundin, müsste aber gleich wieder zurück sein. Was das Handy angeht, ist er ein hoffnungsloser Fall, er geht nie dran. Ich bitte, das zu entschuldigen. Kann ich Ihnen irgendwie weiterhelfen?«

»Es geht um ein paar Einzelheiten zu dem Unfall im Mai.«

Jan-Erik seufzt. »Ach Gott, ja, wie könnten wir den vergessen, das gelingt keinem von uns. Aber ich dachte, das wäre von polizeilicher Seite aus abgeschlossen. Oder hat sich irgendetwas Neues ergeben?«

»Ich untersuche den Mord an Robin Eklund.«

»Da liegt also die Verbindung. Es ist wirklich schrecklich mit diesen Einbrechern. Inzwischen scheint sie gar nichts mehr abzuhalten, nicht einmal, dass jemand zu Hause ist. Ich habe gewusst, dass es irgendwann eskalieren würde.«

»Was ist nach dem Unfall aus Ihrem Auto geworden?«

»Totalschaden«, erwidert Jan-Erik. »Aber es war nur ein Auto, ein Menschenleben dagegen kann man nicht ersetzen.«

»Es war ja nicht irgendein Auto«, beharrt Emma.

»Stimmt«, sagt er. »Dennoch reden wir von ein bisschen Blech und Lack.«

So kann man einen Ferrari natürlich auch beschreiben.

»Was denken Sie, wann könnte Sebastian heute zu Hause sein?«

»In einer halben Stunde vielleicht.«

»Schön, dann kommen wir vorbei, um ein bisschen mit ihm zu plaudern.«

»Sie werden den Schuldigen schon schnappen«, beschließt Jan-Erik zuversichtlich das Gespräch.

Nachdem sie aufgelegt haben, informiert sich Emma im Internet über ihn, um ihr Gedächtnis aufzufrischen. Politiker, richtig. Er ist einer der Frontmänner einer Protestpartei, die in der Presse wegen ihrer elitären Ausrichtung kritisiert wurde. Sie machen daraus allerdings auch gar keinen Hehl. Ansonsten ist Jan-Erik ein wohlhabender Mann mit Frau und Sohn, der in mehreren Aufsichtsräten sitzt und sich gerne auf Golfplätzen und bei der Jagd blicken lässt.

Emma googelt auch den Sohn, Sebastian.

Er spielt Fußball bei den Bromma-Jungs und hat Kinder und Jugendliche im Parcours trainiert. Emma stellt sich einen sportlichen Typen vor, der ohne Weiteres in der Lage wäre, eine Hauswand hinaufzuklettern, eine Fähigkeit, die einem als Einbrecher durchaus nützen kann. Rasch schiebt sie den Gedanken beiseite. Weshalb sollte ein Junge aus so gutem Hause und mit so viel Geld Einbrüche verüben?

Sebastian wurde auf zahlreichen mehr oder minder schmeichelnden Partybildern markiert. Auf Luxusjachten in Saint Tropez und auf Strandfotos in Saint Barth.

Weshalb hat er sie nicht zurückgerufen?

Verbirgt er etwas vor ihnen, oder ist es so, wie sein Vater behauptet, dass er nur sporadisch ans Handy geht? Robin hätte ihn bei dem Unfall immerhin fast mit in den Tod gerissen. Wenn der Mord die Rache dafür war, versteht Emma, warum er keine Lust hat zu reden.

45

Sebastian starrt seinen Vater an. Warum hat er behauptet, er wäre bei seiner Freundin?

»Die Polizistin, die den Mord an Robin Eklund untersucht, will mit dir reden«, sagt J-E. »Weißt du, warum?«

Die Worte bleiben in der Luft hängen. Sebastian fällt es schwer, seinen Blick zu erwidern.

Ihm dreht sich der Magen um.

»Nein«, ist das Einzige, was er herausbringt.

Sebastian kann nicht die Wahrheit sagen, will sich jedoch auch nicht in weitere Lügen verstricken.

»Es war dumm von mir, die Polizei anzulügen«, sagt J-E und schließt sein Handy an das Ladegerät neben der Arbeitsplatte an. »Aber du kannst dir ja denken, dass ich einen Schrecken bekommen habe, und ich wollte mit dir reden, bevor es die Polizei tut. Bist du sicher, dass du nichts darüber weißt?«

»Ja«, bringt Sebastian mühsam heraus.

J-E macht ein bekümmertes Gesicht. »Warum bist du dann nicht ans Handy gegangen?«

»Wie du gesagt hast. Was das angeht, bin ich ein hoffnungsloser Fall.«

»Hör zu, das hier ist ernst.« J-E redet weiter, erklärt, wie er sich der Polizei gegenüber am besten verhalten soll, er hat keine Lust, sich sein Gelaber anzuhören. Er will sich ein paar Butterbrote und eine Milchpackung mit aufs Zimmer nehmen.

»Du gehst jetzt nirgendwohin, die Polizei kommt gleich, um mit dir zu reden.«

Wie blöd von ihm, dass er die Polizistin nicht zurückgerufen hat. Er hätte es gleich tun sollen, es wäre hundertmal besser gewesen, als jetzt mit Argusaugen von J-E beobachtet zu werden.

Plötzlich wird er von Todessehnsucht ergriffen.

Wenn er doch mit Robin tauschen könnte.

Dann bräuchte er sich nicht so zu quälen.

Seit dem Autounfall fürchtet er sich vor der Polizei. Dass sie irgendetwas aus ihm herauspressen könnte, was auf keinen Fall ans Licht kommen darf.

Es gibt nur einen Menschen, mit dem er reden will, dem einzigen, der ihm zuhört, ohne zu urteilen. Doch das muss warten.

Mit Brot und Milch bepackt geht er wieder zur Treppe.

»Wo willst du hin?«, ruft J-E ihm hinterher.

»In mein Zimmer.«

»Keine Dummheiten«, ermahnt ihn J-E. »Die Polizei kann jeden Moment hier sein.«

Am liebsten würde Sebastian irgendetwas zurückbrüllen, doch er schluckt seine Wut hinunter. In seinem Zimmer setzt er sich die Kopfhörer auf und legt Hartrockmusik auf. Es hilft ihm, sein Elend kurz zu vergessen. Er trinkt einen Schluck Milch und überlegt. Soll er das Lügen lassen und endlich die Wahrheit sagen? Den Polizisten in die Augen blicken und bekennen, wie es ist?

Doch dann wird er das alles hier verlieren.

Er legt sich auf sein blau-weiß kariertes Bett von Hästens und stellt mit der Fernbedienung die Rückenlehne ein. Dann schaut er sich in seinem frisch gereinigten Zimmer um. Sein Blick fällt auf den neuen Computer. Der Bildschirm hat die beste Auflösung, die gerade am Markt ist. Die Lautsprecher und das Keyboard – könnte er ohne sie überhaupt leben? Ohne zu spielen?

Nein, auf gar keinen Fall.

46

Nyhlén weiß genau, dass Emma nur fahren möchte, um eine Ausrede zu haben, nicht mit ihm reden zu müssen. Weil sie sich auf die Strecke konzentrieren muss. Jetzt schaltet sie auch noch das Radio ein. Eindeutiger geht es nicht.

Verdammt, er ist es so leid!

Am besten wäre es, wenn er für eine Woche wegfahren und sich mit einem schönen Glas Bier ans Meer setzen könnte. Den Wellen lauschen und schauen, ob sie ihm nichts Vernünftiges zu sagen haben. Das würde ihm wirklich mehr bringen als dieses Theater hier. Nyhlén lässt sich von seinen Urlaubsphantasien forttragen, ist jedoch sofort hellwach, als Emma vor einem protzigen Anwesen am Grönviksvägen hält. Ein frisch gewienerter roter Ferrari steht in der Einfahrt, und er überlegt kurz, ob das wohl der Unfallwagen ist, von dem Emma erzählt hat. Vielleicht ist die Versicherung aber auch für einen neuen aufgekommen.

Jan-Erik Adelhielm gibt ihnen die Hand. »Kommen Sie rein.«

»Danke«, sagt Nyhlén.

Er weiß gar nicht, wo er hintreten soll, alles wirkt klinisch rein. Es ist so weiß überall, dass man fast geblendet wird.

Das Haus steht auf einem Felsen mit Blick über den Mälaren, und das riesige Fenster neben dem offenen Kamin lässt viel Licht herein.

»Wie schön Sie es haben«, sagt Emma und zieht sich die Schuhe aus. »Und so sauber.«

Nyhlén folgt ihrem Beispiel und nimmt die Wärme der Fußbodenheizung wahr. Was für eine Verschwendung, so mitten im Sommer.

»Kaffee?«, fragt Jan-Erik und geht zu einer exklusiven Espressomaschine mit goldenen Knöpfen.

»Ja, gerne«, antworten sie wie aus einem Mund, und Jan-Erik stellt noch ein paar weitere Fragen, wie sie ihren Kaffee haben wollen, bevor er Sebastian ruft.

Keine Antwort.

»Bitte entschuldigen Sie mich«, sagt er und geht die geschnitzte Holztreppe hinauf.

Kurz darauf kehrt er mit einem gutaussehenden jungen Mann in weißem Hemd und Jeansshorts zurück. Ein bildschöner Kerl, denkt Nyhlén eifersüchtig. Braune Augen und dunkles, lockiges Haar. Die Mädchen werden bei ihm Schlange stehen.

»Sebastian«, sagt der Junge und gibt ihnen ebenfalls die Hand.

»Sind nur Sie beide zu Hause?«, fragt Emma.

»Ja«, antwortet Jan-Erik, bevor Sebastian den Mund aufmachen kann. Sein Blick flackert kurz, vielleicht bildet es sich Nyhlén aber auch nur ein.

»Wollen wir uns ins Wohnzimmer setzen?«, fragt Jan-Erik und deutet auf eine Sofalandschaft.

Im Fenster blühen weiße Orchideen, und die Möbel sind so exklusiv, dass Nyhlén sich kaum zu setzen wagt, aus Angst, er könnte die absolut fleckfreien Polster mit Espresso bekleckern.

Bestimmt ist dies eins der teuersten Häuser in Bromma.

»Wir möchten gerne mit Ihnen über den Autounfall im Mai reden«, sagt Emma. »Sebastian, können Sie uns bitte erzählen, was genau passiert ist?«

»Ich hatte hier eine Party, und Robin tauchte auf«, sagt Sebastian. »Es waren sehr viele Leute, deshalb war es schwer, den Überblick zu behalten. Irgendwann verlor ich die Kontrolle darüber. Und plötzlich setzte sich Robin in den Ferrari, und ich sprang auf den Beifahrersitz, um ihn zurückzuhalten.«

»Das funktionierte aber nicht, stimmt's?«, unterbricht ihn Jan-Erik.

»Nein, er hörte nicht auf mich.«

»Wie ist er denn an den Schlüssel gekommen?«, fragt Emma.

Sebastian wird rot. »Keine Ahnung. Er muss ihn aus dem Flur geklaut haben.«

Emma nickt. »Sie haben gesagt, es war eine Party. Haben Sie Alkohol getrunken?«

»Ich ja, Robin nicht.«

Sebastian ist sichtlich nervös, sein rechtes Knie hüpft ununterbrochen auf und ab, und er kann seine Hände nicht stillhalten.

»Robin war nüchtern, er hatte gerade seinen Führerschein gemacht. Er wollte ausprobieren, was so ein Ferrari hergibt.«

»War es der, der jetzt draußen steht?«, fragt Nyhlén und deutet auf die Einfahrt.

Jan-Erik schüttelt den Kopf. »Nein, der ist neu. Der andere war nicht mehr zu retten.«

Genau wie Robin, denkt Nyhlén, der war ebenfalls nicht mehr zu retten.

»Wir haben gehört, dass Robin nach dem Unfall in den sozialen Medien richtiggehend an den Pranger gestellt wurde«, sagt Emma.

Sebastian nickt. »Die Leute urteilen immer schnell.«

»Viele waren aufgebracht, weil durch Robins Aktion andere Menschen hätten ums Leben kommen können«, erklärt Jan-Erik. »Er ist vier Kilometer durch Bromma gerast, bevor das Auto gegen das Brückengeländer knallte. Ein Wunder, dass niemand zu Schaden kam.«

»Angesichts der Umstände und der Gefahr, der Robin Sie ausgesetzt hat, müssen wir Sie nach der Mordnacht fragen, Sebastian.«

Sebastian scheint überrascht von der Frage.

Oder ist es Angst, die er in seinen Augen sieht?

»Wo waren Sie in der Nacht zu Mittwoch, dem achten August?«

Sebastian scheint nach einer Antwort zu suchen, doch Jan-Erik kommt ihm zuvor. »Er war zu Hause und hat geschlafen, das kann ich bezeugen.«

47

Warum muss sich dieses schreckliche Lügenkarussell immer weiterdrehen? Bald wird es außer Kontrolle geraten. Was hat wer wem gesagt? Sebastian ist speiübel, als die Polizisten sich für das Gespräch bedanken und gehen. Ausnahmsweise lässt J-E ihn in Ruhe. Sebastian läuft ins Bad und geht vor der Toilette auf die Knie. Doch es kommt nur in Aufstoßen. Übelkeit und Schwindel lassen nach, und langsam steht er auf und geht zum Waschbecken. Vor dem Spiegel bleibt er stehen und betrachtet sein verlogenes Gesicht. Dann geht er hoch und wirft sich auf sein Bett. Heult wie ein Baby.

Unmöglich, eine bequeme Position zu finden. Er steht auf und schaut aus dem Fenster. Die Polizisten sind fort. Wenn sie doch zurückkehrten, damit er sein Herz ausschütten könnte. Vielleicht braucht er genau das, um endlich damit abschließen zu können? Doch was würde es nützen, der Polizei alles zu erzählen? Das hilft Robin jetzt auch nicht mehr.

Er erhält eine Nachricht auf sein Handy, ein Foto praller Frauenbrüste.

Karl versucht, ihn auf den Abend einzustimmen, doch

Sebastian hat keine Lust hinzugehen. Trinken, knutschen, vögeln. Vielleicht wäre ein ordentliches Besäufnis aber auch genau das Richtige, um nicht an der Vergangenheit kleben zu bleiben. Er antwortet Karl mit einem noch schlüpfrigeren Foto von einer nackten Frau mit gespreizten Beinen, schließlich kennt er den Humor seines Freundes. Dann scrollt er sich durch die Fotos seiner Abschlussparty. Was für ein Chaos! Bei einer Gruppe rauchender Jugendlicher hält er inne.

Im Hintergrund ist Robin zu sehen, er sieht verloren aus.

Sebastian zoomt sein Gesicht heran, seinen traurigen Blick. Dann löscht er das Foto schnell. Er will es nicht auf seinem Handy haben. Am liebsten würde er den ganzen Abend löschen. Es war nett von J-E, ihm ein Alibi für die Mordnacht zu geben, schließlich ist er erst spätnachts zu Hause gewesen. Aber was, wenn ihn jemand in der Nähe von Robins Haus gesehen hat und zur Polizei gegangen ist? Natürlich tut J-E alles, um ihn rauszuhauen, das weiß Sebastian. Bald sind Wahlen, da darf die Familie nicht in irgendeinen Skandal verwickelt sein. Gleichzeitig spürt er, dass es sich auf Dauer nicht durchziehen lässt. Früher oder später wird es auf ihn zurückfallen, und die Gerechtigkeit wird siegen.

Bei dem Gedanken würde er sich am liebsten aus dem Fenster stürzen. Es kribbelt in seinen Beinen, kleine gelbe Blitze flackern vor seinen Augen. Er schafft das nicht, er hat nicht einmal mehr Lust, Keyboard zu spielen, um wieder zur Ruhe zu kommen.

Jetzt gibt es nur noch einen Ort, an dem er sein will.

Erleichtert atmet Sebastian auf, als er ins Erdgeschoss kommt und sieht, dass niemand da ist. Das bedeutet, dass er sich zu ihr schleichen kann, ohne dass jemand fragt, wo er hinwill. Er hasst es, sich so überwacht zu fühlen.

Sie scheint sich zu freuen, dass er kommt.

Lange umarmt sie ihn.

»Du bist die Beste auf der ganzen Welt, ich weiß gar nicht, was ich ohne dich machen würde«, sagt er und meint jedes Wort.

Plötzlich geht es ihm viel besser. Es genügt, sie nur zu sehen.

»So viel Liebe verdiene ich gar nicht«, protestiert sie.

Er begegnet ihren leuchtend blauen Augen und lächelt, doch ihr Blick bleibt hart. Er überhäuft sie mit weiteren Liebesbezeugungen. Sie bedeutet ihm mehr als jeder andere, und er muss sie vor allem Bösen beschützen.

Aufpassen, dass ihr nichts geschieht. So wie Robin. Und das bedeutet, dass sie nie von dem Ganzen erfahren darf. Es würde sie zerbrechen.

Er selbst ist längst verloren.

Sie nicht.

Er könnte für sie töten.

48

Auf dem Weg zur Dienststelle fahren sie bei Josefin vorbei. Emma muss Kleidung für sich und Spielzeug für Ines aus dem Haus abholen, außerdem brauchen die Blumen mal wieder Wasser. Sobald sie das Haus erblickt, verspürt sie Beklemmungen. Vielleicht ist es einfach ein Unglückshaus? Erst Andreas' heimliche Affäre, die zur Scheidung führte, bis Josefin ihm dann doch verzieh, dann das Ende ihrer Beziehung mit Nyhlén. Als sie aussteigt, bleibt er auf dem Beifahrersitz sitzen und starrt geradeaus.

»Wenn ich in fünf Minuten nicht zurück bin …«, sagt sie, halb im Spaß, halb im Ernst.

»Hör auf, das ist nicht lustig.«

Nyhlén sieht wirklich kein bisschen amüsiert aus. Emmas Versuche, die schlechte Stimmung zwischen ihnen zu heben, fruchten einfach nicht, also geht sie zur Haustür und gibt den Code ein.

Anschließend schaltet sie die Alarmanlage aus.

Die Stille nach dem warnenden Piepton ist erdrückend. Emma geht nach oben und holt Ines' Sachen, dann sucht sie im Schlafzimmer Unterwäsche, ein paar Pullover und Hosen für sich selbst heraus. Sie lebt mal wieder aus dem Koffer. Bei ihren Eltern, mit bald vierzig Jahren. Kann es überhaupt etwas Trostloseres geben?

Was, verdammt, ist bloß mit ihr los?

Nyhlén hat seine Worte nicht zurückgenommen, dass er froh sei, nicht mehr ihren Ansprüchen genügen zu müssen, und dass er ohne sie besser klarkomme. Das ist schwer zu ertragen.

Entweder ist er wirklich verletzt, oder er meint es genau so.

Emma geht zur Toilette und beeilt sich dann, die Pelargonien im Küchenfenster zu gießen. Sie hat versprochen, sie am Leben zu erhalten. Der Rasen muss dagegen warten. Sie stellt die Gießkanne auf die Fensterbank und sieht eine Frau um die fünfzig mit schwarzer Sonnenbrille vor dem Blumenmeer vor Robins Haus stehen bleiben. Die Frau legt einen großen Strauß ab und schaut sich dabei nervös um. Emma fotografiert sie heimlich mit dem Handy. Dann schickt sie das Bild Josefin.

Wer ist das?

Die Antwort kommt postwendend.

Könnte Agneta sein, die Mutter von Sebastian Adelhielm.

Emma stutzt. Hatte Jan-Erik nicht behauptet, sie wäre nicht zu Hause? Ist sie nur spazieren gewesen? Sie nimmt den Koffer mit ihren Sachen und geht hinaus, um ein paar Worte mit ihr zu wechseln, doch Agneta ist nirgends mehr zu sehen. Ist sie weggelaufen? Emma sieht sich nach allen Richtungen um. Keine Frau, so weit das Auge reicht. Sie hebt den Strauß weißer Rosen auf, um zu lesen, was auf der Karte steht.

Ruhe in Frieden, Robin.

Kein Absender.

Emma wirft den Koffer in den Kofferraum. Dann setzt sie sich neben Nyhlén.

»Hast du die Frau gerade gesehen?«

Er nickt. »Schöner Strauß.«

»Das war Sebastians Mutter. Du weißt schon, die nicht zu Hause war.«

»Wie bitte? Ich fand schon seltsam, wie Sebastian geguckt hat, als Jan-Erik behauptete, sie seien nur zu zweit. Er kam mir ein bisschen überrascht vor.«

»Oder peinlich berührt. Fand ich auch.«

Das Klingeln ihres Handys unterbricht sie, es ist Lindberg.

»Ja?« Die Lautsprechfunktion ist eingeschaltet.

»Wir haben einen aggressiven Chat gefunden, zwischen Robin und einem unbekannten Alias, den die Techniker jedoch zuordnen konnten«, sagt Lindberg und gibt ihnen den Namen.

Gerade haben sie noch mit ihm geredet. Sie wenden und fahren zu Familie Adelhielm zurück.

Höchste Zeit, Sebastian vorzuladen.

49

Nyhlén mustert den Achtzehnjährigen im Rückspiegel. Er macht einen kläglichen Eindruck, wie er so dasitzt. Alle Arroganz ist von ihm abgefallen. Die ganze Fahrt lang sagt Sebastian kein Wort, und je näher sie der Polizeidienststelle kommen, desto blasser wird er. Im Verhörraum muss er ohne die Autorität seines Vaters klarkommen. Jan-Erik hat zwar darauf bestanden, ihn zu begleiten, doch so funktioniert das nicht. Nicht, wenn man bereits volljährig ist. Jetzt ist Sebastian ganz auf sich selbst angewiesen.

Nyhlén hat nicht vor, es ihm leichtzumachen.

»Beginnen wir mal von vorne, Sebastian«, sagt er, nachdem er die üblichen Angaben zu Datum und Uhrzeit, Anlass des Verhörs und anwesenden Personen aufgenommen hat. »Gibt es irgendetwas, das Sie unserem Gespräch von vorhin hinzufügen möchten?«

»Nein«, antwortet Sebastian und zupft an seinen Locken.

»Okay. Also, wir fragen uns ja, ob Sie nach dem Unfall noch Kontakt zu Robin hatten.«

Sebastians Blick wird unsicher. »Nicht, soweit ich mich erinnere.«

Gedächtnislücken – eine der häufigsten Ausreden. Und sehr effektiv, weil man kaum nachweisen kann, ob jemand sich an ein bestimmtes Ereignis erinnert oder nicht. Nyhlén hat nicht die Geduld für solche Spielchen, weshalb er Sebastian auf die Sprünge hilft.

»Wir sind auf einen Chat zwischen Robin und einer IP-Adresse gestoßen, die zufällig zu Ihrem Handy gehört«, sagt er. Sebastian rutscht unbehaglich auf seinem Stuhl hin und her. »Es war nicht gerade nett, was Sie ihm geschrieben haben.«

Sebastian unternimmt einen halbherzigen Versuch, überrascht zu wirken.

»Ich habe ja gesagt, dass ich mich nicht erinnere, aber dann haben wir anscheinend doch Kontakt gehabt«, sagt er und zuckt die Achseln. »Was ist daran merkwürdig?«

»Zunächst einmal fragen wir uns natürlich, warum Sie nicht die Wahrheit gesagt haben«, sagt Emma. »Nachdem Sie Robin ganz offensichtlich gedroht haben, er solle über den Unfall bloß die Klappe halten.«

»Wie bitte?« Sebastians Stimme kippt ins Falsett.

»Was haben Sie dazu zu sagen?«

»Wahrscheinlich hatte ich Angst.«

»Aber warum?«, fragt Emma. »Warum sollten Sie Angst haben?«

»Weil er ermordet wurde. Ich wollte da nicht reingezogen werden.«

»Sie behaupten also, Sie hatten Angst, uns die Wahrheit zu sagen, haben aber nichts mit dem Mord zu tun. Ist es das, was Sie sagen wollen?«

»Ungefähr.«

»Das ist keine klare Antwort. Ja oder nein?«

»Ja, so habe ich es gemeint«, sagt er, ein klein wenig lauter.

»Und worüber genau sollte Robin in Bezug auf den Unfall die Klappe halten?«, fragt Emma.

Sebastian schüttelt den Kopf. »Keine Ahnung.«

Lügner, hätte Nyhlén ihn gern angebrüllt, besinnt sich jedoch gerade noch.

»Wenn es Ihnen einfällt, dürfen Sie es uns gerne verraten. Kennen Sie eine Svetlana Lipowska?«

»Lip… was?« Sebastian sieht ehrlich erstaunt aus.

»Eine Reinigungskraft.«

Er schüttelt den Kopf.

»Beantworten Sie meine Frage.«

»Nein.«

»Wie heißt denn die Putzfrau Ihrer Familie?«

»Keine Ahnung.«

Nyhlén wird hochrot im Gesicht. »So langsam verliere ich die Geduld mit Ihnen, und ich verspreche Ihnen, das wollen Sie nicht erleben.«

Sebastians weißes Hemd ist zerknittert, am Kragen hat es einen gelben Fleck. Das Haar hängt ihm platt in die Stirn, doch vor allem sein Blick vermittelt Panik.

Dieser Junge kann nicht lügen.

»Worum geht es hier eigentlich, Sebastian? Ich kriege das mit dem Autounfall einfach nicht zusammen«, sagt Emma.

»Ich wusste, wie viel Jan-Erik das Auto bedeutete«, sagt Sebastian. Nyhlén wundert sich, dass er seinen Vater beim Vornamen nennt, aber so macht man das vielleicht in

Bromma. »Und ich war der Anstifter, das gebe ich zu. Ich wollte, dass Robin an dem Abend fährt. Die Party lief völlig aus dem Ruder, und ich wollte nur noch weg.«

»Deswegen trifft Sie aber ja keine Schuld«, sagt Emma. »Verantwortlich ist immer derjenige, der am Steuer sitzt.«

Sebastian antwortet nicht.

»Es war ein Unfall«, erinnert sie ihn. »Oder?«

»Ja«, murmelt er, den Blick ins Leere gerichtet.

»Möchten Sie noch mehr dazu sagen?«, fragt Nyhlén und schaut ungeduldig auf die Uhr.

»Nein.«

»Dann habe ich noch eine letzte Frage. War vorhin wirklich niemand außer Ihnen und Ihrem Vater zu Hause? Ihre Mutter zum Beispiel?«

Sebastian nickt. »Doch, sie war da.«

»Warum haben Sie das nicht einfach gesagt?«

»Jan-Erik war schneller, und ich wollte ihm nicht in den Rücken fallen, nachdem er schon nein gesagt hatte. Agneta ist … sie braucht viel Ruhe. Es ist alles ein bisschen viel für sie gewesen. Sie ist labil und würde es nicht ertragen, mit der Polizei zu tun zu bekommen.«

50

Sebastian kann den Polizisten nicht in die Augen schauen, so sehr er auch versucht, stabil zu wirken. Dieser Nyhlén scheint zwar jeden Moment zu explodieren, kann aber unmöglich wissen, wie es wirklich war. Er war betrunken, es sollte einfach eine coole Aktion sein. Das versucht er den beiden Polizisten zu vermitteln, doch die Worte kommen ganz falsch heraus.

Der Einzige, der die Wahrheit kennt, ist tot.

Warum hat er gelogen, was den Kontakt anging? Vielleicht, weil es ihm unangenehm ist, daran erinnert zu werden, dass er nach dem Unfall nicht besonders nett zu Robin war, in diesem Chat unmittelbar danach. Aber so schlimm ist es doch auch wieder nicht gewesen! Sie standen beide unter Schock, und er hatte wahnsinnige Angst, weil das Auto vollkommen zerquetscht war. Sebastian wünschte sich, sie hätten nie miteinander zu tun gehabt.

Beim Verlassen des Verhörraums zittern ihm die Beine. Nyhléns verurteilender Blick gefällt ihm nicht. Darin sieht er den Sebastian, den er nicht wahrhaben will.

Die Schuld.

Draußen wartet J-E im Auto auf ihn. Damit hat Sebastian nicht gerechnet, er wäre lieber allein nach Hause gefahren. »Wie ist es gelaufen?«, fragt J-E, sobald er eingestiegen ist.

Er hat sich für die Rückbank entschieden. »Ganz gut, glaube ich.«

»Ich verstehe nicht, warum sie so ein Ding daraus machen und dich offiziell vorladen müssen. Im Grunde müssten wir sie anzeigen.«

»Lieber erst mal stillhalten.«

Sebastian lehnt sich zurück und schließt die Augen. Mann, was hat er sich da eingebrockt! Dabei steht er für den Rest seines Lebens ohnehin in tiefer Schuld, wegen des zerstörten Autos. Genau das hatte J-E noch gefehlt. Aber klar, sie haben nach dem Unfall auch viel Zuspruch erhalten. Viele stellten sich auf ihre Seite. Der Hass richtete sich ausschließlich auf Robin.

Er war für alle der Sündenbock.

Sebastian sah keinen anderen Ausweg, als alles auf ihn zu schieben, um seine eigene Haut zu retten. Feige, aber so ist er eben. Er hofft, die Polizei sagt J-E nicht, dass er die treibende Kraft gewesen ist. Er ist ohnehin schon wütend auf ihn.

»Was genau ist beim Verhör passiert?«, fragt J-E, als sie sich der Unfallstelle auf der Tranebergsbrücke nähern. Sebastian vermag nicht hinzuschauen, wo das Auto ins Geländer gekracht ist. Er kann die Angst von damals immer noch spüren. Der Schmerz kriecht von den Zehen bis hinauf in den Kopf und erinnert ihn an den Muskelkater am Tag danach, der von der heftigen Muskelanspannung im Moment des Aufpralls kam.

Dem Moment, in dem er glaubte, er würde sterben.

Noch immer staunt er, dass es für sie beide so glimpflich ausgegangen ist. Wobei, für Robin ja eher nicht.

»Sebastian?«

»Sie haben mich nur ein paar Sachen zu Robin gefragt.«

J-E sieht ihn im Rückspiegel forschend an, und Sebastian krümmt sich auf dem Rücksitz zusammen. Er fühlt sich in die Ecke gedrängt und ist froh, nicht näher bei J-E zu sitzen als unbedingt nötig.

»Denk immer dran, nicht zu viel ohne einen Anwalt zu sagen. Die Polizei kann bestimmte Informationen überbewerten oder verwässern, da musst du echt aufpassen.«

51

Im Verhörraum setzt Emma sich dem Jungen und seiner Dolmetscherin gegenüber. Der Junge stinkt nach Schweiß und hat schmutzige Fingernägel. Seine Sachen sind zu Untersuchungszwecken eingeschickt worden, deshalb sitzt er in Häftlingskleidung da. Unter dem hochgerutschten Ärmel schauen Schürfwunden hervor. Emma weiß weniger über den Einbruch als Nyhlén, aber dass der Täter so jung ist, macht ihr zu schaffen.

Keine Eltern, kein Beistand in Reichweite.

Kein Trost.

Er hat dunkle Ringe unter den Augen und sitzt zusammengesunken da.

Darüber darf sie allerdings nicht vergessen, dass er unerlaubt in anderer Leute Häuser eingedrungen ist, eine ernst zu nehmende Straftat. Ein Einbrecher sitzt maximal ein paar Jahre, während sein Opfer oft Schäden fürs Leben davonträgt. Alpträume und Panikattacken, posttraumatische Stresssyndrome. Manche ertragen es nicht länger, im selben Haus oder in derselben Wohnung zu bleiben. Emma kann das gut nachvollziehen. Seit der Mordnacht hat sie keinerlei Ambitionen, in Josefins Haus zurückzukehren. Dabei ist sie sich noch nicht einmal sicher, ob bei ihnen tatsächlich eingebrochen worden ist.

Nyhlén fragt den Jungen nach seinem Namen.

Die Dolmetscherin übersetzt.

Sie warten. Keine Antwort.

Nyhlén stellt die Frage noch einmal, doch der Junge verzieht keine Miene. Sein Blick lässt sich nur schwer deuten, auf Emma macht er jedoch insgesamt einen eher verängstigten Eindruck. Über einen Dolmetscher zu kommunizieren ist immer schwierig, der Verdächtige hat mehr Zeit zu überlegen, und manche Ausdrücke lassen sich einfach nicht wörtlich übersetzen. Kleine Nuancen können die Bedeutung so sehr verändern, dass es zu falschen Schlussfolgerungen kommt. Läuft es dagegen gut, funktioniert der Dolmetscher wie ein verlängerter Arm, als Stimme des Betreffenden.

Da der Junge sich weigert, seinen Namen zu nennen, fragt Nyhlén ihn zunächst nach dem Einbruch. Er leugnet nicht, die Tat begangen zu haben; viel mehr als ja, nein und weiß nicht bekommen sie zu ihrem großen Frust jedoch nicht aus ihm heraus.

»Es war das erste Mal«, übersetzt die Dolmetscherin. »Der erste Einbruch.«

»Warst du allein?«

»Ja.«

»Bist du deshalb nach Schweden gekommen? Um zu stehlen?«

»Nein.« Er verweigert jeglichen Blickkontakt.

»Warum bist du dann hier?«

»Arbeit.«

»Was für eine Arbeit?«

Die Dolmetscherin übersetzt, doch es kommt keine Antwort.

»Wie alt bist du?«

Wieder keine Antwort.

»Woher stammen die Verletzungen an deinem Arm?«

»Vom Einbruch.«

Sie müssen irgendwie versuchen, ihn zu erreichen. Aber wie? Durch Empathie und Anteilnahme?

»Hast du Schmerzen im Unterschenkel, wo der Schuss dich getroffen hat?«

»Nein.«

»Welche Schuhgröße hast du?«

Laut Per Andersson von der Lokalen Untersuchungseinheit dreiundvierzig, das weiß Emma, ihr geht es nur darum, ein Gespräch in Gang zu bringen.

Nach weiteren vergeblichen Versuchen müssen sie einsehen, dass es keinen Sinn hat. Er wird ihnen weder seinen Namen noch sein Alter nennen. Das bedeutet jedoch nicht, dass er davonkommt. Die Kollegen von der Nationalen Operativen Abteilung, NOA, werden Fingerabdrücke und DNA des Jungen nach Litauern schicken. Anschließend können sie nur auf eine rasche Antwort hoffen.

»Wir werden so oder so herausfinden, wer du bist, du würdest uns nur viel Arbeit ersparen, wenn du es uns einfach sagst«, erklärt Emma.

Die Dolmetscherin übersetzt und zuckt dann die Achseln. »Ich kann Ihnen hier leider nicht helfen. Es ist schwierig, wenn einer gar nichts sagen will.«

»Können Sie am Dialekt erkennen, aus welcher Gegend in Litauen er kommt?«, fragt Emma. »Das würde uns schon enorm weiterhelfen.«

Die Dolmetscherin schüttelt den Kopf. »Leider nicht, tut mir leid.«

Mir auch, denkt Emma.

Dann bleibt ihnen also nur, die Untersuchungsergebnisse abzuwarten, die zeigen werden, ob er sich am Tatort befunden hat, als Robin ermordet wurde.

52

Ein pulsierender Schmerz in der Schusswunde an seiner Wade. Gervase will jedoch nicht in die Falle gehen und es vor der Polizei zugeben. Das Risiko, dass er dann auch noch anderes preisgibt, ist zu hoch. Vor allem, weil er kaum geschlafen hat und wahnsinnig hungrig ist. Ihre Blicke sind ihm unangenehm, und er will nur raus aus dem schrecklichen Verhörraum.

Kurz oberhalb des Nackens hämmern heftige Kopfschmerzen. Während der Krankenhausbehandlung hat er sich ununterbrochen verflucht, weil er so gierig war und nicht einfach den Rucksack fallengelassen hat und abgehauen ist. Stattdessen hat er hirnrissiger Weise mit der Schere herumgefuchtelt. Hätte er das nicht getan, wäre er vermutlich nicht angeschossen worden.

Und er wäre vielleicht sogar davongekommen.

So aber sitzt er zum ersten Mal in seinem Leben bei der Polizei.

In einem fremden Land.

Wenn sein Vater das wüsste.

In seinem Rucksack gibt es nichts, was auf seine Identität hinweisen würde, und er glaubt nicht an ihre leere Drohung, dass sie herausfinden können, wer er ist. Wie sollte das denn gehen, selbst wenn sie wissen, dass er aus Litauen stammt? Welche Methoden hätte die schwedische Polizei zur Verfügung, das aus ihm herauszubekommen? Folter? Er kann kaum noch aufrecht sitzen.

Warum passiert ihm das alles?

Wieder und wieder stellt er sich diese Frage. Warum muss er immer so ein Pech haben? Dies ist schon der zweite Einbruch, der schiefgegangen ist. Wenn die Polizei das wüsste!

»Du stehst unter dringendem Verdacht, eine schwere Straftat in Form eines Einbruchs begangen zu haben, und wir werden einen Haftantrag stellen«, sagt die Polizistin. Er kann die Information kaum verarbeiten, als die Dolmetscherin sie für ihn übersetzt.

Der Polizist beobachtet ihn die ganze Zeit nur. Er sieht aus wie ein freundlicher Teddybär, deshalb traut Gervase ihm aber noch lange nicht. Wahrscheinlich trügt der Schein. Gervase hat einige Geschichten über die schwedische Polizei gehört und meist nur Gutes. Dennoch weiß er nicht, wie ihm gerade geschieht. Nie hätte er geahnt, was es bedeutet, festgenommen zu werden. Wie machtlos man sich plötzlich fühlt. Und dann die Ungewissheit. Doch solange er nicht verrät, wer er ist, wird sein Vater nichts davon erfahren. Das ist die Hauptsache. Deshalb kann er ihnen auch nicht sagen, wo er gearbeitet hat, dort liegt ja immer noch sein Pass.

Endlich geben die Polizisten auf. Sie stellen keine weiteren Fragen.

Die Dolmetscherin sieht ihn flehend an, als würde das eine Rolle spielen. Sie hat nichts mit dem Ganzen zu tun.

Wenn er sich zu etwas entschlossen hat, kann ihn nichts davon abbringen. Das scheinen sie verstanden zu haben, sie scheinen einzusehen, dass sie verloren haben.

Als Gervase anschließend über die verschiedenen Flure zu seiner Zelle geführt wird, ist er völlig fertig. Er ist die Krücken nicht gewöhnt, und es dauert, bis er endlich ankommt. Jeder Schritt tut ihm weh, das Handgelenk ist noch nicht wieder ganz heil, und am liebsten würde er sich einfach auf den Boden legen. In der Zelle angekommen, ist er so erschöpft, dass er nicht einmal panisch wird, als sie die Tür hinter ihm abschließen. Eher fühlt er sich erleichtert. Das Bett ist schmal, aber deutlich bequemer als das im Wohnwagen.

Ob sie sich dort wohl fragen, wo er abgeblieben ist?

Hoffentlich nicht so sehr, dass sie eine Vermisstenanzeige aufgeben.

53

Die Ermittlungen treten genauso auf der Stelle wie mein Privatleben, denkt Emma frustriert, als sie das Polizeigebäude nach diesen beiden unbefriedigenden Verhören verlässt. Es ist offensichtlich, dass Robin Geheimnisse hatte, und dass ihn der Balte während eines Einbruchs getötet hat, kommt ihr immer unwahrscheinlicher vor.

Vor allem wegen Svetlana.

Diese ist nämlich nicht im Zuge eines Einbruchs ums Leben gekommen, sondern gezielt aus dem Weg geräumt worden.

Von Sebastian?

Oder gehört der Balte zu einer Einbrecherbande, die mit Svetlana zusammengearbeitet hat?

Es passt Emma nicht, dass sie mit so vielen Spuren parallel arbeiten müssen. Sie würde sich lieber auf eine konzentrieren, so weit sind sie jedoch noch nicht. Svetlanas Tod hat alles durcheinandergebracht. Von einer Verdächtigen ist sie zu einem Mordopfer geworden. Es quält Emma, dass sie nicht begriffen haben, dass sie Svetlana hätten schützen müssen. Doch woher hätten sie es auch wissen sollen? Eben erst hat der Rechtsmediziner bestätigt, was Emma bereits am Tatort vermutet hat: dass jemand Svetlana so heftig an den Haaren gezogen hat, dass diese ausgerissen wurden.

Sie ist nicht gestürzt, sie wurde die Treppe hinuntergestoßen.

Und zwar mit solcher Kraft, dass sie sich laut dem Rechtsmediziner das Genick gebrochen hat.

Emma steigt ins Auto und fährt aus dem unterirdischen Parkhaus auf den Fridhemsplan. Viele Menschen sind auf dem Weg zu irgendwelchen Vergnügungen, sie selbst will nur nach Hause und sich ins Bett verkriechen. Wann sie zuletzt ausgegangen ist, weiß sie schon gar nicht mehr, weder ihr noch Nyhlén ist das sonderlich wichtig gewesen. Mit einer lebhaften Zweijährigen ist es deutlich entspannter, einfach zu Hause zu essen.

Emma schaltet das Radio ein.

Es herrscht nicht viel Verkehr; sie lehnt sich zurück, genießt die Ruhe. Verschwindet in ihrer Blase und vergisst, dass sie am Steuer sitzt. Es hat beinahe etwas Meditatives.

Als sie auf dem Essingeleden an Gröndal vorbeifährt, befindet sie sich eingeklemmt auf der mittleren Spur. Das Auto links von ihr liegt ein Stück zurück, beschleunigt jedoch plötzlich. Entsetzt sieht Emma, wie es in hohem Tempo näher kommt. Was soll das? Die rechte Fahrspur ist besetzt, Emma kann also nichts tun, als zuzugucken und weiterzufahren. Dennoch ist sie nicht auf den Aufprall gefasst. Instinktiv schließt sie die Augen, gewinnt aber rasch die Kontrolle zurück und schaut in den Rückspiegel.

Was ist das für ein besoffener Idiot?

Ein dunkelblauer Audi zischt an ihr vorbei, Emma hat

keine Chance zu erkennen, wer am Steuer sitzt. Voll auf Adrenalin, drückt sie das Gaspedal durch.

Glaubt der, er kommt einfach damit davon?

Emma rast dem Audi hinterher. Die Nummernschilder sind so verdreckt, dass sie sie nicht entziffern kann. Klar.

Manche Leute sollten einfach nicht Auto fahren dürfen.

Der Tacho zeigt einhundertsiebzig Stundenkilometer an, Emma hat den Audi fast eingeholt. Sie versucht sich neben ihm einzuordnen, doch er weigert sich, die Überholspur zu verlassen. Es sieht aus, als säße nur eine einzelne Person im Wagen, sie kann jedoch nicht erkennen, ob Mann oder Frau. Gerade als sie das denkt, zieht der Audi überraschend auf ihre Spur hinüber. Er erwischt sie an der Front und Emma wird zur Seite geschleudert.

Sie wagt nicht hinzusehen, ob rechts von ihr ein Auto ist, und spannt alle Muskeln an, in Erwartung eines weiteren Aufpralls.

Sie hat Todesangst.

Ines.

Und Nyhlén.

Er wird ihr niemals verzeihen.

••••

Ich schaue aus dem Fenster. Die Welt draußen ist nichts für mich, ist es nie gewesen. Ich passe da nicht rein. Bin ich verkehrt oder sind es die anderen?

Ich.

Davon ist zumindest er fest überzeugt.

Er nennt mich nicht einmal beim Namen, deshalb habe ich auch nicht vor, seinen zu erwähnen.

Ich war eine Weile im Krankenhaus, keine Ahnung, wie lange.

Nur dass ich dort auch meinen elften Geburtstag verbracht habe.

Plötzlich lag ich in einem weißen Bett, das man hoch – und runterfahren konnte, ohne zu wissen, wie ich da gelandet war. Ich sei ohnmächtig geworden und mit dem Kopf gegen einen Heizkörper geprallt, hat die Schwester gesagt. Wenn ich versuche, mich daran zu erinnern, sehe ich aber immer nur sein Gesicht. Den Hass in seinen Augen. Seine harten Hände. Die Ärzte waren gestresst wegen meiner vielen Medikamente, aber keiner redete direkt mit mir. Sie fragten Mama, und die behauptete, ein anderer Arzt hätte gesagt, ich müsse die alle nehmen, damit es mir nicht schlechter gehe. Anschließend flüsterten sie, so dass ich nichts verstehen konnte. Da hatte ich keine Lust mehr, ihnen etwas zu sagen.

Sie hätten mir ohnehin nicht zugehört.

Auch diesmal habe ich keinen Hund zum Geburtstag bekommen, ich gebe es bald auf.

Schreiben ist leichter als reden, aber ich konnte mein Tagebuch nicht mit ins Krankenhaus nehmen. Sprache ist schön, doch wenn ich spreche, kommen die Wörter abgehackt und stockend aus meinem Mund.

Immerhin gibt es einen, dem ich wichtig bin, der mich nicht verurteilt.

Und das ist nicht Mama.

Die ist schon verloren.

Meine neuen Medikamente halten mich nachts wach. Vielleicht ist das meine Aufgabe: wach zu sein, wenn andere schlafen? Wer soll sonst aufpassen? Gewohnheiten sind für mich wichtig.

Feste Zeiten.

Wie viel Uhr es ist.

Ich bin immer noch gut mit Zahlen und Gefühlsstimmungen.

Und darin, alles aufzuschreiben.

Du findest es vielleicht komisch, dass ich aufschreibe, wann er kommt und geht? Aber da stimmt etwas nicht.

Und genau das spielt vielleicht irgendwann eine Rolle.

Sonntag, 12. August

54

Ines presst ihre verrotzte Nase an Emmas Hals. Immer noch ein angenehmeres Erwachen, als ihren Kopf an die Schläfe geknallt zu bekommen, wie es auch schon einmal passiert ist. Sie haben beide unruhig geschlafen, was in Anbetracht der Ereignisse nicht weiter verwunderlich ist.

Emma sah sich schon tot im Graben liegen, doch es gelang ihr, die Kontrolle über das Fahrzeug zurückzugewinnen. Anschließend war der Audi verschwunden. Sie fuhr weiter und parkte irgendwann vor ihrem Elternhaus. Das Auto sah weniger beschädigt aus, als sie gedacht hatte. Die ganze Nacht hat sie darüber gegrübelt, wer sie verfolgt haben könnte. Sie ist sich sicher, dass das Abdrängmanöver kein Zufall war. Dennoch beschließt sie, niemandem etwas zu sagen, sonst wird sie vielleicht von den Ermittlungen abgezogen. Das Risiko will sie nicht eingehen.

»Guten Morgen, mein Schatz«, sagt sie und küsst Ines auf die Wange.

Draußen telefoniert Evert. Seine Stimme klingt erregt. »Ja, genau. Jemand hat ein Fenster aufgehebelt und ist eingebrochen.«

Seine Worte sind wie eine kalte Dusche. Sie nimmt Ines auf den Arm und geht zu ihm hinaus.

»Habe ich richtig gehört?«

Evert nickt. »Ja, leider. Die Polizei ist unterwegs.«

Sofort fangen ihre Gedanken an zu kreisen. Erst das Abdrängmanöver und jetzt ein Einbruch, ganz zu schweigen davon, dass in der Mordnacht jemand in Josefins Haus gewesen ist. Es fällt ihr schwer, das nicht persönlich zu nehmen. Wer weiß überhaupt, dass sie hier wohnt? Der Fahrer, der sie abgedrängt hat? Immerhin ist sie gestern anschließend direkt hierhergefahren, obwohl die Fahrerseite des Autos eingedrückt und sie völlig fertig war. Er könnte sie durchaus verfolgt haben. Emma weiß, dass sie viele Feinde hat, dachte aber bisher, bei ihren Eltern, wo Ines jetzt ohnehin tagsüber ist, dürfe sie sich sicher fühlen.

Was soll sie jetzt tun?

Ines windet sich aus ihrem Griff, sie will runter und stolpert über den orientalischen Teppich, der den Boden oben im Flur bedeckt. Ein Teppich, der das Geräusch von Schritten dämpft. Hier ist nichts von einem Einbruch zu erkennen, doch es genügt, Mariannes ängstliche Miene beim Hereinkommen zu sehen. Sie zieht den Gürtel ihres lachsrosa Bademantels straffer und bemüht sich, nicht in Tränen auszubrechen.

»Pass auf, dass du nichts anfasst«, ermahnt Evert sie.

»Es ist so unheimlich, dass jemand hier drinnen gewesen ist, während wir geschlafen haben«, sagt Marianne. »Selbst im eigenen Haus kann man sich nicht sicher fühlen. Was ist nur los mit dieser Welt?«

»Nicht so laut! Ich möchte nicht, dass Ines Angst bekommt«, bittet Emma. »Habt ihr schon nachgesehen, ob etwas fehlt?«

»Der Schmuck ist noch da«, sagt Marianne. »Das war das Erste, woran ich gedacht habe.«

Emma folgt ihr ins Schlafzimmer und sieht die Einbruchspuren außen am Fenster. »Die Frage ist, ob sie auf demselben Weg wieder raus sind.«

»Nein, heute früh stand die Balkontür offen«, sagt Evert. »Erst danach habe ich gesehen, dass unser Fenster aufgebrochen wurde.«

Als Emma sich aus dem Fenster lehnt, sieht sie die Leiter an der Fassade. »Ihr müsst die Leiter immer wegsperren.«

»Dazu ist es jetzt leider zu spät.« Marianne klingt müde.

Sie halten einander im Arm und versichern sich gegenseitig, dass es weit schlimmer hätte ausgehen können. Etwa, wenn einer von ihnen aufgewacht wäre und den Einbrecher überrascht hätte.

Es fällt Emma schwer, nicht an Robin zu denken. Auch wird sie das Gefühl nicht los, jemand könnte es auf sie abgesehen haben. Sie schaut im Gästezimmer nach, in dem sie und Ines geschlafen haben, doch hier scheinen Kommoden und Schränke nicht angerührt worden zu sein. Auch ihr Handy ist noch da.

»Ich setze schon mal Kaffee auf«, sagt Emma und nimmt Ines mit hinunter.

Sie bringt es nicht über sich, zu sagen, dass sie bald losmuss, an einem Sonntagmorgen. Vor allem jetzt nicht. Doch es nützt nichts, Mord geht vor Einbruch, selbst wenn es einen persönlich betrifft.

Die Küche sieht aus wie immer. Ines versucht, alleine die Brottüte zu öffnen, indem sie den Finger hineindrückt. An der Seite entsteht ein Loch.

»Gut, Ines«, lobt sie sich selbst und drückt einen Brotkanten durch die Öffnung.

Emma bereitet das Frühstück vor und zieht sich an, bevor die Polizei kommt. Sie kennt keinen von ihnen persönlich.

Ines ist die Einzige, die sich über ihren Besuch freut. Sie redet ununterbrochen auf die Beamten ein, und Emma muss sie beiseitenehmen, damit die anderen in Ruhe schildern können, was passiert ist.

Erst als die Polizisten gegangen sind, wagt Emma zu sagen, dass sie zur Arbeit muss. Marianne verdreht die Augen, Evert dagegen nickt verständnisvoll.

»Natürlich, geh nur«, sagt er. Er weiß ja, wie die Polizeiarbeit läuft.

Emma geht noch einmal hoch, um ihren Laptop zu holen.

Er ist nirgends zu sehen.

Sie überlegt, wo verdammt sie ihn gelassen hat, bis es ihr wie Schuppen von den Augen fällt.

Er ist gestohlen worden.

55

Es war nicht so geplant, aber Sebastian hat die Nacht bei Matilda verbracht. Sie war so unruhig. Vielleicht, weil ich anders bin als sonst, denkt Sebastian und gibt sich die Schuld für ihren Anfall.

Klar liegt es an ihm.

Er sieht ihr blondes, über das Kissen ausgebreitetes Haar. Sie liegt auf dem Rücken und atmet tief und regelmäßig. Gestern war sie so aufgeregt, dass sie am ganzen Körper zitterte, und er wusste nicht, was er tun sollte, um ihr zu helfen. Er hielt sie so lange, bis er jedes Gefühl für Zeit und Raum verlor. Endlich gaben ihre Muskeln nach. Da war er sowohl physisch als auch psychisch so erschöpft, dass es ihm nicht schwerfiel zu bleiben, als sie ihn darum bat.

»Lass mich nicht allein.«

Das tut sie normalerweise nie. Nicht so.

Matilda hat niemanden außer ihm, und er fühlt sich schuldig, weil er sie im Stich lässt.

Denn jetzt muss er gehen.

Die Sonne scheint durchs Fenster.

Seit sechs Uhr hat er dagelegen und sich hin und her gewälzt. Das Kribbeln in Armen und Beinen macht es ihm schwer, sich zu entspannen. Die Angst frisst ihn von innen auf, sie raubt ihm jede Energie. Genau wie nach dem Unfall. Es spannt in den Wirbeln, der Kopf ist wie zu schwer, um ihn zu halten.

Wenigstens schläft Matilda jetzt friedlich.

Sie hat viel nachzuholen. Nachts ist sie oft wach, vielleicht, weil sie sich tagsüber nicht bewegt. Sie müsste mehr rausgehen, an die frische Luft, und etwas Sinnvolles zu tun bekommen.

Das Leben ist zu kurz, um es so wegzuwerfen.

Es schmerzt ihn, dass er nicht die ganze Zeit bei ihr sein kann. Dass er nicht mehr für sie tun und ihr den Funken Lebenslust geben kann, der ihr fehlt.

Doch jetzt muss er wirklich los.

»Ich hab dich lieb«, flüstert er und schleicht zur Tür.

Sie hört ihn nicht. Er geht hinaus und schließt vorsichtig die Tür hinter sich. Dann schleicht er sich weg, so leise, dass ihn niemand hört.

Die Angst, die er drinnen verspürt hat, wird er auch draußen nicht los.

Er lässt Matilda allein, und er hat Angst vor den Folgen, die das haben könnte. Dass sie es vielleicht nicht überlebt.

56

Evert klingt am Telefon um Jahre gealtert. Resigniert. Es gefällt Josefin überhaupt nicht, dass bei ihren Eltern eingebrochen worden ist. Wann wird ihre Familie endlich Ruhe finden? Eine Weile herrschte richtiggehend Hysterie, Evert und Emma haben in unzähligen Fernsehsendungen gesessen und über ihre geheimen Ermittlungen im Bettlerfall berichtet. Sie wurden als Helden gefeiert, und der König persönlich verlieh ihnen eine Medaille. Josefin selbst ist dabei noch weiter in den Schatten ihrer Schwester geraten. Das Einzige, was sie in den letzten Jahren erreicht hat, sind ein paar zusätzliche Kilo auf der Waage, ein paar Fältchen mehr und ein erster Anflug von Wechseljahresbeschwerden.

Oder schwitzt sie aus einem anderen Grund?

Sie wirft einen Blick auf die Umzugskartons, die sich an der Wohnzimmerwand stapeln. Andreas und die Kinder haben sich gut eingewöhnt, vor allem dank ihrer vielen Aktivitäten. Sie selbst hat alle Zeit der Welt, um auszupacken, aber selbst das ist ihr zu viel.

»Soll ich nach Hause kommen?«, fragt sie Evert und öffnet einen Karton voll Kleider, von denen sie sich fragt, warum sie sie mitgenommen hat.

»Nein, brauchst du nicht.«

»Bist du dir sicher? Geht es allen gut?«

»Wir sind natürlich sehr erschrocken, Emma und Ines haben ja auch hier geschlafen, aber sonst geht es uns gut.«

Evert erzählt noch ein wenig, wie das Leben zu Hause so ist. Ihr eigenes Leben ist anscheinend nie interessant genug, um es zu thematisieren. Egal, was sie macht, es dreht sich immer alles nur um Emma. Ihre kleine Schwester, die vor fast vierzig Jahren in ihr Leben trat und alles auf den Kopf stellte.

»Gibt es was Neues zu Robin Eklund?«, fragt sie.

»Die Polizei hat in Bromma einen Einbrecher festgenommen, er wurde auf frischer Tat ertappt. Anscheinend weigert er sich jedoch zu reden.«

Darüber steht bestimmt etwas bei den Bromma-Freunden.

»Ruf an, wenn ich doch lieber kommen soll«, sagt Josefin, nachdem sie noch eine Weile geplaudert haben. »Andreas und die Kinder sind ohnehin beschäftigt.«

Aber wahrscheinlich werde ich zu Hause auch nicht gebraucht … Beinahe hätte sie es laut gesagt, zum Glück schluckt sie das kindische Selbstmitleid gerade noch hinunter.

Ob Bromma oder Palma, ihr mangelndes Selbstbewusstsein folgt ihr überall.

»Danke, aber im Augenblick kannst du sowieso nichts tun«, sagt Evert.

Na, toll, da werden ihre Befürchtungen bestätigt.

Nachdem sie aufgelegt hat, klickt sie sich auf die Seite der Bromma-Freunde, statt den Karton weiter auszuräumen. Sie hat versucht, Andreas' Rat zu befolgen und die Kommentare nicht mehr zu lesen, um sich nicht aufzuregen. Einen Tag lang hat sie es tatsächlich durchgehalten. Gestern. Das muss sie jetzt wieder aufholen. Die Leute regen sich über den zweiten Todesfall wahnsinnig auf. Sie sind wütend auf die Polizei, und die meisten sind auf Josefins Kommentar zu dem ehemaligen Polizisten gar nicht eingegangen. Stattdessen gibt es einen neuen Thread.

Wär schön, wenn die Polizei sich ein bisschen anstrengen könnte, bevor ganz Bromma in Trümmern liegt.

Svetlana wird uns fehlen, sie war ein phantastischer Mensch.

Josefin stutzt. Haben sie schon wieder vergessen, dass sie sie erst kürzlich als Mörderin beschimpft haben? Dann liest sie über den Einbruch am Lunkentusvägen, bei dem der Dieb gefasst wurde.

Der Mörder war bei uns im Haus. Die Polizei hat auf ihn geschossen.

Ein Schwede? Kann ich mir nicht vorstellen. Schickt ihn nach Hause!

Zeit, die Todesstrafe wiedereinzuführen?

Obwohl der Einbrecher gefasst worden ist, scheint sich die kritische Einstellung gegenüber der Polizei nicht geändert zu haben. Keiner lobt sie dafür. Über Svetlanas Tod werden schreckliche Details verbreitet, und Josefin kann nicht einordnen, was davon wahr ist und was nicht. Verschiedene Gerüchte florieren, jeder scheint seine geheime Quelle zu haben, die angeblich sehr zuverlässig ist.

Sie wurde erschlagen, man hat ihr den Schädel zertrümmert.

Ein Zeuge hat einen schwarzgekleideten Mann wegrennen sehen.

Der Mann mit dem Geld, das Svetlana damals nicht annehmen wollte?

Josefin ärgert sich, dass sie Nyhlén keine genaueren Angaben machen konnte. Die Szene, die sie von der Straßenbahn aus kurz vor dem Klövervägen beobachtet hat, hatte nur wenige Sekunden gedauert.

Jetzt kriegt euch mal wieder ein! Was wissen wir überhaupt? Gar nichts. Der Täter kann ebenso gut jemand im Haus gewesen sein, immerhin ist sie da gestorben.

Endlich eine vernünftige Stimme. Doch dieser Post bekommt keinen einzigen Like. Die Leute sind nicht in der Gruppe, um als Nachbarn zusammenzurücken, im Gegenteil das meiste, was geschrieben wird, führt zu noch größerer Spaltung und gegenseitigem Misstrauen. *Guilty before proven innocent.* Die Internet-Trolls sind überall. Josefin ist überzeugt, dass einige genau wissen, was sie tun, und dass sie bewusst aufwiegeln.

Eine Frau hat heimlich Bauarbeiter in der Nachbarschaft fotografiert und Fotos von etwa zehn Personen hochgeladen. Sie fordert andere dazu auf, ihrem Beispiel zu folgen, damit alle einordnen können, wer sich begründet in ihrem Wohnviertel aufhält und wer nicht. Die Frau erntet viel Lob für ihre kreative Idee, Josefin würde am liebsten etwas kaputtschlagen. Sie ist nahe daran, etwas dazu zu schreiben, hält sich jedoch gerade noch zurück. In der Zeit, in der sie mit Alkoholproblemen zu tun hatte, wäre ihr das nicht gelungen. Sie schaut sich die armen Leute auf den Fotos an, die gar keine Ahnung haben, wie berühmt sie jetzt sind.

Ihr Blick bleibt an einem jungen Mann hängen.
Das Foto ist unscharf, dennoch ist sie sich fast sicher.
Der war es.

57

Ein weiterer Brief mit seinem Namen liegt auf dem Teppich im Flur. Dieselbe Handschrift, der gleiche weiße Umschlag. Nyhlén hebt ihn auf.

Trenn dich von Emma. Du hast eine Woche Zeit.

Der Briefschreiber muss ihm also einen nächtlichen Besuch abgestattet haben. Man müsste Überwachungskameras im Treppenhaus installieren, dann bräuchte er sich nicht den Kopf darüber zu zerbrechen, wer dieser Idiot ist. Es gefällt ihm nicht, dass er von *Polizistinnenfotze* zu *Emma* übergegangen ist, es wird dadurch noch persönlicher. Jetzt muss er es Lindberg sagen, er kann es nicht länger für sich behalten. Wie will der Absender überhaupt herausfinden, ob er seiner Forderung nachkommt? Anklopfen und fragen? Und was passiert, wenn er nicht gehorcht? Nyhlén legt den Brief auf die Hutablage. Es ist ja längst Schluss zwischen ihm und Emma, er bräuchte sich also gar keine Gedanken mehr zu machen, dennoch nimmt er sich vor, es mit Lindberg zu besprechen. Handelt es sich um die aufgeflogene Gruppe korrupter Kollegen innerhalb der Polizei? Diese Rassisten und Mörder haben durch Emma endlich ihre Strafe bekommen, und er hat ihr dabei geholfen.

Das darf er nie vergessen.

Nyhlén bereut nichts, sieht sich aber seither immer zweimal um. Wagt nicht darauf zu vertrauen, dass es vorbei ist, obwohl inzwischen zwei Jahre vergangen sind. Leute, die schon einmal getötet haben, nutzen vielleicht die Gelegenheit während eines Freigangs. Er geht hinaus und schließt die Wohnungstür ab. Noch auf der Treppe klingelt sein Handy.

»Jetzt kommt Bewegung in die ganze Sache«, sagt sein Chef.

»Ach so?«

Lindbergs Stimme überschlägt sich. »Wir haben einen Treffer. Einen Fingerabdruck des Verhafteten auf dem Kuhfuß.«

»Verdammt!« Nyhlén sieht den blutigen Kuhfuß in Familie Eklunds Garten vor sich. »Und was ist mit dem Schuhabdruck?«

»Der passt leider nicht«, sagt Lindberg.

»Das ist ein Rückschlag.«

»Vielleicht waren sie zu mehreren. Wir haben noch keine Rückmeldung von NOA, was die Identität des Jungen angeht. Komisch, dass seine Eltern ihn nicht vermissen.«

Nyhlén steigt ins Auto. Irgendein Idiot hat ihn so zugeparkt, dass er tricksen muss, um herauszukommen. Er schiebt den weißen Passat vor sich mit der Motorhaube und drückt den dunkelblauen Audi zurück, der ihm quasi am Hintern klebt.

»Alles Irre«, knurrt er.

»Wie bitte?«

Nyhlén hat nicht daran gedacht, dass Lindberg noch mithört. Das liegt an diesen In-Ear-Kopfhörern. Es ist nicht das erste Mal, dass er vergisst, dass er mitten in einem Gespräch ist.

»Vielleicht hatten sie nicht viel Kontakt«, sagt er. »Also, die Eltern und der Sohn. Vielleicht haben sie noch nicht gemerkt, dass er weg ist.«

»Das wird sich bald ändern«, sagt Lindberg siegesgewiss. »Bist du auf dem Weg?«

»In einer Viertelstunde bin ich da.«

»Gut, dann trommle ich die anderen zu einer Besprechung zusammen.«

»Moment, ich habe noch etwas anderes«, sagt Nyhlén und berichtet Lindberg von den Briefen.

»Hast du eine Ahnung, wer dahinterstecken könnte?« Lindberg klingt besorgt.

»Einer von den festgenommenen Kollegen?«, schlägt Nyhlén vor. »Außer denen habe ich keine Feinde, jedenfalls wüsste ich nicht, wen. Aber sag Emma nichts davon, okay? Ich möchte nicht, dass sie sich Sorgen macht.«

Als Nyhlén vor dem Dienstgebäude hält, trifft eine Nachricht von Josefin ein. Das unscharfe Foto eines Bauarbeiters.

Das ist der Typ, der Svetlana Geld geben wollte.

58

Die Hoffnung auf einen Durchbruch liegt in der Luft, als Emma als Letzte den Besprechungsraum betritt – einmal mehr.

»Entschuldigt meine Verspätung«, keucht sie. »Und ich kann euch nur eins raten: Zieht nie nach Saltsjöbaden.«

»Ich wohne da«, sagt ein Kollege pikiert.

Niemand hebt auch nur die Augenbraue, wenn sie mal wieder zu spät kommt, das provoziert Emma geradezu.

Sie hat ihren Eltern nicht erzählt, dass sie im Auto abgedrängt worden ist, und auch dass ihr Laptop verschwunden ist, wissen sie nicht. Sie haben ihretwegen schon genug durchgestanden, sie will ihnen nicht zusätzlichen Kummer bereiten. Schlimm genug, dass bei ihnen eingebrochen worden ist; dass es möglicherweise an ihr liegt, muss sie erst noch verdauen. Allerdings muss sie Lindberg den Einbruch melden, denn der Laptop war ihr Dienstcomputer. Den Vorfall mit dem Audi wird sie dagegen für sich behalten, auch wenn sie befürchtet, dass beides zusammenhängt. Sie denkt an Dienstagnacht bei Josefin.

Ging es vielleicht da schon eigentlich um ihren Rechner?

Hatte sie ihn bei Josefin überhaupt dabei? Sie versucht sich zu erinnern, ob sie ihn nach der Arbeit eingepackt hat.

Nein. Zumindest sieht sie es nicht vor sich.

Mit halbem Ohr hört Emma zu, welche Ermittlungsfortschritte es gegeben hat, und ist überrascht und enttäuscht, dass Nyhlén sie nicht gleich angerufen hat, um ihr zu erzählen, dass der Fingerabdruck auf dem Kuhfuß mit dem des Jungen übereinstimmt.

Wann wird er endlich aufhören, sie zu bestrafen?

Es ist niemandem entgangen, dass Nyhlén in den letzten Tagen ungewöhnlich reizbar war und seine Wut an anderen ausgelassen hat. Wieder plagen sie Schuldgefühle.

»Emma und Nyhlén, ihr verhört noch mal den Jungen. Versucht herauszufinden, ob er alleine gehandelt hat«, sagt Lindberg. »Wir brauchen zügig weitere Ergebnisse.«

»Von der Zeit her könnte er durchaus Svetlana getötet haben, bevor er am selben Abend beim Stehlen erwischt wurde«, sagt Emma.

»Wir gehen erst mal davon aus, dass die Morde zusammenhängen«, sagt Lindberg. »Jemand kannte Svetlanas Dienstplan und wusste, wo sie an diesem Tag arbeiten würde. Die Frage ist nur, wer.«

»Dazu kann ich vielleicht etwas sagen«, meldet sich Nyhlén. »Josefin Sköld hat mir ein Foto des Bauarbeiters geschickt, der im Sommer versucht hat, Svetlana Geld zu geben.«

Es wird still. Emma spürt, wie alle Blicke sich auf sie richten.

Nyhlén zeigt ihnen das Bild. »Das ist nicht der Litauer.«

»Was wissen wir über diesen Typen?«, fragt Lindberg und betrachtet das unscharfe Foto.

»Nur, dass er Bauarbeiter ist und Svetlana Geld geben wollte, was sie jedoch verweigerte. Wer will bitte kein Geld haben? Ich werde das jedenfalls genauer untersuchen.«

»Mach das. Aber wichtiger ist das Verhör mit dem Jungen«, sagt Lindberg. »Ein Übersetzer ist unterwegs.«

Sobald sie draußen sind, nimmt Emma Nyhlén beiseite. »Hast du eine Minute Zeit?«

»Klar«, sagt er gleichgültig, und sie gehen wie zwei Fremde zu seinem Büro.

»Schön, dass ihr euch in letzter Zeit so gut versteht, du und Josefin«, sagt Emma, giftiger als beabsichtigt. »Aber vielleicht kannst du damit aufhören, das vor den Kollegen zu demonstrieren, es ist auch so schon anstrengend genug. Alle wissen, dass wir beide Probleme haben, da würde ich wenigstens meine schwierige Beziehung zu meiner Schwester gern außen vor lassen.«

Nyhlén zuckt die Achseln. »Du hast es selbst so gewollt.«

»Hör auf, Nyhlén, du setzt mich unter Druck.«

»*Du* fühlst dich unter Druck gesetzt?«, braust er auf. »Du hast das Ganze doch in Gang gesetzt. Du hältst mich auf Abstand zu Ines. Ich habe überhaupt gar nichts mehr zu sagen.«

Emma versucht, ihre Tränen zurückzuhalten. Für sie ist Schwächezeigen ein Versagen.

»Bitte, nicht jetzt …«

»Doch, Emma, du hörst mir jetzt zu.« Diesen Ton kennt sie gar nicht von ihm. Es liegt so viel Wut darin, dass sie kapituliert. »Ich fühle mich verarscht. Ich hatte gedacht, wir wären glücklich. Und weißt du, was das Schlimmste ist? Dass ich mir in den letzten Tagen selbst die Schuld gegeben habe, dabei liegt es einzig und allein an dir.«

Jetzt kann sie nicht mehr an sich halten.

»In Saltsjöbaden ist eingebrochen worden, mein Dienstcomputer ist verschwunden«, sagt sie. Tränen schießen ihr in die Augen.

Nyhlén erstarrt. Emma wischt sich diskret über die Wangen.

»Was sagst du da?« Das ist wieder Nyhléns normale, fürsorgliche Stimme.

»Ich fürchte, jemand ist auf der Suche nach Informationen über unsere Ermittlungen, oder …«

Nyhlén nickt zögernd. »… jemand will sich rächen.«

»Es sind geheime Informationen auf dem Rechner, meine Aufzeichnungen zu Gunnar, Karim und Torbjörn«, sagt Emma. Wie viel muss sie noch ertragen? An den Audi gestern will sie gar nicht denken. Auch sie hat schließlich Grenzen. »Alle Quellen und Zeugen.«

»Wer stiehlt einen Computer, wenn man ihn genauso gut hacken kann?«, fragt Nyhlén. »Vielleicht war es Zufall?«

»Du weißt, dass ich nicht an Zufälle glaube«, sagt Emma. »Und wie es aussieht, ist sonst nichts weggekommen.«

»Vielleicht will dir jemand Angst einjagen«, schlägt er vor. »Mehr muss es gar nicht sein. Eine Warnung.«

Emma steht immer noch an der Tür, die Hand an der Klinke, als wäre sie bereit, jederzeit zu fliehen. Vor Nyhlén wegzulaufen, denkt sie, dem Mann, der alles getan hat, um sie zu beschützen, und den sie weggestoßen hat, weil sie sich eingeengt fühlte.

»Ich weiß nicht, ob es mit dem Laptop zusammenhängt, aber ich muss dir ebenfalls etwas sagen.« Nyhlén sucht nach Worten. »Ich habe in letzter Zeit mehrfach Briefe bekommen.«

»Briefe?«

»Ja, handgeschrieben, ohne Briefmarke, direkt in den Briefkasten meiner Wohnung.«

Emma erkennt an seinem Gesicht, dass es sich nicht gerade um Liebesbriefe handelt.

»Es sind Drohungen, jemand will, dass ich mich von dir trenne«, sagt Nyhlén. »Du hast nicht zufällig auch welche bekommen?«

»Nein, ganz bestimmt nicht.«

Er wirkt beinahe enttäuscht. Hatte er gedacht, sie hätte ihn verlassen, weil sie bedroht wurde? Dass sie ihn eigentlich liebt, aber aufgrund von Drohungen nicht gewagt hatte, bei ihm zu bleiben?

»Warum hast du nichts gesagt?«, fragt Emma.

»Ich wollte dich nicht beunruhigen.«

»Seit wann geht das so?«

»Ein paar Wochen.«

»*Ein paar Wochen*? Du hättest es mir sagen müssen.« Dann fällt ihr ein, dass sie selbst auch nicht besser ist. Bevor sie sich entschieden hat, ob sie ihm sagen soll, dass jemand in der Mordnacht in Josefins Haus war und dass sie auf der

Fahrt nach Saltsjöbaden mit dem Auto abgedrängt worden ist, unterbricht sie ein Klopfen an der Tür.

Lindberg schaut herein. »Hier seid ihr! Der Übersetzer ist da. Sorgt dafür, dass dieser Balte den Mund aufmacht.«

59

Sebastian will der Polizei endlich die Wahrheit sagen, fürchtet jedoch die Konsequenzen. Er sitzt im Boot und zögert lange, dann sucht er Emma Skölds Nummer heraus. Sein Finger schwebt schon über dem Handy, als er es sich anders überlegt.

Verdammt, er schafft's nicht.

Schade, dass er heute nicht arbeiten muss.

Jetzt hat er zu viel Zeit für Dinge, die er lieber verdrängen würde. Er fühlt sich wie ein Dieb, weil er das Boot genommen hat, ohne zu fragen. Dann startet er den Motor und fährt alleine hinaus, in den Sonnenuntergang. Die Kumpels sind okay, wenn er selbst in Feierlaune ist. Solange nichts ist, erfüllen sie ihren Zweck. Bei keinem von ihnen könnte er sich jedoch anlehnen und seinen Kummer loswerden.

Sie würden ihn als schwul bezeichnen.

In seiner Clique ist man auf Sex aus, witzig und besoffen und nicht drauf und dran, in einen bodenlosen Abgrund zu stürzen. Das Spritzwasser des Sees kühlt sein Gesicht, er überlegt, wie es wohl wäre zu ertrinken. Der schönste Tod, wie er einmal gehört hat. Die Panik, keine Luft mehr zu bekommen, am Ende aufzugeben und Wasser in die Lunge strömen zu lassen – kann das wirklich schön sein? Er erinnert sich nicht, es auch nur einmal angenehm gefunden zu haben, von jemandem untergetaucht zu werden. Allerdings ist das Leben hier oben kaum besser. So oft hat Sebastian sich gefragt, warum es ihm immer so schlecht gehen muss.

Ein Stück von Schloss Drottningholm entfernt schaltet er den Motor aus und betrachtet die hellgelben Gebäude, die sich im Wasser spiegeln. Dann lehnt er sich zurück und versucht, das Chaos in seinem Kopf zu sortieren.

Die Vernunft sagt ihm, er solle sich zu erkennen geben.

Erneut nimmt er sein Handy und liest im Internet, dass der Verhaftete nun auch des Mordes an Robin beschuldigt wird. Sebastian kann nicht anders, er öffnet die Facebookseite und geht auf Robins Profil. Es fällt ihm schwer, das ernste Porträtfoto zu betrachten, ohne dass sich ihm der Magen umdreht. Soweit er sich erinnern kann, hat Robin auf keinem einzigen Klassenfoto gelächelt. Es war schwierig, seine Fassade zu durchbrechen.

Nur wenigen ist es gelungen.

Eine plötzliche Wut übermannt ihn. Das ist wohl genetisch.

Er fühlt sich in die Ecke gedrängt, obwohl er weit draußen auf dem See ist.

Sein Atem wird flach.

Das Boot schaukelt beruhigend, der Himmel explodiert in Rot und Gelb. Als gäbe die Natur alles, um seine Dunkelheit in Licht zu verwandeln. Ihm den Trost zu schenken, den er so dringend braucht. Doch es funktioniert nicht. Er muss ins Fitnessstudio und einen Boxsack malträtieren, um seine Aggressionen loszuwerden.

Treten und boxen, bis seine Knie nachgeben.

Er steuert das Fitnessstudio in Solviksbad an.

Drinnen schlägt ihm Schweißgeruch entgegen. Er lässt die Kaffeemaschine links liegen, geht die steile Treppe hinunter und biegt links in die Boxerecke ab. Er ist allein und kann seinen Ängsten freien Lauf lassen. Verzweifelt schlägt er auf den Sack ein. Macht eine Drehung und stößt sich dabei die Zehen an der grauen Ziegelmauer. Er hält inne und starrt kurz zu den violetten Spotlights an der Decke hinauf, dann boxt er weiter. In seinen Händen und Füßen pulsiert der Schmerz. Was er vor sich sieht, ist jedoch kein Boxsack.

Sondern ein Mensch.

Einer, der das, was er hat, nicht verdient.

Der an Robins Stelle sein sollte.

Sich selbst.

60

Emma ist wärmer als sonst, als sie in ihr Büro geht. Hat sie sich bei Ines angesteckt? Oder wirkt der mentale Stress sich physisch aus? Der verdächtige Junge macht es ihnen nicht leicht, doch das spornt sie nur umso mehr an. Sie wissen jetzt, dass er die Mordwaffe in der Hand hatte, der Fall müsste also ermittlungstechnisch bald gelöst sein, ob der Junge nun gesteht oder nicht. Wenn einer unter so dringendem Tatverdacht steht, ist es fast geschafft. Er muss es ja gewesen sein. Bald wird er vor Gericht gestellt. Eine Ungereimtheit jedoch bleibt, und dabei handelt es sich nicht um die Schuhe. Die könnte er nach dem Einbruch einfach weggeworfen und sich neue gekauft haben.

Nein, was unklar bleibt, ist seine Verbindung zu Svetlana.

Warum hätte er sie am helllichten Tag umbringen sollen?

Svetlana könnte ihm Tipps über mögliche Adressen gegeben haben, und als der Einbruch bei Familie Eklund zum Mord führte, wollte sie vielleicht aussteigen und wurde zu einer Bedrohung für ihn. Der Balte kann oder will vielleicht nicht verraten, dass mehr Personen beteiligt waren.

Eine Bande. Leute, die ihn härter bestrafen als das Gesetz, wenn er sie verpfeift. Der Gedanke beunruhigt sie vor allem deshalb, weil es bedeuten würde, dass sie weitere Einbrüche begehen können. Der Junge, den sie gefasst haben, ist nicht unersetzlich.

Emma will gerade Feierabend machen und wieder nach Saltsjöbaden hinausfahren, als Nyhlén hereinkommt.

»Es gibt Neuigkeiten«, sagt er und bleibt in der Tür stehen. »Die Rechtsmedizin hat angerufen und ihr endgültiges Untersuchungsergebnis mitgeteilt. Sie haben DNA unter Svetlanas Fingernägeln gefunden.«

Emma muss an die Schürfwunden an den Unterarmen des Jungen denken.

»Jetzt haben wir ihn!«, triumphiert Nyhlén.

»Okay«, sagt Emma, ohne sonderlich viel Freude zu empfinden. »Dann warten wir jetzt noch den Bescheid vom NFC ab. Hoffentlich gibt es eine Übereinstimmung.«

»Grüß Ines von mir«, sagt Nyhlén und geht hinaus.

Komm zurück, nimm mich in den Arm, denkt Emma.

Sie ist nahe daran, ihn aufzuhalten, ihm zu sagen, wie sehr er ihr fehlt. Dass sie unrecht hatte. Doch sie kann einfach nicht vergessen, was er ihr an den Kopf geworfen hat.

Sie dreht sich zum Schreibtisch, um etwas in den Computer einzugeben, da fällt ihr ein, dass sie keinen mehr hat. Sie hat ihn gestohlen gemeldet, aber noch keinen Ersatz bekommen. Sie muss sich noch bis morgen gedulden.

Bleibt nur, aufzustehen und nach Hause zu fahren. Allein.

Es war ihre Entscheidung.

In die dunkle Tiefgarage hinunterzugehen und sich ins Auto zu setzen fällt ihr schwer. Ebenso, Richtung Essingeleden zu fahren. Als sie an der Stelle vorbeikommt, wo der Audi sie touchiert hat, klopft ihr das Herz. Immer wieder schaut sie in den Rückspiegel. Nichts passiert. Als sie sich Saltsjöbaden nähert, wird ihr bewusst, dass sie nicht länger die Augen davor verschließen darf, was ihr passiert ist. Was bedeutet das aber in der Konsequenz? Kann sie sich je wieder sicher fühlen?

Nein. Nicht nachdem sie sich entschieden hat, ihre Kollegen vor Gericht zu bringen.

Sie haben lebenslänglich für ihre Taten bekommen.

Und sie selbst gewissermaßen ebenfalls.

Das ist ihre Strafe.

••••

Endlich bin ich mit der Schule fertig. Für einige Wochen war es eine Befreiung. Dann wurde mir die Zeit lang. Gut, dass es das Internet gibt, sonst würde ich nur dasitzen und die Wand anstarren.

Mama geht es schlechter.

Tagsüber läuft sie herum wie ein Zombie. In diesem schrecklichen Haus braucht sie keinerlei Hausarbeit zu verrichten, das machen andere. Dennoch hat sie die anstrengendste Aufgabe überhaupt: Sie muss den Schein aufrechterhalten. Das geringste Anzeichen von Missfallen genügt, um ihn rasend zu machen. Sie hat kein Recht, sich zu beklagen, solange sie finanziell von ihm abhängig ist.

Ich sehne mich danach, umarmt zu werden.

Es ist so einsam hier.

Die Medikamente machen mich schwach und hungrig. Ich traue mich nicht mehr, in den Spiegel zu schauen, aber nicht nur, weil ich so aufgedunsen bin. Es ist viel schlimmer. Ich habe Angst vor dem, was ich ganz tief in meinen Augen sehe. Manchmal träume ich davon, dieses Haus zu verlassen und nie wieder zurückzukehren. Es gibt jedoch einen, der mich vermissen würde, und das genügt.

Zum Schulabschluss hat Mama mir eine Rose überreicht.

Sie sah sehr angestrengt aus.

Alle anderen Eltern waren fröhlicher als ihre Kinder.

Ich habe Mama zuliebe versucht, glücklich auszusehen. Um ihr zu zeigen, dass ich nicht traurig war, dass nur sie und mein Bruder gekommen waren, um mich zu feiern. Keine weiteren Freunde oder Verwandte.

Ich war nicht enttäuscht, aber ich schämte mich.

Die ganze Zeit wollte ich einfach nur nach Hause.

Nach Hause in den Keller.

Als ich gerade das Schulgelände verlassen wollte, kam Jasmine auf mich zu, das hübscheste Mädchen der Klasse. Sie schenkte mir ebenfalls eine Rose und wünschte mir viel Glück. Ich starrte ihr fassungslos hinterher. Ich vergaß völlig, danke zu sagen. Ihre Geste bedeutete mir so viel, dass ich etwas zurückgeben wollte. Vielleicht war sie ja in mich verliebt? Doch der kleine Schimmer Zukunftshoffnung verschwand, sobald ich zu Hause die Tür aufmachte.

Er stand im Flur, mit meinen gepackten Sachen.

So, jetzt kann sie endlich ausziehen, sagte er.

Kein Glückwunsch.

Mama versuchte, ihn zu beruhigen, aber er sagte, das sei

immer die Abmachung gewesen. Dass ich gehen würde, sobald ich mit der Schule fertig bin.

Jetzt muss das nichtsnutzige Ding alleine zurechtkommen.

Er sprach zu Mama, statt zu mir, denn er glaubt, ich verstehe ihn nicht.

Mama fiel auf die Knie und bat um Verständnis. Da knallte er die Koffer auf den Boden und ging hinaus. Das Erste, woran ich dachte, war mein Tagebuch. Hatte er es gefunden? Dann war klar, warum er mich hinauswerfen wollte.

Mama half mir in den Keller hinunter, und da sah ich, dass die Hälfte meiner Sachen noch da war. Nicht einmal den Computer hätte ich mitnehmen dürfen.

Oder mein Tagebuch.

Es lag noch immer unter der Matratze.

Ich durfte bleiben.

Bis auf Weiteres.

Montag, 13. August

61

Im Verhörraum herrscht eine ganz andere Stimmung als beim letzten Mal, viel weniger angespannt. Der Junge sitzt nicht mehr mit hängendem Kopf da, sondern hat sich aufgerichtet, Emma gelingt es sogar, Blickkontakt mit ihm aufzunehmen. Anhand der technischen Beweise werden sie ihn ohnehin drankriegen, sie hofft jedoch, dass er bereit ist, die Tat zu gestehen.

Sie dürfen ihn nur nicht zu sehr in die Zange nehmen.

»Dann machen wir heute genau da weiter, wo wir gestern aufgehört haben«, sagt Emma. »Geht es dir heute besser?«

Die Dolmetscherin übersetzt.

»Ja.«

»Du hast im letzten Verhör angegeben, dass der Einbruch am zehnten August, als du von der Polizei festgenommen worden bist, dein erster war«, sagt Emma. »In dem Rucksack, den du bei der Festnahme bei dir hattest, haben wir jedoch Diebesgut von einem anderen Einbruch gefunden, unter anderem einen Diamantring, der keinem der Hausbesitzer gehört. Wie kann das sein?«

Die Dolmetscherin gibt die Frage weiter, die Antwort kommt wie aus der Pistole geschossen: »Keine Ahnung.«

Das Problem ist, dass Carolina und Mattias Eklund den Ring ebenfalls nicht erkannt haben. Wem gehört er dann? Der Junge muss noch viel häufiger in Häuser eingebrochen sein, da ist sich Emma inzwischen sicher. Wahrscheinlich lebt er sogar davon. Da er es aber nicht zugeben will, können sie diesen Punkt ebenso gut überspringen.

»Wir haben deine Fingerabdrücke auf der Mordwaffe am Tatort vom achten August gefunden, als ein achtzehnjähriger Junge sein Leben verlor. Was hast du dazu zu sagen?«

»Nichts.« Er rutscht nervös auf seinem Stuhl hin und her.

»Wir wissen, dass du vor Ort warst. Du kannst es also genauso gut zugeben.«

Doch so leicht will er es ihnen offenbar nicht machen.

»Kennst du diese Person hier?«, fragt Nyhlén und zeigt ihm ein Foto von Svetlana.

Der Balte schüttelt den Kopf. Nyhlén fordert ihn auf, so zu antworten, dass seine Stimme zu hören ist.

»Nein.«

»Hast du sie irgendwo mal getroffen?«

»Nein.«

»Die Frau auf dem Foto heißt Svetlana Lipowska«, erläutert Nyhlén. »Sie wurde am Freitag, den zehnten August, in Nockeby ermordet, am selben Tag, an dem du später am Abend festgenommen wurdest. Was hast du dazu zu sagen?«

Die Dolmetscherin übersetzt ihm die Frage, doch der Junge macht nur ein verständnisloses Gesicht. Dann antwortet er noch einmal: »Nichts.«

»Hat Svetlana dir die Tür geöffnet, oder warst du schon im Haus und hast sie dort überfallen?«

Wieder schüttelt er entschieden den Kopf. »Ich habe den ganzen Tag gearbeitet, ich habe ein Alibi.«

Hatte Emma zu Beginn des Verhöres den Eindruck, er würde vielleicht aufgeben und alles gestehen, versucht er jetzt anscheinend, sich aus allem herauszuwinden.

»Dann hast du also nichts mit ihrem Tod zu tun?«, fragt sie.

»Nein.«

»Wie sollen wir dein Alibi überprüfen, wenn du dich weigerst uns zu sagen, wo du arbeitest?«

Darauf hat er keine Antwort.

Und sie wiederum wissen nur, dass er bei seiner Festnahme Bauarbeiterkleidung trug.

»Du arbeitest auf einer Baustelle, oder?«, fragt Nyhlén.

Der Balte nickt, nachdem ihm die Frage übersetzt worden ist. »Ja.«

»Und wo?«

Dazu will er wieder nichts sagen.

Emma seufzt. Wie sollen sie etwas Brauchbares aus diesem Jungen herausbekommen? Nyhléns immer hektischeren Bewegungen sind ein deutliches Zeichen, dass er allmählich die Geduld verliert. Warum sagt der Junge nicht einfach, wer er ist? Ist er vielleicht nur ein Bauernopfer, um den Kopf der Bande zu schützen? Ist er nur der Handlanger? Sein geringes Alter spricht eigentlich dafür. Die anderen konnten wahrscheinlich einfach nur rechtzeitig verschwinden und haben ihn im Stich gelassen. Dennoch beharrt er darauf, allein gehandelt zu haben.

»Wo warst du am Freitag zwischen neun und Viertel nach eins, als Svetlana ermordet wurde?«

»Wie schon gesagt, ich war auf der Arbeit.«

»Und das ist wo?«

Schweigen.

»Warum kannst du uns nicht sagen, wo du arbeitest und wie du heißt?«, fragt Nyhlén.

Weil es genau darum geht, denkt Emma. In seinem Rucksack haben sie keinerlei Hinweis auf seine Adresse oder Identität gefunden. Er macht es ihnen wirklich nicht leicht, und das ist ihm ihrer Meinung nach auch bewusst. Von einem Geständnis sind sie also noch weit entfernt.

Wegen ihrer Fragen nach Svetlana?

Ein Ziehen in ihrem Bauch, beginnender Kopfschmerz. Emma wird leicht schwindlig. Sie hat Durst und muss zur Toilette. Hat genug von Verdächtigen, die nur dasitzen und schweigen. Und dabei hat sie doch so gehofft, ein paar Überstunden abfeiern und sich mit Ines zusammen erholen zu können. Wichtige Entscheidungen für die Zukunft zu treffen.

Das kann sie jetzt wohl vergessen.

Nyhlén zeigt dem Jungen das Foto, das Josefin ihm geschickt hat. Der Mann war bereits in ihrem Register.

»Dieser Bauarbeiter wird per Internationalem Haftbefehl gesucht, er gehört zu einer berüchtigten Diebesbande. Er hat verschiedene Identitäten, heißt aber Jaroslav Andris. Ist das ein Kollege von dir?«

Erneutes Kopfschütteln. Entweder ist der Junge ein guter Schauspieler, oder er hat ihn tatsächlich noch nie gesehen.

»Sicher?«

»Ja.«

Verdammt.

Nyhlén seufzt laut. »Wenn wir dich richtig verstehen, hast du uns also auch heute nichts zu sagen?«

Der Junge hat vollkommen dichtgemacht. Wovor hat er Angst? Der Fall scheint komplizierter zu sein, als sie gedacht haben, und Emma will sich hundertprozentig sicher sein, dass sie den richtigen Täter haben.

Das sind sie Robin schuldig.

Und Svetlana.

Und den Angehörigen.

Was, wenn der Schuldige immer noch frei herumläuft und möglicherweise weitere Taten begeht? Sie müssen Jaroslav Andris aus Lettland finden. Einbrüche und Bauarbeiten sind der gemeinsame Nenner zwischen dem Jungen und Jaroslav. Sie müssen alle derzeitigen Baustellen in Bromma untersuchen.

Die ganze Gegend sorgfältig durchkämmen.

62

Nach dem Verhör ist Lagebesprechung, und Lindberg berichtet, dass die DNA, die unter Svetlanas Nägeln gefunden wurde, nicht mit der des Verdächtigen übereinstimmt. Vor Nyhléns Augen geht ein imaginärer Vorhang herunter.

»Wir suchen eine Person, deren Identität uns bekannt ist, Jaroslav Andris, und haben jemanden festgenommen, der sich weigert, seine Identität preiszugeben«, fasst Lindberg zusammen. »Dass es keine Übereinstimmung gibt, macht es für uns schwierig.«

Wie alle anderen hatte Nyhlén sich darauf eingestellt, die Sache noch heute abschließen und mit einem Guinness begießen zu können.

»Der Balte lügt«, sagt Emma. »Wir wissen, dass er mehr Einbrüche begangen hat, als er zugeben will. Das beweist schon das Diebesgut in seinem Rucksack. Gibt es irgendetwas Neues über den Diamantring?«

»Nein, wir wissen nur, dass er nicht Familie Eklund gehört«, sagt Lindberg.

»Vielleicht sollten wir andere Einbrüche in der Gegend untersuchen und schauen, ob wir da fündig werden«, schlägt Emma vor.

»Wobei der Ring offenbar nichts mit dem Mord zu tun hat.«

Emma nickt nachdenklich. »Die Morde an Robin und Svetlana hängen zusammen, das legen sowohl zeitliche als auch geografische Aspekte nahe. Außerdem wirkte Svetlana nervös, als wir sie das letzte Mal vernommen haben. Als würde sie extrem unter Druck stehen oder bedroht werden.«

»Was übersehen wir bloß die ganze Zeit?«, fragt Nyhlén frustriert.

Keiner am Tisch hat eine Antwort.

»Könnte Svetlana etwas am Tatort gefunden haben? Etwas, das Robins Mörder verraten hätte?«, schlägt Emma vor.

»Das würde zumindest erklären, warum sie an dem Morgen so plötzlich abgehauen ist«, sagt Nyhlén.

»Ja, aber dazu können wir sie jetzt leider nicht mehr befragen«, witzelt einer der Techniker. Niemand lacht.

»Ich begreife nicht, warum der Junge so konsequent schweigt«, sagt Nyhlén. »Er weiß doch, dass er wegen des Einbruchs verurteilt werden wird und dass wir seine Fingerabdrücke an der Mordwaffe gefunden haben. Warum gesteht er die Tat nicht einfach?«

»Weil er es nicht war? Ich habe ja auch erst gedacht, er würde gestehen«, sagt Emma.

»Ich auch«, gibt Lindberg zu, der das Verhör vom Überwachungsraum aus verfolgt hat.

Nyhlén macht sich selbst schwere Vorwürfe. Normalerweise ist es sein Part, eine vertrauensvolle Ebene mit dem Verdächtigen zu schaffen. Diesmal aber war er keine große

Hilfe. Seine Laune ist nicht die beste gewesen, wie er zähneknirschend zugeben muss. Muss wegen seiner Trennung von Emma jetzt alles den Bach runtergehen? Es brodelt in ihm vor Unzufriedenheit.

»Wir müssen berücksichtigen, dass der Junge den Kuhfuß auch bei seiner regulären Arbeit benutzt haben könnte, also vor dem Mord«, gibt Emma zu bedenken. »Er braucht ihn in der Mordnacht selbst gar nicht angefasst zu haben. Den genauen Zeitpunkt der Fingerabdrücke kann das NFC ja leider nicht feststellen.«

»Das kommt mir aber weit hergeholt vor«, wendet Nyhlén ein.

»Vergiss nicht, dass auch der Schuhabdruck nicht passte«, sagt Emma. »Das spricht dagegen, dass er überhaupt das Haus betreten hat.«

Lindberg nickt. »Ein interessanter Gedanke.«

»Dann sollen wir plötzlich alle Hinweise auf ihn vergessen?«, fragt Nyhlén.

»Es ist jedenfalls noch reichlich Luft nach oben«, antwortet Lindberg.

Nyhlén braust auf. »Verdammt, das ist völlig bescheuert!«

»Komm mal runter«, mahnt Lindberg, »und pass auf, in welchem Ton du hier sprichst.«

»Das ist doch Sandkastenniveau!« Nyhlén ist beleidigt.

Emma würdigt ihn keines Blickes, sondern setzt ihren Gedankengang fort. »Statt alte Einbrüche zu untersuchen, schlage ich vor, alle momentanen Bauarbeiten in Bromma zu überprüfen. Der Junge muss einen Grund haben, weswegen er nicht auspackt. Wenn wir seinen Arbeitsplatz finden, stoßen wir vielleicht auch auf Jaroslav.«

»Du findest also, wir sollen durch Bromma fahren und uns einen Bauarbeiter nach dem anderen vorknöpfen?«, fragt Nyhlén skeptisch.

»Wir könnten zunächst einmal überprüfen, wer alles eine Baugenehmigung beantragt hat, und das als Ausgangspunkt nehmen«, schlägt Emma gelassen vor.

Lindberg wirft Nyhlén einen scharfen Blick zu. »Das machst du.«

»Vergiss es«, zischt Nyhlén und verlässt den Konferenzraum.

Irgendwann ist es einfach genug.

63

Sein Job im Restaurant Bryggan hat Sebastian den ganzen Tag von seinen Grübeleien abgelenkt. Als er jedoch Feierabend machen will, sieht er Robins Eltern von den Booten her auf sich zusteuern. Lieber trinkt er seinen eigenen Fußschweiß, als noch einmal mit Mattias Eklund zusammenzutreffen.

Diesem Irren.

Man könnte fast meinen, er wüsste etwas.

Hat er Robins Zimmer durchsucht und ein geheimes Tagebuch gefunden? Dass Robin in Wahrheit nicht sein Sohn ist, hätte Sebastian nicht sagen dürfen. Das war unter der Gürtellinie, auch wenn es stimmt.

Das Paar nähert sich langsam dem Restaurant, während Sebastian in die andere Richtung davoneilt. Zum Glück gibt es zwei Stege, die zum Restaurant führen, er braucht ihnen also nicht zu begegnen.

Hauptsache, Mattias hat ihn noch nicht entdeckt.

Ob die Polizei den Eltern etwas über den Chat gesagt hat? Den sie als Schikane aufgefasst haben? Sebastian hat lange darüber nachgedacht. So schlimme Dinge hat er doch gar nicht geschrieben?

Zu Hause angekommen, geht er direkt zu Matilda hinunter.

Hoffentlich geht es ihr besser als beim letzten Mal und sie hat Lust, ein bisschen mit ihm abzuhängen, gemeinsam Zeit totzuschlagen, wie sie es häufig tun. Aber Matilda ist nicht da. Sofort überkommt ihn ein ungutes Gefühl. Sie verlässt das Haus nie ohne Grund. Hatte sie heute einen Krankenhaustermin? Das hätte er doch gewusst. Er rauft sich die Haare. Denkt an das letzte Mal, als sie sich gesehen haben, an ihren Anfall. Hätte er es als Zeichen erkennen müssen? Er war so sehr mit sich beschäftigt, dass er dachte, es hätte mit ihm zu tun. Als ob alles sich immer nur um ihn drehen würde.

Soll er die Polizei rufen?

Das wäre vielleicht ein bisschen drastisch, sie würden ihn auslachen. Wer könnte verstehen, dass man sich Sorgen macht, wenn eine Fünfundzwanzigjährige das Haus verlässt? Dennoch stimmt hier irgendetwas nicht, das spürt er ganz deutlich.

»Matilda«, ruft er und läuft ums Haus herum.

Keiner da.

Es ist nicht gut, wenn sie allein durch die Straßen von Bromma irrt. Gar nicht gut.

Da kann Gott weiß was passieren.

»Matilda!« Immer wieder ruft er ihren Namen, ohne Antwort.

Draußen dämmert es bereits, das macht es noch schlimmer. Nie würde Matilda abends allein draußen herumstreifen. Dennoch kann er sie nirgends finden. Er läuft los und sucht auf dem Grönviksvägen, auf dem Rättviksvägen, dem Malungsvägen, Leksandsvägen und Moravägen. Dann joggt er zur Sicherheit auch noch den Särnavägen entlang und über den Nåsvägen zurück zum Grönviksvägen.

Eine Frau mit einem Dackel kommt ihm entgegen, und er spricht sie an.

»Haben Sie diese Frau hier gesehen?«, fragt er und hält ihr das einzige Foto hin, das er von Matilda auf dem Handy hat.

Sie mag es nicht, fotografiert zu werden. »Fünfundzwanzig Jahre alt, im Trainingsanzug.«

Die Frau schüttelt den Kopf und geht weiter. Natürlich ist sich Sebastian nicht sicher, was Matilda anhat, aber normalerweise trägt sie immer denselben Trainingsanzug. Das einzige Kleidungsstück, das sie mag. Er läuft zum Wasser und ruft erneut. Sein Puls rast, und sein Herz schlägt so schnell, dass er das Gefühl hat, es müsse zerspringen. Er weiß, wie trügerisch und wie tief der See ist.

Matilda, du darfst mir keine solche Angst einjagen, denkt er. Hör auf zu testen, wie viel du mir wert bist.

Du weißt doch, dass ich dich liebe.

Sobald er sie gefunden hat, muss er ihr sagen, welche Angst er um sie gehabt hat. Bitte, mach, dass sie auf dem Steg sitzt und mit den Beinen im Wasser baumelt. Doch als er um die Ecke biegt, sieht er schon von Weitem, dass da niemand ist. Das Boot schaukelt unschuldig auf dem Wasser, und er trifft eine Entscheidung. Es gibt keinen anderen Weg. Er zieht sein Handy heraus und wählt Emma Skölds Nummer. Wenn er ihr die Situation erklärt, wird sie es vielleicht verstehen.

Eine Stimme hinter seinem Rücken unterbricht ihn.

»Na, wen rufst du an?«

Er dreht sich um und begegnet seinem Blick. Mit einer raschen Bewegung reißt er ihm das Handy aus der Hand.

64

Bereits nach dem zweiten Klingeln nimmt Emma ab, dennoch ist niemand mehr dran. Typisch. Sie sucht die Nummer heraus. Sebastian. Wahrscheinlich hat er es sich doch anders überlegt und wieder aufgelegt. Sie ruft sofort zurück, doch er nimmt nicht ab. Heute hat jeder ein Handy, dennoch ist es anscheinend schwieriger als je zuvor, tatsächlich jemanden zu erreichen. Niemand will mehr reden, man kommuniziert lieber über handgeschriebene Carpe-diem-Botschaften in verschnörkelter Schrift oder Bildchen mit wackelnden Hasenohren.

Emma seufzt und schreibt ihm eine kurze Nachricht, dass er sich jederzeit bei ihr melden kann. Sie wartet kurz, aber es kommt keine Antwort. Ist vielleicht sein Akku leer?

Lindberg tritt aus seinem Büro. »Ich habe einen der Fallanalytiker drangesetzt, eine Liste über aktuelle Baustellen in Bromma zu erstellen.«

»Nyhlén scheint nicht besonders begeistert.«

»Nein, er findet, wir suchen die Nadel im Heuhaufen, deshalb habe ich ihn von dieser Aufgabe befreit. Apropos, können wir uns vielleicht eine Minute bei mir zusammensetzen?«

»Klar.« Eigentlich möchte Emma vor allem nach Hause, sie war ja bereits auf dem Weg. Dennoch folgt sie ihrem Chef und setzt sich auf den Besucherstuhl. »Ich glaube, ich weiß, was du sagen willst.«

»Was ist eigentlich zwischen euch beiden los?«

»Wir haben uns eine Auszeit genommen.«

»Ja, das merkt man«, sagt Lindberg und verdreht die Augen. »Allerdings wirkt sich euer Privatleben sehr negativ auf die Arbeit aus. Es hat bereits Beschwerden gegeben.«

Emma verschränkt die Arme vor der Brust. »Ich kann nur für mich sprechen, und ich fühle mich nicht beeinträchtigt.«

»Nyhlén wirkt dafür ziemlich aus dem Gleichgewicht.«

»Er hat es nicht leicht. Gibt es dafür denn gar kein Verständnis?«, fragt sie und überlegt, wer sich beschwert haben könnte.

Kümmere dich gefälligst um deinen eigenen Kram.

Lindbergs gerunzelte Stirn macht Emma nervös. Es bedeutet, dass es ernst ist.

»Doch, aber es gibt Grenzen.«

»Was auch immer du für Konsequenzen ziehst, nimm ihm nicht auch noch die Arbeit weg«, bittet Emma. »Das würde ihn vollends fertigmachen.«

Lindberg nickt nachdenklich. »Er nimmt alles persönlich, seine Launen stressen jeden im Ermittlungsteam.«

»Ich weiß, dass er labil ist, bitte gib ihm dennoch eine Chance. Er hat es verdient.«

Sie wiederholt den Satz für sich selbst und schluckt. Richtet er sich vielleicht eigentlich an sie selbst?

»Versprich du mir nur, wegen Nyhlén keine falschen Entscheidungen zu treffen«, sagt Lindberg in einem Ton, der ihr nicht gefällt. Was für eine Beleidigung, sie hat schließlich kein Problem damit, sich zu beherrschen.

»Melde dich einfach, wenn ich etwas Falsches tue«, sagt sie kühl und merkt selbst, wie reserviert es klingt.

Lindberg schüttelt den Kopf. »Du ziehst ja gerne dein eigenes Ding durch, und manchmal führt das ja auch zu wahren Heldentaten.«

»Aber?«

»Mitunter wären ein bisschen mehr Risikobewusstsein und eine kurze Absprache mit mir nicht schlecht. Wie du weißt, gab es auch ein paar weniger geglückte Aktionen, bei denen du dein Leben riskiert hast. Du musst damit aufhören, ich brauche dich. Und das mit dem gestohlenen Computer lässt mir einfach keine Ruhe.«

Emma erhebt sich. »Danke für die Predigt. Alles Weitere bitte morgen.«

Dann eilt sie hinaus, bevor Lindberg sie aufhalten kann. Sie hat keine Lust, sich auch noch das Markusevangelium anzuhören.

Nyhlén hat also gerade einen schlechten Stand bei Lindberg, sie sollte ihn warnen.

Heißt das, ich liebe ihn?, fragt sie sich.

Bis dass der Tod uns scheidet?

Wer weiß.

65

Sebastian gibt für ihn den Entsperrcode ein, und die Reaktion erfolgt unmittelbar. Sein Gesicht verzerrt sich.

»Emma Sköld also, die schreibt, dass du sie jederzeit anrufen kannst. Was wolltest du denn von ihr?«

Das geht ihn nichts an. Sebastian hält seinem Blick trotzig stand.

»Wo ist Matilda?«, fragt er.

Keine Antwort.

Plötzlich platzt etwas in ihm.

»Hast du ihr etwas angetan?« Sebastian weiß nicht, woher er den Mut nimmt, so zu brüllen und ihn noch dazu zu kritisieren. »Es reicht! Gib mir mein Handy, damit ich die Polizei anrufen und sie vermisst melden kann.«

Der Mann schüttelt den Kopf. Er wirkt so anders. Fremd.

»Komm, ich bringe dich zu ihr«, sagt er kurz und geht los.

Sebastian spürt, wie ihm ein Schauer über den Rücken läuft. Dennoch folgt er ihm.

Er hat ja auch keine andere Wahl, wenn er wissen will, ob mit Matilda alles okay ist. Und wenn er sein Handy wiederhaben will. Sobald sie das Bootshaus betreten, fangen alle Alarmglocken an zu läuten. Niemals würde sie freiwillig einen Fuß hierhersetzen. Sebastian bekommt keine Luft mehr, die Atemwege sind zu eng, und sein Kopf ist voller warnender Stimmen.

Hau ab, sofort, bevor es zu spät ist.

Aber Sebastian kann nicht einfach weglaufen, er muss weiter. Matilda zuliebe. Sie gehen eine Treppe hinunter. Es kribbelt in seinem Körper. Immer tiefer gelangen sie in einen unterirdischen Tunnel, an dessen Ende sich eine Tür befindet. Es ist wie in einem Horrorfilm. Die Dunkelheit macht ihm die Knie weich.

Träumt er?

Was ist das für ein Ort?

Ist sie da drinnen?

Wenn ja, muss sie Todesängste ausstehen.

Sebastian starrt die massive Tür an. Er muss da rein und sie trösten. Zögernd geht er über die Schwelle, auch wenn es vielleicht der Fehler seines Lebens ist. Verwirrt blickt er sich im Dunkeln um und versucht sich zu orientieren. Keiner da, genau, wie er befürchtet hat.

»Hier ist sie doch gar nicht.«

Keine Antwort. Stattdessen fällt die Tür hinter ihm ins Schloss. Sofort schießt ihm das Adrenalin durch die Adern, alle Muskeln spannen sich an. Eine rote Glühbirne an der Decke blinkt schwach, es ist die einzige Lichtquelle, die es hier gibt. Verzweifelt schaut Sebastian sich um.

Er befindet sich in einem verdammten Bunker.

66

Warum ruft Sebastian nicht zurück? Immerhin hat er diesmal von sich aus versucht, sie zu erreichen. Emma ahnt nichts Gutes. Vielleicht hat sie etwas Entscheidendes verpasst, weil sie nicht direkt ans Handy gegangen ist. Sie schüttelt ihr Unbehagen ab und fährt durch den Sonnenuntergang zu ihren Eltern hinaus. Stau. Es ist immer dasselbe. Immerhin rammt sie niemand im Auto, das ist schon mal viel wert.

Ihr Handy piept, eine Nachricht von Sebastian.

Er antwortet mit nur einem Wort.

Verwählt.

Sofort ruft sie zurück, doch er geht nicht dran. Es stört sie, wie eine penetrante Ex behandelt zu werden. Er sollte wirklich schlau genug sein, an sein Handy zu gehen, wenn die Polizei versucht, ihn zu erreichen. Sie hinterlässt ihm eine weitere Nachricht.

Bevor sie das Handy weglegt, zögert sie.

Soll sie Nyhlén anrufen? Es ist ein ganz schlechtes Zeichen, dass Lindberg ihnen so auf die Pelle rückt und Kollegen sich bereits beschwert haben. Lindberg hat das Recht, sie infrage zu stellen, er ist schließlich ihr Chef, und die

Ermittlungen treten auf der Stelle. Denn letztlich geht es doch vor allem darum? Um den Frust, nicht weiterzukommen. Emma weigert sich, den Kopf hängen zu lassen. Es kann sich immer noch im Handumdrehen alles ändern. Sei es, weil der Täter sich zu erkennen gibt, sei es, weil sie einen Hinweis bekommen, der sie in die richtige Richtung führt, oder dass es ihnen gelingt, etwas Entscheidendes zu entdecken. Letzteres ist natürlich das Befriedigendste. Emma weiß, dass es vielen Kollegen wichtig ist, der- oder diejenige zu sein, die den Fall lösen. Sie selbst versucht ihre eigene Bedeutung immer herabzustufen und zu betonen, dass es auf das Team ankommt. Aber klar, wer würde sich nicht gerne selbst übertreffen?

Sie versucht, Nyhlén zu erreichen, doch er nimmt nicht ab.

Selbst schuld.

Endlich setzen sich die Autos vor ihr wieder in Bewegung.

Die Angst davor, erneut abgedrängt zu werden, sitzt ihr tief in den Knochen, immer wieder schaut sie in den Rückspiegel. Jedes Mal, wenn ein dunkler Audi auftaucht, steigt ihre Anspannung. Doch an diesem Abend passiert ihr nichts. Eine Viertelstunde später ist sie bei ihren Eltern und parkt vor ihrem Haus. Drinnen kommt ihr Marianne entgegen. Sie sieht erschöpft aus. Zweijährige können ganz schön anstrengend sein.

»Ines schläft«, flüstert sie, obwohl das Gästezimmer oben ist. »Sie ist zum Glück wieder fast ganz gesund.«

»Danke«, sagt Emma. »Ich weiß gar nicht, wie ich es ohne euch schaffen sollte. Wirklich.«

Marianne errötet und blickt sich verlegen über die Schulter. »Wie ich dich kenne, hast du noch nichts gegessen, oder?«

Emma lacht. Sie hat einen Bärenhunger. »Stimmt.«

»Ich habe im Salon Tee und Butterbrote vorbereitet«, sagt Marianne. »Wir sind ziemlich müde und werden wohl bald ins Bett gehen.«

Als Emma Marianne so gebeugt und mit müdem Blick dastehen sieht, zögert sie. Muss sie ihr wirklich etwas von dem verschwundenen Computer sagen? Es nicht zu erwähnen fühlt sich jedoch auch nicht richtig an, schließlich ist es ihr Haus, in dem eingebrochen wurde. Sie folgt ihr ins Wohnzimmer und setzt sich neben Evert, umarmt ihn kurz und sagt es dann, wie es ist.

»Ich glaube, es ist meinetwegen eingebrochen worden.«

Beide werden blass. Die Kerze flackert. Marianne schenkt Tee ein, und Emma nimmt sich ein Käsebrot. Sie spielen verschiedene Szenarien durch, doch das einzig Konkrete, was Evert einfällt, ist, dass Emma sich endlich einen anderen Job suchen soll. Sie lacht ihn aus, versteht aber eigentlich schon, was er meint. Wenn er alles wüsste, denkt sie. Jetzt, da sie selbst Mutter ist, begreift sie, wie anstrengend es ist, sich immerzu Gedanken um sein Kind machen zu müssen.

»Ich komm schon zurecht«, versichert sie. Ihr ist leicht übel. Wahrscheinlich ist sie einfach hundemüde.

Marianne räuspert sich. »Wie geht es Nyhlén?«

»Gut«, lügt Emma und gibt die Frage rasch zurück. »Und euch?«

»Besser als je zuvor«, sagen beide wie aus einem Mund und nicken dazu.

»Kannst du dir das mit Nyhlén nicht noch mal durch den Kopf gehen lassen?«, bittet Marianne. Emma kaut schneller. »Manchmal hilft es, mit jemandem darüber zu sprechen.«

Emma trinkt schnell ihren Tee aus. »Ich muss jetzt schlafen.«

»Denk noch mal darüber nach«, insistiert Marianne.

»Danke für den Tipp, aber ich würde das hier gerne auf meine Art machen«, sagt Emma und steht auf. »Gute Nacht.«

»Schlaf gut«, sagt Evert.

Nyhlén verdient etwas Besseres als ein so abruptes Ende, das ist ihr klar. Allen ist das klar. Das ändert jedoch nichts an dem unguten Gefühl in ihrem Bauch. Diesem Grummeln. Evert rät ihr normalerweise immer dazu, ihrem Herzen zu folgen. Diesmal aber hält er sich mit Ratschlägen zurück.

Sie kriecht zu Ines ins Bett.

In dieser Nacht ist sie diejenige, die Körperkontakt und Geborgenheit sucht, nicht ihre Tochter.

••••

Mamas Blick macht mich so traurig. Sie ist nur noch eine leere Hülle. Alles, was mal in ihr war, ist nach und nach herausgewichen, wie die Luft aus einem kaputten Ballon.

Manchmal denke ich, es ist meinetwegen, dabei hat er das Loch in den Ballon gestochen.

Von Anfang an durfte ich mein Brüderchen nicht einmal halten, er hatte Angst, ich könnte ihn anstecken. Ja, genau so hat er es gesagt. Niemand sollte seinem Sohn Schaden zufügen. Seinem Nachfolger. Ich musste also heimlich mit ihm spielen. Obwohl ich diejenige bin, die eine Diagnose hat, laut der es mir gewissermaßen an Empathie fehlt, ist bei ihm dieses Defizit viel ausgeprägter.

Es gibt nur eine Person, für die er Mitgefühl hat.

Für sich selbst.

Manchmal stelle ich mir vor, wie es wäre, nicht mehr zu leben.

Mein Körper ist ein Gefängnis geworden.

Dabei ist er derjenige, der sterben sollte.

Ich habe Kontakt mit verschiedenen Foren im Internet gehabt, Leuten, die mir helfen könnten. Aber das kostet. Und ich verdiene ja nichts.

Als ich klein war, wollte ich Bäckerin werden.

Oder in einer Tagesstätte für Hunde arbeiten.

Ich könnte mir auch vorstellen, älteren Menschen zu helfen. Es ist so traurig, dass manche einsam sterben müssen. Ich würde ihnen gern die Hand halten. Ein paar tröstende Worte sagen. Aber ich weiß, dass daraus nie etwas werden wird. Solange ich lebe, werde ich hier sitzen, ohne arbeiten gehen oder ein Teil der Familie sein zu dürfen.

Die Entfernung zwischen mir und den anderen wird immer größer, obwohl sie mir physisch nahe sind. Nur ein Stockwerk entfernt.

Die Ärztin hat gefragt, ob ich jemanden habe, mit dem ich reden kann.

Ja, habe ich gelogen. Und das war es dann.

Bücher helfen mir dabei, mich fortzuträumen.

Ich tue so, als wäre ich einer der Protagonisten, und reise an die verschiedensten Orte. Teile ihren Schmerz, amüsiere mich mit ihnen und gehe zu Partys und Festen. Ich bin noch nie auf einer echten Party gewesen.

Ich habe immer nur von hier unten Lachen und Musik gehört.

Mama hat mich in letzter Zeit öfter ins Krankenhaus gebracht, weil ich so zugenommen habe. Sie meint, ich müsse mich bewegen, aber er will nicht, dass ich den Keller verlasse.

Gestern habe ich es trotzdem getan.

Ich habe beschlossen, endlich nach Hause zu gehen.

Und ich hatte auch kein Problem, es zu finden.

Das Haus war nicht mehr gelb, sondern weiß, deshalb war ich ein bisschen durcheinander. Und die Gartenmöbel habe ich nicht wiedererkannt. All unsere Sachen waren fort. Im Garten stand eine Schaukel, die war ebenfalls neu. Ich setzte mich auf die Treppe auf der Rückseite des Hauses und fühlte mich wunderbar. So ruhig.

Bis plötzlich jemand losbrüllte.

Eine Frau mit einem kleinen Kind stand plötzlich da und schrie mich an. Als wäre ich ein Eindringling.

Dann kam die Polizei.

Mama sagte nicht viel, aber er war außer sich vor Wut. Das tust du nie wieder, warnte er mich.

Sein Blick glühte vor Wut. Noch nie in meinem Leben habe ich solche Angst gehabt. Kann er nicht einfach verschwinden?

Dienstag, 14. August

67

Nach dem Frühstück beeilt sich Emma, zur Arbeit zu kommen. Obwohl Ines wieder gesund ist, lässt sie sie bei ihren Eltern, um keine Rücksicht auf die Öffnungszeiten der Kindertagesstätte nehmen zu müssen. Ausnahmsweise fließt der Verkehr. An einer Ampel versucht sie erneut, Sebastian anzurufen; laut elektronischer Ansage ist die Nummer jedoch vorübergehend nicht erreichbar.

Was ist nur mit der heutigen Jugend los?

Morgen ist es bereits eine Woche her, seit Robin tot ist. Sie müssen endlich einen Erfolg erzielen.

Wir müssen alles geben, denkt sie im Aufzug nach oben. Als sie auf dem Gang Nyhlén trifft, mit Ringen unter den Augen und in denselben Sachen, die er auch gestern schon getragen hat, erschrickt sie über seinen Zustand.

»Wie geht es Ines?«, fragt er auf dem Weg zum Verhörraum, wo sie erneut versuchen wollen, den jungen Balten zum Reden zu bringen.

»Gut. Und du, wie ist es mit dir?«

»War schon mal besser«, sagt er, geht jedoch mit keinem Wort darauf ein, dass sie gestern versucht hat, ihn anzurufen.

»Das sehe ich«, sagt Emma und zeigt diskret auf seinen offenen Reißverschluss. »Können wir nachher vielleicht mal reden?«

»Während der Arbeitszeit?« Nyhlén äfft Lindbergs Tonfall nach. Dann schließt er seinen Reißverschluss.

»Das habe ich gehört«, ruft Lindberg warnend, als sie an seinem Büro vorbeigehen.

»Gut so«, ruft Nyhlén zurück, und etwas leiser: »Und wenn schon.«

Emma weiß nicht, ob sie lachen oder weinen soll. Hat Nyhlén jedes Gefühl für Umgangsformen verloren?

Sobald sie im Verhörraum sitzen, ist er wieder ganz Ermittler. Als gäbe es einen Schalter, den er umlegen könnte. Hier drinnen sind sie beide absolut professionell. Mehrfach schon ist sie mit Fieber und Halsschmerzen zur Arbeit gekommen, hat aber während des Verhörs nie eine Sekunde darüber nachgedacht. Anschließend fühlte sie sich dann völlig erschöpft. Aber währenddessen ging es nicht um sie, sondern nur um den Verdächtigen.

In den leuchtend blauen Augen des Balten erkennt sie eine andere Nuance als beim letzten Mal.

Was bedeutet das?

»Bist du bereit, heute mit uns zu reden?«, fragt Emma.

Zu ihrer Verblüffung nickt er. Dann erzählt er über sich selbst und seine Arbeit als Handlanger auf einer Baustelle in Nockeby. Die Dolmetscherin muss ihn sogar bremsen, um mit dem Übersetzen hinterherzukommen.

»Wir brauchen die Adresse«, sagt Emma.

»Ich weiß nicht, wie die Straße heißt, aber ich könnte Ihnen das Haus auf einer Karte zeigen.«

»Gibt es sonst noch etwas, das du uns sagen möchtest?«, fragt Nyhlén hoffnungsvoll. »Über Svetlana, Jaroslav oder Robin?«

Schon an der Reaktion der Dolmetscherin sieht Emma, dass etwas Großes im Gange ist.

»Ich habe ihn getötet«, übersetzt sie den Jungen.

Schweigen. Dann niest Nyhlén, und alle zucken zusammen.

»Du gestehst also den Mord an Robin Eklund in Bromma, in der Nacht zum achten August?«, hakt Nyhlén nach, Schweißperlen auf seiner Stirn.

Der Balte nickt. »Ja.«

»War es dein erster Einbruch?«

»Nein.«

Die Erleichterung macht sich immer mehr breit. Endlich sagt er die Wahrheit. Emma gleitet in ihre eigenen Gedanken ab, und es fällt ihr schwer, noch stillzusitzen, da der Fall so gut wie gelöst zu sein scheint.

»Wie genau ist es denn passiert?«, fragt Nyhlen.

Der Junge rutscht auf seinem Stuhl hin und her, schlägt die Beine mal so, mal so übereinander, ohne eine angenehme Position zu finden. Dann setzt er zu einem langen Wortschwall an, den die Übersetzerin stückweise übersetzt.

»Ich sah ihn, als ich aus dem Bad kam, er stand einfach da. Dann kam er auf mich zu, ich bekam Angst und wollte an ihm vorbei. Ich schlug nach ihm.«

»Womit? Hattest du irgendetwas in der Hand?«

»Nein, das nicht …«

»Einen Hammer oder einen Kuhfuß?«

Der Junge zögert. »Einen Kuhfuß.«

Emma ist plötzlich wieder hellwach. Was soll das? Warum legt Nyhlén ihm die Worte in den Mund? Es klopft an der Tür.

Lindberg winkt Nyhlén zu sich. »Kannst du bitte mal sofort mitkommen?«

68

Wird Lindberg ihn jetzt zurechtweisen? Warum sonst platzt er mitten ins Verhör, wenn sie gerade kurz vor dem Durchbruch sind? Der Pullover spannt um seinen Brustkorb. Seit wann ist der so eng geworden?

»Wir haben Meldung über eine weitere Leiche in Bromma.«

Nyhlén wird schwindlig. »Wie bitte?«

»Eine Frau hat sie beim Schwimmen entdeckt«, fährt Lindberg fort. »Sie ist gleich am Ålstensängen geblieben, um euch die genaue Stelle zu zeigen und Fragen zu beantworten.«

Ålstensängen. Vor einer Woche noch hat er dort mit Ines an dem kleinen Strand gebadet. Bevor Emma ihn hinausgeworfen hat. Was ist nur in Bromma los? Die raue Wirklichkeit kriecht offenbar immer näher.

»Und du willst, dass Emma und ich hinfahren?«, fragt Nyhlén und wirft einen Blick auf die geschlossene Tür. Er möchte das Verhör ungern abbrechen, bevor sie eindeutig herausgefunden haben, ob es auch stimmt, was der Balte ihnen erzählt. Doch was hat er für eine Wahl?

»Ja, bitte«, sagt Lindberg. »Ihr seid meine besten Leute

und kennt außerdem die Gegend. Die Aufmerksamkeit der Medien und der Öffentlichkeit sind schon jetzt voll auf uns gerichtet, und das hier wird es nicht besser machen.«

»Ich habe ein ungutes Gefühl dabei«, sagt Nyhlén, statt sich über Lindbergs Lob zu freuen, das durchaus nichts Gewöhnliches ist. Er weiß, dass er eigentlich keine Komplimente verdient.

»Es wäre gut, wenn ihr so schnell wie möglich hinfahrt«, sagt Lindberg mit einem nervösen Blick auf seine Armbanduhr.

»Alles klar.«

Nyhlén öffnet die Tür zum Verhörraum, und Emma blickt auf. Er nickt ihr diskret zu und winkt sie zur Tür. Emma schüttelt den Kopf und konzentriert sich weiter auf den Balten, der gerade versucht, ihr auf der Karte zu zeigen, wo er gearbeitet hat. Er scheint sich nicht mehr sicher zu sein, welches Haus es war, kreist mit dem Finger jedoch eine Gegend am Wasser ein und gibt an, es sei dort irgendwo gewesen.

Bei dem Haus, in dem Svetlana gefunden wurde, hält er inne.

Da wohnt Mira.

Hatte die Familie irgendwelche Bauarbeiten laufen?

Soweit Nyhlén sich erinnert, nicht. Jetzt ärgert er sich, dass er Emmas Idee, die bewilligten Baugenehmigungen in der Gegend zu überprüfen, so leichtfertig abgetan hat. Egal. Ein Kollege kümmert sich längst darum, und er hat jetzt Wichtigeres zu tun.

Er räuspert sich.

»Wir müssen das Verhör leider abbrechen.«

Emmas Augen verengen sich zu Schlitzen, dennoch folgt sie ihm nach draußen. Die Kollegen bringen den Jungen zurück in die Zelle, damit sie sofort loskönnen. Als sie allein im Aufzug sind, berichtete er Emma kurz, was er über den Leichenfund weiß. Emma wird kreidebleich, und er will sie gerade in den Arm nehmen, als der Fahrstuhl hält. Sie sind in der Tiefgarage. Er hat keine Ahnung, was sie am Ålstensvägen erwartet, ahnt jedoch, dass es als Versagen der Polizei ausgelegt werden wird, wenn wieder ein Mensch umgebracht wurde. Vielleicht handelt es sich diesmal ja auch um einen natürlichen Tod. Noch wissen sie gar nichts.

»Keine weiteren Briefe?«, fragt Emma auf dem Weg zum Auto.

»Nein«, lügt er. »Was ist mit deinem Computer?«

»Der ist nach wie vor verschwunden, aber ich habe jetzt einen neuen«, antwortet sie, »sogar einen besseren als vorher. Immerhin.«

Mehr haben sie sich nicht zu sagen.

Emma fährt Richtung Alvik und bremst ab, als auf dem Alviksvägen Tempo dreißig geboten ist, relativ kurz vor der Wiese. Anschließend biegt sie links in den Per Albins Väg ein, der an der Wiese entlangführt und in einer Sackgasse am Wasser endet. Sie steigen aus und entdecken schon von Weitem die Menschenansammlung am Ufer. Einige haben ihren Hund dabei, wahrscheinlich waren sie gerade hier spazieren. Eine barfüßige Frau in Neoprenanzug und schwarzer Badekappe erwartet sie.

»Ich habe angerufen«, sagt sie und stellt sich als Lisa Andersson vor. »Zum Glück kamen Leute vorbei, die mir helfen konnten, ich habe mein Handy ja beim Schwimmen nicht dabei.« Sie hat sich eine Strickjacke um die Schulter gelegt, klappert aber dennoch mit den Zähnen. Ihre Lippen sind blau.

»Erzählen Sie uns, was passiert ist«, bittet Emma.

»Wo soll ich anfangen? Ich bin wie immer von Solviksbad Richtung Bryggan geschwommen. Als ich zwischen dem Ufer und den Felsen da draußen war«, sie zeigt auf den See hinaus, »sah ich plötzlich etwas unter dem Wasser.«

Lisa Andersson stockt.

»Reden Sie weiter«, ermutigt sie Nyhlén.

»Es ist relativ flach dort und unangenehm, direkt an den Felsen vorbei zu schwimmen. Ich konnte gar nicht glauben, was ich sah. Eine tote Frau. Ihre Augen …«

»Was war damit?«, fragt Emma.

Lisa schaudert. »Sie waren fort.«

»Fort?«, fragt Nyhlén ungläubig.

»Es ging alles so schnell, aber ich glaube, die Augen fehlten. Sie waren irgendwie wie rausgehackt. Besser kann ich es nicht beschreiben.«

»Haben Sie die Frau erkannt?«

»Ich glaube nicht«, sagt Lisa leise. »Wie gesagt, es ging alles so schnell.«

»Sind Sie alleine geschwommen?«, fragt Nyhlén, beinahe verärgert, welchen Gefahren sich Trainingsfreaks wie diese Frau hier ständig aussetzen müssen. Es kann lebensgefährlich sein, sich allein im Wasser zu befinden, wo gleichzeitig Wasserscooter fahren und auch Boote viel zu schnell unterwegs sind.

Lisa missversteht die Frage. »Sie meinen, ob ich ein Alibi habe?«

»Ich dachte eher an Ihre Sicherheit«, erklärt Nyhlén. »Besser, wenn man beim Schwimmen zu zweit ist.«

Ein älteres Paar mit einem hellen Labrador tritt zu ihnen und bietet seine Hilfe an. Emma bedankt sich, es gebe leider nichts, was sie tun könnten.

»Normalerweise schwimme ich nicht allein«, sagt Lisa. »Aber ausgerechnet heute ging es nicht anders, und dann passiert so etwas! Mann! Ich friere furchtbar, wie lange wird das hier noch dauern?«

»Könnten Sie uns die Stelle bitte genauer zeigen?«, fragt Emma.

Lisa deutet auf die Felsen draußen im Wasser, wo schwarze Vögel über der Oberfläche kreisen. »Direkt vor den Steinen.«

Nyhlén lässt sich Lisas Kontaktdaten geben und bittet sie, keinerlei Details über die Tote weiterzugeben. »Das könnte unsere Ermittlungen erschweren.«

Lisa nickt.

»Haben Sie irgendetwas anderes bemerkt, das für uns relevant sein könnte?«, fragt Emma.

»Ein Motorboot, teureres Modell, lag ein paar hundert Meter von der Leiche entfernt im Wasser«, sagt sie. »Das ist alles.«

»Wie viele Personen befanden sich an Bord?«

»Nur eine, soweit ich das sehen konnte, aber ich war zu weit weg, um erkennen zu können, ob es ein Mann oder eine Frau war«, entschuldigt sie sich. »Plötzlich fuhr es dann ganz schnell davon.«

»In welche Richtung?«

»Richtung Nockeby.«

69

Blaulicht am Ålstensängen, liest Josefin bei den Bromma-Freunden und verschluckt sich beinahe am Kaffee. Wie es aussieht, hat ihre Trainingspartnerin Lisa Andersson beim Schwimmen eine Leiche entdeckt. Unfassbar.

»Schon wieder eine Leiche in Bromma«, sagt sie, ohne darüber nachzudenken, dass die Kinder mit am Tisch sitzen.

»Machst du Witze?«, fragt Andreas.

Die Kinder haben zum Glück Kopfhörer auf und sind ganz in ihre Displays versunken, obwohl sie sich auf ein Handyverbot am Tisch geeinigt hatten. Niemand scheint sich mehr normal unterhalten zu wollen, die Handys haben auf widerwärtige Art und Weise alle Regeln gesellschaftlichen Beisammenseins außer Kraft gesetzt. Sie muss mit Andreas reden und das irgendwie wenigstens zu Hause eindämmen, aber nicht jetzt.

Nicht, solange sie sich selbst nicht an die Regeln halten kann.

»Die Polizei ist gerade am Ålstensängen, da wurde sie anscheinend gefunden«, antwortet Josefin.

»Echt jetzt?«

Ein weiteres Foto taucht zwischen den Kommentaren auf, es wurde ein Stück vom Ufer entfernt aufgenommen. Josefin erkennt darauf ihre Schwester im Profil sowie Nyhlén. Auch Lisa ist zu sehen, sie hat sich irgendetwas Buntes um die Schultern gelegt.

»Müssen die Leute immer sofort Fotos posten?«, fragt sie genervt. »Es gibt wirklich keinen Respekt mehr, manche Leute sind schlimmer als die Klatschpresse.«

»Sie *sind* die neue Klatschpresse«, korrigiert Andreas sie. »Flashback 2.0.«

Josefin verliert allmählich jeden Glauben an die Menschheit. »Wen sie wohl gefunden haben? Wenn jemand aus Bromma vermisst worden wäre, hätte das doch längst hier gestanden.«

»Oder bei Missing People«, sagt Andreas. »Allerdings ist nicht gesagt, dass die Tote vermisst wurde oder überhaupt aus Bromma stammt. Es gibt viele einsame Menschen ohne soziales Netz.«

Josefin liest weiter. Es wird bereits eifrig darüber spekuliert, was passiert ist und vor allem, wer die Tote sein könnte. Jemand schreibt, er wisse aus sicherer Quelle, dass es sich um eine junge Frau von nicht einmal dreißig handle. Josefin überlegt sofort, wer aus Bromma infrage käme.

Lisa Andersson ist markiert worden, hat aber nicht geantwortet.

Was hatte die Frau an?

War es ein Unfall, Selbstmord oder Mord?

Meine Tochter geht nicht ans Handy, was soll ich denn jetzt machen? Ist jemand in der Nähe vom Storskogsvägen und kann bei ihr klingeln?

Ein Hundebesitzer und eine weitere Person, die einen Morgenspaziergang gemacht haben, berichten, dass sie die Stelle gesehen haben, und beschreiben sie so ausführlich sie können, geben aber zu, dass sie selbst nichts Genaues erkennen konnten. Die Leiche habe bei den Felsen gelegen, weit vom Ufer entfernt. Lisa Andersson ahnt wahrscheinlich noch nicht mal, dass sie die Hauptperson dieses Threads ist, der von Sekunde zu Sekunde länger wird. Josefin weiß genau, wo die Leiche entdeckt wurde. Jedes Mal, wenn sie an dieser Stelle vorbeigeschwommen ist, hat sie den Bauch eingezogen und die Augen zugekniffen, weil es so unangenehm flach dort ist. Sie hatte wahnsinnige Angst, gegen die glatten Steine oder Äste zu stoßen, die sich anfühlten wie Skelette.

Kein Wunder, dass es dort Likviken – Leichenbucht – heißt.

Jetzt wird der Ort seinem Spitznamen auf makabre Weise gerecht.

Josefin stellt fest, dass die Kinder unbemerkt aufgestanden sind. Ihre Frühstücksteller stehen auf der Arbeitsfläche statt in der Spülmaschine. Das sind Alltagsprobleme, ruft sie sich selbst ins Gedächtnis. Im Moment ist es völlig unwichtig. Sie muss Lisa anrufen und fragen, wie es ihr geht. Emma oder Nyhlén arbeiten sicher gerade, aber Lisa braucht vielleicht jemanden zum Reden.

Richtig, sie geht sofort ans Handy.

»Wie geht es dir?«, fragt Josefin. »Ich habe auf Facebook gelesen, dass du eine Leiche gefunden hast.«

»Steht das schon auf Facebook? Ich bin gerade erst nach Hause gekommen.«

»Bei den Bromma-Freunden.«

»O Gott«, sagt Lisa und seufzt.

Es klingt immerhin, als hätte sie sich bereits vom ersten Schock erholt.

»Es muss furchtbar gewesen sein«, sagt Josefin mitfühlend, »ausgerechnet dort!«

»Ja, ich kann es immer noch kaum fassen.«

»Andreas sitzt neben mir. Ist es okay, wenn ich dich laut stelle?«

»Ja, klar.«

Lisa erzählt, wie sie durch den Likviken geschwommen sei und sich noch vorgenommen habe, sich nicht wegen irgendwelcher Witze über Leichen im Wasser verrückt machen zu lassen.

»Ich mache also einen Schwimmzug, bin kurz über der Oberfläche, atme ein und tauche dann wieder ins Wasser. Und dabei berühre ich beinahe ihr Gesicht.«

»Gott, wie schrecklich!«

»Und das war noch nicht mal das Schlimmste«, sagt Lisa. »Sie hatte keine Augen.«

»Was?«

Lisa schildert, wie unwirklich ihr das vorgekommen sei. »Da waren nur zwei Löcher, aber darüber darf ich eigentlich nicht reden. Sag es niemandem weiter.«

»O mein Gott«, wiederholt Josefin und versucht, die Bilder aus ihrem Kopf zu verbannen. »Was hast du dann gemacht?«

»Ich fuchtelte nur noch mit den Armen, ein Hundebesitzer rief vom Land, ob ich Hilfe brauche. Und da sah ich die Frau noch mal, ich musste ja wissen, ob das wirklich echt war. Ich dachte, ich ertrinke, weil ich selbst die Kontrolle verlor, aber ich konnte an Land waten, es ist dort ja wirklich sehr flach.«

Josefin schaudert. So oft, wie sie selbst dort geschwommen ist, sieht sie alles genau vor sich.

»Was glaubst du, wie alt sie war?«

»Keine Ahnung. Sie war so aufgedunsen. Zwanzig, vielleicht.«

Also ungefähr so alt wie Robin.

»Wie sah sie aus?«

»Lange blonde Haare, und sie hatte irgendwas Graues an«, beschreibt Lisa. »Aber es fiel mir schwer, auf etwas anderes zu achten als auf die leeren Augenhöhlen.«

70

Gervase liegt auf der Pritsche und zieht sein verletztes Bein an. Es juckt unter dem Verband, doch er lässt es in Ruhe, würde er sich kratzen, würde es nur noch schlimmer. Dann versucht er Klarheit in seine Gedanken zu bringen. Was ist in dem Verhör eigentlich passiert?

Ist er tatsächlich ein Mörder?

Alles, was er getan hat, war, die Person, die plötzlich im Flur stand, beiseitezustoßen. Aber er hat sie nicht niedergeschlagen.

Er kann es nicht gewesen sein.

Als ihm das klar wurde, hatte er jedoch bereits gestanden und konnte es nicht mehr zurücknehmen. Anschließend hatten es die Polizisten plötzlich furchtbar eilig, als hätten sie nur dieses Geständnis abwarten wollen.

Was hat er sich da eingebrockt?

Aus dieser Nummer kommt er nicht wieder heraus.

Vielleicht sollte er der Polizei von dem seltsamen Raum auf seiner Baustelle erzählen. Sein Herz setzt jedes Mal aus, wenn er daran denkt, wie die Kollegen ihn dort eingeschlossen haben. Auch hier ist er eingesperrt, dennoch ist es etwas anderes. Im Bunker hat er völlig den Boden unter den Füßen verloren. Sein Körper spielte verrückt, noch nie hat er solche Panik gehabt. So etwas möchte er nicht noch einmal erleben.

Was wollen friedliebende Schweden mit so einem Bunker?

Wurde die Familie bedroht?

Sie durften mit niemandem darüber reden, der Auftraggeber kann ihn also nicht in der Absicht gebaut haben, sich mit seinem Reichtum zu brüsten, wie Gervase zunächst vermutet hatte.

Verdammt, wie das juckt!

Gervase reißt sich den Verband herunter und kratzt sich mit den Nägeln rund um das große, blutige Pflaster auf der Wade. Dann atmet er tief durch. Wenn alles nach Plan gelaufen ist, sind seine Kollegen heute früh zurück nach Litauen gefahren.

Mit seinem Pass, der wahrscheinlich noch im Wohnwagen lag.

Wie wird Darius seinem Vater erklären, dass sie ohne ihn zurückkommen? Wahrscheinlich denken sie, er ist abgehauen. Denn dass er im Gefängnis gelandet ist, werden sie kaum ahnen.

Da werden wohl Köpfe rollen.

Bestimmt bereut Darius inzwischen bitter, was sie ihm angetan haben. Denn mit Sicherheit werden sie den Vorfall im Bunker für den Grund halten. Gervases Vater wird niemals erfahren, wo er ist, und irgendwann davon ausgehen müssen, dass er gestorben ist. Prima, soll er in Litauen sitzen und für den Rest seines Lebens über den Verbleib seines Sohnes grübeln.

Gervase schaudert, wenn er an die Unberechenbarkeit seines Vaters denkt. Wie lange er selbst gebraucht hat, um zu begreifen, dass nicht alle Eltern ihre Kinder schlagen.

Wie er jetzt auf ihn losgehen würde, wenn er könnte.

Jetzt kann Darius stattdessen die Prügel einstecken.

71

Sebastian hat keinen Laut mehr gehört, seit die Tür hinter ihm ins Schloss gefallen ist, und er erwartet auch nichts mehr zu hören. Wahrscheinlich will er ihm eine Lektion erteilen.

Ihn bestrafen.

Er sitzt auf dem Boden, den Kopf auf den Knien. Die ursprüngliche Panik ist in Verzweiflung umgeschlagen. Was ist das hier für ein krankes Projekt?

Eine Kammer des Schreckens.

So gut es geht, blickt er sich in dem fensterlosen Gebilde um. Der Fußboden ist aus Beton, es ist kalt und feucht. Ein paar Steckdosen gibt es, aber keine Möbel oder andere Lichtquellen als die Glühbirne an der Decke. Seine Augen haben sich an das schwache rote Licht gewöhnt, das das Unbehagen noch verstärkt. Er zittert. Er muss sich bewegen, um nicht vollkommen durchzufrieren. Ganz hinten in der Ecke befinden sich eine Toilette und ein Waschbecken. Als sollte hier jemand wohnen.

Matilda? Hatte er beabsichtigt, sie hier gefangen zu halten?

Eine schwedische Josef-Fritzl-Variante?

Einen anderen Grund, sich so einen Raum bauen zu lassen, kann Sebastian nicht erkennen. Denn er wird doch wohl nicht vorgehabt haben, ihn selbst hier einzusperren? Es ist ihm eher wie eine Notlösung vorgekommen.

Da er weder Handy noch Armbanduhr bei sich hat, hat er keine Ahnung, ob es Tag oder Nacht ist. Rastlos tastet er den Boden ab, versucht, fieberhaft nachzudenken und gleichzeitig irgendwie wieder warm zu werden. Die Feuchtigkeit dringt ihm bis unter die Haut.

Noch ist er nicht völlig durchgedreht, wenn er aber an Matilda denkt, ist er kurz davor. Was ist mit ihr passiert? Er hasst es, im Dunkeln zu tappen, er will Gewissheit. Doch je länger er darüber nachdenkt, desto sicherer ist er, dass sie den Mann, der ihn hier eingesperrt hat, durchschaut hat.

Er ist es nicht wert, beim Namen genannt zu werden.

Matilda ist viel intelligenter, als die anderen ahnen. Sie hat nur nie vermocht, es auch zum Ausdruck zu bringen.

»Was hast du mit ihr gemacht?«, brüllt Sebastian, immer mehr davon überzeugt, dass er ihr etwas angetan hat.

Sein Schreien hallt von den Wänden wider. Er schlägt mit den Fäusten gegen die Tür, bis seine Knöchel bluten, dann sackt er auf dem harten Boden zusammen.

Zitternd vor Müdigkeit, Hunger und Verzweiflung.

Es ist alles seine Schuld, von Anfang bis Ende. Wirklich alles.

Noch nie in seinem Leben ist er so verzweifelt gewesen.

Was soll er tun? Erst mal einen kühlen Kopf bewahren, redet er sich gut zu. Mit seinen Kräften haushalten. Auf wackligen Beinen geht er zum Waschbecken. Wenn er nur ordentlich trinkt, wird er schon zurechtkommen. Er dreht den Hahn auf, doch nichts passiert. Er zerrt an ihm herum, schlägt mit der Faust darauf und flucht. Es nützt nichts.

Kein Tropfen kommt heraus.

»Lass mich raus!«, brüllt er so laut er kann, nimmt Anlauf und wirft sich gegen die Tür. Mit voller Kraft schlägt er auf sie ein, aber nichts passiert.

Er fällt zu Boden und umklammert seine schmerzende Schulter.

»Hilfe!«, brüllt er. »Hilfe, hört mich denn niemand?«

72

Der Mälaren-See liegt still da, nur ein paar Enten schaukeln friedlich auf dem Wasser. Anders unmittelbar neben der Leiche. Dort fliegen Dohlen und tauchen immer wieder hinab, so dass das Wasser aufspritzt. Nyhlén folgt Emma in das Rettungsboot. Sie wirkt sehr mitgenommen.

Die Kollegen fahren sie zu den Felsen, wo das Boot langsamer wird und die Dohlen flüchten.

Nachdem sich die Wellen beruhigt haben, erscheint unter der Wasseroberfläche ein aufgedunsener Körper. Das Gesicht ist geschwollen, und genau wie Lisa Andersson beschrieben hat, fehlen die Augen. Es sieht aus, als wären sie ausgehackt worden. Ist die Frau Zeugin von etwas geworden, das sie nicht hätte sehen dürfen? Sie ist jung, trägt einen grauen Jogginganzug mit einem rosa Schmetterling auf einem Bein und ist barfuß.

Emma blickt zum Horizont. »Ich werde mich nie daran gewöhnen.«

Die Opfer begleiten sie als Ermittler für den Rest ihres Lebens. Sie werden zu ihren Freunden, so absurd es auch klingen mag. Ihre Aufgabe ist es, die jeweilige Person im Nachhinein kennenzulernen, um zu verstehen, was zu ihrem Tod geführt hat. Mit manchen verbindet man sich dabei mehr, mit anderen weniger.

»Das ist doch nur menschlich«, tröstet Nyhlén Emma, selbst verblüfft, dass es für den Moment gelingt, ihren Konflikt beiseitezulegen. »Es sieht nicht aus, als hätte sie lange hier gelegen.«

»Nein, höchstens einen Tag oder zwei, würde ich denken.«

Die Rechtsmedizin wird es ihnen später genauer sagen können, dennoch ist es immer gut, sich einen eigenen ersten Eindruck zu verschaffen, um zu wissen, wie sie weiterarbeiten müssen.

Nyhlén ruft Lindberg an und bittet ihn um eine Überprüfung aller Vermisstenanzeigen von Frauen zwischen zwanzig und dreißig.

»In Bromma ist aktuell niemand vermisst gemeldet, es gibt allerdings ein paar ältere ungelöste Fälle. Ich werde jetzt die gesamte Stockholmer Gegend überprüfen, dann melde ich mich wieder.«

Nyhlén bedankt sich und legt auf. »Hier ist in den letzten Tagen niemand vermisst gemeldet worden. Wie kann jemand einfach verschwinden?«

»Vielleicht haben die Angehörigen noch nicht gemerkt, dass sie weg ist«, sagt Emma.

Nyhlén läuft es kalt den Rücken hinunter.

Es stresst ihn enorm, dass es eine weitere Tote in Bromma gegeben hat. Als sie wieder Richtung Land steuern, überlegt er, ob es einen Zusammenhang zwischen dieser Leiche und den beiden Opfern geben könnte.

Manchmal vernachlässigt man die falsche Spur. Zum Beispiel Sven. War es voreilig, ihn als Täter auszuschließen? Hätten sie ihn mehr unter Druck setzen müssen, was Robins neuen heimlichen Lover anging? Er und Emma sind sich in dieser Frage nicht einig gewesen. Und was ist mit Robins Eltern? Hätten sie bei ihnen noch weiter nachhaken und der Abscheu des Vaters gegenüber Robins Homosexualität nachgehen müssen? Mattias hat sich sehr darüber aufgeregt, andererseits war er in Nizza, als sein Sohn ermordet wurde. Was sie allerdings nie genau überprüft haben, weil Mattias nicht zu den Verdächtigen zählte.

Drei Opfer verschiedenen Alters, vermutlich auf unterschiedliche Weise ermordet.

Zwischen Robin und Svetlana gibt es eine Verbindung, was aber ist mit dieser unbekannten Frau?

Der Täter macht es ihnen wirklich nicht leicht. Oder die Täter. Nach wie vor wissen sie nicht, ob sie eine Person suchen oder mehrere.

Nein, Nyhlén darf sich nicht vergaloppieren mit der Annahme, dieser Fall könne mit den anderen zusammenhängen. Die junge Frau ist bisher ja nicht einmal am Rande ihrer Ermittlungen aufgetaucht. Nyhlén hat sie noch nie zuvor gesehen, auch ist sie nie zuvor irgendwo erwähnt worden.

»Ich glaube, sie hat jedenfalls nichts mit den Einbrüchen zu tun«, sagt Emma, als könne sie seine Gedanken lesen.

»Und dann ihre Kleidung«, sagt Nyhlén. »Sie stimmt überhaupt nicht mit meinem Bild von Bromma-Bewohnern überein.«

Emma nickt. »Genau das dachte ich auch. Wahrscheinlich ist sie gar nicht von hier.«

Sie steigen aus dem Boot. Emma schaut auf ihr Handy und runzelt besorgt die Stirn.

»Ist etwas mit Ines?«, fragt Nyhlén.

»Nein, es geht um Sebastian Adelhielm«, sagt Emma und erzählt von ihren vergeblichen Kontaktversuchen tags zuvor. Noch immer hat er nicht zurückgerufen, obwohl sie ihn darum gebeten hat.

»Wir sind fünf Minuten von seinem Elternhaus entfernt«, sagt Nyhlén. »Sollen wir hinfahren, damit du nicht weiter darüber grübeln musst?«

Bevor sie antworten kann, sind sie von besorgten Anwohnern umringt, die wissen wollen, wer das Opfer ist.

»Das Einzige, was wir zu diesem Zeitpunkt sagen können, ist, dass wir eine tote Frau im Wasser gefunden haben«, sagt Emma.

»Das wissen wir, aber wie alt ist sie? Irgendwas müssen Sie doch schon wissen?«

Lisa Andersson wird es ihren Freunden ohnehin erzählen, denkt Nyhlén, gleichzeitig will er nicht unnötige Spekulationen in Gang setzen.

»Es ist eine junge Frau. Mehr können wir jetzt wirklich noch nicht sagen.«

Frühestens nächsten Vormittag wird die Rechtsmedizin ein vorläufiges Gutachten zur Todesursache liefern und hoffentlich auch die Identität der Toten herausgefunden haben. Nur weil sie im Mälaren gefunden wurde, muss sie nicht ertrunken sein. Vielleicht war sie bereits tot, bevor sie im Wasser gelandet ist.

»Ich habe gar keine Lust, nachzusehen, was in den Medien bereits an Fotos zu sehen ist«, sagt Emma, als sie im Auto sitzen.

»Geschweige denn in den sozialen Medien«, ergänzt Nyhlén.

»Das mit den Augen darf nicht an die Öffentlichkeit gelangen«, sagt Emma. »Was glaubst du, mit wem wir es hier zu tun haben?«

»Mit einem kranken Arschloch.«

Emma wendet am Ende der Wiese und fährt Richtung Nockeby.

Zum Haus der Familie Adelhielm.

73

Sie betreten das gepflegte Grundstück. Überall blühen Rosen, Hortensien und Pelargonien. Kein Hälmchen Unkraut ist in den Beeten zu sehen, ein Mähroboter arbeitet ununterbrochen. Sie klingeln an der Haustür. Sebastians Vater, Jan-Erik, öffnet, obwohl es ein ganz normaler Wochentag ist.

»Immer noch Urlaub?«, fragt Emma und schüttelt ihm die Hand.

»Ich arbeite heute von zu Hause aus«, sagt Jan-Erik. »Vor den Wahlen ist zwar jede Menge zu tun, aber ich mache mir Sorgen um Sebastian. Er ist gestern nicht nach Hause gekommen.«

»Dann sind Sie allein zu Hause?«

»Ja, oder was dachten Sie?«

»Was ist mit Agneta, Ihrer Frau?«

»Sie ist los, um Sebastian zu suchen.«

»Ich habe versucht, ihn anzurufen, aber er geht nicht an sein Handy«, sagt Emma.

»Und deswegen sind Sie den ganzen Weg bis hier rausgefahren? Ich dachte, die Polizei hat Arbeitskräftemangel.«

Er fragt sich wahrscheinlich, was sein Sohn angestellt haben könnte.

»Überlassen Sie uns getrost, wie wir unsere Prioritäten setzen«, erwidert Emma. »Falls Sie dennoch fürchten, Ihr Steuergeld könnte für die falschen Dinge ausgegeben werden: Wir waren ohnehin gerade in der Gegend. Haben Sie eine Idee, wo Sebastian sein könnte?«

»Ist hier in der Gegend schon wieder etwas passiert?«, fragt Jan-Erik mit gerunzelter Stirn.

»Wir würden einfach nur gern ein paar Worte mit Ihrem Sohn wechseln.« Nyhlén tritt ungeduldig von einem Fuß auf den anderen.

»Ich wundere mich ja nur, warum Sie schon wieder in Bromma sind«, erklärt Jan-Erik. »Sie sagten, Sie waren ohnehin gerade in der Gegend.«

»Das werden Sie vermutlich bald aus der Zeitung erfahren.«

Jan-Erik nickt langsam. »Sebastian ist, wie gesagt, letzte Nacht nicht nach Hause gekommen. Wahrscheinlich hat er eine Freundin. Normalerweise sagt er aber wenigstens Bescheid, wenn er woanders übernachtet. Ich mache mir wirklich Sorgen, auch wenn er schon erwachsen ist. Er ist schließlich mein Sohn. Haben Sie Kinder?«

Emma nickt. »Wissen Sie, wie die Freundin heißt? Können Sie mir ihre Kontaktdaten geben?«

»Seine Exfreundin. Sie heißt Sara Berner, ich glaube, sie sind nicht mehr zusammen«, sagt Jan-Erik und gibt ihr eine Handynummer. »Vielleicht weiß sie trotzdem etwas. Agneta hat vorhin schon herumtelefoniert. Aber Sara hat sie nicht erreicht.«

Die beiden bedanken sich und gehen zum Auto zurück. Als Emma sich zum Haus umdreht, bewegt sich in einem der oberen Fenster ein Vorhang. Jan-Erik muss die Treppe hinaufgerannt sein.

Oder er hat gelogen und ist gar nicht allein zu Hause.

Es wäre nicht das erste Mal.

74

Die Sonne scheint. Es sind sechsundzwanzig Grad draußen, und Josefin eilt ins Hotel Sunprime, wo sie eine weitere Yogastunde geben soll. Sie hofft, keiner der Teilnehmerinnen zu begegnen, schließlich widerspricht es allen Klischees einer Yogalehrerin, abgehetzt zum Unterricht zu erscheinen. Sie wirft einen sehnsüchtigen Blick zur Poollandschaft von Puro hinauf, die auf den Felsen über dem Hafen thront. Dort würde sie jetzt viel lieber sein und es sich mit einem Glas Moët auf einem Liegestuhl gemütlich machen.

Hauptsache, sie kann der Wirklichkeit entfliehen.

Ihr Handy klingelt. Emma, das passiert selten. Josefin zögert, den Anruf anzunehmen, sie hat es eilig und eigentlich keine Lust zu reden.

Schließlich geht sie doch dran.

»Hallo«, sagt Emma kurz, »was weißt du über Sebastian Adelhielm?«

Auf die Frage war Josefin nicht gefasst. Sie hat erwartet, dass Emma sie zur Rede stellt, weil sie in letzter Zeit eher Nyhlén anruft als sie, und hatte sich im Kopf schon eine Ausrede zurechtgelegt. Es geht um Sympathie, die Partei des Schwächeren zu ergreifen, sie ist wütend darüber, dass Emma ihn verlassen hat.

»Sebastian Adelhielm«, wiederholt Emma ungeduldig. Es klingt, als säße sie im Auto.

»Ich weiß nichts, aber Andreas kennt seinen Vater vom Tennis, ich kann ihn ja mal fragen. Ich bin aber nicht zu Hause, ich habe jetzt einen Yogakurs.«

»Okay.«

»Warum interessiert dich das?«, fragt Josefin. »Hat er etwas getan?«

»Wir untersuchen nur noch mal diesen Autounfall, von dem du erzählt hast«, sagt Emma.

»Der Vater ist in so einer Protestpartei aktiv«, sagt Josefin, ein wenig außer Atem. Sie steht vor dem Hotel, in drei Minuten fängt die Stunde an.

»Fällt dir sonst noch etwas ein?«

»Nein, ich muss jetzt Schluss machen«, sagt Josefin. »Geht es Ines und Nyhlén so weit gut?«

Emma antwortet ausweichend, dann legt sie auf. Da braucht sie sich wirklich nicht zu wundern, dass Josefin lieber Nyhlén anruft. Er ist wenigstens freundlich und erkundigt sich auch mal nach Sofia, Julia und Anton.

Sind Emma ihre Nichten und ihr Neffe völlig egal? Oder steckt sie nur mal wieder bis über beide Ohren in ihren Ermittlungen?

Vielleicht saß auch Nyhlén daneben und hat zugehört.

Bevor Josefin das Hotel betritt, muss sie schnell nachsehen, was es bei den Bromma-Freunden Neues gibt, so albern sie sich dabei auch vorkommt. Das Erste, was sie liest, ist, dass die Frau nicht bei einem Unfall ertrunken ist. Die Stimmung im Forum hat sich entsprechend aufgeheizt.

Angeblich sollen die Augen fehlen.

Kannst du mal aufhören, so eine Scheiße zu verbreiten?

Idiot.

75

Ausnahmsweise einmal fährt Emma vernünftig. Nyhlén versucht, sie nicht ständig von der Seite anzustarren, ihr feines Profil, das blonde, schulterlange Haar, doch es fällt ihm schwer.

»Ich weiß noch genau, wie es mich immer genervt hat, ständig meine Eltern anrufen zu müssen, um zu sagen, wo ich gerade bin«, sagt Emma. »Der reinste Partykiller.«

Nyhlén wirft einen Blick auf die prächtigen Bromma-Villen draußen. »Ja, schön war es nicht, aber wie schwer kann es sein, eine SMS zu schicken?«

»Jan-Erik schien sich tatsächlich Sorgen zu machen. Ich bin vor allem sauer, weil Sebastian sich nicht bei uns gemeldet hat. Die Eltern können ihm meinetwegen egal sein, aber doch nicht die Polizei.«

»Stimmt auch wieder.«

Sie schweigen. Nyhlén hört das Geräusch der Reifen auf dem Asphalt. Hinter den Dächern geht bereits die Sonne unter, ein paar Kinder in Ines' Alter spielen auf dem Bürgersteig entlang der Straßenbahnschienen. Er wünschte, es könnte alles wieder normal sein, die dämliche Auszeit mit Emma wäre vorbei.

»Immerhin haben wir heute ein Geständnis bekommen«, sagt er in dem Versuch, das Gespräch wieder in Gang zu bringen.

»Wobei der Balte auf mich einen instabilen Eindruck macht«, wendet Emma ein. »Es wird vor Gericht nicht halten.«

»Ich war zu offensiv«, gibt Nyhlén zu. »Ich hätte ihm nicht die Worte in den Mund legen dürfen.«

In diesem Punkt sind sie sich immerhin einig.

»Schon merkwürdig, dass er sich erst weigert, uns zu sagen, wie er heißt und wie alt er ist, und dann plötzlich einen Mord gesteht, nachdem er tagelang alles abgestritten hat. Ich weiß wirklich nicht, was ich davon halten soll.« Nyhlén schüttelt den Kopf.

»Vielleicht sollten wir noch mal mit ihm zum Tatort fahren und schauen, ob seine Aussage mit den Untersuchungsergebnissen übereinstimmt«, sagt Emma.

»Wir dürfen jedenfalls nicht in die Quick-Falle tappen und uns von einem Geständnis verführen lassen, das letztlich zu einem Freispruch führt.«

Hinter der Tranebergsbrücke biegt Emma nach Söder ab, bevor er protestieren kann. »Ich fahre dich nach Hause.«

Er überlegt, ob es etwas zu bedeuten hat, dass sie plötzlich so fürsorglich ist. Ist er ihr doch nicht gleichgültig? Die von Josefin empfohlene Taktik, Emma die kalte Schulter zu zeigen, scheint jedenfalls zu fruchten. Vor seinem Haus in der Torkel Knutssonsgatan zerplatzt seine Hoffnung jedoch schon wieder.

»Wir sehen uns morgen«, sagt Emma in kollegialem Tonfall.

So sieht es also aus.

Sie umarmt ihn flüchtig, und Nyhlén steigt enttäuscht aus dem Auto. Diese nichtssagende Geste spricht für sich.

Vergiss es.

Emma will also nichts mehr von ihm wissen. Er kann sie offenbar nicht zurückgewinnen, egal mit welcher Strategie er es versucht. Nicht zu wissen, wie es jetzt weitergehen soll, macht ihn völlig fertig. In Gedanken versunken stößt er beinahe mit einer Frau zusammen, die sich von der anderen Seite nähert. Sie scheint ebenso überrascht wie er.

»Entschuldigung«, sagt sie.

»Madeleine?« Nyhlén mustert seine ehemalige Kollegin, die ihn damals verraten hat, indem sie Gunnar zuarbeitete. »Was machst du denn hier?«

Sie hat sich ihr pechschwarzes Haar wachsen lassen und wirkt so verletzlich, dass es ihn irgendwie berührt. Sie ist etwas Besonderes. Sofort schiebt er den Gedanken wieder beiseite. Reiß dich zusammen, denkt er. Schließlich ist er nicht so frustriert, dass er sich gleich einer anderen Frau in die Arme werfen müsste.

»Ich würde dir gerne alles erklären«, sagt sie und wird rot.

Zwei Jahre später kommt sie an, um sich bei ihm zu entschuldigen. Zwar hat sie es auch unmittelbar nach den Festnahmen versucht, doch da hatte er kein Ohr dafür. Er selbst hat ihr nichts mehr zu sagen.

Vielleicht ist es das Flehende in ihrem Blick, das ihn nachgeben lässt, wenn auch wider Willen. Jeder hat eine zweite Chance verdient, wenn auch möglicherweise nicht ausgerechnet Madeleine.

»Ich wohne gleich hier«, sagt er und deutet auf das Haus, vor dem sie stehen. »Was hältst du von einer Tasse Tee?«

»Gerne«, sagt sie und folgt ihm zur Haustür.

Schweigend gehen sie die Treppe hinauf. Als er die Wohnungstür aufschließt, entdeckt er einen weiteren Umschlag auf der Fußmatte, steigt aber einfach darüber hinweg, ebenso wie über den Haufen Werbung.

»Willkommen im Chaos«, sagt er.

Er hatte vergessen, wie unordentlich es bei ihm ist, doch was spielt das für eine Rolle? Es ist ja nur Madeleine, und sie wird nicht lange bleiben. In der Küche setzen sie sich einander gegenüber, es erinnert an eine Verhörsituation. Zumindest fühlt es sich genauso steif an.

»Ich weiß gar nicht, wo ich anfangen soll«, sagt Madeleine vorsichtig. »Aber vor allem möchte ich dir danke sagen. Nicht jeder ist zu so einer Geste bereit, aber ich wusste, dass du ein gutes Herz hast.«

»Komm zur Sache.« Es fühlt sich nicht gut an, sie hier zu haben.

Sie beteuert ihre Unschuld, behauptet, Gunnar habe sie unter Druck gesetzt. Er habe sie ausgenutzt, weil sie jung und gerade erst eingestellt worden sei. Sie habe gewusst, dass es falsch war, sei jedoch zu schwach gewesen, abzulehnen, als er ihr eine Beförderung versprach.

»Ich bin keine Rassistin«, fügt sie hinzu. »Es ist mir wichtig, dass du das weißt. Du bist der einzige Kollege, der mir etwas bedeutet. Ich möchte, dass du weißt, dass ich kein schlechter Mensch bin.«

Ehemaliger Kollege, möchte er gerne einwenden, hält

sich aber zurück. Madeleine wurde aus dem Polizeidienst entlassen.

»Jetzt bin ich arbeitslos«, fährt sie fort und schlägt die Augen nieder. »Ein Niemand.«

»Sag doch nicht so was.«

Will sie etwa sein Mitleid?

Dann geht sie jedenfalls sehr geschickt vor. Wenn es stimmt, dass sie jetzt gar keinen Job mehr hat, ist es eine teure Lektion für sie gewesen. Wobei er schlecht vergessen kann, was sie getan hat. Welchen Grund sie auch gehabt hat, Gunnar zu helfen, es ist unverzeihlich.

»Ich bin in der Stadt, um Arbeit zu suchen«, sagt sie.

Nyhlén fühlt sich plötzlich unendlich müde. Er müsste sie bitten zu gehen.

»Erinnerst du dich noch an unser gemeinsames Essen?«, fragt sie und versucht sich an einem Lächeln. »Das war der schönste Abend für mich in dem ganzen Jahr, bevor alles so furchtbar schieflief.«

Jetzt öffnet sie ihm ihr Innerstes, und es fällt Nyhlén schwer, ihrem schmachtenden Blick standzuhalten, stark zu bleiben, wenn sie ihn so offensichtlich verehrt. Sie sieht so harmlos aus, so voll echter Sehnsucht. So verletzlich. Er zieht seine Hand nicht weg, als sie danach greift und sie zärtlich zu streicheln beginnt. Er stößt sie nicht fort, als sie um den Tisch herumgeht und ihn küsst, als sie sich rittlings auf seinen Schoß setzt. Sie gibt ihm genau die Bestätigung, die er braucht. Er kann nichts dafür, dass ihn das erregt.

»Ich kann nicht aufhören, an dich zu denken«, flüstert sie in sein Ohr.

Hätte Emma nicht Schluss gemacht, hätte er wahrscheinlich gründlicher darüber nachgedacht, hätte ihre Absichten hinterfragt.

Doch in dem Gefühlschaos, in dem er sich befindet, kann er nicht klar denken. Er sehnt sich so sehr nach Berührung, nach Liebe. Nach Erfüllung. Sie zieht ihren Pullover aus, und er sieht ihre wunderschönen Brüste. Er bittet sie nicht, aufzuhören. Sagt ihr nicht, sie soll gehen.

Auch nicht, als sie ihn zu seinem Bett führt.

••••

Lasse gefällt es hier auch nicht besonders. Er raschelt ungeduldig in seinem Käfig hinten in der Ecke herum. Ich habe ihn zum Geburtstag bekommen. Lieb gemeint, aber ich wollte einen Hund.

Jetzt weiß ich, dass ich nie einen bekommen werde.

Einen Hund muss man ausführen, im Gegensatz zu einem Hamster.

Ich halte das so nicht mehr aus.

Gestern wurde mein Bedürfnis, rauszugehen, so groß, dass ich einfach nicht widerstehen konnte. Ich schlich mich in den Garten. Ich hatte Partygeräusche gehört und wollte nachsehen, was los war. Alle waren betrunken, keiner würde mich beachten. Dann sah ich Sebastian, der ein blondes Mädchen küsste, und bereute es und rannte wieder zurück in den Keller.

Die Party lief völlig aus dem Ruder. Überall waren Betrunkene. Ein Typ pinkelte an den Kirschbaum, ein anderer kotzte auf die Wiese.

Doch das war nicht das Schlimmste. Ich habe gesehen, wie sie ins Auto stiegen und losfuhren.

Wie konnte er das tun?

Ich will Sebastian keine Angst machen, aber ich glaube, dass bald etwas Schreckliches passiert. Ich spüre, dass eine Katastrophe in der Luft liegt. Ich bin extrem empfänglich für Veränderungen, lange bevor sie eintreten. Mein Kopf ist ungewohnt schwer, und ich muss Schlaftabletten nehmen, um überhaupt schlafen zu können. Der Arzt hat mir so viele Medikamente aufgeschrieben, dass ich eine eigene Apotheke eröffnen könnte.

Aber unter Tabletten schläft man nicht gut.

Ich glaube, jetzt ist es bald so weit.

Er kann jederzeit kommen und mich holen.

Mittwoch, 15. August

76

Ausnahmsweise erscheint Emma vor Nyhlén auf der Arbeit. Das überrascht sie, ist für sie jedoch kein Grund, sich irgendwelche Gedanken zu machen. Er kommt, wann er kommt. Sie ist nicht für ihn verantwortlich, auch wenn es ihr schwerfällt, es komplett zu ignorieren.

»Gibt es etwas Neues zur Identität der Frau?«, fragt sie Lindberg und geht zur Kaffeemaschine. Die ganze Autofahrt hat sie sich auf diese Tasse Kaffee gefreut.

»Nein, aber es wird Zeit, dass wir endlich etwas finden. Leider sind auch keine neuen Vermisstenanzeigen eingetroffen, die irgendwie passen würden«, antwortet er.

»Und was steht in den Zeitungen?«

»Bisher nur haltlose Spekulationen.«

Manchmal finden sie auch in den Medien interessante Hinweise, die es sich lohnt, genauer anzusehen, außerdem bietet es sich an, sich ihrer zu bedienen, um die Öffentlichkeit um ihre Mithilfe zu bitten.

»Sollen wir eine Fahndung rausgeben?«, fragt Emma und setzt sich zu Lindberg an den Tisch.

Sie trinkt einen Schluck Kaffee, doch er ist ihr zu bitter.

»Nein, wir warten noch«, sagt Lindberg. »Vielleicht meldet sich ja doch noch jemand.«

Emma begreift es einfach nicht, eine so junge Frau. Jemand muss sie doch vermissen.

»Was sind jetzt unsere Prioritäten?«, fragt sie. »Haben wir überhaupt die Zeit, mit dem Balten zum Tatort zu fahren?«

»Fällt dir etwas Besseres ein?«

Nein. Noch nicht.

»Was ist mit Svetlana? Oder mit den Baugenehmigungen?«

Lindbergs Handy klingelt, er steht auf. »Entschuldige, da muss ich drangehen.«

Emma nutzt die Gelegenheit, um noch einmal Sebastian anzurufen. Er ist nach wie vor nicht erreichbar, was sie sehr ärgert. Entweder will er sie nicht sprechen, oder sein Handy ist kaputt. Oder ihm ist etwas zugestoßen. Jan-Erik dagegen meldet sich bereits beim ersten Klingeln, hat jedoch auch nichts von seinem Sohn gehört.

Emma sucht die Handynummer der Exfreundin heraus. Als sie erklärt, worum es geht, lacht Sara.

»Sebbe? Wir haben uns schon lange getrennt.«

»Und Sie haben keinerlei Kontakt mehr?«, fragt Emma.

»Nein, wozu?«

»Hat er eine neue Freundin?«

»Keine Ahnung.«

Emma bedankt sich und starrt dann lange auf ihr Display. Schließlich ruft sie Josefin an. Erst als sie ihre schläfrige Stimme hört, fällt ihr ein, dass es erst halb acht ist.

»Hallo, ich bin's«, sagt Emma und kommt gleich zur Sache. »Hattest du schon Gelegenheit, Andreas zu fragen, was er über Sebastian weiß?«

»Ja, wir haben gestern über ihn gesprochen. Außer dem Unfall mit dem Ferrari fiel ihm aber auch nichts ein.«

»Wirklich gar nichts?«, hakt Emma nach. »Die meisten haben doch eine Leiche im Keller.«

»Die meisten?« Josefin lacht. »Bist du da nicht ein bisschen berufsgeschädigt?«

»Vielleicht«, gibt Emma zu und greift nach ihrer Kaffeetasse.

»Dafür ist Andreas noch etwas zu Robins Vater eingefallen. Ein Typ beim Tennis hat ihn als Narzisst bezeichnet, und da ist er anscheinend richtig ausgerastet. In diesen Tennishallen kann es ziemlich hoch hergehen. Manche durchleben einen regelrechten Persönlichkeitswandel.«

»Narzisst also?«, fragt Emma. »Ein überhöhtes Interesse an sich selbst haben ja viele, das ist aber natürlich nicht ganz dasselbe.«

»Wahrscheinlich wohnt in jedem von uns ein kleiner Narzisst«, sagt Josefin säuerlich. »Mir fällt übrigens auch noch etwas zu Sebastians Vater ein. Er gehörte zu den Eltern, deretwegen eine Schuldirektorin in unserer Gegend aufgehört hat. Er beschwerte sich über wirklich alles, und am Ende hat sie gekündigt.«

Das wundert mich nicht, denkt Emma. Reiche Menschen mit Machtansprüchen sind oft die Schlimmsten. Gleichzeitig kam seine Sorge um seinen Sohn ihr am Telefon durchaus echt vor. Ihr fällt seine Alkoholikernase ein.

»Alkoholprobleme?«, fragt sie sicherheitshalber.

»Nicht, dass ich wüsste. Aber wer trinkt nicht mal einen über den Durst?«

Peinliches Schweigen, Emma weiß nicht, was sie sagen soll. Josefin hat ihre Alkoholsucht hinter sich gelassen, dennoch ist es natürlich noch ein heikles Thema.

»Jan-Erik klang anscheinend recht niedergeschlagen, als Andreas und er neulich telefoniert haben.«

»Sie telefonieren miteinander?«, fragt Emma erstaunt. »Wie gut kennen sie sich denn?«

Was hat Andreas Jan-Erik gesagt? Kann er ihm etwas über die Ermittlungen erzählt haben?

Josefin redet weiter, Emma kann sich jedoch nicht mehr darauf konzentrieren.

»Irgendeine Baufirma hat anscheinend gepfuscht, sein ganzes Grundstück war zerstört. Und dann waren sie plötzlich einfach weg.«

Emma erstarrt. Sie sieht den Garten vor sich. Hatte er nicht einen nahezu perfekten Eindruck auf sie gemacht?

»Was war das für eine Baufirma?«, fragt sie und versucht ruhig zu bleiben, was ihr jedoch nicht leichtfällt, ihr Puls rast.

Sie muss unbedingt alle Adressen prüfen, für die eine Baugenehmigung beantragt wurde. Die Fallanalytiker haben sie ihr ausgedruckt, sie müsste noch auf ihrem Schreibtisch liegen. Emma geht rüber und schaut nach. Da, Grönviksvägen. Jan-Erik Adelhielm. Ein Bauantrag für ein Bootshaus. Wie konnten sie das bisher übersehen?

»Keine Ahnung, warte mal kurz«, sagt Josefin. »Andreas kommt gerade mit einem Frühstücktablett rein.«

Josefin fragt ihn nach der Baufirma, Emma hört

die Antwort mit. »Jan-Erik schimpfte über irgendwelche Scheißbalten.«

»Danke, ich muss Schluss machen«, sagt Emma und legt auf.

Rasch läuft sie zu Nyhléns Büro, aber es ist leer. Verdammt, wo steckt er, wenn man ihn gerade braucht? Sie versucht, ihn auf dem Handy zu erreichen, doch er geht nicht dran. Da sind wir also jetzt gelandet, denkt Emma. Anscheinend kann sie überhaupt nicht mehr auf ihn zählen. So ein Mist! Plötzlich tritt eine Art Erleichterung ein, sie hat gar keine Lust auf eine weitere Autofahrt mit ihm. Und auch mit sonst niemandem. Das hier wird sie alleine durchziehen. Das klappt ja doch immer am besten.

»Ich muss kurz was erledigen«, ruft sie Lindberg zu.

»Allein?«, fragt er aus seinem Büro.

»Nyhlén stößt später dazu«, sagt Emma.

Es rutscht ihr einfach so heraus. Sie nimmt ihre Dienstwaffe und läuft zum Auto hinunter. Ihr Instinkt sagt ihr, dass es eilt, da kann sie nicht warten, bis Nyhlén sich hierher bequemt. Augenscheinlich hat er etwas Besseres zu tun. Gleichzeitig ist ihr bewusst, dass sie vielleicht gerade einen Riesenfehler begeht. Dass sie lieber nicht allein fahren sollte.

77

Sebastian muss eingeschlafen sein, jetzt schreckt er plötzlich auf. Einen Moment lang weiß er nicht, wo er ist. Dann fällt es ihm wieder ein. Der Bunker. Der Raum mit seinem roten Deckenlicht ist noch so unheimlich wie zuvor. Das ist jedoch nicht der Grund, weshalb es ihm kalt den Rücken hinunterläuft.

Etwas anderes hat ihn geweckt.

Eine Stimme.

»Es ist schade, dass es so kommen musste.«

Sebastian versucht, sich zu orientieren. Neben der Tür erkennt er einen großen schwarzen Schatten.

Er ist doch noch zurückgekommen. Sebastian seufzt erleichtert. Endlich kann er hier raus. Er überlegt, ob er so tun soll, als schliefe er, entscheidet sich jedoch dagegen. Wer weiß, wie viele Chancen er hat.

»Wo ist Matilda?«, fragt er.

Der Schatten tritt näher. »Sie hat es besser, wo sie jetzt ist.«

Sebastian überlegt, was er wohl damit meint, ahnt aber das Schlimmste. Er schließt die Augen und lässt sich wieder auf den Boden sinken. Nicht Matilda, wer auch immer, aber bitte nicht sie. Dann blinzelt er erneut zur Tür. Der schwarze Schatten nimmt allmählich Konturen an, doch er sieht lediglich das Monster. Er darf jetzt nicht einknicken, darf ihm diesen Triumph nicht gönnen. Und vor allem muss er hier raus.

»Wusstest du von ihrem Tagebuch?«, fragt der Schatten. »Ich komme darin gar nicht gut weg.«

Weil du ein krankes Arschloch bist, denkt Sebastian.

»Können wir vielleicht woanders darüber reden?«, schlägt er vor.

Die Antwort ist ein trockenes Lachen.

Langsam geht Sebastian auf, dass er nicht vorhat, ihn herauszulassen.

»Was hast du mit mir vor? Willst du mich verhungern lassen? Es gibt nicht einmal Wasser hier.«

Sebastian starrt nervös auf die Hand des Monsters, ein verlängerter Schatten, unschwer zu erkennen, was es ist. Außerdem weiß er von seiner Waffenbegeisterung. Ein Schuss, dann ist es vorbei. Der Gedanke ist ebenso Furcht einflößend wie der, hier langsam zugrunde zu gehen. Ganz allein. Er zittert unkontrolliert am ganzen Körper.

»Dein Ton gefällt mir nicht.«

Sebastian richtet sich auf. »Wie soll ich denn mit dir reden? Du hast mich hier eingesperrt. Weißt du überhaupt, wie irre das ist?«

Er traut sich nicht du zu sagen – wie irre *du* bist.

Der Schatten macht einen Schritt auf ihn zu.

Ein harter Schlag ins Gesicht, Sebastian bleibt die Luft weg, und er krümmt sich zusammen. Er fällt auf die Knie und hält sich die Wange. Die ohnehin schon schmerzende

Schulter bekommt einen weiteren Schlag ab, er stöhnt vor Schmerz.

»Du hältst jetzt die Klappe und hörst mir gut zu. So redest du nicht mit mir, verstanden? Hier habe ich das Sagen. Ich dachte, das wäre dir längst klar.«

Im Mund ein Geschmack nach Eisen.

Sebastian hat jetzt die Wahl. Entweder schweigt er und fügt sich, oder er stellt ihn erneut infrage. Und riskiert damit, erschossen zu werden. Er entscheidet sich für ein Zwischending.

»Dann steckst du also hinter allem, was in letzter Zeit passiert ist?«, flüstert er so leise, dass er sich nicht sicher ist, ob er es hört.

Es ist so viel schlimmer, als er gedacht hat. Er also steckt hinter den Morden, die Bromma erschüttert haben. Nach ihm sucht die Polizei unter Hochdruck.

Ein bestialischer Mörder, das ist er.

Sebastian fällt es schwer, an etwas anderes zu denken als an seinen eigenen Anteil an alldem hier. Wie konnte er so blind sein? Alles deutete darauf hin, er hat sich nur geweigert, es zu sehen.

Hätte er ihn sonst aufhalten können?

»Vielleicht wird es Zeit, dass du selbst die Wahrheit sagst«, erwidert der Schatten. »Über Robin und dich.«

78

Beim Aufwachen entdeckt Nyhlén verwirrt die Frau neben sich. Es ist die falsche Haarfarbe.

Die falsche Frau.

Hastig setzt er sich auf. Das ist Emmas Platz, jemand anderes hat dort nichts zu suchen. Reue übermannt ihn, und als er auf seinem Handy sieht, wie spät es ist, ist er vollends verzweifelt. Zwanzig nach neun. Er hat verschlafen.

»Scheiße, Scheiße, Scheiße«, murmelt er.

Noch dazu hat Emma anscheinend versucht, ihn zu erreichen. Dabei hat sie ihn letzte Woche nur einmal angerufen. Es ist beinahe unheimlich, dass sie es ausgerechnet jetzt tut, als hätte sie etwas geahnt. Er muss sich rausschleichen, bevor Madeleine aufwacht.

Prompt schlägt sie die Augen auf. »Hallo, Süßer.«

Nein, denkt er nur.

Ich bin nicht dein Süßer, verdammt!

Am liebsten würde er sich in Luft auflösen. Er murmelt, er sei spät dran, sie finde doch selbst nach draußen?

Madeleine wirkt so enttäuscht, dass er schnell wegschaut, um nicht Mitleid mit ihr zu bekommen.

»Dann ist es also schon wieder aus?«, fragt sie mit tränenerstickter Stimme. »Hat es dir denn überhaupt nichts bedeutet?«

»So war es nicht gemeint«, antwortet er und schlüpft in die Hose vom Vortag. Wann soll er auch waschen? Er wird nicht dazu kommen, bevor sie diesen Fall gelöst haben. »Lass uns später reden.«

»Liebst du sie immer noch?«, fragt Madeleine, setzt sich auf und kreuzt die Arme über der Brust.

Nyhlén wirft ihr einen gestressten Blick zu. »Wie gesagt, lass uns später reden. Ich muss los.«

»Nein, ich will es jetzt wissen.«

»Ich bin aber wirklich spät dran«, beharrt Nyhlén.

Beleidigt lehnt sie sich zurück. »Na gut, hau ab.«

Eigentlich möchte er sie nicht allein in der Wohnung lassen, vor allem nicht, wenn sie so drauf ist. Er bringt es jedoch auch nicht übers Herz, sie innerhalb von drei Minuten hinauszuwerfen. Es ist so schon schlimm genug. Wie konnte er nur so dumm sein, sie überhaupt reinzulassen? Die Frage hängt wie ein Damoklesschwert über ihm, während der ganzen Fahrt bis zum Polizeigebäude.

Er ruft Emma an, erreicht aber nur die Mailbox. Klar, dass sie es ihm jetzt heimzahlen muss. Ihr Konflikt ist außer Kontrolle geraten, und auch dafür schämt er sich. Im Spiegel des Fahrstuhls betrachtet er seine traurige Erscheinung und versucht vergeblich, sich wenigstens die Haare zu ordnen. Er bräuchte Dusche und Haargel dafür.

In der Teeküche begegnet er Lindberg.

»Was machst du denn hier?«, fragt er erstaunt.

Was für ein netter Empfang, denkt Nyhlén. »Ich arbeite hier«, erklärt er giftig.

Lindberg verdreht die Augen. »Ja, das weiß ich, aber was tust du hier?«

Ist er völlig durchgeknallt?

»Ich dachte, du wärst bei Emma«, fährt Lindberg fort.

»Wieso bei Emma?« Nyhlén versteht gar nichts mehr.

»Sie ist gleich wieder losgefahren, kurz nachdem sie hier war, und meinte, du würdest später zu ihr stoßen.«

Nyhlén zieht sein Handy heraus und versucht erneut, sie zu erreichen, während Lindberg weiterredet. Natürlich geht sie nicht dran.

Eine Nachricht von Madeleine poppt auf.

Wann kommst du wieder?

»Geht es hier um Privatangelegenheiten oder um Dienstliches?«, fragt Lindberg. »Allmählich reißt mir wirklich der Geduldsfaden.«

Nyhlén flucht. »Wahrscheinlich ist sie aus privaten Gründen allein gefahren. In dienstlicher Angelegenheit.«

»Wie bitte? Sie hat sich also *nicht* bei dir gemeldet? Habe ich das richtig verstanden?«

»Doch, sie hat versucht mich anzurufen, aber ich habe noch geschlafen«, sagt Nyhlén. »Deshalb: Nein, ich habe nicht mit ihr gesprochen.«

»Dann weißt du also gar nicht, wo sie ist?«

»Korrekt.«

Einen Moment lang starren sie sich an.

»Hast du weitere Briefe bekommen?«, fragt Lindberg.

Nyhlén nickt. »Ja, gestern.«

»Was stand drin?«

»Ich habe ihn nicht geöffnet.«

Verdammt, was hat er bloß angerichtet?

79

Nyhlén versucht, sie zu erreichen, sie kann aber nicht mit ihm reden. Nicht jetzt. Er würde sie auslachen wegen ihrer wilden Fantasie und es ein verzweifeltes Vorhaben nennen. Dieses Vergnügen will sie ihm nicht gönnen. Sie wird Jan-Erik Adelhielm lediglich ein paar Fragen stellen, dafür braucht sie keine Unterstützung. Wenn es falscher Alarm ist, erspart sie sich hinterher den Spott, sie habe die falschen Schlüsse gezogen. Sollte es dagegen auch nur das geringste Anzeichen von Gefahr geben, hat sie ihre Dienstwaffe dabei.

Es ist alles unter Kontrolle.

Sie hat kein bisschen Angst vor Jan-Erik.

Sie biegt in den Grönviksvägen ein und parkt wieder einmal vor dem großen weißen Haus. Die perfekte Fassade blendet einen geradezu, die wunderschöne Lage am See. Allerdings haben übertriebener Reichtum und Luxus sie nie sonderlich gereizt.

Viel Geld scheint meist auch zu vielen Problemen zu führen.

Hauptsache, man kommt einigermaßen zurecht, sagt sie sich immer, vielleicht ist es aber auch nur Selbstbetrug, um nicht über ihr kärgliches Polizeigehalt zu verzweifeln. Am wichtigsten ist ihr, das tun zu können, wofür sie wirklich brennt, also Morde aufzuklären, so wie jetzt. Den Opfern die Gerechtigkeit zuteilwerden zu lassen, die ihnen gebührt, und den Angehörigen eine Antwort zu liefern. Denn auch das ist von großer Bedeutung.

Als sie die gepflegten Blumenbeete im Garten sieht, muss Emma an Sebastians Mutter denken. Zwar gibt es wahrscheinlich einen Gärtner, der sich um all dies kümmert, vielleicht tut es Agneta aber auch selbst. Und dann müsste man sie doch wohl auch mal zu Gesicht bekommen können. War sie es, die neulich hinter dem Vorhang an einem der oberen Fenster stand? Emma grübelt, warum sie sich bisher nie begegnet sind. Vielleicht hält sie sich ja absichtlich im Hintergrund.

Sebastian hat erklärt, sie sei labil.

Ist das eine diplomatische Umschreibung für psychisch krank? Etwas hat Agneta dazu bewegt, vor Robins Haus einen Blumenstrauß abzulegen, anonym. Schlechtes Gewissen? Emma wird unsicher, sie hätte sich eingehender über Agneta erkundigen sollen. Zwar ist sie überzeugt, dass Jan-Erik nicht so unschuldig ist, wie er tut, aber deshalb braucht er ja noch kein Mörder zu sein. Vielleicht lebt er mit jemandem zusammen, der noch weit schlimmer ist als er.

Agneta.

Emma fühlt sich plötzlich sehr allein auf dem großen Grundstück.

Bevor sie an der Haustür klingelt, will sie sich ein wenig umsehen und sich einen Eindruck darüber verschaffen, wo die Bauarbeiter etwas zerstört haben könnten.

Unten am See ahnt sie einen privaten Steg sowie ein Luxusboot. An der Grundstücksgrenze finden sich Reifenspuren und übriggebliebenes Baumaterial. Deswegen ist allerdings noch lange nicht der ganze Garten zerstört, wie Jan-Erik Andreas gegenüber suggeriert hat.

Dann entdeckt Emma das neue Bootshaus. Es ist blendend weiß. Die Tür steht einen Spaltbreit offen.

Ein rascher Blick hinein kann sicher nicht schaden.

80

Es ist nur ein schmaler Streifen Tageslicht, dennoch genügt er, um Sebastian hoffen zu lassen. Der Schatten weicht ein wenig zurück. Sebastian ist gut trainiert, dennoch darf er jetzt nichts Falsches tun.

Er hat nur diese eine Chance.

Ihm ist schlecht. Ist es Taktik, lockt er ihn mit der offenen Tür, um ihm falsche Hoffnungen zu machen? Ist jetzt der Zeitpunkt gekommen, zu schreien? Doch wer soll ihn hören, durch den ganzen langen Tunnel bis nach oben in den Garten? Er riskiert nur, ihn noch mehr zu reizen.

Bilder vom Unfall erscheinen vor seinem inneren Auge.

Er hat nicht vor, irgendetwas zu sagen. Wozu sollte das gut sein? Es ist besser, das Geheimnis wird mit Robin begraben. Und vielleicht auch mit ihm.

»Eins sollte dir klar sein: Ich habe nicht vor, als Vater einer Missgeburt dazustehen.«

Sebastian betet im Stillen für Matilda.

»Sie ist keine Missgeburt«, flüstert er erstickt, er kann ihm nicht durch Schweigen einfach zustimmen. Das hat sie einfach nicht verdient.

»Sie? Ich rede von dir, du Idiot. Kapierst du nicht, dass es zur Fortpflanzung Mann und Frau braucht? Mit zwei Schwänzen stirbt die Welt aus, das ist simple Mathematik.«

Es fühlt sich an, als hätte er ihm einen Eimer kaltes Wasser über den Kopf gegossen. Das kann nicht sein, niemand wusste davon, nicht einmal Matilda. Dann fällt ihm ein, dass das nicht stimmt. Es gab natürlich noch einen, der die Wahrheit kannte.

Robin.

»Ich habe euch gesehen, an diesem Abend«, erklärt der Schatten voller Verachtung. »Mit der Funktion *Wo ist mein iPhone* ist es ein Kinderspiel, herauszufinden, wo sich jemand aufhält. Pfui Teufel! In meinem ganzen Leben habe ich mich nicht so hintergangen gefühlt und so geekelt.«

Dann wusste er es also. Sebastian fasst sich an den Kopf. Ihm ist klar gewesen, dass er schuld ist an Robins Tod, aber er dachte, es wäre um den Autounfall gegangen.

Nicht um ihre Beziehung.

Es fühlt sich an, als flöge seine Seele davon und durch den Spalt in der Tür hinaus. Zurück bleibt eine leere Hülle. Seine Knie zittern, und er kann sich kaum noch aufrechthalten. Seine Muskeln verkrampfen. Er kann ebenso gut den Schuss einfach hinnehmen.

»Selbst diese dämliche Kuh Matilda hat es früher kapiert als ich«, fährt der Schatten fort. »Es steht alles in ihrem verdammten Tagebuch. Diese Göre hat tatsächlich geschrieben, seit sie im Kindergarten war! Dabei konnte sie kaum sprechen, wer hat ihr die Buchstaben beigebracht?«

Mama.

Sebastian will nichts mehr hören, will nicht wissen, was mit Matilda geschehen ist. Keine Details. Lieber möchte er in der Hoffnung leben, er habe sie verschont. Er muss irgendwie von ihr ablenken, egal wie.

»Und die Putzfrau?«, fragt er. »Warum die?«

»Sie hat mein Jackett in der Waschküche gefunden«, sagt der Schatten ohne einen Anflug von Reue. »Ein Knopf fehlte, sie hielt ihn plötzlich in der Hand. Da wusste ich, dass sie es wusste.«

Sebastians Wangen sind tränennass. Weinen ist das Letzte, was er möchte, aber sein Körper gehorcht ihm nicht mehr.

»Das Einzige, womit ich in den letzten Tagen beschäftigt war, war, hinter dir aufzuräumen«, sagt Jan-Erik wütend. »Und was ist der Dank?«

Sebastian schweigt. Was meint er damit?

»Nein, natürlich, den gibt es nicht.«

Sebastian fällt in sich zusammen.

Ganz allmählich nimmt der Gedanke in ihm Form an, dass der andere nur aus einem Grund seine Verbrechen vor ihm offenlegen kann. Er hat tatsächlich vor, ihn zu töten.

»Ich habe mir sogar die Mühe gemacht, bei Andreas einzubrechen, die Familie war ja ohnehin in Palma. Ich wollte den Alarm auslösen, damit die Polizei anrückt.«

Sebastian begreift nicht, wozu das hätte gut sein sollen. Vielleicht, weil der Raum sich plötzlich dreht und er kaum noch Luft bekommt.

»Damit die Polizei glauben sollte, Robin wäre im Zuge der Einbruchswelle zu Tode gekommen«, erklärt der Schatten gepresst. »Und damit diese lächerliche Facebook-

Gruppe Wasser auf ihre Mühlen bekommt. Wir können es uns nicht leisten, dass irgendwelches Pack hierherkommt und unser Leben zerstört. Aber diese verdammte Anlage schaltete sich nicht ein! Und weißt du, was das Absurdeste ist, abgesehen davon, dass ich unrecht hatte und doch jemand zu Hause war?«

Sebastian erträgt es nicht, seinem Mörder ins Gesicht zu sehen.

Seinem eigenen Vater.

»Dass ausgerechnet die Polizistin, die später in dem Mordfall ermittelt hat, dort wohnte.«

Das sind die letzten Worte, die er hört.

Anschließend wird alles schwarz.

81

Das Bootshaus riecht nach Neubau, die Wandfarbe ist kaum getrocknet. Zu ihrem Erstaunen entdeckt Emma eine geöffnete Luke im Boden, ganz hinten zwischen Bauabfällen und Farbeimern. Vorsichtig schaut sie in das dunkle Loch hinab. Eine Treppe. Sie zögert. Darf sie hier ohne einen Durchsuchungsbefehl überhaupt rein? Da sind die Probleme doch vorprogrammiert. Rasch dreht sie sich um und geht wieder hinaus. Sofort fällt ihr das Atmen leichter. Sie schaut sich noch ein wenig auf dem Grundstück um, das zum See hin leicht abfällt. Betrachtet den Steg und das Boot. Noch immer ist niemand zu sehen. Es bleibt also nur eins: Sie muss an der Haustür klingeln.

Niemand öffnet, also klopft sie energisch.

Ein Schatten bewegt sich in der Küche.

Agneta?

Emma wartet, aber nichts passiert. Noch einmal drückt sie die Klingel. Drinnen rasselt eine Sicherheitskette. Dann öffnet sich die Tür, und ein verschrecktes Gesicht schaut heraus. Dieselbe Frau, die neulich Blumen vor Robins Haus abgelegt hat.

»Hallo, sind Sie Sebastians Mutter?«, fragt Emma.

Sie bemüht sich um einen ruhigen Ton, der gehetzte Ausdruck der Frau wirkt jedoch ansteckend auf sie. Die ganze Atmosphäre rund um das Haus wirkt plötzlich äußerst bedrohlich.

»Agneta Adelhielm«, sagt die Frau und zupft den Kragen ihrer champagnerfarbenen Bluse zurecht.

Aus der Nähe wirkt sie noch dünner und blasser, vielleicht hat sie auch Gewicht verloren, seit Emma sie zuletzt vor Josefins Haus gesehen hat. Das ist doch erst wenige Tage her? Agneta hat einen blonden Pagenschnitt und ist stark geschminkt, vielleicht, um darunter etwas zu verbergen.

»Ich suche Sebastian.«

Agneta will gerade antworten, da erstarrt ihr blauer Blick kurz oberhalb von Emmas Schulter.

»Wie ich schon gesagt habe, er ist noch nicht wieder zu Hause«, sagt eine Männerstimme hinter ihr. Emma zuckt zusammen und dreht sich um.

Jan-Erik steht so dicht hinter ihr, dass er sie berühren könnte. Sein Lächeln wirkt angestrengt, seine Stirn ist schweißnass. Er wirft Agneta einen wütenden Blick zu.

Wo ist er plötzlich hergekommen? Es ist ihr unheimlich, dass er sich so angeschlichen hat.

»Agneta, kochst du uns einen Kaffee?«, fragt er und schiebt Emma ins Haus, bevor sie nein sagen kann.

»Ein schönes Bootshaus haben Sie sich da bauen lassen«, sagt Emma und bemüht sich, ruhig zu atmen. »Wo führt denn die Treppe in der Luke hin?«

»Welche Treppe?«, fragt Agneta und hält kurz vor der Kaffeemaschine inne. Ganz langsam dreht sie sich um. Ihre Augen sind weit aufgerissen.

Irgendetwas stimmt hier nicht.

Warum antwortet Jan-Erik nicht? Alle drei halten den Atem an. Emma schaut wieder zu Agneta, doch die ist wie versteinert.

»Danke«, sagt Jan-Erik und breitet die Arme aus. »Jetzt haben Sie die Überraschung kaputtgemacht.«

Agneta wirkt immer noch wie vor den Kopf gestoßen, oder hat sie einfach Angst? Zuhause ist manchmal der gefährlichste Ort für eine Frau.

»Sebastian und Sara haben sich schon im Frühjahr getrennt. Wie heißt seine neue Freundin?«, fragt Emma.

»Freundin?«, wiederholt Agneta. Sie scheint überhaupt nichts zu wissen.

Stimmt irgendetwas nicht mit ihr? Warum wiederholt sie jede Frage? Hat Jan-Erik sie vor der Polizei versteckt, weil er sich für sie schämt?

»Wo haben Sie denn Ihren netten Kollegen gelassen«, fragt Jan-Erik, ohne auf ihre Frage einzugehen.

Ist das Herrschergebaren oder Politikermanier, ihr immer so auszuweichen? Irgendetwas an seinem Auftreten macht sie nervös. Sie stehen noch immer zwischen Flur und Küche, und Emma überlegt, ob sie rein- oder rausgehen soll.

Jan-Erik wendet sich Emma zu und lächelt. »Sie sind doch normalerweise immer zu zweit unterwegs?«

»Nyhlén ist unterwegs«, antwortet sie leichthin, spürt dabei aber, wie ihr die Kehle eng wird. »Sie haben also nach wie vor keine Ahnung, wo Sebastian steckt?«

»Nein, in letzter Zeit war es etwas schwierig mit ihm. Normalerweise ist er gar nicht so«, erklärt Jan-Erik.

Agneta nickt ausnahmsweise. »Und sie auch nicht …«

»Schatz«, unterbricht Jan-Erik sie warnend. Agneta hält sofort den Mund.

Ihre Art, miteinander zu reden, irritiert Emma. Sie verliert darüber selbst den Faden. Was hatte sie noch mal wissen wollen? Ach ja, was mit der Treppe im Bootshaus ist. Sie geht in die Küche und betrachtet durch das Fenster das weiße Gebäude. Jetzt ist die Tür geschlossen. Ist Jan-Erik von dort gekommen?

»Das Bootshaus sieht neu aus«, sagt Emma und nickt hinüber.

»Das kann man wohl sagen«, erwidert Jan-Erik stolz.

Emma lässt den Blick zu dem eleganten Motorboot wandern, das am Steg vertäut liegt. Ein Schauer läuft ihr über den Rücken. Was hat die Zeugin, Lisa Andersson, gesagt? Dass sie ein Boot Richtung Nockeby davonfahren sah, kurz bevor sie die Leiche im Wasser entdeckte.

»Hatten Sie irgendwelche Probleme mit den Handwerkern?«, fragt Emma. »Heutzutage ist es ja eher Regel als Ausnahme, dass Bauprojekte nicht pünktlich fertig werden.«

Agneta trägt ein Tablett mit Kaffeetassen zum Tisch. Nachdem sie eingeschenkt hat, bleibt sie steif wie eine Schaufensterpuppe stehen. Keiner der beiden hat Emma aufgefordert, sich zu setzen, deshalb bleibt sie ebenfalls stehen.

Jan-Erik zuckt gleichgültig die Achseln. »Es gab eine Reihe von Rückschlägen, aber letztlich hat es nur ein paar Tage länger gedauert als veranschlagt. Damit muss man rechnen.«

»Und diese Treppe – wo führt die hin?«, hakt Emma noch einmal nach und nimmt einen Schluck Kaffee.

»Das kann ich Ihnen gerne zeigen«, sagt Jan-Erik enthusiastisch und geht Richtung Flur. »Komm doch auch mit, Agneta, Schatz.«

Seine Frau bewegt sich lautlos wie ein Gespenst.

»Die Überraschung ist ja jetzt ohnehin zerstört.«

Über die Terrasse gehen sie zum Steg hinunter. Emma legt die Hand ans Holster. Sie hat ein ungutes Gefühl im Bauch. Mit den Fingern tastet sie nach ihrem Handy.

»Haben Sie die Frau im Wasser schon identifiziert?«, fragt Agneta. Emma stutzt.

Jan-Erik hustet, er scheint sich verschluckt zu haben.

»Ich mache mir nämlich Sorgen, weil …«

»Agneta!«, schneidet Jan-Erik ihr brüsk das Wort ab, nachdem er sich von der Hustenattacke erholt hat. »Hör auf damit, du weißt, dass die Phantasie schnell mit dir durchgeht.«

»Ja, aber …«

»Schatz, es reicht.«

Agneta scheint noch etwas sagen zu wollen, unterlässt es aber. Am Bootshaus angekommen, hält Jan-Erik ihnen die Tür auf, wie ein Gentleman.

»Hereinspaziert«, sagt er, »bitte, nach Ihnen.«

Der Boden ist mit einem Teppich bedeckt, den er mit dem Fuß beiseiteschiebt. Darunter liegen Dielen. Auf den ersten Blick fällt einem nichts auf, Emma weiß jedoch bereits, dass es weiter hinten eine Luke gibt. Jan-Erik drückt auf den Knopf einer Fernbedienung, die Luke öffnet sich und die Treppe wird sichtbar.

»Ladies first!«

Emma umklammert ihre Waffe. Wenn es darauf ankommt, ist sie schnell. Das Problem ist nur, dass Jan-Erik hinter ihnen geht und jede ihrer Bewegungen kontrolliert. Sie fühlt sich unwohl, aber sie geht voran, noch vor Agneta. Dass niemand weiß, wo sie ist, beunruhigt sie jetzt doch. Allerdings ist Jan-Eriks Frau ja auch dabei, was kann also schon passieren? Emma erreicht das Ende der Treppe und setzt den Fuß auf den gestampften Lehm eines unterirdischen Ganges. Hat sie hier überhaupt noch Handyempfang? Eine Mischung aus Neugier und dem unbedingten Wunsch, den Fall zu lösen, treibt sie voran. Sie redet sich ein, es bestehe keine Gefahr. Nicht, solange sie die Pistole hat.

»Ist es normal, dass die Polizei bewaffnet aufkreuzt, wenn sie die Leute zu Hause befragt?«, fragt Jan-Erik mit harter Stimme. Emma dreht sich langsam um.

Er presst einen Revolver an Agnetas Schläfe.

Emma sieht Panik in ihrem Blick.

»Waffe weg«, sagt Jan-Erik, »oder ich schieße.«

82

Die beiden jüngeren Kinder winken fröhlich, als Josefin sie an der Sportschule abholt, während Julia sich peinlich berührt umdreht. Josefin hat ihre roten Wangen gesehen, den panischen Blick. Wahrscheinlich ist es ein ganz normaler Entwicklungsschritt, sich in einem bestimmten Alter für seine Mutter zu schämen. Jetzt muss sie selbst so erwachsen sein, nicht zu zeigen, wie sehr es sie verletzt.

Mit Schuld und Scham will sie ihre Kinder nicht belasten.

Sie umarmt Anton, da klingelt schon wieder ihr Handy. Nyhlén.

»Hallo«, sagt Josefin. Sie freut sich, dass sie sich in letzter Zeit nähergekommen sind, sie hat ihn immer sehr gemocht. Er ist einfühlsam und ehrlich, man kann gut mit ihm reden, der Traum jeder Schwiegermutter.

»Hattest du heute Kontakt zu deiner Schwester?«, fragt Nyhlén angespannt.

»Ja, warum? Ist etwas passiert?«

»Sie ist auf eigene Faust losgezogen und geht außerdem nicht ans Handy«, erklärt er. »Du weißt nicht zufällig, wo sie hin sein könnte?«

Josefin merkt, dass dies nicht der Augenblick für einen Kommentar über Emmas Spontaneität ist. Dennoch lässt sie die neuerliche Situation daran zweifeln, dass ihre Schwester aus dem, was ihr widerfahren ist, auch nur irgendetwas gelernt hat. Es scheint, als suche sie geradezu die Gefahr. Josefin lässt das Gespräch mit ihr im Gedächtnis Revue passieren.

»Josefin?«, drängt Nyhlén. »Wir haben es eilig.«

»Sie schien ganz fixiert auf Jan-Erik Adelhielm.«

»Wieso, gab es da irgendetwas Neues?«

Josefin wird schwindlig.

Was hat sie noch mal gesagt? Ihr Kurzzeitgedächtnis lässt sie immer mehr im Stich.

»Mama, können wir endlich los?«, quengelt Anton und zieht sie am Arm.

»Warte, ich muss eben noch zu Ende telefonieren«, antwortet Josefin und erntet drei genervte Blicke. Die Kinder scheinen schon eine Weile neben ihr gewartet zu haben, ohne dass sie es gemerkt hat.

»Emma geht auch dann nicht dran, wenn Lindberg sie anruft«, sagt Nyhlén. »Auf mich ist sie sauer, das ist verständlich, aber er hat nichts damit zu tun.«

»Die Baustelle«, sagt Josefin. »Ich habe ihr erzählt, dass die Bauarbeiter angeblich Jan-Eriks Grundstück ruiniert haben sollen und dass er irgendetwas von ›Scheißbalten‹ gesagt hat. Da hat sie aufgelegt.«

»Ach, du Schande«, sagt Nyhlén mit angsterfüllter Stimme. »Hab ganz großen Dank, Josefin.«

»Komm jetzt, Mama«, ruft Julia und marschiert wütend los. »Wir haben keinen Bock mehr zu warten.«

»Ich verstehe nur nicht …«, sagt Josefin zu Nyhlén, doch der hat schon aufgelegt.

Sie folgt ihren Kindern. Diesmal sind sie es, die sie nach Hause bringen, nicht umgekehrt. Sie kennen sich besser in Palma aus als sie, und wenn sie sich im Geiste in Bromma befindet und in ihr das reinste Chaos tobt, ist es um ihren Orientierungssinn endgültig geschehen. Was hat Emma vor? Muss man wieder fürchten, dass ihr etwas zustößt, hört das niemals auf? Das Gehen hilft Josefin, den Kopf freizubekommen und klarer zu denken. Dabei geht ihr auf, wie schlimm es tatsächlich sein könnte.

Wenn der Mörder weiterhin auf freiem Fuß ist. Der nicht aufhören wird zu töten, bis er festgenommen worden ist. Dass dieser Mörder vielleicht Jan-Erik Adelhielm ist.

Als sie zu Hause ankommen, gehen die Kinder gleich hinein, Josefin aber bleibt draußen, um wieder zu Atem zu kommen. Dabei entdeckt sie eine Reihe vertrockneter Rosen, sie muss vergessen haben, sie zu gießen. Doch darum kann sie sich jetzt nicht kümmern. Sie ruft Evert an und fragt, ob er schon Bescheid weiß.

»Ich habe keinerlei Einblicke in die Ermittlungen«, antwortet er. »Mittlerweile bin ich ganz auf meine Rolle als Opa und Babysitter reduziert.«

Josefin spürt, wie wütend sie wird. Sie hat keine Lust mehr auf solche Aktionen. Emma muss endlich den Beruf wechseln, damit sie alle Ruhe finden.

»Wusstest du, dass weder Nyhlén noch Lindberg Emma erreichen können?«, fragt sie, obwohl sie ihn eigentlich nicht beunruhigen will. »Aber Emma kommt ja immer irgendwie klar, stimmt's?«

»Emma kommt immer irgendwie klar«, wiederholt Evert mechanisch.

»Ruf mich sofort an, wenn du etwas hörst«, sagt Josefin und geht hinein.

»Gleichfalls.«

»Mach's gut.«

Im Flur stolpert sie über die Schuhe der Kinder.

Sie könnte heulen.

Alles kommt ihr so verkehrt vor, die ganze Idee mit dem Umzug und der Selbstfindung, wenn sie es doch ohnehin nicht schafft, Bromma loszulassen. Im Spiegel sieht sie ihr tragisches Gesicht, was sie auch nicht heiterer stimmt.

»Das bin ich«, sagt sie laut. »Damit muss ich klarkommen.«

»Hallo, mein Schatz. Führst du jetzt Selbstgespräche?«, fragt Andreas, der plötzlich im Flur steht und sie skeptisch mustert.

Das ist zu viel. Vor lauter Anspannung bricht sie in Tränen aus.

»Sie macht mich fertig!«

»Wer?«, fragt er und nimmt sie in die Arme.

»Emma, wer sonst?«

Andreas streicht ihr über die Wange, um ihre Tränen zu trocknen.

»Meine geliebte Yogatrainerin, jetzt atme mal ganz tief durch und überlege dir, wie sehr du sie über dein Leben bestimmen lässt. Du hast nämlich tatsächlich eine Wahl.«

Sie macht sich los und versucht, die plötzlich aufkommende Wut zu unterdrücken. »Sie hat mir schon so viele schlaflose Nächte beschert. Wann hört das endlich auf?«

»Worum geht es denn jetzt schon wieder?«

»Entschuldige, ich bin so durcheinander«, sagt Josefin und berichtet von ihrem Gespräch mit Nyhlén. »Wenn ich es richtig verstanden habe, ist Emma allein zu Jan-Erik gefahren, und jetzt geht sie nicht an ihr Handy, wenn die Kollegen versuchen, sie zu erreichen. Die Polizei scheint inzwischen davon auszugehen, dass er etwas mit den Morden zu tun hat.«

Andreas wird kreidebleich.

»Was ist?«, fragt sie.

Er lässt sich auf einen Fußschemel sinken und rauft sich die Haare. »Wenn das so ist, habe ich mich wahrscheinlich verplappert. J-E und ich haben in letzter Zeit mehrfach über die Ereignisse in Bromma telefoniert. Er hat die Ermittlungen sehr interessiert verfolgt, genau wie du und wahrscheinlich ganz Bromma.«

»Und?«

»Es kann sein, dass ich ihm etwas gesagt habe, das er besser nicht hätte wissen sollen.« Andreas sieht hilflos aus.

Josefins Herz schlägt schneller. »Zum Beispiel?«

»Ich habe Svetlanas Namen genannt, bevor er allgemein bekannt wurde, denn ich wusste, dass sie auch für ihn geputzt hat«, antwortet er zögernd. »Und dann habe ich gescherzt, er solle bloß aufpassen, jetzt, da die Polizei ein Auge auf ihn hat. Vor allem wegen Emma. Ich habe wohl auch gesagt, dass sie die Beste ist. Entschuldige.«

»Oh, mein Gott!« Sie kann ihm nicht böse sein. Aber sie würde jetzt gerne laut schreien.

»Ich bin gar nicht auf die Idee gekommen, dass er etwas mit der Sache zu tun haben könnte. Sebastian vielleicht, aber nicht J-E«, sagt Andreas. Jetzt ist sie es, die ihn trösten muss. »Was habe ich bloß getan?«

»Du konntest das doch nicht wissen.«

»Bist du sicher, dass da etwas dran ist?«, fragt er.

»Das weiß wahrscheinlich niemand, außer vielleicht Emma«, sagt Josefin.

»Ich weiß nicht, was ich sagen soll, es ist so schrecklich.«

»Kannst du nicht versuchen, J-E anzurufen?«

Andreas zieht sein Handy heraus und wählt Jan-Eriks Nummer, erreicht jedoch nur die Mailbox. Hilflos starren sie einander an.

»Wie gut kennst du ihn überhaupt?«, fragt Josefin.

»Nur vom Tennis.«

Josefin hat ihn lediglich ein paarmal flüchtig gegrüßt, sich aber nie mit ihm unterhalten. Sie googelt seinen Namen und klickt einen Artikel über die Partei an, die er vertritt.

»Hör mal zu«, sagt sie zu Andreas. »Die vertreten einen ganz merkwürdigen, darwinistischen Ansatz, laut dem der Starke über den Schwachen siegt. Damit stellen sie aber auch alles infrage, was ihrer Meinung nach gegen die Natur verstößt, zum Beispiel Homosexualität, Kaiserschnitt und Abtreibungen.«

Andreas schüttelt entsetzt den Kopf.

»Eine elitäre Gesellschaft, die darauf aufbaut, dass nur die Stärksten überleben …«

»… und die Schwächsten sterben.«

83

Ist Emma also noch mal zu Familie Adelhielm hinausgefahren, um mit Jan-Erik und Sebastian zu reden? Dann sitzen sie vielleicht gerade zusammen in dem eleganten Wohnzimmer, trinken Kaffee und genießen die Aussicht. Alles könnte unter Kontrolle sein.

Dennoch juckt es Nyhlén am ganzen Körper.

Es klopft, Lindberg schaut herein. »Irgendetwas Neues von Emma?«

»Nein, leider.«

»Sie hat ihre Dienstwaffe mitgenommen.«

Gut, dass sie wenigstens bewaffnet ist, denkt Nyhlén zuerst.

Allerdings bedeutet das ja nicht automatisch, dass sie sicherer ist. Nicht, wenn die Sig Sauer in die falschen Hände gerät.

Er berichtet Lindberg von seinem Telefonat mit Josefin.

»Wenn der Balte Adelhielms Haus als seinen Arbeitsplatz identifizieren würde, wäre eindeutig jemand von dort der Täter«, sagt Nyhlén.

Lindberg runzelt die Stirn. »Klar wäre es gut, erst die

Bestätigung zu haben. Uns fehlt aber die Zeit, ihn noch einmal dazu zu befragen. Wir müssen jetzt handeln.«

»Moment«, sagt Nyhlén. Sein Handy klingelt.

Er hofft, es wäre Emma, doch zu seinem großen Frust ist es schon wieder Madeleine. Er drückt das Gespräch weg. Sie ist die Letzte, die er jetzt sprechen will.

Als es erneut klingelt, flucht er stumm und antwortet mit einem knappen: »Ja?«

»Ist es gerade ungünstig?«, fragt der Rechtsmediziner pikiert.

»Entschuldigung, wir haben hier gerade Ausnahmezustand. Können Sie sich also kurzfassen?«, bittet Nyhlén.

»Wir haben festgestellt, dass die Frau ertrunken ist. Davon abgesehen, hatte sie massenhaft Substanzen im Körper, also Drogen. Soll ich alle aufzählen?«

»Bitte nicht jetzt«, sagt Nyhlén. »Todeszeitpunkt?«

»Das ist ja immer schwer zu sagen, weil verschiedene Faktoren eine Rolle spielen«, sagt der Rechtsmediziner. Nyhlén hofft, dass er rasch wieder zur Sache kommt. »Aber wahrscheinlich hat sie ein bis zwei Tage im Wasser gelegen.«

»Was ist mit den Augen?«

»Zuerst dachten wir, jemand hätte sie misshandelt, aber nachdem ich es mir näher angeschaut habe, bleibt eigentlich nur eine Möglichkeit.«

»Welche?«

»Die Wunden wurden ihr nicht von einem Menschen zugefügt.«

Nyhlén begreift immer noch nicht, worauf er hinauswill. »Was meinen Sie damit?«

»Sie wurde von Vögeln und Krebsen angefressen.«

Nyhlén muss an die Dohlen denken, die über der Leiche kreisten. Fast hätte er sich übergeben. »Dann war es also ein natürliches Ereignis?«

»Ja, allerdings haben wir Abwehrspuren gefunden, die darauf hindeuten, dass es kein Unfall war.«

Sie wurde also ermordet, genau wie er geahnt hat. »Haben Sie ihren Namen?«

»Ja, sie wurde als Matilda Jonasson identifiziert und ist fünfundzwanzig Jahre alt.« Anschließend nennt er ihm die Adresse, wo sie gemeldet ist.

Grönviksvägen in Nockeby. Dieselbe Hausnummer wie Jan-Erik.

»Sind Sie ganz sicher?«, fragt Nyhlén ungläubig.

»Hundert Prozent.«

Wie konnte ihnen entgehen, dass noch eine weitere Person dort lebte? Warum hat ihnen niemand etwas gesagt? Nyhlén erinnert sich, dass Sebastian kurz vor dem letzten Leichenfund versucht hat, Emma zu erreichen. Wollte er Matilda Jonasson vermisst melden?

»Danke«, sagt Nyhlén und legt auf. Dann schaut er Lindberg an, der noch immer in der Tür steht. »Die Tote im Wasser ist bei Familie Adelhielm gemeldet.«

»Ich rufe Verstärkung«, sagt Lindberg und läuft in sein Büro.

84

Plötzlich ist da seine Mutter. Sie bricht an der Tür zusammen, zittert und schluchzt und murmelt etwas, das Sebastian nicht versteht.

»Mama«, ruft er. »Bist du okay?«

Er kriecht zu ihr und stellt fest, dass sie nicht alleine ist. Die Polizistin ist auch mit dabei. Was hat sie hier zu suchen?

»Er ist wahnsinnig«, sagt Sebastian, an Emma gewandt.

»Wie lange bist du schon hier?«, fragt Emma besorgt. »Geht es dir gut?«

»Ich weiß nicht«, sagt Sebastian und versucht gleichzeitig, Agneta zu beruhigen. »Atmen, Mama, atmen. Alles wird gut.«

»Er, er … er hat auf mich gezielt«, stottert sie. »Auf meinen Kopf.«

»Er ist nicht mehr hier.«

»Jan-Erik, er … Er wollte mich erschießen«, flüstert Agneta verzweifelt. »Nach allem, was ich für ihn getan habe … allem, was ich geopfert habe … Er wollte mich töten.«

Emma hilft Sebastian, Agneta so zu lagern, dass die

Beine höher liegen, um die Blutzufuhr zum Gehirn zu unterstützen. Sie müssen aufpassen, dass sie nicht kollabiert, denn es gibt hier unten nichts zu trinken, nichts Kühles, um es ihr auf die Stirn zu legen. Sebastian ist wie benommen, und er hat solchen Durst. Der Hunger kommt und geht, dennoch will er nicht klagen, will seine Panik nicht in Worte fassen. Vielleicht würde sie dann nur noch größer. So kann er einigermaßen damit umgehen. Als Agneta aufhört zu zittern und einigermaßen stabil zu sein scheint, fragt Emma erneut, wie es ihm geht.

»Ich bin okay«, lügt er.

Er will nicht zugeben, wie große Angst er hat. Und wie sicher er sich ist, dass keiner von ihnen lebend hier herauskommt. J-E handelt aus Verzweiflung, das kann nicht gut ausgehen. Nicht, nachdem er vor ihm alles zugegeben hat.

»Er hat mich hergebracht, nachdem ich versucht hatte, Sie zu erreichen«, sagt Sebastian. »Es machte ihn wütend, dass ich mit Ihnen reden wollte. Er hat mir das Handy weggenommen.«

»Dann warst du das gar nicht, der mir eine SMS mit ›verwählt‹ geschickt hat?«

»Was? Von meinem Handy aus? Nein.«

Sie schüttelt den Kopf. »Ich habe es mir gleich gedacht und mich gewundert, dass du nicht zurückgerufen hast, obwohl ich immer wieder versucht habe, dich zu erreichen.«

»Da saß ich schon hier.«

Emma schaut auf ihr Handy. »Kein Netz, natürlich. Du hast mich Montagabend um zehn vor acht angerufen, dann bist du also seit fast zwei Tagen hier. Hast du etwas getrunken?«

»Nein.« Er schaudert.

»Mach dir keine Sorgen, meine Kollegen sind bald hier«, sagt Emma. »Sie werden uns finden.«

In Sebastians Ohren klingt sie nicht sehr überzeugt. Sie sagt das wohl nur, um ihn zu beruhigen. Damit er nicht alle Hoffnung verliert.

»Wo bin ich?«, fragt Agneta.

Der Zustand seiner Mutter macht ihm größere Sorgen als sein eigenes Befinden. Und vielleicht ist es ganz gut, wenn er sich auf etwas anderes konzentriert. Sebastian streichelt ihr den Arm und flüstert ihr tröstende Worte ins Ohr. So hat er nicht mehr bei ihr gesessen, seit er klein war. Jetzt ist sie die Schwache, und er wird sie mit seinem Leben verteidigen.

»Wusstest du von diesem Raum?«, fragt Emma und geht zu der Tür hinüber, die sich jedoch keinen Millimeter bewegt.

Niedergeschlagen kehrt sie zu den anderen zurück.

»Nur von dem Bootshaus. Ich habe mich gewundert, dass es so furchtbar lange dauerte, es zu bauen. Er schob es auf die Unfähigkeit der ausländischen Bauarbeiter.«

»Es war eine litauische Firma, oder?«

»Ja«, sagt er. »Woher wissen Sie das? Sie waren doch schon weg, als Sie kamen.«

»Einer von ihnen sitzt bei uns in Haft, er ist des Mordes an Robin verdächtig.«

Sebastian dreht sich der Magen um. Ein unendlicher Schmerz, er krümmt sich zusammen.

In dem Schweigen, das entsteht, versucht Agneta etwas zu sagen.

»Matilda«, flüstert sie. »Bist du hier?«

Sebastian kann seine Tränen nicht länger zurückhalten.

»Wer ist Matilda?«, fragt Emma.

85

Emmas Auto vor dem Haus im Grönviksvägen zu sehen, löst bei Nyhlén gemischte Gefühle aus. Einerseits will er die Tür aufreißen und sie vor dem Irren, der dort lebt, retten, andererseits kocht er vor Wut.

Emma weiß genau, dass sie nie allein ausrücken darf.

Das ist ein Dienstvergehen.

Aber wer sollte es verhindern? Sie hat schon immer ihr eigenes Ding gemacht. Dabei trägt sie als Mutter besondere Verantwortung und müsste eigentlich zweimal darüber nachdenken. Vor allem, nachdem sie ihre Tochter schon einmal über einen längeren Zeitraum verlassen hat. Es verletzt ihn, dass sie ihre Mutterrolle so wenig ernst nimmt, dass sie nicht begreift, dass sie gebraucht wird. Doch am wütendsten ist er auf sich selbst. Denn trotz allem ist es auch seine Schuld, dass Emma allein hierhergefahren ist.

Seine und Madeleines.

»Alle Einsatzkräfte vor Ort«, meldet Lindberg.

Der Plan ist, dass sie beide zur Haustür gehen, ohne dass die anderen überhaupt zu sehen sind. Sie dürfen den Täter nicht erschrecken, ihm keinerlei Anlass zu übereiltem

Handeln bieten, falls er Emma als Geisel hält. Das Haus wirkt beunruhigend still. Natürlich wird er längst begriffen haben, dass es schlecht für ihn aussieht.

Oder?

Dass Emma lediglich drinnen sitzt und mit ihm plaudert, ist natürlich Wunschdenken. Nyhlén atmet tief durch, geht zur Tür und klingelt.

Keine Reaktion.

Er wirft einen Blick auf Emmas Auto und dann wieder zur Tür.

»Verdammt.«

Lindberg läuft geduckt zur Giebelseite des protzigen Gebäudes. »Auf der Rückseite befindet sich ein Mann, unten am Wasser«, flüstert er.

Nyhlén geht langsam die gepflegten, blühenden Beete entlang. Unter der perfekten Oberfläche brodelt es. Sobald sie um die Ecke sind, erkennt auch Nyhlén die hochgewachsene Gestalt auf dem Steg.

»Jan-Erik?«, ruft Nyhlén.

Sebastians Vater dreht sich um und lächelt. »Ach nein, Sie auch hier? Ihre Kollegin war eben erst bei uns.«

Nyhlén und Lindberg nähern sich, bleiben jedoch in gebührendem Abstand stehen. Er darf sie nicht als Bedrohung empfinden.

»Und wer sind Sie?«, fragt Jan-Erik Lindberg, bleibt aber neben dem Boot stehen.

»Lars Lindberg, Chef der Einsatz- und Ermittlungseinheit, Region Stockholm.«

»Was für eine Ehre«, sagt Jan-Erik, ein wenig zu überschwänglich. »Wie kann ich denn weiterhelfen?«

Nyhlén entdeckt keine einzige Schweißperle auf seiner Stirn. Nicht die Andeutung eines flackernden Blicks.

»Das Auto meiner Kollegin steht noch hier, und sie geht nicht ans Handy«, sagt er leichthin. »Haben Sie eine Ahnung, wo sie sein könnte?«

Jan-Erik wirft einen Blick auf die Armbanduhr. »Nein, sie ist vor etwa einer halben Stunde aufgebrochen, zusammen mit meiner Frau. Sie wollten sich noch ein wenig allein unterhalten, unter Frauen.«

»Ach, und wo?«, fragt Nyhlén skeptisch.

»Keine Ahnung, sie wollten ein Stück spazieren gehen, deshalb steht wahrscheinlich auch das Auto noch da.«

Nyhlén weiß nicht, wie er seine Körpersprache zu deuten hat. Jan-Erik scheint sich vorzumachen, er hätte nach wie vor alles im Griff, dabei müsste er selbst er kapiert haben, dass das Spiel aus ist.

Nyhlén nickt langsam. »Und Sie sind nicht zufällig gerade dabei, die vermisste Matilda zu suchen?«

Für den Bruchteil einer Sekunde fällt Jan-Eriks Maske. Es genügt, um Nyhlén zu überzeugen, wer da vor ihm steht.

Ein Mörder.

86

Emma spürt einen zunehmenden Druck auf der Brust, als Agneta die tragische Geschichte ihres erstgeborenen Kindes aus einer früheren Ehe erzählt. All die Jahre sei sie mit Matilda in die Kinder- und Jugendpsychiatrie gefahren, um Hilfe für sie zu suchen. Nachdem sie Jan-Erik kennengelernt hatte, wurde Matilda unter starke Medikamente gesetzt.

»Von da an wurde es immer schlimmer«, sagt Agneta, die sich so weit erholt hat, dass sie sprechen kann, ohne immer wieder den Faden zu verlieren. »Die Veränderungen traten allerdings nur schrittweise ein, ich begriff es nicht, bevor es zu spät war.«

»Erklären Sie es mir, so gut Sie können«, ermuntert Emma sie.

»In Matildas ersten Lebensjahren gab es nur uns beide, wir waren unzertrennlich. Ich tat alles für sie, manchmal war es bestimmt übertrieben, denn ich merkte früh, dass sie anders war und besondere Unterstützung brauchte, um im Leben zurechtzukommen. Es wurde zu meiner ureigensten Aufgabe, ihr zu einem so guten Leben wie möglich zu verhelfen.«

Sebastian sitzt an der Wand, sein Kopf hängt herab. Emma will sich nicht anmerken lassen, wie sehr sein Zustand sie besorgt. Sie hofft inständig, dass Nyhlén sich beeilt. Wenn sie noch lange hier unten bleiben, könnte Sebastian bleibende Schäden davontragen.

»Anfangs funktionierte es ganz gut«, sagt Agneta. »Das Soziale nicht, aber ich schleppte sie zu Therapeuten, Logopäden und allen möglichen Experten, um sie möglichst fit für die Normalität zu machen. Denn darum geht es doch immer: dass man sein Kind dazu bringt, sich wie alle anderen zu verhalten. Damit es in die gesellschaftlichen Raster passt.«

Traurig eigentlich, denkt Emma.

»Jan-Erik wollte mich zwingen, mich zwischen ihm und Matilda zu entscheiden, doch das konnte ich nicht«, sagt Agneta. »Ich konnte meine Tochter nicht im Stich lassen, noch dazu, wo sie so hilfebedürftig war.«

»Und warum konnten Sie Jan-Erik nicht verlassen?«, fragt Emma, froh, dass es ein Licht im Keller gibt, wenn auch nur ein schwaches.

»Weil ich bereits mit Sebastian schwanger war.«

Sebastian zuckt zusammen, sagt aber nichts.

»Er hatte einen angeborenen Herzfehler, und wir mussten ewig im Krankenhaus bleiben«, erzählt Agneta weiter. »In der Zeit habe ich Matilda mit J-E allein gelassen, ich hatte keine andere Wahl. Einmal hat er sie so zusammengeschlagen, dass sie ins Krankenhaus gebracht werden musste.«

Agneta bricht in Tränen aus, und Emma sucht nach Worten, findet jedoch keine.

»Anschließend wurde alles immer schlimmer, aber solange sie noch zur Schule ging, gab es einen Halt in ihrem Leben«, fährt Agneta nach einer Weile fort. »Nach dem Abschluss aber landete sie außerhalb des sozialen Netzwerks, und damit meine ich *vollkommen außen vor*. Tagsüber sitzt sie nur noch in ihrem Kellerzimmer, sie liest und schreibt und ist unfähig, ihr Leben selbst in die Hand zu nehmen. Und sie ist zu alt, als dass sich die Gesellschaft um sie kümmern müsste. Sie fühlt sich von mir im Stich gelassen, was leider stimmt. Sebastian ist der Einzige, der noch an sie herankommt. Ich wünschte, ich könnte die Zeit zurückdrehen.«

»Das klingt alles schrecklich«, sagt Emma.

»Das Schlimmste ist, dass Jan-Erik sie verstecken wollte, als er sie nicht loswerden konnte«, sagt Agneta. »Matilda passt nicht in sein Weltbild, für ihn ist sie eine Schande. Seine Partei verfolgt eine Politik, die für solche wie sie keinen Platz hat. Deshalb durfte sie auch seinen Namen nicht annehmen. Sie trägt immer noch meinen Nachnamen, Jonasson.«

Das Bild der Toten im Wasser erscheint vor Emmas geistigem Auge. Sie fragt nach Matildas Haarfarbe und was sie am liebsten getragen hat.

»Sie mag nichts, was eng anliegt und drückt«, sagt Sebastian plötzlich. »Sogar das Etikett schneidet sie immer heraus.«

»Hast du sie vermisst gemeldet?«

»Nein, aber ich habe versucht, Sie anzurufen, sobald ich begriff, dass sie verschwunden war«, erklärt Sebastian. Emma schluckt. »Dabei hat mein Vater mich erwischt. Wir standen unten am Steg. Ich beschuldigte ihn, Matilda entführt zu haben, und da war er plötzlich wie ausgewechselt.«

Agnetas Weinen wird lauter. »Als ich vor zwei Tagen mit Matilda im Krankenhaus war, ist etwas passiert. Jan-Erik war völlig aufgebracht. Als ich Matilda gute Nacht sagen wollte, war sie nicht in ihrem Zimmer. Ich wusste gleich, dass etwas nicht stimmte. Aber er erlaubte mir nicht, die Polizei anzurufen. Er drohte mir. Natürlich hätte ich mich darüber hinwegsetzen müssen, aber er machte mir solche Angst, dass ich tat, was er wollte.«

Jan-Erik hat sich ganz schön in die Ecke manövriert. Da kommt er nicht mehr heraus, denkt Emma.

»Wer weiß alles von diesem Raum?«, fragt sie.

Agneta schluchzt laut auf. »Niemand, außer den Bauarbeitern.«

87

»Sie haben gefragt, warum wir hergekommen sind«, sagt Nyhlén zu Jan-Erik und blickt ihm fest in die Augen, um zu sehen, wie er auf die Todesnachricht reagiert. »Wir haben eine sehr traurige Mitteilung für Sie. Matilda wurde tot aufgefunden.«

Jan-Erik wankt. »Was haben Sie da gesagt?«

»Unser Beileid«, sagt Lindberg.

»Ich dachte, Sie wären gekommen, um …« Jan-Erik verstummt.

Nyhlén zweifelt plötzlich. Hat dieser Mann wirklich Robin, Svetlana und vielleicht auch Matilda ermordet? Nicht, dass er unschuldig wirkt, aber was hätte er für ein Motiv? Warum sollte er sein perfektes Leben derart aufs Spiel setzen? Ein Mann, der offensichtlich alles hat.

Noch viel weniger begreift er, wohin Emma verschwunden ist. Stimmt es, dass sie und Agneta zusammen spazieren gehen wollten?

Oder liegt sie gefesselt und geknebelt im Wohnzimmer, während sie hier stehen und diskutieren? Nyhlén muss die Sache irgendwie beschleunigen. Dann sieht er, was Jan-Erik an den Füßen trägt. Ein Paar Converse.

»Welche Schuhgröße haben Sie?«, fragt Nyhlén.

»Vierundvierzig, warum?«, fragt Jan-Erik. Dann nickt er zu seinen Schuhen hinunter. »Aber die hier gehören Sebastian.«

Nyhlén verliert den Faden, und ehe er reagieren kann, ist Jan-Erik ins Boot gesprungen. Erst jetzt sieht Nyhlén, dass es nicht am Steg vertäut ist.

»Seien Sie bitte so freundlich und kommen freiwillig wieder an Land«, ermahnt er ihn.

Jan-Eriks verächtlicher Blick sagt alles.

»Der Garten ist von bewaffneten Polizeikräften umstellt, Sie können nirgendshin fliehen. Es ist für uns alle das Beste, wenn Sie tun, was ich sage.«

»Stehe ich irgendwie unter Verdacht?«, fragt Jan-Erik, als wäre es das Undenkbarste auf der Welt. »Ich komme leider gerade nicht ganz mit.«

»Wo waren Sie in der Nacht zum achten August?«, fragt Lindberg mit autoritärer Stimme.

Jan-Erik scheint nachzudenken. »Das kann ich Ihnen so spontan nicht sagen. Dazu müsste ich in meinem Kalender nachsehen.«

»Haben Sie Svetlana Lipowska nach dem zehnten August noch einmal gesehen?«

Jan-Erik schüttelt den Kopf, lacht leise, aber unsicher. Sie können hier nicht ewig stehen und reden, Emma ist vielleicht in Not. Nyhlén verschärft den Ton.

»War es nicht schrecklich, mit anzusehen, wie Matilda Jonasson ertrank?«, fragt er. Jan-Eriks Gesicht läuft rot an. »Es ist vorbei, Jan-Erik. Sagen Sie uns, wo Sebastian und Emma sind.«

»Das würde ich gern, wenn Sie so nett fragen«, antwortet Jan-Erik kühl. »Aber niemand sagt mir, wann es vorbei ist. Niemand, verstanden? Ich habe die Kontrolle über mein Leben. Ich habe das Schicksal anderer Menschen in meiner Hand. Ich entscheide!«

»Ganz ruhig«, sagt Lindberg. »Überlegen Sie sich gut, was Sie jetzt tun.«

Nyhlén lässt sich von Jan-Eriks plötzlichem Persönlichkeitswandel nicht verunsichern, eher ist er erleichtert, dass er endlich sein wahres Gesicht zeigt.

»Tun Sie nichts Unüberlegtes«, sagt er warnend.

Jan-Erik blickt ihn hasserfüllt an. »Eins sage ich Ihnen. Es ist Ihre Schuld, dass sie sterben werden.«

Dann wirft er den Bootsmotor an.

88

Josefin versucht, sich zusammenzureißen und das Essen mit der Familie in einem Restaurant ihres Viertels zu genießen. Doch das Einzige, woran sie denken kann, ist Emma. Nyhlén geht nicht an sein Handy, und auch von Evert hat sie nichts mehr gehört. Sie versucht sich einzureden, dass sie ohnehin den Lauf der Dinge nicht beeinflussen kann. Früher oder später werden sie sie schon benachrichtigen.

Darauf muss sie vertrauen.

Der Kellner bringt eine Karaffe Rotwein sowie einen Korb voll Brot, auf das sich alle wie hungrige Raubtiere stürzen. In wenigen Sekunden ist der Korb leer, nur Krümel bleiben auf dem rot-weißen Tischtuch zurück. Josefin hat nicht einmal einen Kanten abbekommen, doch sie hätte ohnehin darauf verzichtet. Sie hat sich vorgenommen, endlich ihre überflüssigen Kilo loszuwerden. Ruhe breitet sich am Tisch aus, und Josefin heftet den Blick auf die Kerze, die zu erlöschen droht. Dann loggt sie sich bei den Bromma-Freunden ein.

Blaulicht im Grönviksvägen.

Ihre Kehle wird trocken, und sie streckt die Hand nach ihrem Glas aus. Wartet auf den nächsten Kommentar.

Die drei Punkte im Antwortfeld bewegen sich. Ein Foto von einem weißen Haus und mehreren Polizeiwagen poppt auf.

»Wer wohnt da?«, fragt sie Andreas.

»Jan-Erik Adelhielm«, antwortet er leise. »Mir wird schlecht.«

Der nächste Post lässt ihr das Blut in den Adern gefrieren.

Ich habe Schüsse gehört. Weiß jemand etwas?

89

Der Hubschrauber dröhnt. Nyhlén flucht, als er sich beim Sprung in das bereitstehende Polizeiboot den Fuß verstaucht.

Wie konnte Jan-Erik ihnen bei diesem Einsatzkräfteaufgebot überhaupt entkommen?

Der Befehl lautete eindeutig: nicht schießen.

Nicht nur, weil es fatal wäre, wenn Jan-Erik Adelhielm erschossen statt für seine Taten zur Verantwortung gezogen würde, sondern vor allem, weil das Leben mehrerer Menschen auf dem Spiel steht. Irgendwo hält dieser Irre Sebastian und Emma gefangen und vielleicht auch seine eigene Frau.

Ein Warnschuss wird abgegeben, doch das beeindruckt Jan-Erik kein bisschen.

Im Gegenteil, er gibt Vollgas und verschwindet Richtung Schloss Drottningholm.

Was hat er vor, begreift er nicht, dass es vorbei ist?

»Der Hubschrauber hat ihn im Blick, er fährt immer noch Richtung Schloss«, ruft Lindberg in dem Versuch, das Lärmen des Motorboots und des Hubschraubers zu übertönen. Nicht einmal ihm, der für seinen stoischen Gesichtsausdruck in jeder Lage bekannt ist, gelingt es, seine Nervosität zu verbergen.

Während sie beide Jan-Erik auf dem See verfolgen, durchkämmen die Kollegen sein Grundstück sowie alle Gebäude. Nyhlén wird schwarz vor Augen, als Lindberg ihm mitteilt, dass sie laut Funkbericht niemanden gefunden haben. Er kann es einfach nicht glauben.

»Wirklich niemanden?«

»Keine Spur eines Lebewesens, bis auf einen Hamster in einem Kellerraum«, erläutert Lindberg. »Und drei halb ausgetrunkene Kaffeetassen in der Küche.«

Der Wind peitscht ihnen ins Gesicht, dennoch wünscht Nyhlén sich, das Polizeiboot möge noch schneller fahren. Als er vor Panik nicht mehr ein noch aus weiß, ruft Lindberg:

»Da! Jetzt haben wir ihn!«

Sie sind nur noch wenige Meter von Jan-Erik entfernt. Nyhlén bekommt wieder Luft. Er versucht sich zusammenzureißen. Das Spritzwasser klatscht ihm ins Gesicht, und er stellt fest, dass er bereits völlig durchnässt ist. Über ihnen knattert der Hubschrauber, und ein weiteres Polizeiboot nähert sich aus der anderen Richtung. Sie haben ihn eingekreist. Die Besatzung drosselt den Motor, und als sie nahe genug sind, ruft Nyhlén: »Es ist vorbei, Jan-Erik!«

Dieser wirkt jedoch immer noch unbeeindruckt. Er verbirgt die Hände hinter seinem Rücken.

»Zeigen Sie uns Ihre Hände«, kommandiert Nyhlén.

»Ich muss nur den Motor ausschalten«, ruft Jan-Erik und beugt sich vor, in den Bug.

»Hören Sie nicht, was ich sage«, brüllt Nyhlén. »Hände hoch!«

»Ganz ruhig«, flüstert Lindberg, »ganz ruhig, wir haben ihn.«

Jan-Erik richtet sich stolz auf, die rechte Hand noch immer hinter seinem Rücken.

»Die Hände«, fordert Nyhlén erneut. Schweiß strömt ihm über das Gesicht, obwohl ihm eben noch eiskalt war.

»Es ist Ihre Schuld, dass sie sterben werden«, sagt Jan-Erik zu Nyhlén. »Ganz allein Ihre Schuld.«

Nyhlén schluckt.

»Sie sind festgenommen wegen dringenden Mordverdachts in …« Doch bevor er den Satz beendet hat, macht Jan-Erik eine rasche Handbewegung.

»Nein!«, brüllt Lindberg.

Im selben Moment kracht es ohrenbetäubend. Das Boot schlingert.

Dann wird alles still.

90

Für Sebastian ist es bald der dritte Tag ohne Wasser, und er wird immer schwächer. Emma weiß, wie schnell es gehen kann, wenn der Flüssigkeitsverlust erst einmal durchschlägt. Er klagt über Bauchschmerzen und dämmert immer wieder weg.

Wo bleibt denn nur Nyhlén?

Vielleicht kommt ja auch Jan-Erik noch einmal zurück? Was dann? Sie haben alles versucht, gegen die Wände geschlagen und so laut um Hilfe gerufen, wie sie konnten, ohne dass von außen jemand reagiert hätte.

Emma ist sich nicht mehr sicher, ob sie erleichtert oder besorgt darüber sein soll, dass Jan-Erik nicht wieder aufgetaucht ist.

Hat er vor, sie hier krepieren zu lassen?

Warum sucht niemand nach ihnen? Haben sie immer noch nicht begriffen, wo?

Die Adressliste mit den bewilligten Baugenehmigungen liegt auf ihrem Schreibtisch. Hat keiner in ihrem Büro nachgeschaut und gesehen, dass sie hier die Adresse gefunden hat? Sie hätte sie mit einem Stift markieren sollen, hat es aber viel zu eilig gehabt. Hat Nyhlén nicht längst wieder mit Josefin telefoniert? In letzter Zeit schienen sie doch so vertraut miteinander.

Warum telefonieren sie jetzt nicht?

Frust und Ungewissheit steigern sich, je mehr Zeit vergeht. Es gibt keine Tür vor der Toilette, und man kann nicht spülen. Sie müssen ihr Bedürfnis vor den Augen der anderen verrichten. Was das angeht, ist es gut, dass es so dunkel im Zimmer ist. Papier gibt es auch nicht, im ganzen Raum riecht es nach Exkrementen. Doch das ist ihr geringstes Problem, daran kann man sich gewöhnen, der Geruchssinn stumpft ab. Immerhin sind alle noch am Leben, versucht Emma sich zu trösten.

Allmählich wird ihr Bild von Jan-Eriks Persönlichkeit immer klarer, er ist ein selbstherrlicher Gebieter, der buchstäblich über Leichen geht, um seine Ziele zu erreichen.

Ein Diktator im eigenen Haus.

Die schlimmste Sorte Machtmissbrauch.

Am meisten aber macht Emma Matildas Schicksal zu schaffen. Ihre Geschichte hat sie erschüttert. Dass jemand so vollständig außen vor landen kann. Eine wohlhabende Familie kann es sich anscheinend leisten, einen Menschen zu verbergen, der allein nicht zurechtkommt. Sie braucht sich nicht zwingend an Sozialdienste zu wenden, was dazu führte, dass niemand gemerkt hat, wie es Matilda tatsächlich ging. Niemand fragte danach.

»Und Sie wissen ganz bestimmt nicht, was mit Matilda passiert ist?«, flüstert Agneta, die neben ihr auf dem Boden liegt.

Sie sind dicht zusammengerückt, um sich gegenseitig zu wärmen, Sebastian ist schon ganz starr vor Kälte.

»Ich dachte, Sie schlafen?«, fragt Emma.

»Nein, ich kann nicht.«

Emma zögert. Soll sie ihr von der Frau im Wasser erzählen? Sie ist sich ja nicht einmal sicher, dass es Sebastians Schwester war. Nein, lieber schweigt sie. Sie darf ihr in dieser Situation nicht die Hoffnung nehmen. Und wenn Sebastian es hört, gibt er vielleicht ganz auf.

»Wir müssen es schaffen«, sagt Sebastian plötzlich. »Wir dürfen dieses Arschloch nicht gewinnen lassen. Und wenn es das Letzte ist, was ich tue: Ich komme hier lebend raus.«

Sein unverhoffter Energieschub überrascht sie. Emma hatte ihn für kaum ansprechbar gehalten.

»Ich auch«, sagt Agneta.

»Ich ebenfalls«, sagt Emma. »Zusammen schaffen wir das.«

»Da ist noch etwas, das ich loswerden muss.« Sebastian windet sich vor Schmerzen. »Ich bin schuld an Robins Tod.«

Agneta schaudert. »Was redest du denn da?«

»Ich war bei Robin an dem Abend, an dem er starb. J-E hat das mit uns herausgefunden«, erklärt Sebastian. »Deshalb hat er ihn erschlagen. Es hat alles mit dem Unfall angefangen.«

»Jetzt verstehe ich gar nichts mehr«, sagt Agneta.

»Der Abend, an dem wir den Unfall hatten … Wir waren verliebt, aber statt nach dem Unfall zu Robin zu stehen, schob ich ihm die ganze Schuld in die Schuhe. Ich wusste, dass J-E wahnsinnig werden würde, weil wir das Auto zu Schrott gefahren hatten, ich hatte einfach zu viel Schiss.

Aber als er dann herausfand, dass wir noch dazu zusammen waren … Ich wusste nicht, dass er es wusste.«

Agneta schnappt nach Luft, bekommt jedoch kein Wort heraus. Wahrscheinlich steht sie unter Schock. Emma mischt sich ein.

»Was passiert ist, ist nicht deine Schuld«, sagt sie. »Das ist dir hoffentlich klar, oder?«

»Ich werde trotzdem niemals aufhören, mir Vorwürfe zu machen«, stöhnt Sebastian. »Robin ist meinetwegen früher aus Nizza zurückgekehrt. Er wollte mit Sven Schluss machen und sich dann mit mir treffen. Sven hat es schwergenommen, vor allem, nachdem Robin ihm gesagt hat, dass er heimlich etwas mit einem anderen hatte. Robin war völlig fertig, als wir uns anschließend bei ihm trafen. Wir haben beide immer gewusst, dass wir füreinander bestimmt sind, aber ich war zu feige, dazu zu stehen.«

Nach einer Weile sagt Agneta leise: »Du bist mein Sohn, egal, mit wem du zusammen bist. Ich habe dich sehr lieb.«

»Danke«, sagt Sebastian.

»Du brauchst mir nicht zu danken.« Agneta schluchzt auf. »Ich wünschte, ich wäre eine bessere Mutter gewesen. Ich hätte meine Angst vor J-E überwinden und ihn verlassen müssen.«

»Sie sind nicht die Einzige«, tröstet Emma sie. »Vielen Frauen ergeht es wie Ihnen. Geben Sie die Schuld lieber dem, der sie verdient.«

Doch Agneta scheint für ihre Worte nicht zugänglich zu sein.

»Für mich war es immer das Wichtigste, einen einigermaßen netten Mann zu finden«, sagt sie. »Weil Matildas Vater mich bereits in der Schwangerschaft sitzenließ. Doch ich hatte wieder kein Glück.«

Emma muss an Nyhlén denken. Den guten, rücksichtsvollen Nyhlén. Sie haben eine gleichberechtigte Beziehung geführt, voller Liebe und gegenseitigem Respekt. Während Agneta sich einfach nur einen netten Mann gewünscht hat, verlangt Emma jemanden mit hundert guten Eigenschaften. Wer hat, will immer mehr. Sie ist die Schwierige, und sie sollte froh und dankbar sein, dass es einen Mann gibt, der sie vergöttert. Der es mit ihr aushält. Ihr wird plötzlich übel.

»Es ist nicht deine Schuld«, sagt auch Sebastian zu seiner Mutter.

»Ich werde immer für dich da sein, also stirb mir jetzt nicht weg«, warnt ihn Agneta mit einem überraschenden Anflug von Humor.

Sebastian hustet. »Dann werde ich mich wohl noch mal anstrengen müssen.«

Emma versucht zu lächeln, doch die Unruhe bleibt.

Was, wenn niemand sie findet?

Niemals?

91

»Du überlebts gefälligst, du Arschloch, verstanden?« Nyhlén presst die Hände noch fester an Jan-Eriks Schädel, um den Blutfluss zu stoppen.

Wie konnte er sie alle so überrumpeln?

Niemand war darauf gefasst, dass Jan-Erik plötzlich eine Waffe ziehen und sich, ohne zu zögern, in den Kopf schießen würde. Direkt vor Schloss Drottningholm.

»Sein Herz schlägt noch«, teilt Lindberg mit, der ebenfalls in Jan-Eriks Boot hinübergesprungen ist, um bei den lebenserhaltenden Maßnahmen zu helfen.

Nyhlén nimmt die Aufregung um sich herum kaum wahr, sein eigenes Atmen übertönt alles andere. Er könnte ein paar Minuten so gesessen haben oder eine halbe Stunde, er hat kein Zeitgefühl mehr. Endlich kommen die Sanitäter an Bord.

»Wir übernehmen.«

Nyhlén fällt es schwer, den verletzten Kopf loszulassen. Vielleicht stirbt Jan-Erik, wenn der Druck an seinem Schädel nachlässt.

»Nyhlén«, ermahnt ihn Lindberg.

Sobald Nyhlén aufsteht, kehrt sein Wahrnehmungsvermögen zurück. Das Knattern des sich entfernenden Polizeihubschraubers, die Stimmen neben ihm. Sein Bein ist eingeschlafen, es kribbelt in der Wade. Die Sanitäter arbeiten schnell und effektiv, was ihn eigentlich beruhigen sollte, doch am liebsten würde er brüllen, bis ihm die Stimme versagt.

»Er muss durchkommen«, sagt Nyhlén, dann geben seine Beine unter ihm nach.

Lindberg fängt ihn auf, und gemeinsam klettern sie wieder ins Polizeiboot.

Die Verzweiflung ist groß, Nyhlén verflucht sich für das, was passiert ist.

»Du hättest nichts anders machen können«, sagt Lindberg und reicht ihm ein Handtuch, damit er sich Jan-Eriks Blut abwischen kann.

Das Blut eines gewissenlosen Mörders.

Nyhlén beugt sich über die Reling und erbricht.

Sie fahren zurück zum Steg. Sobald es sich in seinem Kopf nicht mehr ganz so sehr dreht, wählt Nyhlén Emmas Nummer. Keine Antwort. Wo ist sie, und wo ist der Rest der Familie Adelhielm? Am Grund des Mälaren, auf den Jan-Erik Matilda für immer versenken wollte?

Nyhlén starrt ins dunkle Wasser, dann schließt er die Augen.

Das Boot legt an, und er steigt aus. Wo, verdammt, sind sie?

Jetzt, da er schärfer nachdenken muss als je zuvor, fühlt er sich wie vernagelt. Auf dem Grundstück und in der näheren Umgebung wird weiterhin intensiv gesucht. Hundestaffeln und Hubschrauber fahnden nach Emma, Sebastian und Agneta, doch es kommt einfach kein positiver Bescheid.

Nicht der geringste Anhaltspunkt.

Ein Polizist tritt mit einer ledernen Aktentasche aus dem Haus. »Die wollt ihr euch wahrscheinlich sofort anschauen. Sie lag in Jan-Eriks Arbeitszimmer.«

In eine kleine Goldplatte oberhalb des Verschlusses sind seine Initialen eingraviert.

Nyhlén nimmt die Tasche und zieht ein Handy heraus, ein billigeres Modell, dessen Akku leer ist. Svetlanas? Es folgen ein dickes rosa Tagebuch mit einem Engel auf dem Deckel.

Er schlägt es auf und stellt fest, dass mehrere Seiten markiert worden sind. Der handgeschriebene Text verschwimmt vor seinen Augen, als er zu lesen versucht. Ganz unten in der Tasche findet er einen Diamantring.

»Ist das Carolina Eklunds?«, fragt Nyhlén.

»Das müssten wir überprüfen, aber nicht hier und jetzt. Lass uns zurück ins Büro fahren«, schlägt Lindberg vor. Nyhlén widerspricht nicht.

Er hat nicht mehr die Kraft, eigene Entscheidungen zu treffen. Mit dem Tagebuch in der Hand trottet er hinter Lindberg her, wie ein gehorsamer Hund.

Und lässt Emma damit im Stich.

••••

In letzter Zeit sind ständig Typen in Arbeitskleidung draußen rumgelaufen und haben Krach gemacht. Sie sind durch den Garten getrampelt und haben sich in einer Sprache unter-

halten, die ich nicht verstehe. Ich weiß, was sie gebaut haben. Einen Kellerraum unter dem Bootshaus. Für mich.

Er will mich einsperren. Ich soll dort verwahrt werden, und Mama wird nichts dagegen tun. Vielleicht erfährt sie es nicht einmal.

Jetzt sind die Bauarbeiter fort, und es ist endlich wieder still vor meinem Fenster. Trügerisch still.

Sebastian will mich beschützen, aber ich muss alles Böse von ihm fernhalten. Er ist das Beste, was mir je passiert ist, auch wenn es gedauert hat, bis ich das begriffen hatte. Er hat mich immer als die gesehen, die ich bin, ohne mich zu verurteilen.

Wir verstehen uns.

Dennoch haben wir uns das Wichtigste nicht erzählt.

Es verletzt mich, dass er sich nicht traut, sein Geheimnis mit mir zu teilen. Allerdings habe ich ihm auch nicht alles gesagt. Ich habe ihm nie erzählt, wie böse sein Vater zu mir ist. Der Mann, der nicht will, dass ich aus dem Haus gehe. Nirgendwo darf ich mich blicken lassen, denn das würde seine Karriere zerstören. Die Wahl rückt näher, und ich bin ein Hohn für sein Parteiprogramm. Im Tierreich sterben die Schwächsten zuerst, das ist der Lauf der Natur. Ich hätte gar nicht so lange leben dürfen.

Es muss ihn wahnsinnig machen.

Wenn ich doch einmal rausgegangen bin, hat er mich bestraft und mir gedroht. Mama tut, als würde sie nicht merken, dass er mich schlägt. Vielleicht, weil es zu weh tut, der Wahrheit ins Auge zu blicken.

Sie ist mit einem Psychopathen verheiratet.

Auch wenn seine Schläge weh tun, ist das, was er sagt, noch viel schlimmer. Er sagt, er wird Mama und Sebastian etwas antun, wenn ich ihm nicht gehorche. Er weiß, dass mir das mehr Angst macht als alles andere.

Trotzdem bin ich noch mal rausgegangen.

Ich hatte Kopfschmerzen und brauchte frische Luft. Also ging ich zum Steg hinunter, obwohl ich eigentlich Angst vor Wasser habe. Ich setzte mich auf den Rand und tauchte die Zehen ein. Wünschte mir, ich könnte schwimmen.

Ich habe ihn nicht kommen hören, er muss sich heimlich angeschlichen haben. Plötzlich spürte ich eine Hand auf meinem Rücken. Dann lag ich im Wasser. Ich verschluckte mich und musste husten. Fuchtelte mit den Armen, um zum Steg zurückzukommen. Ich bekam keine Luft und dachte, ich muss sterben.

Er stand da und sah zu.

Jemand schrie, und er zuckte zusammen.

Mama kam angelaufen.

Ich spürte, wie er nach meinem Pullover griff. Er half mir zur Leiter. Dann log er Mama etwas vor. Das war knapp, gut, dass ich hier war, als sie reingefallen ist, *erklärte er eiskalt. Mama sah mich fragend an, und ich spürte, dass sie mich warnte, etwas zu sagen. Also sagte ich nichts. Ich weinte nur.*

Mama schüttelte den Kopf und ging zum Haus zurück.

Nächstes Mal wird Agneta dich nicht retten, flüsterte er.

Ich zweifle nicht eine Sekunde an seinen Worten.

Es gibt keinen Ausweg, ich muss damit zur Polizei gehen.

Ich muss ihnen sagen, um wie viel Uhr er am achten August nachts das Haus verlassen hat und wann er wiedergekommen ist. Ebenso an dem Tag, an dem die Putzfrau umgebracht wurde. Ich habe mir alle Zeiten aufgeschrieben, wann er kam und ging.

Es ist wichtig, dass er lebenslänglich bekommt.
Für mich, für Mama.
Für alle.
Sein Untergang ist unsere Zukunft.

Donnerstag, 16. August

92

Er sitzt auf der Toilette, nur ein paar Meter von Emma und seiner Mutter entfernt. Und es ist ihm egal.

Für Scham ist kein Platz. Vielleicht wird er eines Tages ein Buch über all das schreiben, denkt Sebastian. Wenn er wider Erwarten überlebt. Der Mensch erträgt im Zweifelsfall so viel mehr, als er denkt. Der Bogen wird immer weiter gespannt, der Körper läuft auf Sparflamme und bedient sich nur an den allernötigsten Reserven, um durch die Krise zu kommen.

Nur gegen die Panik hilft das nicht.

Er jammert.

Eigentlich ist er noch nicht fertig, doch er muss sich hinlegen und ausruhen. Immer wieder flackert der Überlebenswille kurz auf, doch in seinem Kopf verschwimmt alles, und er kann nicht mehr gut sehen. Andere Sinne schärfen sich dagegen.

Der Geruchssinn.

Der ekelhafte Gestank aus der Toilette, als würde er seine blutenden inneren Organe herauspressen. Der Urin riecht streng, vielleicht, weil er so konzentriert ist. Es kommen nur ein paar Tropfen. Selbst sein Atem lässt ihn beinahe erbrechen. Und der Achselschweiß. Es riecht auch nach Malerfarbe, doch das andere, Ekelhafte, überlagert alles.

»Brauchst du Hilfe?«, fragt Emma und nimmt seinen Arm, gleich unterhalb der verletzten Schulter. Er zuckt vor Schmerzen zusammen.

»Bitte die andere Seite«, flüstert er, und sie hilft ihm von der Toilette herunter.

Keiner von ihnen verliert ein Wort darüber, wie ekelhaft das alles ist. Wie sehr es stinkt. Es ist wie ein stillschweigendes Übereinkommen. Sie hilft ihm, sich hinzulegen.

Emma scheint ein guter Mensch zu sein.

Obwohl sie schon alt ist, ist sie schön. Sie sieht aus wie der Engel auf Matildas Tagebuch. Sebastian schämt sich, dass sein Vater Emma so einer Situation aussetzt. Eine Polizistin, die lediglich ihrer Arbeit nachgeht. Wäre sie nicht gewesen, wäre er vielleicht immer noch nicht gefunden worden. Er wird ihr ewig dankbar dafür sein, dass sie ihn gerettet hat. Was aber, wenn sie ebenfalls nicht überlebt? Dann ist es seine Schuld.

Auch daran ist er dann schuld.

93

»Jan-Erik war auch bei Ihnen im Haus«, sagt Sebastian. »Als er vor mir mit dem Mord an Robin geprahlt hat, kam heraus, dass er auch im Nachbarhaus war, um den Alarm auszulösen. Es sollte aussehen, als wäre es eine Einbruchsserie.«

»Danke, dass du mir das gesagt hast.«

Er kann gar nicht ahnen, wie viel es Emma bedeutet, Klarheit in dieser Sache zu bekommen. Sie ist also nicht paranoid, es ist wirklich jemand bei ihr eingebrochen. Ihre Erleichterung ist groß.

»War er es auch, der mich mit seinem Auto gerammt und der meinen Dienstcomputer gestohlen hat?«, fragt Emma.

»Davon hat er nichts gesagt, aber es klingt nicht unwahrscheinlich«, antwortet Sebastian. »Mich wundert überhaupt nichts mehr.«

»Hat er sonst noch etwas gesagt?«

»Er meinte, Svetlana, also die Putzfrau, hätte am Tatort seinen Knopf gefunden. Also bei Robin zu Hause.«

Allmählich kommt Licht ins Dunkel.

»Ich muss Sie etwas fragen«, sagt Sebastian. »Diese

Nachrichten, die von meiner IP-Adresse an Robin geschickt wurden. Was war damit? Ich habe das nie verstanden.«

»Sie waren sehr aggressiv formuliert.«

»Dann können sie nicht von mir gewesen sein. Mein Vater muss mein Handy benutzt haben.«

Emma sieht ihm in die Augen. »Fehlt dir Robin?«

Er nickt. »Ja, sehr.«

»Das verstehe ich«, sagt Emma, obwohl sie seinen Verlust nicht nachfühlen kann.

Was ihr mit Ines' Vater Kristoffer passiert ist, kann man nicht damit vergleichen. Sein Verrat wog so schwer, dass die Trauer dagegen verblasste. Es muss sich schrecklich anfühlen, wenn derjenige, den man wirklich liebt, stirbt. Noch viel schlimmer natürlich, wenn der eigene Vater den Mord verübt hat.

»Schläfst du, Mama?«, flüstert Sebastian.

Agneta antwortet nicht. Sie schnarcht leise.

»Emma, ich weiß nicht, ob ich es schaffe, aber ich wollte Mama nicht beunruhigen. Wenn ich nicht lebend hier rauskomme …«

»Sag so was nicht.« Sie sucht nach seiner Hand. Sie fühlt sich unmenschlich kalt an.

»Ich kann nicht schlafen, wenn ich nicht weiß, was mit Matilda passiert ist. Ich habe sie sehr geliebt. Sie hat mir alles bedeutet.«

Emma überlegt. Sebastian hat ihr sehr geholfen. Soll sie ihm da verweigern, was sie weiß? Das kann sie ihm nicht antun, auch wenn es ihm vielleicht den Rest geben wird.

»Wir haben eine junge Frau tot im Mälaren gefunden«, sagt sie nach kurzem Zögern.

»Matilda hatte Angst vor dem Wasser, sie konnte nicht schwimmen«, sagt Sebastian traurig. »Wie sah sie aus?«

»Relativ kräftig, grauer Jogginganzug.«

»Mit einem rosa Schmetterling am Bein?«

»Ja. Es tut mir sehr leid.« Emma drückt seine Hand.

Sie ist vollkommen steif.

»Sebastian?«

94

Sie sind zurück in der Dienststelle. Nyhlén zermartert sich den Kopf, es lässt ihm keine Ruhe, dass er durch sein Handeln provoziert haben könnte, dass Jan-Erik sich erschossen hat. Am liebsten würde er sich wegen Dienstvergehens anzeigen, doch Lindberg bittet ihn zu warten.

»Wir müssen uns jetzt auf wichtigere Dinge konzentrieren.« Aufmunternd klopft er ihm auf die Schulter. »Ich brauche jetzt dein scharfes Ermittlerhirn. Deine Erfahrung. Denk nach. Wo könnten sie sein?«

»Ich gehe in mein Büro und schaue mir noch mal das Voruntersuchungsprotokoll an.«

»Kollegen von uns sind zum Sommerhaus der Adelhielms in Vaxholm unterwegs.«

Nyhlén hört ihm nicht richtig zu. Er glaubt nicht, dass sie Emma dort finden werden. Wie hätte Jan-Erik es schaffen sollen, sie dort hinzubringen, wenn sie doch in Nockeby Kaffee getrunken haben?

In seinem Büro erwartet ihn ein Strauß roter Rosen. Emma ist verschwunden, und hier stehen Blumen der Liebe. Will ihn jemand veralbern?

Dann entdeckt er den handgeschriebenen Zettel.

Du fehlst mir! Madeleine

Er hätte es sich denken können. Ein saures Aufstoßen brennt in seiner Kehle. Wäre er Madeleine nicht in die Falle gegangen, hätte er nicht verschlafen und wäre nicht zu spät zur Arbeit gekommen. Und dann wäre Emma auch nicht allein zu Familie Adelhielm gefahren.

Am liebsten würde Nyhlén den Strauß wegwerfen, da piept sein Handy. Er zuckt zusammen, obwohl es nur ein leiser Ton ist. Doch es ist wieder nicht Emma, sondern die Frau, die ihm die Blumen geschickt hat. Die auf ganz ungesunde Weise auf ihn fixiert ist. Ihr Ton ist von flehend zu fordernd, ja, drohend übergegangen.

Tu nichts, was du bereuen würdest.

Was meint sie damit?

Die kurze, knappe Nachricht kommt ihm dem Ton nach bekannt vor. Nyhlén nimmt noch einmal den Zettel zur Hand und erstarrt. Nicht der Inhalt lässt ihm das Blut in den Adern gefrieren, sondern die Handschrift. Als ihm klar wird, was das bedeutet, muss er sich setzen. Wie konnte er nur so blind sein? Es hätte ihm klarwerden müssen, als sie plötzlich vor seinem Haus stand, doch er war viel zu sehr mit Emma beschäftigt. Was hatte Madeleine dort zu suchen gehabt?

Wollte sie vielleicht einen Brief ablegen?

Nyhlén schnappt nach Luft.

Als sie seine Wohnung betraten, lag ein neuer Brief auf der Fußmatte.

Ist sie tatsächlich so durchgeknallt? Nyhlén wird schamrot. Wie blauäugig er gewesen ist! Warum hat er nicht früher erkannt, dass es Madeleine war, dass es um Eifersucht ging? Sie hat ihm doch erzählt, dass sie seit Kurzem wieder in Stockholm lebt. Vielleicht genau, seit vor ein paar Wochen die Sache mit den Briefen begann. Gottverdammt! Er schlägt sich mit der Faust gegen die Stirn.

Bilder vom Vortag flackern vor seinem inneren Auge vorbei. Madeleine, wie sie ihren Spitzen-BH abstreift. Madeleine, wie sie seine Hose aufknöpft. Madeleine, wie sie ihn küsst.

»Verdammte Scheiße!«, brüllt er verzweifelt.

Gewaltsam stopft er die Rosen in den Papierkorb, die Stängel brechen in der Mitte entzwei. Ein Dorn bohrt sich in seinen Daumen, es brennt.

Ein wenig Blut tropft aus der kleinen Wunde und vermischt sich mit den Resten des eingetrockneten Blutes von Jan-Erik an seinen Händen, dem Blut eines Mörders. Beklommen starrt Nyhlén auf seine schmutzigen Sachen. Zum Glück hat er immer eine Wechselgarnitur im Büro. Doch umziehen alleine nützt nichts, er muss hier raus, um auf andere Gedanken zu kommen. Also geht er in die Teeküche, wo er sich erst mal setzen muss, es dreht sich so in seinem Kopf. All seine Hoffnung richtet sich nun auf die Ärzte, sie müssen Jan-Eriks Leben retten.

Alles andere wäre fatal.

Noch haben sie vom Krankenhaus nicht angerufen. Nyhlén redet sich ein, dies sei ein gutes Zeichen. Dann lebt Jan-Erik wahrscheinlich noch. Kaum hat er den Gedanken gedacht, stürzt Lindberg herein. Sein Blick sagt alles.

»Nein.« Nyhlén springt auf.

»Doch, leider. Die Intensivstation hat gerade angerufen.«

95

Emma ist alarmiert, Sebastian ist viel zu still, sein Atem geht immer oberflächlicher, und er scheint furchtbare Schmerzen zu haben.

Agneta schnarcht.

Emma selbst hat nicht die Ruhe, die Augen zu schließen.

Noch nie hat sie unter so primitiven Verhältnissen gelebt, außer als Bettlerin verkleidet. Doch das war nur ein Spiel gewesen, tatsächlich eingesperrt zu sein, ist etwas völlig anderes. Sie sehnt sich nach Licht, einer ganz normalen Lampe, die sie anknipsen kann. Ihr Akku ist leer, deshalb kann sie auch die Taschenlampenfunktion des Handys nicht mehr nutzen. Und sie wünschte, sie hätten Klopapier, vor allem aber Wasser.

Allmählich macht sich Todesangst breit.

Hier geht etwas schief, richtig schief.

Jan-Erik hätte längst wieder auftauchen müssen. Ein Narzisst oder Psychopath begnügt sich nicht damit, drei Personen einzusperren. Er würde den Anblick auch genießen wollen.

Oder er käme zurück, um sie zu töten.

Emma kann nur raten, was geschehen ist. Vielleicht sitzt Jan-Erik im Verhör und weigert sich zu reden. Vielleicht hat er Panik bekommen und ist außer Landes geflohen. Dieses Szenario möchte sie lieber nicht weiterverfolgen, denn es würde für sie das Schlimmste bedeuten.

Den Tod.

Sie will nicht eingesperrt in einem Bunker sterben, sie will nicht, dass es so endet. Der Gedanke daran genügt, um vollends panisch zu werden. Um nicht in Lähmung zu verfallen, steht sie auf und sucht noch einmal den ganzen Raum nach einer Schwachstelle ab. Nach einer schlecht verankerten Wand, gegen die man sich werfen könnte.

Es ist reines Wunschdenken.

Das Gebäude ist viel zu massiv.

Jan-Erik hat nichts dem Zufall überlassen.

96

Nyhlén fällt es schwer, sich zu konzentrieren, dazu ist er viel zu aufgewühlt. Er dreht endlose Runden durch die Teeküche, Lindbergs Blick brennt ihm im Nacken. Nach dem Bescheid über den Tod des mutmaßlichen Täters ist für sie alles zusammengebrochen, die anderen Kollegen sind ebenfalls ratlos. Was sollen sie tun? Wenn nicht einmal Lindberg mehr weiterweiß, bekommt Nyhlén es mit der Angst zu tun.

Es ist Ihre Schuld, dass sie sterben werden.

Wenn Jan-Erik es so gesagt hat, müssen sie zumindest noch am Leben sein.

Sie haben ihn erwischt, als er gerade an Bord gehen wollte. Die Pistole hatte er da schon bei sich, was also war sein Plan? Auf den Mälaren hinauszufahren und sich dort zu erschießen? Oder war er auf dem Weg zu dem Versteck, wo er Emma, Sebastian und Agneta gefangen hält, und hatte die Waffe dabei, um sie hinzurichten?

Jan-Erik hat an alles gedacht.

Doch er starb nicht sofort.

Dass es passiert ist, ist das Schlimmste, was ihnen geschehen konnte, wobei natürlich fraglich ist, ob Jan-Erik das Versteck freiwillig und vor allem rechtzeitig verraten hätte.

Auf dem Tisch liegt das rosa Tagebuch mit dem Engel auf dem Einband. Zunächst starrt Nyhlén es nur an. Wie sollte er sich jetzt auch aufs Lesen konzentrieren können? Schließlich nimmt er es doch zur Hand und blättert. Zu Beginn ist die Handschrift sehr kindlich, die Tagebuchschreiberin sehnt sich anscheinend nach ihrer Mutter, wie sie war, bevor sie *ihn* kennenlernte.

»Wer hat das geschrieben?«, fragt Lindberg.

Nyhlén blättert bis zum Ende, doch er findet keinen Namen. »Matilda, glaube ich.«

Es könnte wichtig sein, ist aber viel zu zeitaufwendig. Wenn er nur einen wichtigen Satz verpasst, kann die ganze Arbeit vergebens gewesen sein. Sie können jetzt nicht auf der Stelle treten, sie müssen handeln, und zwar sofort.

»Irgendetwas Neues vom Sommerhaus der Adelhielms?«, fragt er Lindberg.

»Sie haben alles durchsucht, da ist keiner.«

Die Zeit läuft ihnen davon. Streng dich an, los, mach schon, treibt Nyhlén sich an. Dann fällt ihm ein, was er gestern vorhatte, bevor sie Hals über Kopf nach Nockeby aufgebrochen sind.

»Wir müssen mit dem Balten reden«, sagt Nyhlén und schlägt mit der Faust auf den Tisch. »Vielleicht weiß er etwas.«

Lindbergs Augen leuchten auf. »Du hast recht.«

»Ich bin mir sicher, dass er mit an dem Bootshaus gearbeitet hat«, fährt Nyhlén fort. »Wahrscheinlich hat Jan-Erik den Kuhfuß von seiner Baustelle mitgehen lassen. Das würde zumindest die Fingerabdrücke des Balten auf der Mordwaffe erklären.«

»Was haben sie da eigentlich gebaut?«, fragt Lindberg. »Ein Bootshaus oder noch etwas anderes?«

»Das haben wir nicht herausgefunden, weil wir das Verhör abrupt abbrechen mussten. Weißt du noch?«

Lindberg nickt. »Ich kümmere mich um einen Dolmetscher.«

»Wir brauchen jemanden, der sofort hier sein kann.«

»In einer halben Stunde, schneller geht es nicht.«

Die Minuten kriechen dahin. Nyhlén scharrt ungeduldig mit den Füßen. Es ist ein schreckliches Gefühl, dass Emmas, Sebastians und vielleicht auch Agnetas Leben jetzt von ihm abhängen.

Sie müssen etwas aus dem Balten herausbekommen.

Etwas Substanzielles.

97

Träumt Gervase, oder ist er wach? Plötzlich stehen drei riesige Männer in seiner Zelle. Wo kommen sie her? Er bekommt Angst, kann aber nirgendwohin, sie blockieren den einzigen Ausgang. Wollen sie ihm etwas antun? Es rauscht in seinen Ohren und pfeift in seiner Luftröhre, genau wie damals, als sie ihn im Bunker eingesperrt haben.

»Wir müssen mit dir reden«, sagt einer der Männer auf Litauisch und stellt sich als Übersetzer vor.

»Es ist absolut wichtig, dass du uns die Wahrheit sagst.« Der Polizist, der beim letzten Verhör dabei war, zeigt ihm ein Foto. Er will wissen, ob es das Haus ist, in dem Gervase gearbeitet hat. Ist das eine Falle? Er begreift nicht, warum sie ihn mitten in der Nacht wecken. Wie kann es so dringend sein, dass sie nicht bis zum Morgen warten können? Soll er lügen oder nicht? Er ist viel zu verschlafen, um eine kluge Entscheidung zu treffen.

»Die Wahrheit, sonst nichts«, übersetzt der Dolmetscher den anderen Polizisten. »Raus mit der Sprache.«

Gervase erkennt Verzweiflung in ihren Blicken, eine Angst, die vorher nicht da war. Warum haben sie ihre Kollegin nicht dabei? Es hätte sich weniger bedrohlich angefühlt.

Was ist passiert? Die Polizei wird es ihm nicht sagen. Warum sollte er da kooperieren?

»Weiß nicht«, erwidert er leichthin.

Der Polizist packt ihn am Kragen und schüttelt ihn. Die dünne Kruste auf Gervases Schürfwunden am Arm löst sich, er spürt die Wärme des Blutes.

»Verdammt, beantworte meine Frage!«, brüllt der Polizist, so dass der Dolmetscher zusammenzuckt.

Aus der Zelle nebenan klopft jemand an die Wand und brüllt auf Englisch, sie sollten die Klappe halten, sonst würde er ihnen den Kopf einschlagen.

In den Augen des Polizisten lodert Zorn. »Zum letzten Mal: Ist das das Haus, in dem du gearbeitet hast, ja oder nein?«

Gervase nickt widerwillig, er wagt es nicht, jemandem zu trotzen, der wie ein angriffslustiges wildes Tier aussieht. Genau wie sein Vater.

»Hast du bei der Arbeit einen Kuhfuß benutzt?«

»Ja. Ich war Handlanger und habe den anderen alle möglichen Werkzeuge angereicht.«

»Was genau habt ihr gebaut?«

Wieder wird Gervase nervös. Kann er es wagen, von dem Bunker zu berichten? Darius wird furchtbar wütend werden. Ganz zu schweigen von ihrem Auftraggeber, ein furchtbar unangenehmer Typ. Doch solange er hier sitzt, braucht er sich vor niemandem zu fürchten, außer vor den Polizisten. Und die wirken gerade sehr wütend.

»Darüber durften wir nicht reden«, stammelt er.

Der Polizist schüttelt ihn noch einmal. »Los, sag schon, wir haben keine Zeit zu verlieren.«

»Wir haben einen Bunker unter dem Bootshaus gebaut.« Der feste Griff um seine Arme löst sich.

»Einen Bunker? Wie kommt man da rein?«

»Über eine Treppe im Boden. Man sieht sie nicht, aber es gibt eine Luke, die man per Fernbedienung öffnen kann.«

Sobald er ausgeredet hat, stürzen die Polizisten aus der Zelle.

Nicht mal ein Danke bekommt er zu hören.

98

Sebastian kann nur noch eins: sich aufs Atmen konzentrieren. Sobald er versucht, die Stellung zu wechseln, wird ihm schwarz vor Augen. Seine Beine sind taub, in seinen Fingern kribbelt es. Den Schmerz in seiner Schulter spürt er nicht mehr. Dafür ist er extrem müde, und sein Mund ist trocken. Ist es heller geworden im Raum? Er ist zu schwach, um zu fragen. Alle Kraft ist aus ihm gewichen, als Emma ihm von Matilda erzählt hat.

Sie hat solche Angst vor Wasser gehabt.

Jan-Erik wusste, dass sie nicht schwimmen konnte.

Er muss sie abgrundtief gehasst, ihre Existenz als Bedrohung empfunden haben. Natürlich, denn im Grunde hat er nur einen Menschen geliebt.

Sich selbst.

Die Umstände von Matildas Tod machen ihn völlig apathisch. Wofür lohnt es sich noch, weiterzuleben? Der Tod lockt mehr als je zuvor. Vielleicht sieht er Matilda dann wieder. Er wartet auf ein Gefühl des Friedens, dass es aufhört, weh zu tun, körperlich wie auch seelisch.

Was ist das für ein Licht?

Bildet er es sich ein, oder hat tatsächlich jemand eine

Lampe angeschaltet? Das ist doch nicht mehr nur das Licht der roten Glühbirne.

»Du musst warm bleiben«, sagt Emma und deckt ihn mit etwas Weichem zu. Sie klingt so weit weg. Warum hat sie keinen Pullover mehr an? Ist sie nackt?

Er kann sich nicht damit abfinden, Agneta, Matilda und Emma mit in den Abgrund gerissen zu haben. Robin allein hätte doch schon genügt. Und natürlich er selbst. Am besten nur er, das wäre am fairsten gewesen. Er hört weitere Stimmen, nicht mehr nur Emmas. Flüstern sie miteinander, oder singen sie? Sie lullen ihn ein, es ist schön, doch sie führen ihn zurück zu dem, was er verdrängen will.

Dem Unfallabend.

Robin wollte nicht einmal zur Party kommen, aber Sebastian hat ihn überredet. Natürlich musste Robin dabei sein, er bedeutete ihm doch am allermeisten. Seine große Liebe, seit Monaten. Der sein Leben heller machte. Doch als Robin ankam, war er selbst schon so betrunken, dass er nicht zu seiner Liebe stehen konnte. Stattdessen spielte er den Unnahbaren. Jetzt kommt ihm das völlig absurd vor. Er ging so weit, so zu tun, als würde er ihn nicht kennen. Dabei hätte er das Rückgrat haben müssen, dazu zu stehen, als seine Kumpel mit dem Finger auf Robin zeigten und fragten, wer den Schwuli denn eingeladen habe.

Ich.

Im Garten waren überall Menschen.

Manche knutschten auf dem Steg, andere lagen im Gebüsch, wieder andere standen herum und rauchten, nicht nur Zigaretten. Er nahm einen Zug und versuchte, sich zu entspannen.

»Was soll ich hier?«, flüsterte Robin ihm zu.

Sebastian ignorierte ihn. Stattdessen küsste er das erstbeste Mädchen, das vorbeikam. Niemand sollte wegen Robin auf irgendwelche Gedanken kommen.

Der Kuss schmeckte falsch, eine bittere Mischung aus Zigarette und Wodka. Eine raue, eklige Frauenzunge in seinem Mund. Robin drehte sich um und ging, Sebastian ließ das Mädchen los, das heftig fluchte. Als er ihn einholte, starrte Robin zum hell erleuchteten Kellerfenster hinein.

»Wer ist das?«, fragte er.

»Meine große Schwester.«

»Ich wusste nicht, dass du eine hast. Warum sitzt sie alleine im Keller?«

»Warum läufst du allein hier herum?«, gab er zurück.

Sebastian wollte nicht über Matilda reden, nicht in betrunkenem Zustand. Robin nickte ihr zu und lächelte, erhielt aber nicht einmal ein Zwinkern zur Antwort. Sie blickt ihn nur mit großen Augen an.

»Sie ist schüchtern«, erklärte Sebastian.

»Ach, so. Ich geh dann mal nach Hause«, sagte Robin und schaute zur Straße. »Schönen Abend noch, mit der blonden Tussi.«

Dann ging er entschlossen Richtung Grönviksvägen, den Rücken durchgedrückt. Sebastian hätte ihn gehen lassen sollen.

Scheiße, noch mal. Robin!

Er drehte sich zu Matilda um und bekam Blickkontakt mit ihr. Etwas in ihren Augen bewegte ihn dazu, Robin nicht einfach gehen zu lassen, sondern ihm hinterherzulaufen.

»Warte!« Sebastian eilte ihm nach, gleichzeitig tauchte Karl wie aus dem Nichts auf. »Ich muss irgendwo pissen, wo niemand mich sieht.« Damit stellte er sich an den Kirschbaum neben dem Gehweg und holte seinen Schwanz heraus.

Robin war kaum noch zu sehen, und Sebastian begann zu rennen. Er kümmerte sich nicht um die bissigen Worte seines pinkelnden Kumpels, er solle doch aufhören, dem Arschreiter hinterherzugaloppieren.

Verpiss dich, dachte er.

Robin beschleunigte seinen Schritt, doch Sebastian hatte ihn bald eingeholt. »Warte!«

Plötzlich öffnete sich der Himmel. Es goss in Strömen.

»Komm«, sagte Sebastian und zog ihn zur Einfahrt.

Den Autoschlüssel hatte er noch in der Tasche, sie hatten am Nachmittag geübt, er und Jan-Erik.

Er zog Robin hinter sich her zum Ferrari, der ganze Stolz seines Vaters. Zum ersten Mal hatte er ihn heute fahren dürfen. J-E hatte gute Laune gehabt. Es hing mit der Party zusammen, irgendetwas Großes war geschehen.

Robin setzte sich auf den Beifahrersitz neben ihn, und sie sahen zu, wie der Regen auf die Windschutzscheibe prasselte.

»Robin, ich muss mit dir reden.«

»Dann mach, ich muss morgen früh raus. Arbeiten.«

Sebastian zog seinen Kopf zu sich heran, ganz nah. Robins Atem roch kein bisschen nach Alkohol, und als ihre Lippen sich trafen, blieb die Welt für einen Moment stehen.

»Und was war mit dieser Tussi?«, fragte Robin verletzt.

»Entschuldige, ich war besoffen und ein Arschloch.«

»Bist«, sagte Robin. »Du bist betrunken. Aber kein Arschloch.«

»Papa würde mich töten, wenn er es wüsste.«

»Und mich?«

»Uns beide.«

»Uns auf dem Scheiterhaufen verbrennen? Wie Hexen?« Robin lächelte schief, er schien über Sebastians Ausrutscher mit dem Mädchen hinweg zu sein.

»Fuck him!« Plötzlich hatte Sebastian eine Idee. Er startete den Motor.

»Was machst du da?«

»Ach komm, wir hauen ab von dieser dämlichen Party.«

Robin schüttelte den Kopf. »Aber es ist doch deine Party?«

»Eben deshalb.«

Sebastian schlingerte auf den Grönviksvägen und stieß ein Triumphgeheul aus. »Jetzt fahren wir die Karre zu Schrott!«

»Wie viel hast du getrunken?« Robin sah ihn nervös von der Seite an. »Kannst du bitte mal rechts ranfahren?«

»Stell dich nicht so an!«

»Dann guck wenigstens auf die Straße, verdammt!«, rief Robin. Der Wagen schlingerte erneut. »Fahr mich nach Hause. Ich muss morgen wirklich früh raus. Ich brauche das Geld.«

»Gleich. Erst schauen wir mal, was der Ferrari draufhat. Mann, ist das geil!«, brüllte Sebastian.

»Ich dachte, du hast noch gar keinen Führerschein?«

Sebastian lachte aus vollem Halse. »Deshalb muss ich ja üben!«

Der Wagen prallte gegen eine Bordsteinkante, so dass die Felgen zerkratzten. Ein unangenehmes Geräusch, aber Sebastian war nicht mehr aufzuhalten. Jetzt stand es: Einer gegen zweitausendvierhundert PS.

»Halt an, bevor du jemanden totfährst!«, schrie Robin außer sich. »Das ist nicht witzig!«

Doch Sebastian drückte erst recht aufs Gas. Wie ein Irrer jagte er durch die Gegend. Zum ersten Mal ließ er alle Leinen los. Pfiff auf Regeln und Ermahnungen. Jetzt gab es nur noch ihn und Robin, niemand konnte sie aufhalten.

Ohne zu zögern, fuhr er bei Rot über die Kreuzung in Alvik und bog auf die Tranebergsbrücke ab. Das Auto schlitterte gefährlich an der Mittelleitplanke entlang, doch er gewann rasch die Kontrolle wieder und gab erneut Gas. Was für ein Wahnsinnsgefühl!

Bis zum Aufprall.

Plötzlich kam er von der Fahrbahn ab, und sie flogen durch die Luft. Keiner von ihnen sah etwas. Mit einem ohrenbetäubenden Knall krachte die Karosserie gegen das Brückengeländer, und er war sich sicher, sie würden sterben. Ein heftiger Schlag landete in seinem Gesicht, und sein Kopf wurde gegen die Rücklehne gepresst. Dann wurde ihm schwarz vor Augen.

Vielleicht für Sekunden, er wusste es nicht.

Als er wieder zu sich kam, saß er immer noch hinter dem Steuer. Er begriff nicht, wo er war. Was war passiert? Dann sah er den Airbag und die zerstörte Windschutzscheibe. Das Auto hätte eigentlich das Geländer durchbrechen und im Wasser landen müssen.

Auf wundersame Weise stand es immer noch auf der Brücke.

Und er lebte noch. Allerdings war Robin beunruhigend still. Sebastian schüttelte ihn, bis er reagierte. Dann ging alles sehr schnell, er kam gar nicht zum Nachdenken. Robin zwang ihn, aus dem Auto zu steigen, und im selben Moment, in dem jemand rief, der Krankenwagen sei unterwegs, setzte sich Robin auf den Fahrersitz.

»Es war ein Unfall«, sagte er. »Ich bin nüchtern. Also bin ich gefahren.«

Sebastian wusste nicht, was er sagen sollte. Tränen strömten ihm über die Wangen.

»Ich weiß, dass du dasselbe für mich getan hättest«, flüsterte Robin.

Diese Worte hallten in ihm nach.

»Nein!«

Sebastian zittert wie in Todeszuckungen und schlägt die Augen auf. Ist er noch im Auto, am Unfallort? Er versucht sich zu orientieren. Alles ist so unscharf. Nein, er liegt auf dem Betonfußboden eines Raums weit unter der Erde. Emma sitzt neben ihm und spricht beruhigend auf ihn ein.

»Du hast nein geschrien«, erklärt sie. »Es war nur ein Alptraum.«

Nein, denkt Sebastian, es war Wirklichkeit.

99

Nyhlén hat keine Ahnung, was ihn im Grönviksvägen erwartet. Der Balte kann diesen unterirdischen Raum natürlich genauso gut erfunden haben, doch er hat beschlossen, ihm zu glauben. Es machte den Anschein, als würde er den Ernst der Lage begreifen.

Wer lebt noch, und wer ist vielleicht schon tot?

Diesen Gedanken kann er unmöglich weiterdenken.

Es ist Ihre Schuld, dass sie sterben werden.

War das gelogen? Vielleicht hat dieser Irre es nur gesagt, obwohl er sie längst getötet hat.

Das Einsatzkommando sowie drei Krankenwagen halten vor Familie Adelhielms Haus. Weil die größte Gefahr, also Jan-Erik, nicht mehr dort ist, besteht kein Anlass, sich unauffällig zu nähern. Sie laufen direkt zum Bootshaus hinunter und reißen die Tür auf. Ziehen den Teppich beiseite. Wo ist die Luke? Hat der Balte sie doch angelogen? Vor Verzweiflung droht Nyhlén zu hyperventilieren. Er tastet den Boden ab. Einige Fugen zwischen den Dielenbrettern erscheinen ihm breiter als die anderen. Sein Blick fällt auf eine Fernbedienung auf einem Regal an der Wand. Das muss sie sein. Nyhlén drückt auf gut Glück einen Knopf. Die Scharniere knirschen, und eine Luke öffnet sich. Er knipst die Taschenlampe an und steigt eine steile Treppe hinunter, die in einen dunklen Tunnel mündet.

Am Ende befindet sich eine massive Tür. Sie ist abgeschlossen.

Auf dem Boden blitzt etwas auf. Eine Sig Sauer, derselbe Typ, den sie bei der Polizei benutzen.

»Ich habe Emmas Dienstwaffe gefunden«, ruft er über seine Schulter zurück.

Dann konzentriert er sich auf die Tür. Dahinter muss Emma sein, das zu wissen, beruhigt ihn.

»Wir sind hier«, ruft er so laut er kann. »Polizei!«

Er klopft. Keine Antwort.

Sie müssen ihn doch hören?

Bloß weil er kein Lebenszeichen hört, gibt er noch lange nicht auf! Es gibt keinen Schlüssel, nur ein Codeschloss. Er drückt ein paar Knöpfe, ohne dass etwas geschieht. Es dauert viel zu lange, er keucht und flucht vor sich hin. Jemand schlägt vor, einen Schlüsseldienst zu holen, aber die Zeit haben sie nicht.

»Vorsicht«, ruft Nyhlén und schaut auf Emmas Pistole in seiner Hand. Dann tritt er in dem engen Raum so weit wie möglich zurück und zielt auf das Schloss.

»Halt, das ist keine gute Idee«, protestiert Lindberg. Doch Nyhlén ignoriert ihn, sie müssen da rein. Er ist bereit, die Konsequenzen zu tragen.

Er schießt.

Der Knall ist ohrenbetäubend, seine Knie geben nach.

»Seid ihr okay?«

Alle bejahen.

Nyhlén drückt gegen die Tür. Sie gibt nach. Er läuft hinein und sieht zunächst nur einen roten Lichtschein. Ein unangenehmer Geruch schlägt ihm entgegen. Nach Verfaultem. Es ist vollkommen still. Er leuchtet mit der Taschenlampe über den Boden und sieht, wie sich etwas bewegt.

»Emma?«, ruft er und eilt dorthin.

»Nyhlén!«

Er nimmt sie in die Arme, alle Anspannung lässt nach. Es ist kalt und feucht hier drinnen, dennoch trägt sie nur ein Unterhemd. Ihre Arme sind eiskalt, und sie stinkt nach Schweiß.

»Ich wusste, dass du uns finden würdest«, flüstert Emma ihm ins Ohr.

Sein Herz klopft wie wild, er wird sie nie wieder loslassen. »Entschuldige, dass es so lange gedauert hat. Frierst du?«

»Ja.« Emma befreit sich aus seinem Arm. »Aber Sebastian ist noch viel schlimmer dran.«

Er sieht, dass Emma den Jungen mit ihrem Pullover zugedeckt hat, damit ihm warm bleibt.

»Ist ein Arzt unterwegs?«, ruft er zur Tür.

Lindberg antwortet. »Ja, sind gleich da.«

Sanitäter mit Bahre und Notfallausrüstung eilen herbei. Emma und Agneta werden in Wärmedecken gehüllt und bekommen etwas zu trinken. Die Hauptaufmerksamkeit jedoch richtet sich auf Sebastian, der eilends abtransportiert wird. Agneta folgt ihm, sie besteht darauf, selbst zu gehen.

»Mir geht es gut«, behauptet sie fest.

Auch Emma will keine Untersuchung. »Ich will nach Hause.«

Typisch, denkt Nahlén, hütet sich aber, etwas zu sagen. Allerdings hat er nicht vor, sie fahren zu lassen.

Er führt sie aus der Unterwelt hinauf, durch das Bootshaus in den Garten. Der Himmel ist zartrosa, die Sonne geht langsam auf. Wunderschön, in all dem Elend. Sein Handy piept, sobald er wieder Empfang hat. Mehrere Nachrichten von Madeleine. Sofort steckt er das Handy wieder ein, um sie nicht sehen zu müssen.

Im Garten der Familie Adelhielm hat sich ein Menschenauflauf gebildet. Nachbarn und Journalisten drängen sich vor der Absperrung, doch Emma und Nyhlén gelingt es, sich an den Medien vorbeizuschmuggeln. Als sie nur noch wenige Meter vom Auto entfernt sind, spürt Nyhlén plötzlich eine Hand auf seinem Arm.

»Kein Kommentar«, sagt er und dreht sich um. Da ist aber kein Reporter. »Madeleine?«

Ihr Blick ist so hasserfüllt, dass er zurückschreckt.

»Verräter«, spuckt sie verächtlich aus.

»Wer ist das?«, fragt Emma. Sie will auf Madeleine zugehen, doch Nyhlén hält sie zurück.

Er schüttelt den Kopf. »Nicht so wichtig.«

»Das klang aber vorgestern noch ganz anders«, sagt Madeleine spitz.

»Hör auf, Madeleine, du hast hier nichts zu suchen«, sagt Nyhlén. »Lass mich in Ruhe, ich bin dir nichts schuldig.«

Es schnürt ihm die Kehle zu, Emma wie ein Fragezeichen dastehen zu sehen. Bevor Madeleine noch mehr Schaden anrichten kann, führt er Emma zum Auto.

»Das wirst du bereuen«, faucht Madeleine ihm hinterher.

Sie setzen sich ins Auto, doch Madeleine bleibt mitten auf der Straße stehen und sieht sie böse an. Dann läuft sie zu einem dunkelblauen Audi.

»Ich habe einen schrecklichen Fehler gemacht«, sagt Nyhlén gepresst. »Das einzig Positive ist, dass ich jetzt weiß, wer hinter den Drohbriefen steckt.«

Emma hört ihm jedoch gar nicht zu, sondern starrt nur Madeleines Auto an.

»Sie war's«, ruft sie aus. »Die Frau hat mich mit dem Auto gerammt, so dass ich beinahe von der Straße abgekommen wäre.«

Nyhlén bleibt fast das Herz stehen. »Was sagst du da?«

Emma erzählt ihm, was passiert ist. Gleichzeitig setzt Madeleine zurück und rauscht mit dem Audi an ihnen vorbei.

»Warum hast du nichts gesagt?«, fragt Nyhlén betroffen.

»Du warst nicht wirklich ansprechbar für mich.«

»Nein, das stimmt nicht«, sagt Nyhlén mit einem Kloß im Hals. »Soll ich dich nach Saltsjöbaden fahren?«

»Ja. Darf ich vorher kurz dein Handy benutzen?«

»Klar.« Nyhlén parkt aus, während Emma ihren Vater anruft.

Anschließend legt sie ihre Hand auf Nyhléns Arm. Ihre Finger sind immer noch eiskalt. Er schaudert, gleichzeitig durchströmt ihn ein Gefühl von Wärme.

»Danke«, sagt Emma. »Danke, dass du uns gerettet hast.«

»Das war doch die einzige Möglichkeit«, antwortet er, muss jedoch zugeben, dass er wahnsinnige Angst hatte, als Jan-Erik sich vor seinen Augen erschoss und sie später aus dem Krankenhaus die Nachricht bekamen, er sei gestorben. »Letztlich ist es dem Balten zu verdanken, dass wir euch gefunden haben.«

»Er wird maximal ein paar Jahre Haft bekommen, dann ist er wieder draußen.«

»Schon seltsam«, sagt Nyhlén nachdenklich, »unsere Verdächtigen stammten diesmal aus völlig verschiedenen sozialen Verhältnissen. Sie waren komplette Gegensätze.«

»Reichtum kann Menschen offensichtlich verderben.«

»Hier war aber ja wohl kaum das Geld das Problem?«, wendet Nyhlén ein.

»Das ist auch wieder wahr.«

»Wann und wieso ist er bloß so abgedreht«, grübelt Nyhlén. »Werden wir das je herausfinden?«

»Und wieso ist diese Madeleine so abgedreht?«, stellt Emma die Gegenfrage.

»Darüber möchte ich jetzt nicht reden.«

»Okay, entschuldige bitte«, sagt Emma. »Gibt es irgendeinen Grund, weshalb sie so heftig reagiert hat?«

»Nein«, sagt er und beißt sich auf die Lippen. »Sie muss da etwas missverstanden haben. Ich will nie wieder etwas mit ihr zu tun haben.«

»Liebe«, seufzt Emma. »Oder Wahnsinn? Jan-Erik hat herausgefunden, dass sein Sohn eine Beziehung mit Robin hatte. Das war der Auslöser.«

»Was? Da wäre ich niemals drauf gekommen«, sagt Nyhlén und fährt Richtung Everts und Mariannes Haus.

Emma berichtet, was Agneta und Sebastian ihr in dem Bunker erzählt haben. Auch wenn Nyhlén jetzt etwas klarer sieht, kann er nicht recht nachvollziehen, wieso jemand, der alles hat, bereitwillig alles aufs Spiel setzt. Wenn sich in seinem Umfeld niemand zur Wehr gesetzt hat, ist es allerdings klar, dass er freie Hand hatte und sich ungestraft wie ein Arschloch verhalten konnte. Und dabei hatte er wohl irgendwann jedes Maß verloren.

Traurig. Er schaut zu Emma hinüber.

Schöne, kluge Frau. Dennoch bringt sie sich immer wieder in Gefahr.

Das haben sie anscheinend gemeinsam.

Er überlegt, was sie wohl gedacht hat, als Madeleine im Grönviksvägen aufgetaucht ist. Ahnt sie, dass sie etwas miteinander hatten?

Hier sitzt er, die Hände am Steuer, hat Emma gerade erst das Leben gerettet, und dennoch drängt sich Madeleine in seine Gedanken.

Vielleicht verdient er es nicht anders? Jetzt will Emma ihn ganz bestimmt nicht mehr zurück. Doch wahrscheinlich hätte er gleich wissen können, dass aus ihnen beiden auf Dauer nichts werden kann. Er und Emma spielen in verschiedenen Ligen. Er muss dankbar sein für das, was er hatte.

Noch dazu für längere Zeit, als er je zu hoffen gewagt hat.

Jetzt aber ist es vorbei.

Eine Woche später

100

Auf dem Weg zum Kindergarten macht Emma einen Abstecher zum Ålstensängen. Sie schaut zu den Felsen hinüber, die aus dem Wasser ragen. Dort haben sie Matilda gefunden.

Likviken – Leichenbucht. Diesen Spitznamen wird Emma nie wieder vergessen. Ein schwarzer Vogel sitzt ganz still auf einem Stein. Ihr Handy klingelt, sie freut sich, als sie am anderen Ende Sebastians Stimme hört.

»Hallo«, sagt er. »Ich habe noch Ihren Pullover.«

Sie lacht. »Da habe ich ja Glück, dass du überlebt hast, vor allem wegen meines Pullovers.«

»Wie soll ich Ihnen bloß danken?«, fragt Sebastian.

»Ich habe nur meine Arbeit gemacht.«

Er schnaubt. »Es war viel mehr, und das wissen Sie auch.«

»Wie geht es dir und deiner Mutter?«

»Ganz gut, wir möchten Sie aber gerne um etwas bitten.« Er zögert. »Könnten Sie sich vorstellen, zu Matildas Beerdigung zu kommen?«

»Auf jeden Fall«, antwortet sie sofort.

Plötzlich wird ihr das Herz schwer. Sie spaziert hier

durch Bromma, als wäre es das Selbstverständlichste auf der Welt, während Matilda viel zu früh aus dem Leben gerissen wurde, ganz allein im Mälaren ertrank. Der einzige Trost ist, dass ihr Mörder keinen weiteren Schaden mehr anrichten kann. Schon seltsam, dass Sebastian ausgerechnet in dem Augenblick anruft, in dem sie auf die Stelle hinausschaut, wo Matilda gefunden wurde.

Der schwarze Vogel breitet seine Flügel aus und fliegt davon.

»Ich habe übrigens auch noch etwas für dich«, sagt Emma und geht weiter Richtung Alviksvägen. »Matildas Tagebuch.«

»Danke, aber ich werde es nicht lesen.«

»Warum nicht?«

»Es gehörte ihr, sie hat heimlich geschrieben«, sagt er. »Nicht, damit jemand anderes es liest.«

Nachdem sie sich verabschiedet haben, steuert Emma auf die Parkbänke unterhalb des ersten Per-Albin-Hauses zu. Sie muss sich setzen und noch einmal durchatmen, bevor sie Ines abholt. Sebastian klang so bedrückt. Die Sonne hilft ihr, nicht allzu lange in trüben Gedanken zu verweilen.

Was für ein Luxus, hier wohnen zu dürfen.

In Josefins Haus ist jetzt alles wieder gut, sie hat keine Angst mehr. Und das hat sie Sebastian zu verdanken. Hätte er ihr nicht erzählt, dass es Jan-Erik war, der in der Mordnacht in ihr Haus eingedrungen ist, hätte Emma weiter mit der Ungewissheit leben müssen. Und wer sie im Auto gerammt hat, weiß sie auch: Madeleine. Es war also keine Rache des ehemaligen Polizeichefs, wie sie zunächst befürchtet hatte.

Allerdings ist ihr Laptop noch nicht wieder aufgetaucht. Jan-Erik muss ihn nach dem Einbruch in Saltsjöbaden entsorgt haben. Jedenfalls glaubt Emma nicht, dass Madeleine ihn gestohlen hat. Und Andreas hatte Jan-Erik ja anscheinend gesteckt, dass die Polizei und besonders sie ihn im Auge hatte. Er ist noch immer kreuzunglücklich über diesen Fauxpas. Emma zieht ihr Handy heraus und geht auf eine Nachrichtenseite, um zu schauen, was die Journalisten ausgegraben haben. Sie können gar nicht aufhören, über den Mann zu berichten, der alles hatte und dennoch nicht zufrieden war. Gott sei Dank steht dort nichts über die Beziehung zwischen Robin und Sebastian.

Dafür gibt es ein Porträt zu jedem Opfer. Sie bauen darauf auf, was Bekannte über sie berichtet haben. Auch Bromma-Bewohner kommen zu Wort. Sie behaupten, um Svetlana Lipowska zu trauern. Plötzlich scheint sie eine der beliebtesten Reinigungskräfte gewesen zu sein. Emma hat jedoch nicht vergessen, was Josefin ihr von der Nachbarschaftsgruppe bei Facebook erzählt hat und wie Svetlana dort als Mörderin dargestellt wurde. Doch das scheint alles vergessen, nachdem sich herausgestellt hat, dass einer aus ihrer eigenen Mitte der Mörder war.

Es gibt auch einen Artikel über den Balten, der immer noch nicht sagen will, wie er heißt. Eigentlich hatten sie ihn bis zu der Gerichtsverhandlung wegen mehrfachen Diebstahls aus der Haft entlassen wollen. Doch er hat gebettelt und gefleht, in seiner Zelle bleiben zu dürfen. Emma ist eine der Wenigen, die weiß, dass er den Mord an Robin auf sich genommen hat, um nicht zu seinem Vater zurück zu müssen. Der Diamantring, den er gestohlen hatte, stammte von einem anderen Einbruch in Bromma, in derselben Nacht, in der Robin ermordet wurde. Nyhlén hat den Chef der Lokalen Untersuchungseinheit, Per Andersson, gefragt, warum er diesen Einbruch nicht erwähnt hat. »Das habe ich, aber ihr habt mich nie nach Einzelheiten gefragt, deshalb dachte ich, es wäre nicht wichtig.«

Emma schüttelt zornig den Kopf.

Niemals wird sie den Schrecken in den Augen des Jungen vergessen, als sie ihm erklärten, ihn nicht dabehalten zu können, nur weil er Angst vor seinem Vater habe. Auch wenn er alles andere als unschuldig war, tat er ihr doch leid.

Er kam ihr so einsam und verloren vor.

Genau wie Nyhlén.

Ihre Gedanken wandern zu ihm. Ihrem besten Freund.

Sie hätten es dabei belassen sollen. In dem Chaos um den großen Polizeiskandal vor zwei Jahren ist sie jedoch einfach nicht sie selbst gewesen. Sie war haltlos und aufgewühlt und brauchte eine starke Schulter zum Anlehnen. Deswegen darf sie sich jetzt keine Vorwürfe machen.

Verzeih mir, Nyhlén.

Matildas Kindheit lässt ihr keine Ruhe. Eine leichte Übelkeit steigt in ihr auf. Sie kann gut nachvollziehen, dass Agneta sich als Verräterin fühlt, vielleicht, weil sie Parallelen dazu sieht, wie sie sich gegenüber Ines verhalten hat. Der Unterschied ist jedoch, dass sie selbst die verlorene Zeit mit ihrer Tochter nachholen und in ihre Mutterrolle hineinwachsen kann. Agneta konnte Matilda nicht mehr um Verzeihung bitten.

Wie traurig das ist! Emma kommen die Tränen.

In letzter Zeit ist sie nah am Wasser gebaut.

Lindberg war furchtbar wütend auf sie, wegen der Ereignisse bei Familie Adelhielm. Zu Recht. Sie hat um Verzeihung für ihr verantwortungsloses Handeln gebeten. Dann ist sie mit sich selbst ins Gericht gegangen und hat beschlossen, sich für eine Weile auf ihr Muttersein zu konzentrieren. Als sie es Lindberg sagen wollte, war sie nervös, doch er reagierte ganz anders, als sie gedacht hatte. Er schien sich geradezu zu freuen, was sie wiederum provozierte. Seit wann freute sich ein Chef, wenn seine Angestellte ihm sagte, dass für sie jetzt die Familie im Vordergrund stehe? Er hätte sie kopfüber aus seinem Büro werfen oder ihr zumindest eine Gardinenpredigt halten müssen, weil sie ankündigte, reduzieren zu wollen. Emma wird einfach nicht schlau aus ihm. Sie braucht niemanden, der sie verhätschelt, sie will keine Sonderbehandlung, nur weil sie eine Frau ist.

Die Frage ist jetzt nur noch, wann sie es Nyhlén sagen wird.

Nach der Begegnung mit Madeleine hat sie keine Lust mehr dazu, auch wenn Nyhlén sie aus dem Bunker gerettet hat. Wie immer hat sie ihm alles zu verdanken.

Emma schließt die Augen und hebt ihr Gesicht zur Sonne. Spürt die Wärme auf der Haut. Sie muss sich bald entscheiden. Soll sie das Kind behalten oder nicht?

Es wäre unfair, Nyhlén nicht einzubeziehen. Gleichzeitig wäre es ein großer Einschnitt. Immerhin wäre sie diejenige, die das Kind austragen und zur Welt bringen müsste, nicht er. Doch Nyhlén hat sich sein ganzes Leben so sehr ein Kind gewünscht. Er wäre überglücklich, wenn sie ihm sagen würde, dass er Vater wird. Kann sie ihm das wirklich vorenthalten? Sie legt eine Hand auf ihren Bauch, es ist so frisch, dass man noch gar nichts sieht. Doch es geht ihr so, wie sie es verdient. Jetzt begreift sie, warum ihr in letzter Zeit ständig übel war und sie so häufig zur Toilette musste. Soll sie die Schwangerschaft beenden und alles vergessen? So tun, als wäre nichts geschehen?

Niemand braucht davon zu wissen.

Sie steht auf und begegnet zwei berittenen Polizisten. Sie halten an, und Emma streichelt die Pferde. Sie vermisst das Reiten. Irgendwann muss sie mal mit Ines zur Reitschule in Äppelviken fahren.

Sie geht weiter zum Kindergartentor.

Ines sei im Spielhäuschen, teilen ihr die Erzieherinnen mit. Als Emma an der kleinen roten Hütte klopft, öffnet Ines ihr mit einem Topf in der Hand.

»Willst du mal meine Suppe probieren?«, fragt Ines, statt sich ihr um den Hals zu werfen.

Genauso selbstständig wie ich damals, denkt Emma.

»Gerne.«

»Sie muss aber erst abkühlen.«

Emma geht ins Kindergartengebäude, um den Rucksack mit den Marienkäfern zu holen. Er hängt an einem Haken, unter dem trotzigen Gesicht ihrer Tochter. Emma gefällt es, dass Ines vor dem Fotografen nicht posiert hat.

Wie sie wohl darauf reagieren würde, ein Geschwisterchen zu bekommen?

Im Mützenfach liegt ein zusammengefalteter Zettel. Eigentlich haben sich die Eltern darauf geeinigt, Einladungen zum Kindergeburtstag nicht dort abzulegen, aber vielleicht war der- oder diejenige bei dem Elternabend nicht dabei und hat es nicht mitbekommen.

An Emma, steht darauf.

Sie faltet den Zettel auseinander und liest.

Ich werde dich überall finden.

Danksagung der Autorin

Nachdem ich ein Jahr an »Schuld« gearbeitet habe, ist es schön, fertig zu sein, innehalten und zur Ruhe kommen zu können. Ich bin froh und dankbar für all die Hilfe, die mir die Arbeit an diesem Roman ermöglicht hat. Nach »Hinter deinem Rücken« gab es viele Stimmen, die sich Emma Sköld zurückgewünscht haben. Noch nie habe ich eine solche Liebeserklärung an eine Protagonistin erlebt, und so begann ich über eine Fortsetzung dieser Reihe nachzudenken.

Danke, liebe Leserinnen und Leser, für diesen Anstoß! Eure begeisterten Rückmeldungen motivieren mich mehr als alles andere. Für Euch strenge ich mich an, um immer noch ein besseres Buch zu schreiben. Doch natürlich kann das nicht von heute auf morgen gelingen.

Da ich mir vorgenommen hatte, im Herbst den New York-Marathon zu laufen, hatte ich eine feste Deadline. Die Kombination von Laufen und Schreiben ist genial für die Disziplin, und nach dem Marathon erwartete mich eine intensive Redaktionsarbeit am Manuskript. Noch dazu mit einer neuen Lektorin, Johanna Mo. Dein Engagement und deine dramaturgische, gestalterische und sprachliche Kompetenz sind Gold wert! Zusammen mit Stephanie Demmler von meinem Verlag Bookmark hatte ich das bestmögliche Team zur Verfügung. Und als wäre das nicht genug, hat auch Verlagschef Claes Ericson mitgelesen und mir wertvollen Input gegeben. Es ist wunderbar, mit dir zu arbeiten, Claes. Du brennst für deinen Job, was niemandem entgeht, weder mir als Autorin noch den Kolleginnen und Kollegen in der Lizenzabteilung. Für dich ist jeder Schritt so wichtig wie für mich.

Danke auch an Jenny Andersson und Annika Hesselman für euren großartigen Einsatz in der PR-Arbeit. Niklas Lindberg hat den wunderschönen Einband gestaltet und Katarina Ewerlöf das schwedische Hörbuch eingelesen. Auch meinem Agenten, Philip Sane, bin ich zu tiefem Dank verpflichtet.

Ein großer Teil der Manuskriptarbeit besteht in Recherche. Im Laufe der Jahre habe ich zwei kompetente und sympathische Polizisten kennengelernt, Lars Bröms von der Ermittlungseinheit Stockholm und Mikael Schönhoff von der Profilergruppe der Nationalen Operativen Abteilung, NOA. Ihr habt mir nicht nur mit Fakten zur Seite gestanden, sondern das Manuskript vor dem Druck auch noch einmal geprüft und wertvolle Hinweise eingebracht. Ich hoffe, unsere Zusammenarbeit ist jetzt nicht beendet, weil ich den Hamster unbedachterweise Lasse genannt habe.

Darüber hinaus habe ich bei diesem Roman weitere Verstärkung von polizeilicher Seite gesucht. So erhielt ich die Möglichkeit, Lars-Gösta Alm, Teamchef der Lokalen Untersuchungseinheit Lokus, zur Einbruchserie in Bromma zu interviewen. Vielen Dank für Ihre Hilfe! Danke auch an

Kristin Carlwig, Freundin und Ärztin, die mir bei medizinischen Fragen geholfen hat.

Um Topleistung erbringen zu können, habe ich im Reitstall Kraft gesammelt. Als ich »Das Mädchen und die Fremde« schrieb, hatte ich seit neunzehn Jahren kaum einen Fuß in einen Pferdestall gesetzt. Jetzt bin ich wieder dort, um zu bleiben. Danke allen Menschen in der Reitschule Äppelviken!

Außerdem möchte ich Camilla Grebe, Jenny Rogneby und allen anderen Schriftstellerfreund*innen danken, die ich im Laufe der Jahre kennenlernen durfte. Es ist wunderbar, Rückschläge und Erfolge mit Leuten teilen zu können, die sie nachvollziehen können. Ihr wisst genau, was für eine Achterbahnfahrt das Autorenleben sein kann.

Auch meinen Eltern, Ann und Svante Sjöstedt möchte ich danken, sowie meinen Geschwistern samt Anhang. Ich habe mich entschieden, dieses Buch den Kindern meines Bruders Tom zu widmen, Asta und Sigge. Ihr seid großartig! Ein besonderer Dank geht auch an Maria Lindqvist, die »Schuld« vorab gelesen hat. Danke auch Patrick Rosenback Fromell, dem kleinen Bruder, den ich nie hatte.

Und zum Schluss möchte ich noch meiner eigenen Familie meine Liebe aussprechen, ihr seid mein Halt und meine Freude im Leben. Tommy, Kharma und Kenza, ihr seid mein Ein und Alles. Ich liebe euch! Danke, dass ich ein Teil eures Lebens sein darf.